战友重逢

莫言作品

Comrade Reunion

浙江出版联合集团
浙江文艺出版社

戰友重逢

莫言

诺贝尔奖晚宴致辞（原稿）

尊敬的国王陛下、王后陛下，女士们，先生们：

我，一个来自遥远的中国山东高密东北乡的农民的儿子，站在这个举世瞩目的殿堂上，领取了诺贝尔文学奖，这很像一个童话，但却是不容置疑的现实。

获奖后一个多月的经历，使我认识到了诺贝尔文学奖巨大的影响和不可撼动的尊严。我一直在冷眼旁观着这段时间里发生的一切，这是千载难逢的认识人世的机会，更是一个认清自我的机会。

我深知世界上有许多作家有资格甚至比我更有资格获得这个奖项；我相信，只要他们坚持写下去，只要他们相信文学是人的光荣也是上帝赋予人的权利，那么，“他必将华冠加在你头上，把荣冕交给你。”（《圣经·箴言·第四章》）

我深知，文学对世界上的政治纷争、经济危机影响甚微，但文学对人的影响却是源远流长。有文学时也许我们认识不到它的重要，但如果没有文学，人的生活便会粗鄙野蛮。因此，我为自己的职业感到光荣也感到沉重。

借此机会，我要向坚定地坚持自己信念的瑞典学院院士们表示崇高的敬意，我相信，除了文学，没有任何能够打动你们的理由。

莫言2012年诺贝尔奖晚宴致辞（原稿片段）

莫言2012年诺贝尔文学奖获奖证书

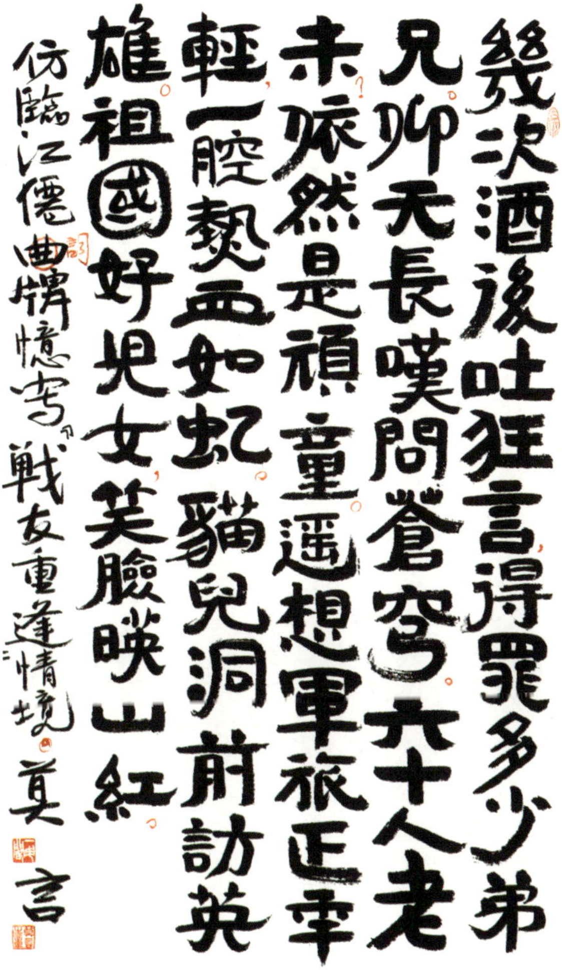
幾次酒後吐狂言，得罪多少弟兄。仰天長嘆問蒼穹，六十人老未？依然是頑童。遙想軍旅正年輕，一腔熱血如虹。貓兒洞前訪英雄。祖國好，兒女笑臉映山紅。
仿臨江仙曲牌憶寫《戰友重逢情境》
莫言

作者题词

题《战友重逢》

几次酒后吐狂言，得罪多少弟兄。
仰天长叹问苍穹。六十人老未？依然是顽童。
遥想军旅正年轻，一腔热血如虹。
猫儿洞前访英雄。祖国好儿女，笑脸映山红。

仿临江仙词牌忆写《战友重逢》情境。

莫言

目录

红 耳 朵

几十年前,我们巴山镇曾出过一个富有传奇色彩的人物。有关他的传说,我初懂事时就听老人们说过,后来在政协的文史资料上,又看到过好几篇关于这个人的文章。这个人究竟是个坚定的共产主义者,还是个精神病人,那些写文章的人也说不清楚。

一

王十千,诨名:红耳朵、王疯子、王神仙。他生着两只像小蒲扇一样的招风大耳,这是他最有名的生理特征。我认为这对耳朵决定了他一生的命运,他的一切不被常人理解的行为都与这两扇大耳有关,这是我在王十千研究中的独到见解。我的观点在"王十千讨论会"上引起了很大反响,赞同者少,反对者多,但无论赞同者还是反对者都被我的观点新鲜了一下子。

王十千七岁那年的初春,镇上王家祠堂前的大槐树下,来了一个牵着一匹单峰骆驼的相面先生。许多闲人正坐在墙根晒太阳、抓虱子,相面先生手中铜铃清脆,立即把闲人招过去。正在闲人堆里厮混的王十千也跟着过去，他抽着两条黄鼻涕，蓬着一头刺猬毛，穿着破棉袄，趿拉着破草鞋，挤进里圈，与相面先生对着面。

他应该闻到了骆驼嘴里喷出的腐草味儿，相面先生的鹰钩鼻、元宝嘴犹如两柄尖刀，插在他的记忆中。

闲人们腰里无钱，围上来是为了看热闹，并不是要相面。内中有一个叫孟中宝的，嘴尖舌怪，以刁钻刻薄闻名乡间，此时自然不甘寂寞。他与相面先生搭上话，说："先生给我相相，相对了我给你钱，相不对你给我钱，各位乡邻作证。"相面先生扫了孟中宝一眼，撇撇嘴说："本可出将入相，却成了地痞流氓。"孟中宝一撸袖子，怒道："我是堂堂君子，怎是地痞流氓?!"相面先生笑嘻嘻地说："皆因一笔风流账，官运财运俱消亡。坑蒙拐骗全在行，你不流氓谁流氓。"相面先生几句话，把众人说愣了也说乐了，原来这孟中宝早年在军阀队伍里当过副官，因为勾上了上司的姨太太，险些丢了小命，幸亏有朋友帮助，才逃回家乡。他黄着脸说："放你娘花椒麻辣屁，老子今日手懒，要不定宰了你的骆驼，抠了你的眼！"言罢，悻悻地溜了。

众人都感到相面先生道行不小，七嘴八舌道："先生反正闲着没事，何不相相我们，看看可有个真龙藏着?"

相面先生缓缓运动目光，把众人扫描一遍，失望地说："一群凡夫俗子，连个像样的地痞流氓都没有。"

众人道："你再好好相相，兴许漏了贵人。"

那时，恰逢着王十千从相面先生面前站起来，瞪着两只黑溜溜的小眼，举起袄袖子，擦唇上的鼻涕。相面先生一拍额头，慌忙站起来，说："该死，该死，果然把贵人漏了！"

众人听相面先生说得邪乎，便问："哪个是贵人？贵人在哪里?"

相面先生指指十千，说："这小官人注定了是人中龙凤。"

众人不由得大笑起来，看那王十千，抽着鼻涕蓬着头，脸上的灰垢有半寸厚，两根袖管上沾满鼻涕，亮晶晶的，像盔甲一样。说也奇怪,他的脸上、脖子上沾满了灰垢,那两扇大耳朵却是粉红雪白,在太阳下显得生动鲜明,十分可爱。

相面先生仔细端详着十千,又是摇头又是咂舌,不知心里转着什么圈儿。围观者道:“先生说这小童是个大贵人,他究竟贵在什么地方?能贵到什么程度?求先生给俺们批讲批讲。”

那先生说:“这小童儿贵在这两扇大耳朵上。”

闲人中有捣乱者说:“照先生这说法,圈里的猪该是最贵了?”

相面先生有些生气地说:“你以为圈里的猪不贵?吃饱了睡,睡饱了吃,无衣食之忧,克筋骨劳累,可谓大贵,只怕你比不上圈里那些猪!”

那人本想逞逞嘴上功夫,没想到栽了个大跟头。又有挑衅者问:“你说他耳朵主贵,总得有个批讲。”

相面先生道:“相书也云‘耳白于面,名满天下’。”

挑衅者道:“相书也云‘两耳扇风,卖地的老祖宗’,究竟以那条为准?”

相面先生道:“卖地就不能成为贵人吗?竖子不可教也,竖子不可教也!”

相面先生收拾起包袱,在闲人们的起哄声中,拉着骆驼走了。临别时他对十千说:“小兄弟,好自为之,日后发达了,别忘了今天的事。”

十千正一心研究着骆驼背上那个肉疙瘩,相面先生的临别赠言没引起他的兴趣。

二

十千是巴山首富王百万的儿子。王百万本名王柏园,家有良田三千多亩,家里开着烧酒作坊,在县里还有两个店:一个卖杂货,一个卖布匹、绸缎。他家的堂号名“积善”。所以十千也就是积善堂的公子,而且是唯一的公子。

十千是王百万五十岁时得到的儿子,是三姨太太所生。三姨太原是河北保定府大户人家的使唤丫头。民国初年王百万去保定贩卖布匹时,与那大户人家主人相识,结为把兄弟,盘桓在主人家吃酒。那使唤丫头侍候酒宴,被百万一眼看中,竟鬼迷心窍般地跟大户讨要,大户一慷慨,就把她送了百万。三姨太姿色不错,又是当丫环出身,侍候人有经验,所以很得百万欢心。后来她就怀了孕。百万虽有万贯家产,但后继无人,前边两房,大房生了两个女儿便不再生养,二房干脆不生,所以这三姨太太身怀六甲,实在是一桩大事,连前边二房太太也整夜焚香,祷告三姨太能为老爷生出一个儿子。三姨太果然不负众望,怀胎九个月,产下一个男孩,这男孩就是王十千。

写到这里,读者诸君可能会提出疑问:王百万五十得子,一定视若掌上明珠,应该食珍馐、衣锦绣、读诗书、写文章,怎么会让他像小叫花子一样在闲人堆里厮混?

王十千本该是王百万的掌上明珠,没成明珠反成弃儿的原因在于:

三姨太妊娠期满,腹中剧动,底下见了红,百万忙差人把接生婆娘搬来。接生婆进去了,百万一人在暖厅里焦急踱步,把脚都踱麻了,托人进去问,说是难产。百万跑在祖宗牌位前,点了三炷香,虔诚祷祝一番,磕了三个响头,爬起来,坐在雕花紫檀木太师椅上。他有些累了,便吩咐丫环烫了一锡壶黄酒端过来,一个人独酌。那是清明节后十几天光景,春阳景和,院子里几株桃树红花怒放,宛若几簇烈火。阳光照过木格子,洒到他的身上,使他筋酥骨软,不觉迷蒙了眼。似睡非睡之间,见一满身脏污、生着两只格外显眼大耳朵的叫花子手拄要饭棍闯了进来。他急忙起身去拦挡,拦挡不住,叫花子直冲到三姨太太的产房里去了。这里,大太太、二太太正在他身边说:"恭喜老爷!恭喜老爷!老三生了一个儿子。"

王百万从梦中惊醒，满脸热汗。他看到了大太太和二太太猫一样的媚脸，听到了三姨太产房中传出来的颇为雄壮的婴儿啼声。

前来贺喜的亲朋把人间所有的恭维话都说遍了，王百万心里却疙疙瘩瘩的，那大耳朵叫花子的形象像驱赶不走的鬼影，无时无刻不在他的眼前晃动。这件事他压在心头，没对任何人说。他强装出欣喜的样子，应酬亲朋。他一直没进三姨太的房去看儿子。三姨太自知今后必定因子而贵，在这个家庭中的地位已经不可动摇，自己也尊重起来，老爷不进房，她也不邀。

满月那天，高朋如蚁。积善堂摆开了流水宴席，反正自家开着烧酒锅，有的是酒。王百万应酬着，欢笑着，心中却忐忑不安。

贵子抱上席，让众人观赏。王百万一颗心在喉咙里堵着。在一片对婴儿的阿谀声中，他下着狠心，举目观看。他看到了保养得如同白面馒头一样的三姨太，看到了描龙绣凤的富贵襁褓，看到了那两只熟悉又陌生的漆黑小眼睛，还有那两扇大得与婴儿头不成比例的大耳朵。王百万胸口一阵剧痛，眼前一黑。一头栽到桌子底下。

大太太、二太太哭叫着，亲朋好友们忙乱着，把老东家从桌子下拖出来，抬到炕上，掐人中，捏百会，扎十宣，撬牙关，灌姜汤，忙乎了足有半个时辰，才有一口气缓上来。

缓上气来，夹着两眼泡老泪，眼睛盯着天棚。大太太、二太太齐声表忠心、流眼泪，一人握着一只手揉搓。

三姨太抱着她必胜的武器昂昂然走过来，把大太太和二太太挤到一旁去。三姨太捅着婴孩靠近百万的脸，嘴里叫着婴孩的名字："十千，十千，好儿子，快问候你爹爹好了没有。"

王百万把双手从女人手里抽出来，捂住眼睛，大声吼叫："滚！滚！滚！这不是我的儿子！不是我的儿子！"

三姨太一听这话，哇啦哇啦地哭起来，哭着骂："老东西呀老东西，大喜的日子你丧了良心！自从跟了你，俺大门不出，二门不迈，不是你的种,是哪个驴的种?"

亲朋们一看这情景,有的偷偷溜了,有的上来劲,劝三姨太说:"三娘,别哭了,老爷是欢喜过了头,痰迷了心窍,清醒过来就好了。别哭了,别闹了,叫外人听了去笑话。"

三姨太一听劝告有理,便停住哭闹,抱着十千,由丫环搀扶着,回到自己房中。

剩下的人继续掐捏捶打老爷,并用各种各样的语言开导劝解。老头儿吐出了一堆黏涎,清醒地坐起来,直着眼不说话,心里边舞龙滚狮般折腾。心想:这个大耳朵的小妖精不知是何方冤孽投胎,是冲着我的万贯家产来的。我王百万一世好善,怎会招来这么个冤家?杀掉他?不行。将他和三姨太驱逐出家门?更不行。直想得脑袋都大了,也没想出个主意。他仿佛看到,那个大耳朵的家伙正冲着自己冷笑:老头儿,我是来者不善,善者不来,让你头痛的事还在后头,咱骑驴看唱本,走着瞧吧!百万暗中叹息:是福不是祸,是祸躲不过。心中稍微宽松了些,便招呼下人烫酒炒菜,直喝得烂醉。从此王百万一改节俭勤劳的旧习惯,日日挑着口儿吃,变着花样玩,大把地花钱。他的想法是:与其等你败我的家,还不如我自己来败。他挥霍时,却对家人格外苛刻。他先是把三姨太送回了保定,然后把十千赶到长工屋里,与那个放牛的小觅汉同吃同住同劳动。他还对大耳朵实行了愚民政策,不让他念书识字。百万的反常行动,自然在镇上引起不少议论,说坏的有,说好的也有。坏话无非是说十千来路不正,或曰百万蛇蝎心肠;好话则说百万教子有方,让儿子先受苦,知道稼穑艰辛,然后才能克勤克俭,继承大业。从现代政治的观点来看,在那段时间里,王十千这个大公子,实际上是一个受着地主阶级压迫的奴隶。后来十千表现出来的叛逆精神,与这段生活也许有某种关系。史志上的文章里有类似观点。

三

拍马屁的人添油加醋地把相面先生的话转述给王百万。百万听罢,不觉心头一震。历史上确有许多大贵人是生着大耳朵的呀！那刘备刘玄德就是一个。那活佛济公不也是两耳扇风,遍身脏污,形同乞丐吗？也许那小妖精真是个大福大贵之人。回想起这几年,尽管自己花钱如流水,但花一进十,家运反而比以前愈加昌盛,这一切不都应在这小妖精身上吗？

第二天一大早,王百万便到长工们住的旁院里去看十千。正在修理家具的长工头儿老张见了东家,忙恭敬问候。百万搭了几句闲话,便问:"十千这孩子怎么样？"

老张观察着东家的脸色,揣摸着东家的意思。他听人风言风语地说过十千是三姨太招的野种,所以老爷不喜欢,名义上是父子,实际上是主仆,想到此便说:"这孩子没什么大毛病,就是懒一点。"

"噢,"百万应一声,说,"叫他来见我。"

老张道:"我打发他赶着骡子啃青去了。"

"去哪儿啃青？"百万问。

"庄东,墨河边,都是老爷的麦田。"老张说,"老爷要见他？待小的去唤他回来。"

百万摆摆手,说:"不用了,忙你的吧。"

王百万信步走出村子,登上河堤。回头看到自家的深宅大院在镇中央犹如鹤立鸡群,被数千股白色炊烟从四面八方缭绕着,仿佛万千村民对自家供献香烟。这样的家庭只能生出人杰,怎能生出败类？想到此,不觉把几年来压在心头的阴云驱逐干净,出现了空前的欢喜愉快心情。

他放眼东望去,见墨河白冰如玉龙蜿蜒东去,河堤外旷野千里,都是即将返青的好麦苗。一个如磨盘大的红太阳正从冰河上抖抖颤颤爬升出来，河上布满红光，宛若一条即将飞升的赤龙。百万心中肃然起敬，精神如梦，腿脚如踏在云团上，轻捷异常。新鲜的空气与红光像玉液琼浆灌进肺腑，使他周身通泰，宛若再生。正在此时，从那红日的边缘上，传来高亢的嗥叫声。七八匹光灿灿的骡子沿着河边的大道奔驰而来。当头一匹火炭般的红毛大骡子上，猴蹲着一个破衣烂衫的男孩。正是王十千！那些啃饱了麦苗子、喝足了冰河中水的骡子们，在初春的原野里伴随着这个注定要在巴山镇大出风头的王十千撒野！骡子嘶鸣，孩子嗥叫，蹄声嘚嘚，土星四溅，如一阵狂风刮了过去。

待骡群又跑回来时，百万拦在路中央，揪住了红骡的缰绳，其余的骡子四散里走了。红骡收腿不住，往前冲了七步，拽着百万打了几个趔趄。在骡子粗重的喘息声中，父子二人的目光碰在了一起。

现在是十千面对着朝阳，百万背对着朝阳。百万仰视着十千，十千俯视着百万。十千依然蓬头垢面，但那两扇冻得赤红的大耳朵，被阳光一照，竟闪出灿灿的金光，宛若寺庙里古老的法器。如醉如痴地瞻仰着儿子的耳朵，百万深信自己的儿子必定会成大器。

十千看着这个红光满面的老财主，突然感到烦躁不安。母亲的影子模模糊糊地出现在眼前。往常里长工们对他的戏谑也在耳边缭绕：十千，东家是你的爹不是你的爹？他从没把自己的爹跟东家连在一起。现在，一向冷若冰霜的东家抓住了骡子的缰绳。他看着这个嘴唇哆嗦的老头，莫名其妙地感觉到肚子发胀，很想放屁。

“十千，我的亲儿呀！”百万说，“你该念书识字了。”

四

十千的好运气来了。他搬离长工屋，住进大宅院，与百万住在一排房子里。换下了破衣烂衫,穿上了绫罗绸缎。一日三餐与百万同进,山珍海味,大盘大碗,撑得拉肚子。日子过得飞快,由新奇到习惯,乱纷纷,给十千留下一些凌乱印象。据时人的回忆文章讲,十千自己否定这段锦衣玉食的生活,认为是一生耻辱,撮其要者记之:

百万为十千请了一位老秀才做家庭教师。老秀才也姓王,瘦高身材,手指细长,像木柴棍儿,留着长长的指甲,指甲缝里积着紫色的灰垢。穿一件长袍,留山羊胡子,尖下巴,大黄眼珠子。头顶一盔瓜皮小帽,帽顶簇着一团红缨。黄牙,满身烟臭。“人之初,性本善”,“天地玄黄,宇宙洪荒”。写一手好字,悬腕,力透纸背,像石匠握着錾子。先生吃住在书房。一架木床,黄色花椒眼蚊帐。逢节加菜,一壶黄酒。先生狼吞虎咽,一副穷吃相。有人时子曰诗云,无人时大放响屁。还记得老财主托人去保定府,回来说她已病死。她应该是我的娘。大娘肥胖,二娘也肥胖。渐渐清楚在家里的地位,万贯家产继承人,很跋扈地做起了大少爷。蒙眬中有人摸耳朵,是爹。爹吃了酒,满面红光,双手摩挲着我的双耳,嘴里喃喃:大耳儿,大耳儿,长大当皇帝!叫爹真别扭。老秀才被辞。进入镇上的新式小学堂。1924年秋。

五

王十千由积善堂的长工老冯送到学堂门口,巴山镇英才小学校长王石清出来迎接。王石清是北京朝阳大学毕业生,老家也是巴山镇。那时他三十出头年纪,留着一分为二的大洋头,头发油光光的,纯正的黑颜色,没有一根杂毛,没有一丝乱毛。紫花布长衫,挽着袖口,露出一段白袖管。脚穿漆皮鞋。用右手食指和中指夹着纸烟。举止谈吐儒雅风流。他的一切都给十千留下深刻印象。老冯对着王石清鞠了一个躬,说:“先生,老东家吩咐我把少东家送来。”

王石清打量着十千,连声说好。

老冯说:“少东家,我回了,放学时我来接。”

十千不耐烦地说:“去吧去吧,别忘了给我的鸟儿喂水。”

老冯弯了腰,说:“少东家放心。”

王石清问:“你就是王百万的儿子?”

十千答道:“是。”

又问:“叫什么?”

“王十千。”

“王十千,你跟我来吧。”

王石清引着王十千,穿过了挂着牌子的学校大门,进了校长室。王石清突然笑起来。十千被他笑得怪紧张,正猜测他笑什么,听到石清说:“你长了两只好大的耳朵。”十千以为他嘲笑自己,心里有些恼怒,直着眼瞪他。石清拍了一下他的头,说:“你知道你长得像谁吗?”十千脱口而答:“我长得像刘备刘玄德刘皇叔!”石清道:“谁教你这么说?”十千道:“俺爹!”石清道:“你爹真是望子成龙哟!”十千道:“我会成龙的。”石清摇摇头,说:“你像不像刘备刘玄德我不知道,但你像一个人,真是太像了。”十千问:“我像谁?”王石清说:“以后你就知道了。”他领着十千到了隔壁教员办公室,把十千介绍给教员们。并说:“好好照应,王百万老先生捐给学校一笔不小的钱呢!”

听到爹为学校捐了钱,十千感到很得意。

英才小学堂只有四个教员。校长王石清教国文、历史。陈克正陈先生教算术。陈先生是潍县人,穿长制服,不抽烟,留寸头,二十七八岁的样子。谷正言谷先生教地理,谷先生四十多岁,诸城城里人。还有一位穿黑裙白褂白胶鞋的姚惠姚小姐姚先生教英文,姚先生圆脸圆下巴,丹凤眼短头发,脸白手也白,二十出头年纪,青岛人。四位教员里数姚小姐留给十千印象最深。十千被百万拘在大宅子里跟那个臭气熏天的老秀才伴了两年,乍一出来,见了这些人物,感到新鲜异常,尤其是姚小姐这种装束打扮的女性,更让十千眼界大开。他听到校长称姚小姐为“密丝姚”。

小学堂招了四十八名学生,有富家子弟也有贫家子弟。当天上午即上了一课,上课前校长摇响一个像成人拳头那么大的黄铜铃铛。铃声清脆悦耳。

第一课由校长王石清上。他站在黑板前,先给台下这帮小孩子鞠了一个躬,然后用很好听的京腔说:“同学们,咱们认识一下。”然后他在黑板上写了自己的名字。三个字写得很大,用粉笔写的。接下来点名。点着谁的名谁站起。李发贵、王阿狗等。点到十千时,他站了起来,他听到孩子们在后边嗤嗤地笑。他回头,笑声更烈。猛然省悟,知道同学们在笑自己的耳朵,他顿时感到双耳沉重异常,把脖子都压擂了。他自然想到了父亲对这两只耳朵的厚爱,想起刘玄德。大声吼叫:“等我当了皇帝,灭你们的九族!”

“大耳朵!大耳朵!大耳朵!”

“同学们,不要吵闹!”王石清平息了吵闹,说,“男子汉不在乎生着什么相貌,关键要看有没有学问,有没有本事。王十千同学有两只大耳朵,咱们山东省里,还有一个生着两只大耳朵的人。这个人才华出众,胆识超人,他是中国共产党的创建人之一,去过俄罗斯,见过大世面,会写文章会演说,是咱山东的人杰也是咱中华的人杰。如果他来了,同学们会嘲笑他的大耳朵吗?”

“不会!”

“那么,希望大家也不要嘲笑王十千。”

“他不是人杰呀!”

“只要努力,他会成为人杰的;只要努力,你们都会成为人杰的。”

六

第一天上学十千先恼后喜。小学堂给他留下了十分美好的印象。放学时王石清与三位教员一起，站在校门口，礼貌地送众学童回家，像送客人一样。老冯看样子早就在门口等候了，见了十千，鞠了一个躬，道："少东家学堂念书辛苦。"十千看到同学们在看自己，联想到耳朵与人杰、东家与长工的关系，不由得洋洋得意，说："老冯，跪下，驮着我！"老冯立即跪下，让十千骑到自己的脖子上，嘴里叨咕着："少东家坐稳，少东家坐稳呵。"老冯毕竟有些年纪了，脖子上骑着个十几岁顽童，站立时有些吃力。十千用只手抓着老冯的头发，用两只脚后跟磕打着老冯的胸脯，嘴里说："嘚儿驾——老马快跑！"老冯十分听话地跑起来，跑得呼哧呼哧喘粗气。骑在老冯脖子上，十千故意不回头，他知道教师和同学们都在看着自己，心中愈发得意起来。

吃饭时百万向十千问起学堂里的情况，十千高兴地说："爹，老师夸我的耳朵长得好哩！"

百万喜欢得把眼睛眯成两条缝，追根刨底地问老师是怎样夸奖的。十千便添油加醋地把王石清的话复述了一遍。百万捋着胡须沉吟着说："我怎么不知道山东有这么个人杰呢？老冯备上骡子，下午进城，去打听打听。"

七

英文课，挺新鲜。几十个男孩子怪腔怪调，把教室变成了池塘。满池塘蛤蟆叫。新来的校友兼炊事员老何摇响了下课铃。姚先生宣布下课。憋了一小时的顽童们箭一般往外射。十千也跟着往外射。不知谁在后边推了他一把，使他的脑门接触了姚先生柔软的腰部。他感到脑门上痒酥酥的，不由得龇着牙抬头看姚先生。姚先生的脸皮像成熟的桃子一样，粉红颜色，一层细细的白茸毛。这个龇着牙咧着嘴高擎着大耳朵的男孩让她心头一怔，随即又感到他滑稽古怪还有几分可爱。她不由得把手伸出去，用食指和拇指捻了一下他的耳朵。这一捻令十千终生难忘。这一捻甚至决定了十千一生的命运。当然这是我的一家之言。那些写文章回忆王十千的老先生们提到过姚先生,说她喜欢捏十千的耳朵。

前两堂国文课上,王石清讲了些“共产”“革命”之类的东西,十千似懂非懂。还有什么“苏维埃”“布尔什维克”,十千也是似懂非懂。那些穷家孩子可能天生具有革命基质,听了王石清的鼓动宣传后,立即进行实践。英文课后,孩子们挤到厕所里小解,哗哗哗,一阵好响。十千也在其中。完事后,一声暗号,十几个孩子一拥而上,把十千摁在尿泥里,给了他一顿布尔什维克式的革命拳脚。革命成功后,一哄而散。剩下十千一个人趴在尿泥里痛苦思索。他不明白同学们为什么揍他。

英文课后是谷先生的地理。讲了五分钟名山大川后谷先生才发现少了一个人。立刻知道少了谁。谷先生问:“王十千呢?王十千呢?”顽童们低头不语。谷先生手持教鞭拷问生着一张马脸的学生聂高寿。聂高寿家里穷,穿得破,对富家子天生有仇。谷先生家里是地主,心有灵犀,一眼就看出了谁是阶级敌人。他抽了聂高寿一教鞭,问:“说,王十千呢?”聂高寿是无产阶级的软骨头,一鞭就招供:“在厕所里,不是我一个人干的!”“他在厕所里干什么?”谷先生问。“我们革了他的命……”聂高寿说。谷先生脸白如纸,扭出教室,花着腔喊:“不好了,校长哟,出了人命啦!”

王石清和陈先生、姚先生都跑出来,齐问究竟。谷先生说:“王十千被这帮小子在厕所里革了命了。”一听,都紧着往厕所跑。

厕所在教室后边,借着围墙用玉米秸夹成的障子,露着天,就地挖一个坑就是。男孩不规矩,都喜欢往障子上滋,玉米秸子全都湿了半截,有股臊气。十千脸朝下趴在尿泥里,一动不动,好像死了一样。教员们都“啊”起来,姚惠姚先生“啊”得最响亮,四个人你一把我一把地将十千扶起来,石清伸手摸摸十千鼻孔,万分庆幸地说:“还喘气,没死!”四个人把十千抬到教员办公室里,平放到办公桌上。姚先生打来一盆水,用自己的手巾沾着水擦十千脸上的泥。其时十千已经清醒,脸上感觉到极端地舒适温柔,从眼缝里看到姚先生那张月宫仙子般的美丽脸庞,幸福得直想哭泣。待到姚先生为他擦洗耳朵时,仿佛天翻地覆,死去活来,热泪滚滚而出。

“太不像话了,一定要惩罚这些穷小子。”谷先生拍着桌子说。

王石清扶十千从桌子上下来,问:“十千,你感觉怎么样?”

十千双眼发直,盯着姚先生,两扇大耳朵红如鸡冠,颤颤抖嗦,宛若两只站在架上耸动着周身羽毛等待喂食的鸟儿。

姚先生被他这两只耳朵吸引住了,脸上出现了痴痴迷迷的神情。

陈先生轻拍了一下姚先生的肩头,不无嘲讽地问:“姚先生在观看什么庄严法相?”

姚先生从痴迷中醒来,有点不好意思,说:“密斯特陈,你看他那两只耳朵,简直不可思议。”

而这时,没有了姚先生的关注,十千的耳朵突然失去了神气,像两只斗累的公鸡。

王石清说:“根据达尔文的理论,这可能是一种返祖现象。”

姚先生道:“不对不对,猿类的耳朵是很萎缩的,哪似他的这般生机勃勃?”

谷先生说:“还是讨论讨论怎么去向柏园先生交待吧!没了他的支援,咱这学校立即就垮。”

王石清道:“好,好,王十千,你挨打的事,我们马上就调查,对打人者一定严肃惩处,希望你能暂时不告诉王老先生,免他生气。”

十千肉体上虽然有痛苦,但因挨了打而得到了姚先生的抚爱,并且使自己的耳朵有了一次表现机会,所以很痛快地说:“我愿意保守秘密。”

八

星期六下午,石清把十千叫到自己的办公室兼宿舍。他让十千坐在凳子上,倒了一碗水给他。十千说不渴。石清又从抽屉里摸出两块用花花纸包着的硬糖块,说:“这是日本糖果,姚老师从青岛带来的。”十千也礼貌彬彬地说:“谢谢校长。”然后小心翼翼地剥掉糖纸,将糖块放在嘴里含着融化,一股酸甜的味道刺激得唾液大量分泌。他打量着房子里简单的陈设:一张三抽桌,两把方凳。一张木架子床,一把用棉絮和蒲草套着的茶壶,四个碗。三抽桌上摆着笔砚之类,桌前墙上挂着一张肖像画,画上的人胡须茂盛,头发卷曲,像个老狮子模样。石清见十千对着那张画像出神,便问:“十千,你知道这个人是谁吗?”十千摇摇头,表示不知道。石清道:“这个人就是全世界穷人的总头领,德意志人麦喀士。”十千大睁着双眼,不知所云地点点头。石清见他如此,便简短截说地把一些革命道理与实践告诉他,十千听得十分神往。

石清又道:“十千,知道同学们为什么要揍你吗?”

十千道:“因为我的耳朵。我的耳朵比他们大,他们嫉妒我。”

石清大笑起来,说:“错到哪里去了!耳朵大并不是优点呀。”

“您不是说大耳朵可以成人杰吗?”十千道。

石清笑着说:“我什么时候说大耳朵就可以成为人杰,我是说我们山东省有一个人杰生着大耳朵,你长得跟他很相像。”

十千脸上显出失望的神情。

“当然,你可以成为人杰,”石清说,“我让你见见这个人的字。”

石清从枕头下抽出一封信,抖开信笺,让十千看那人行云流水般的秀丽字迹。接着又告诉十千,此人名叫赵赤州,是诸城人。

十千忽然问:“先生,您是不是布尔什维克?”

石清道:“你看我像吗?”

十千说:“我看您像。”

石清道:“你看像就是。”

十千又问:“姚先生也像布尔什维克。”

石清没有肯定也没有否定,微笑着说:“十千,我告诉你同学们为什么要揍你——他们恨你摆大少爷架子,骑在长工头上作威作福。要知道,人是平等的。”

十千说:“他是我爹花钱雇来的,我当然可以骑他。”

石清说:“你爹的钱是哪里来的?是你爹亲手劳动挣来的吗?”

十千说:“我爹有土地、有店铺、有烧酒锅。”

石清道:“你还小,渐渐会明白,你爹的财富是剥削来的,布尔什维克的最终目的就是要消灭剥削,把土地、财产从地主手里夺回来,还给穷人。”

十千说:“那我爹不会答应的。”

石清说:“这就要搞阶级斗争。”

十千说:“什么阶级斗争?”

石清说:“就是穷人和富人斗争呀。”

十千说:“那聂高寿、赵阿四他们打我就是阶级斗争了?”

石清道:“事情没那么简单。但是我告诉你,将来的世界必定是赤旗的世界,天下也是布尔什维克的。你如想做人杰,就必须和布尔什维克站在一起。”

十千说:“那个大耳朵的人杰家里有钱吗?”

石清道:“他家里钱不多,但很多人杰家里钱很多,他们把家里的钱拿出来,分给穷人。”

十千说:“要是不拿呢?”

石清道:“早拿的成人杰,晚拿的丢脑袋。”

十千说:“我当然想跟那个大耳朵叔叔一样,成为人杰。”

石清道:“事情不那么简单,要慢慢来。我这里有一些书,借你回去看。”

据说,王石清借给王十千的书是《共产党宣言》和《赤色的俄罗斯》。

十千接了书,鞠了一躬,说:“谢谢先生!”

石清捏了一下他的耳朵,说:“爱护着看,千万别弄丢了。”

十千耳朵被捏,又感到幸福袭来,但这感觉比不上姚先生捏耳朵时的感觉强烈。

九

十千心里渐渐浓厚了对王先生和姚先生的感情。他看完了王先生借给的书,又从姚先生处借了几本。姚先生还笑着说过:“你快成了少年布尔什维克了!”

先生们的厚爱,使十千心里温暖,他觉得应该想法为先生们干点什么。八月中秋节,家里来送礼的人络绎不绝,月饼、活鸡之类成堆成群。十千跟百万说:“爹,这么多东西,咱又吃不了,何不送些给学校的先生?”

百万打量着儿子,问:“先生们怎么样?”

十千说:“非常好,对我格外好!”

百万说:“哼,他们不敢不对你好,我捐了二百大洋!”

十千说:“你答应了?爹。”

百万说:“好吧,让老冯打点一下送去。”

十千说:“不用老冯,我自己去送。”

百万说:“也好。”

十千拣了十几封月饼、四只肥鸡,背到学校去。先生们自然很高兴。王石清问是谁让送的。十千说是爹让送的。谷先生说柏园前辈真是一方贤士。陈先生说王老先生是开明士绅。姚先生说十千你爹还挺大方。王先生说:“十千回去代我们谢谢王老先生。”

姚先生捏着十千的耳朵说:“大耳朵,你越来越可爱了!”

十千的耳朵欢欣跳跃,颜色变化迅速。

十

在1924年至1927年间,姚先生捏过十千耳朵不下十五次。每一次都让十千感动。为了得到这幸福,十千跟百万要钱资助学校。起初,百万还勉强答应,后来就坚决拒绝。这使十千丧失了耳朵挨捏的机会,百万因此变成十千获得幸福的障碍。

1926年冬,国民革命军在广州誓师北伐,革命浪潮滚滚北上,一时举国兴奋,巴山镇也不例外。英才小学堂的教师多系新派人物、热血青年,校长王石清又是共产党,所以,小学堂成了巴山镇革命空气最浓厚的地方。

先是校长王石清召集全校大会(此时学校已有一百二十多名学生,并新聘了四名教员),动员全校师生上街宣传、募捐、声援北伐。小孩子们听说可以不上课,上街游行,个个欢呼雀跃,十千也不例外。

在巴山镇范围内闹腾了几天,反应不大,王石清去了一趟县城,回来后便说要与县中和县里几所小学联合行动,逐乡逐镇宣传,以唤起民众、声援北伐。为了整齐好看,提高英才小学在全县的地位,姚先生提议学校购置洋鼓铜号,成立军乐队,并买布制作统一校服、校旗、彩旗等。大家都说主意甚好,但校长王石清说学校没钱。初步匡算一下,要实现姚先生的设想,需要现大洋三百元。三百元大洋可不是小数目。有人建议募捐,但根据前一段募捐的情况看,在男人还有留小辫、女人还在缠小脚的巴山镇要募捐得此数目大洋是不可能的。

十千马上就知道了姚先生这流产了的绝好建议。耳朵的渴望、成人杰的梦想、布尔什维克的召唤使他飞跑回家找爹。

其时百万正在柜房里与账房先生范大傻子算账。十千闯进柜房,气吁吁地说:"爹,给我三百块大洋!"

范大傻子停住算盘,恭敬地说:"少爷!"

十千冲着百万又道:"爹,给我三百现大洋!"

百万扶扶老花镜,道:"你要这么多钱干什么?"

十千把事情原委说了一遍,百万严厉地说:"不行,为这个学校,我出血够多了。"

十千力争道:"这是为了革命!"

百万道:"革什么命?三百现大洋,好大的口气!"

十千道:"你不拿就是劣绅!"

百万愤怒地说:"你给我滚出去!"

十千含着两眼热泪跑出账房。在街上转悠了一圈,想到如能拿到大洋,姚先生必定会高兴地跳起来,会拍着自己的头顶、扯着自己的耳朵夸奖自己,等等诸般情景,不由得心跳如鼓,心驰神往。树上乌鸦啼叫,把他从幻想中唤醒,百万狰狞的面貌浮现眼前。钱是决计要不到了。同班一男孩正从街上担水回来,见他眼睛里有泪,便问:"王十千,哭什么?"他擦着眼,说:"谁哭啦?被沙子迷了。"那同学被两桶水压得肩膀倾斜,双腿罗圈,顾不上跟他多说,挑着水歪歪斜斜走了。

十千怕再碰到熟人,便无精打采地回到大宅院里去。过了二门,隔着花棂子窗,听到百万正在对大娘发火骂人,听来听去,竟是骂自己的。大娘不但不劝解,反而添油加醋地说:"我早就说过,这个败家子不像你的骨血。查查咱王家十八辈,哪一个是这副长相?"十千听罢,心中怒火万丈,正要进去跟大娘理论,又听到二娘帮腔道:"准是那个骚狐狸趁老爷不在跑出去招的野种!"接着,屋里啪啪两声响,是巴掌拍到桌子上的声音,只听到百万吼道:"闭了你们的臭嘴!"十千怕被他们发现,便蹑手蹑脚回到自己的房中去。

吃饭时,大娘二娘板着脸,百万也板着脸,十千心里不痛快,也板着脸。胡乱吃了几口,放下筷子要走,百万喊住他,说:“十千,我送你去学堂,是让你去学本事,将来好支撑家业,那些党派的事,你离着远点。我去县里打听过,那个大耳朵的赵赤州是个共产党,整日价南跑北窜,不干正事,把家里折腾得吃糠,你不要去学他。”

十千道:“我们校长、姚先生都说他了不起,有大本事。”

百万道:“那他们也不是好东西。”

十千感到怒火从心底升起来,想:爹诋毁了大耳朵赵赤州,等于否定了我,也否定了我的耳朵,否定了我的耳朵就等于否定了我的一切。于是他说:“等北伐军来了,砍你们的头!”说完,转身就走。

第二天去学校,见到姚先生愁眉苦脸的样子,十千感到心中非常难过,便想方设法凑近姚先生,心乱如麻地说:“先生,你别难过……”

姚先生习惯地捏捏他的耳朵,说:“十千,我家里像你家里那么有钱就好了!”

她捏着十千的耳朵说的这句话在十千的心中激起了万顷波浪,姚先生呵姚先生……姚先生……至亲的姚先生……无法言表的姚先生……为了你,十千什么也不顾了……爹不给钱,我就偷!

是夜,十千潜入爹的卧房,解下了爹腰上的铜钥匙,开启了爹床底下的檀木柜子,提出了两只装满大洋的白羊皮袋子。他不敢点数,咬牙屏气,控制着喘气和哆嗦,把柜子锁好,把钥匙拴回,然后提着口袋溜走。回到自己的房子,不敢点灯,松开袋口,伸手触摸着那圆圆硬硬的东西,竟如触摸冰块一样,寒气沿指尖上升,连半条胳膊都僵硬了。他盘算着如何把这些银洋带到学校去。连夜出去?大门二门关闭,大门旁耳房里还有值夜的长工,一开门必定惊动家里人。爬墙出去?狗窝里那两条忠心耿耿的大狗会狂吠不止,墙高丈余,自己也爬不上去。只有等明天上学时,装在书包里夹带出去。抱着两袋大洋,他又惊又怕,难以入眠,尽管门上闩已插,还是感觉到爹随时都会推门进来。天未亮时,他把书包里的书本拿出一部分,塞到褥子底下,把大洋装在书包中央、然后把书包放到枕头旁,又挪到桌子上,再挪到窗台上,重新挪到桌子上,再次放到枕头旁。反复折腾,竟然抱着书包睡着。丫环的敲门声差点把他吓死,连说话的声音都变了调,抱着书包的他像一只被狼逼住了的羊,说:"谁……谁……"那丫环道:"少爷,是我。"听出了丫环的声音,他问:"找我干什么?"丫环道:"老爷和太太等少爷吃饭。"他说:"我不吃了! 我不吃了!"话一出口,立即觉得不妥,忙改口道:"我马上就去!"急忙把书包用被子蒙好,开了门,胆战心惊地挪到正厅门口,腿发软眼发花,拧拧大腿,咬咬嘴唇,推门进去,见到几张脸都冷若冰霜,好像要审讯犯人一样,不由得头晕目眩,眼睛不能视物,默念着姚先生给我力量,勉强支撑住,见爹与大娘二娘都盯着自己,心里更加害怕。战抖抖的屁股刚要沾板凳,听到爹说:"好啊,你真出息了!"十千猛然挺直身,冷汗顿时满头满脸,心里好一片灰白,又听到爹说:"古人云'黎明即起,洒扫庭院',你可好,连吃饭都要人请!"十千心中一块石头落地,心像欢娱的小鸟一样跳跃,口中却说:"爹,是我不对,我一定改过!"

吃饭时,十千故意说笑,显出轻松活泼的样子,脸上的冷汗却擦了又冒。惹得百万生疑,问:"你就那么热?"

十千说夜里伤了风,搪塞过去。

吃罢饭,他恨不得一步蹿到学校,但百万却又留住他,教训了半天,十千心里如火燎,却必须装出恭顺的样子,嘴里连声诺诺。

总算熬得百万施教完毕,十千回到房中,背上沉甸甸的书包,左看也觉得书包变了样,右看也觉得书包里有大洋,踌踌躇躇,不敢出门。后来把意识集中到姚先生那张明丽动人的脸上,咬牙切齿,做出轻松自然状,走完自房间至二门、自二门至大门这段路。这段不足十丈的距离,在十千的感觉里竟好像数万丈长。他感到爹那两只黑森森的眼睛正像枪口一样瞄着自己。

十一

巴山镇英才小学的队伍赶到县城边缘时,已是太阳东南晌光景。四十里路的跋涉,使学生和先生都疲惫不堪。校长让教体操的黄先生把队伍吆到城墙根避风处歇息歇息。黄先生将一只用硬纸壳糊成的喇叭筒子按到嘴上,喊道:“各班注意——校长指示——城墙根休息——”

校长对黄先生说:“让大家吃点干粮,整齐衣冠。”

黄先生又喊:“吃点干粮——整齐衣冠——”

十千与众学生蜂拥到城墙边。

天上追逐奔驰着一些极大极厚的灰白云团。只要有一块云团遮了太阳,立刻就有雪花飘下。风是东北风,阴冷、峭劲。太阳时出时没,天空时晴时阴。

靠在墙根上,十千感到在路上被冻僵的耳朵渐渐缓过热来,一道道细如游丝的热在耳轮上爬行,又痒又麻又痛,难过得他想哭。他已经有两个冬天不戴帽子了——偶尔戴戴单帽,从不戴能放下耳扇保护耳朵的棉帽——学生们掏出干粮,没有水,就着风雪干啃。十千的干粮在姚先生的袋子里。姚先生走过来。她穿着浅蓝色薄棉袍,外套一件开胸毛坎肩,脖子上围一条又厚又长的白色大围巾。齐着肩膀的黑发,额上梳出一帘薄发,齐着眉毛。她的脸蛋赤红,嘴里喷吐着洁白的雾气,鼻子上挂着晶亮的小汗珠儿。在十千眼里,此时的姚先生是无处不佳,胜过了世上最美的风景。

“十千,吃点干粮!”她从花布包里摸出一个夹肉烧饼。

十千眼睛潮潮地看着她。

“你怎么了?”她问。

“我……我的耳朵……”泪水盈满了十千的眼睛。这时恰逢云过日出,明丽的阳光下,十千那两只耳朵红得好像燃烧的火,显得格外娇娆。一个眼尖的女学生(英才小学招了十几个女生)惊喜地喊道:“快看王十千的耳朵呀!”

同学们、先生们把目光集中到王十千耳朵上,不由得都忘记了咀嚼口中的干粮。真是好耳朵!全世界也难见到这么美丽、这么出色、这么骄傲的耳朵。这样红的耳朵。这样大的耳朵。这样感情丰富的耳朵。十千的耳朵令他们赞叹不已。

十千听到姚先生轻轻地呻吟了一声。那呻吟声极细、极微弱,是姚先生灵魂深处的呻吟,但十千还是听到了。紧接着,姚先生手中的夹肉烧饼落地,滚到结着冰的壕沟里。姚先生伸出手。姚先生伸出那两只白皙的、胖乎乎的小手,轻轻地捂住了十千的大耳朵。自然是右手捂住左耳,左手捂住右耳。两股热流冲击,十千全身的骨头都像雪一样化了。他瞳孔扩大,口出怪声,一股热乎乎的东西从那个初生羽毛的小东西中滑出来。当然,旁观者谁也没有想到这一层。他们只是看到,姚先生的小手捂着十千的大耳朵,像一手捂着一只大鸟,捂不严实,露出了耳轮的耳垂。十千的耳朵在姚先生手里并不老实,它们扑扑棱棱地抖动着,刺激着姚先生的神经。姚先生已是发育成熟的姑娘,她以往捏十千的耳朵、看十千的耳朵,只是感到好玩、感到好看,包括十几天前十千送来四百大洋时她兴奋地吻了他的耳轮,也不过在好玩好看的基础上加了一点感激之情。但这次大不相同,这次那只鲜红的、挺立着、颤动着的大耳朵向她传达着一种强烈的情爱信号,使她心醉神迷难以自持。握着、揉搓着大耳朵时,温馨的热流从她口中喷出,她感到心中充满激情,充满柔情,充满无限的怜爱之情。

又有一大团厚重的灰云把瘦弱的太阳吞没了,随即又斜斜地落下雪花来。王石清告诉黄先生:“整齐队伍,奏乐进城,呐喊口号。”

黄先生匆忙清清喉咙，举起喇叭筒子喊："整齐队伍——奏乐进城——呐喊口号——唤起民众——支援北伐——"

太阳一进云团，姚先生就松开了手。十千的两件珍宝顿时垂头丧气，失去了光彩。姚先生在光线阴暗时心头一震，省悟到自己的失态，脸皮一红，说："十千坚强点，耳朵冷点不值得流泪。"

十千怔怔地望着姚先生，像丢了魂魄。

学生乱纷纷重排队伍，整理身上新做的校服。军乐队的鼓手们把吊鼓绳套在脖子上，戴好白手套。号手们甩甩号，擦擦号嘴。钹手把钹鼻上的红绸带挽到腕上。十千敲鼓不会，吹号不响，打钹手酸，只好举着一面红色小纸旗。校长走过来关切地问："怎么样十千？耳朵冻坏了？"

十千六神归位，说："没有。"

校长解下围巾，想把十千的耳朵包起来，十千坚决不让。校长笑了笑说："就凭着这两只红耳朵，也要让你参加布尔什维克！好，跟上队伍，用力呼口号。"

十千点头。

校长重重地拍了一下他的肩头，说："这次游行宣传你立了大功劳！"

十千知道校长是指那两口袋大洋的事，在高兴的同时，心头不由得升起阴云。那天他把大洋背到学校后，直奔姚先生宿舍。姚先生上午没课，在宿舍里洗头。刚洗完，披散着头发，上身穿一件单衬衫，高挽着袖子，衣领怕弄湿、窝在脖子里，露着光滑的白脖颈和两节肉滚滚的胳膊，左腕上还套着一只绿玛瑙镯子，胸上露着一点白，两个小乳宛如两个小馒头。十千把这些看在眼里，只感到醉晕晕的，虽说没有什么私心杂念，但也把大洋的事忘了。双眼忍不住地往姚先生身上瞅。

姚先生道："十千，你干什么？有什么事闯来？"

十千一惊，慌忙打开书包，把两口袋大洋提出来，沉甸甸地捧到姚先生面前。说："大洋。"姚先生吓了一跳，接过口袋，问："哪弄来这么多大洋？"十千说："俺爹捐献的。"姚先生解开袋口、抓得大洋哗哗响，说："多少？"十千也不知道数目，说："俺爹没说。"姚先生放下口袋，拍着巴掌说："好极了好极了，我的计划可以实现了！"然后，抱着十千的头，在他的两个耳朵上各吻了一口。她湿漉的头发和香香的脸让十千终生难忘。

姚先生拉着十千去见校长。听说了原委，石清也兴奋异常，搓着手，来回踱，嘴里说："开明绅士，开明绅士。"石清拉着十千的手，说："十千，我们要向你父亲当面道谢去！"十千慌忙说："别去别去！俺爹到县城店铺里算账去了。"十千一个谎竟撒中了，百万竟真的在第二天去了县城……

千万别让我爹知道呵，十千想。

队伍穿过城门的高大穹隆，从一条小巷子斜插过去，三五分钟后，便到了店铺鳞次的繁华街道。十千初次进城，处处新鲜，眼睛有些不够用。听到前头传令下来：不许东张西望，要像平时操练那样，挺胸收腹，目不斜视。这时听到哨子响：嚯、嚯、嚯嚯嚯。嚯、嚯、嚯嚯嚯。十千的脚步不由自主地跟着哨子的节奏走。大鼓突然敲响，小鼓、铜钹随即跟上，嘭、嘭嘭嘭嘭嚓！嘭嘭嘭嘭嘭嚓！嘭嘭嚓、嘭嘭嚓、嘭嘭嘭嘭嘭嚓！稍一停顿，号手一齐把金光灿灿的铜号举起来，指挥把彩棍一扬，铜号齐鸣：嘀哒嘀哒嘀嘀哒、嘀嘀哒嘀哒……嘭嘭嚓嘀嘀哒嘭嚓嘭嚓嘀嘀哒……十千被这昂扬的军乐感染，周身热血澎湃，暂时忘掉了怕被父亲看见的恐惧。军乐队演奏了十分钟，暂时休歇。姚先生手持一面小红旗，站在队伍的腰部，举起持旗的手，面对着队伍也面对着十千，高声喊道："打倒军阀！"十千也举起小旗、学生们齐举小旗，大声呐喊："打倒军阀！"姚先生喊："打倒列强！"学生喊："打倒列强！""北伐胜利！""北伐胜利！"……好一阵呐喊，嗓子累得冒了烟。姚先生嗓音清脆,宛若银铃。然后唱歌:打倒列强打倒列强除军阀除军阀——国民革命成功国民革命成功齐欢唱齐欢唱——军乐又起,嘭嚓嚓、嘀嘀哒。整齐的队伍,崭新的校服,热情的呼号。太阳依然出出进进,青石板道上飞快滑行着巨大的云影。观者如堵。豆角辫遗老撇嘴。三寸金莲惊诧。长袍马褂冷眼。洋服革履扬威挥舞司提克。黑衣警察默立。青天白日生辉。杏花村酒香。福源钱庄铜臭。孙记货栈冷静。县党部燥热。一色青石板路啪啪响。队伍热热闹闹。穿过沧湾街,越过龙王庙,望见超然亭,又窥夫子庙……一行迤逦,摇旗呐喊,到达南校场,与县立中学、茂华学堂、省立四师范等等诸校学生会齐,开声援北伐全县学界誓师大会。一个用松木杆子苇席扎起的演讲台,台前挂着红布条幅,上缀白色大字。全县学生千余人,观者逾万。有点冷,僵立不动。县党部执行委员余某上台演讲。余身着黑制服,头戴黑礼帽,黑脸膛,左眼周围一圈带毛黑痣,精瘦,站在台上手舞足蹈,嗓音尖锐。演讲声嘶力竭,慷慨激昂,内容记不住,只记得赢来阵阵掌声。后来各界代表轮流上台演讲。共产党代表也上了台。国共合作。姚先生是上台演讲的唯一女性,仪态端庄,举止大方,言辞流畅,台下傻了一片人,最傻了的当属十千。每逢太阳露脸,台上的姚先生便皎洁如冰雕玉琢。于是,十千便暗暗祈求太阳不要被云团遮住,云团不要遮住太阳。有时似乎灵验,有时根本不灵。

誓师大会后又沿街游行,英才小学堂的师生经过长途跋涉,僵立半天,冻饿交加,此时已是萎靡不振,校长传令大家拼出最后的精神,为英才争光。姚先生指挥歌唱鼓舞士气。

此次来县游行,英才小学服装整齐,军乐仪仗威风,确是大大出了风头,令县城里人大开了眼界。当日的威风今日还在流传。这全仗了十千盗出的四百元大洋。

队伍走到沧湾对面的斜街上时,"积善绸布庄"里窜出了百万。从人堆里准确地拧住了十千的招风耳,说:“小杂种,你给我回去!”

十二

在绸布庄的后堂里,十千就挨了百万两个结结实实的耳光。十千被扇得双耳里蜂鸣,但没有哭。他心中充满对这个老财主的仇恨。使他仇恨老财主的一个重要原因是老财主在众目睽睽之下揪住了他宝贵的大耳朵,并且,老财主还侮辱了上来劝解的王校长和姚先生,当然侮辱了姚先生比侮辱了王校长更使他愤怒。老财主骂姚先生是“臭婊子”。

百万将十千倒剪了双手装在一辆黑色花格子木轮车上往巴山镇驶去,车子由两匹健骡拉着,跑得飞快。这是百万的专车。百万骑着一匹红骡,跟在车后小跑。

十千其时是十五岁左右年纪,已具备了独立思考问题的能力。他坐在车上,起初很麻木,后来想到跳车逃跑。车子颠颠地往巴山镇蹿,路旁的萧条景色在车厢格子里滑进滑出,结果使他想跳车逃跑的念头也在脑子里滑进滑出。

回到巴山镇,已是掌灯时分,百万又是拧着他的耳朵把他拧到当年开汤饼会的客厅里,把他拴在一根柱子上。然后出去,寻来一根马鞭、一块破布,先堵了十千的嘴,然后抡起鞭子,劈头盖脸一顿好抽,抽得十千血流满面。百万掷鞭于地,倒退两步,跌到一张太师椅子里喘息。

大娘和二娘闻讯赶来,戳着十千的额头骂。

十千周身痛疼,泪水涌流,身体不由自主地扭动。

老财主上来,拽出十千嘴中的破布,问:“杂种,你还敢不敢了?”

十千大口喘着气,顾不上回答。

大娘说:“老爷,快把这个败家的妖精弄死吧,要不然,咱都要毁在他手里!”

二娘说:“老爷,他压根就不是咱王家的子孙,不知是何方冤鬼来投胎败咱的家业。”

昔日那个白日梦一定又清晰地出现在百万眼前。细一打量,眼前这家伙与那个叫花子竟是一模一样。百万哆嗦着,从一根手杖里拔出锥刀来,举起白森森一条寒光,说:“孽障,不是我毁了你就是你毁了我,与其等你毁我,不如让我先毁了你吧!”

十千眼前一黑,哭叫一声:“爹——亲爹——我再也不敢了——”

伸到十千胸口的利刃停住了,百万抖颤起来。

十千又道:“爹呀,你杀了我,谁给你养老送终?”

十千这句话击中了百万的要害。他垂下胳膊,扔掉刀,突然老泪纵横。上前抱住十千的头,哭着说:“大耳儿呀大耳儿,你改过就好。爹辛苦一生,挣下这份家业,早晚都是你的,有钱人敬你,没钱狗咬你,儿呵,你要好好守住啊……”

十千感到百万那两只揉着自己耳朵的手又凉又腻,像十条小蛇在蠕动,极度的反感使他浑身起了一层寒栗。但双手被捆,无法摆脱。大娘二娘哭着说:“十千啊十千,俺是恨铁不成钢才说了那些狠话,娘是为你好啊……”

十三

十千回到学校,俨然成了英雄。同学们尊重,先生们夸奖,但十千并不幸福,因为,姚先生再也不抚摸他的耳朵了。

走到池塘边,十千把头伸出去,在如镜的水面上研究自己的耳朵。走到水井边,十千把头伸出去,在幽深的水面上观察自己的耳朵。在新买来的小镜子里,十千端详自己的耳朵。有时他觉得自己耳朵没变,还是像从前那样生动美丽;有时他觉得自己的耳朵变了,变得苍白、单薄、无精打采、丑陋不堪,像两只猪耳朵,像两只驴耳朵,像两块破布,两块破皮子,两只悬挂着的破鞋子。他伤心地哭了,他感到一切都完了,再也活不下去了。

一转眼到了1928年,十千的精神状态没有丝毫好转。学堂还是天天去,但什么东西也学不进去。

一件偶然的事情使十千受到了启发:巴山镇来了一个野戏班子,在王家祠堂唱戏,戏子们脸上抹着很重的颜色,耳朵显得特别白。十千反其道而行之,第二天上学时,就用颜色把双耳涂成了鲜红。走在去学堂的路上,人们都指指点点地说笑。十千对人们的议论感到满意。他高擎着因涂了红色而重新引人注目的耳朵跑进学校,躲在厕所里装出恭。一直等到上课铜铃摇过之后,他才出来。他知道第一堂课是姚先生的英文。为了强化效果,他看到姚先生挟着课本走进教室之后,才一步步挪近门口。他在门口大声报告,吸引了全体同学和姚先生的目光,然后昂着头,运着全部的精神,让双耳翩翩欲飞。这时他并没有忘记观察姚先生,他看到了姚先生的满脸惊愕之色,似乎还听到了从她的胸腔里迸发出来的那种细如蛛丝的呻吟之声。泪水顿时迷蒙了他的双眼。他的心在欢呼雀跃。他的两扇血红的大耳朵真正地舞动起来,他自己都能看到它们扇动起舞的血红英姿。

他初进教室时,同学们先是一愣,然后突然爆发了哄堂的大笑。当他的耳朵跳起神奇又古怪的舞蹈时,笑声却戛然而止。孩子们吃惊地注视着这空前的景象,个个聚精会神,呆若木鸡。时至今日,当日目睹了这奇景的幸存者都已是耄耋老翁,他们也许把一生经历中的许多事情都忘记了,但却忘记不了这美妙无比的耳朵舞。

十千在他的座位上坐好,耳朵继续猖狂表演了几分钟,便渐渐安静下来。只有那两个耳垂和耳轮顶部还偶尔跳动几下,很像进入休息状态的鸟儿挪动一下脚爪或者用嘴巴啄理一下羽毛。

姚先生脸色煞白，只剩下双唇还有点血色。十千听到她牙齿紧紧咬住嘴唇的声音。她用没有血色的手拿起课本(她的血都到哪里去了呢？十千想)说："现在……"她的嗓子哽住了。她抬起头来，眼前立刻又飞舞起红色的耳朵。随即，全体学生都看到，姚先生夹起课本，呜咽着跑出教室。

姚先生的跑走使十千心如刀绞。他知道姚先生是为了自己的红耳朵逃走。他知道耳朵是联系自己跟姚先生的桥梁，踏着这道桥梁，可以走到姚先生内心深处最隐秘的房间里，那里摆满了香气扑鼻的瓜果。姚先生曾经用双手接通了这桥梁，但现在却抛弃了这桥梁。

校长王石清走进教室，从诸多耳朵中他第一眼就看到了十千的耳朵。这毫不奇怪，因为十千的耳朵确是古今未有过的耳朵，何况还涂了红颜色。他说："姚先生身体不舒服，这一课改自习。"学生们都愣着不动，他又说："快自习，快自习！"然后他说："王十千同学，你跟我来一趟。"

王石清把王十千带到自己的宿舍。十千看到姚先生正坐在三抽桌前捂着脸哭。石清道："十千，你怎么把姚先生气成这样子？"十千看到姚先生哭，不由得热泪汩汩而下，似乎比姚先生还要悲痛。石清左顾右盼，叹一口气，说："你们这是演的哪出戏？咹？"

姚先生泪眼婆娑地说："他的……耳朵……"

石清道："十千，你出什么洋相？你自己找个镜子照照去。"

十千只哭不动。

石清从墙角的水缸里舀了一瓢水倒到搪瓷盆子里，说："快把耳朵上的颜色洗掉。"

十千依然不动。

石清有些生气，说："难道还要我替你洗？"

十千无奈，只好用脸盆里的水洗了耳朵，洗得满脸盆血红。

石清道："你看你把姚先生气成了什么样子，还不快去道歉。"

十千踱到姚先生面前,弯腰鞠了一躬,说:“姚先生,我错了。”

姚先生擦擦泪脸,说:“十千,求求你,再也不要往耳朵上抹颜色了。”

石清道:“姚惠啊姚惠,你怎么像个小孩子一样?”

石清笑着,拧住十千的耳朵,说:“你这个大耳朵的小布尔什维克,再也不许装神弄鬼吓唬姚先生了。”

十千点点头。

姚先生脸上有了血色,看着十千说:“你其实还是个小男孩呀!”

石清嘲讽道:“你好像比他还小。”

十四

有一天上午,一群穿黑军衣、扎白绑腿的士兵在谷先生的引领下闯进了学校,包围了办公室,当着全体学生的面,抓走了王石清和姚惠。陈先生质问谷先生:“老谷,为什么要抓他们?”早已辞掉教职去县党部做了书记员的谷先生冷笑着说:“你难道不知道他们的身份?”陈先生说:“老谷,谷先生,政治的事,翻云覆雨没个准,看在共事数年的分上,放他们一马。”谷先生道:“我谷某何尝想为难王先生和姚小姐?可蒋委员长有令,对共产党是‘宁可错杀三千,不可漏网一个’,你陈老弟的头颅也不十分安全哟!”王石清道:“陈先生,你别跟他多费口舌了。”谷先生道:“校长大人,休怪谷某无情,麻烦你跟姚小姐走一趟吧!”几个兵拿着绳子要上来捆绑,姚先生奋力反抗,谷先生道:“姚小姐,老实点吧,早晚脱不了的!”姚先生一昂头,啐了谷先生一口,不再挣扎,由着兵们往胳膊上缠绳子。兵们把王石清也捆绑起来。谷先生说:“这学校也该散了,再办下去就赤化了。”

兵们押解着王先生和姚先生,簇簇拥拥向校门走去。陈先生、黄先生他们都耷拉着胳膊垂着头,不吱声。学生们都吓呆了。十千因为经常在家里看到谷先生与爹在一起喝酒说话，觉得自己与谷先生关系不一般，便追上去，扯住谷先生的衣服，说：“谷先生，把姚先生和王先生放了吧，他们都是好人。”

谷先生说：“十千公子，你知道他们是干什么的？他们共产党要杀的就是你爹这种人！杀了你爹，然后把你们家的财产全部分光！”

石清回头看看十千，说：“十千，万贯财产易得，一个人杰难当。”

姚先生凄然一笑，说：“十千，我再也看不到你的大耳朵了！”

兵们看着十千的耳朵，都笑。有个兵说：“好大耳朵，切下来能拌两碟子酒肴！”

“快走，快走吧！”谷先生说。

兵们用枪托子捣捣王、姚的腰，吼：“快走！”一行人便慢腾腾地出了校门，上了大街。十千一直跟着队伍，后来姚先生回头对他又是凄然一笑，十千感到一阵剧痛钻心，眼前一片昏黄，便再也挪不动腿脚。

十五

十千跑回家，央告百万花钱把王先生和姚先生赎出来。百万咬牙切齿地说：“赎他们出来革我的命？小子，你也被他们赤化了。”

十千想了很多营救姚先生的主意，但一个也不能实行。

不久，县里传来消息，王石清先生和姚惠先生在县城狮子湾畔被枪毙了。与他俩一起被处决的还有八人，据说都是活跃在各学校的共产党员。

十六

学校解散了，十千每日仍然到那里去。没有了教师和学生的校舍像一座断了香火的破庙，很快就招来了大批的麻雀。它们在教室里飞来飞去,从窗格子飞进飞出,在学生们齐声歌唱、齐声朗读的地方喳喳乱叫,拉屎撒尿。校园内那几株国槐树上,招来了几十只黑乌鸦,常常毫无理由地呱呱叫。王先生和姚先生住过的房子同样成了野鸟的天堂。徘徊在校园里,十千起初是黯然神伤,后来便如醉如痴。起初几日,他与麻雀们、乌鸦们斗争激烈。他用砖头瓦块袭击它们,用吼叫咋呼吓唬它们,这些野鸟很快就不理他了。后来,他也不理睬它们了。

镇上的人都说王百万家的大耳朵少爷疯了。几个学生到学校来看他,劝他,他一声不吭,眼睛直直的,于是他的同学们也认为他疯了。从此再也没人理他。

他躺在姚先生的宿舍里,时而清晰地看到房顶上的梁木、墙角上挂的灰白蛛网、墙上斑驳的水渍,嗅到房子里日渐浓重的灰土味道,听到鸟们的吵叫、草木的窸窣和镇上的各种声响。但当他进入另一境界时,这些景象、声音和味道便统统消逝了。这时,充斥着他全部思维空间的是以姚先生为核心的过去生活的重现画面,而每一次重现都是一次充实与发展。升华与提高。他的感官极其灵敏地感受着色彩、声音、速度、气味、温度,其体验比实际感受更加强烈。他反复回忆姚先生每次捏或搓揉自己耳朵的情景,他的眼睛看到了姚先生脸上的汗毛的竖起与倒伏,他的耳朵听到了姚先生心脏的巨大轰鸣和血液的澎湃,他的鼻孔嗅到了姚先生皮肤上的汗味,他的舌头尝到了姚先生泪水的咸味。当然,最精密的器官还是他的耳朵,这耳朵不仅仅是听觉器官,而且具备了嗅、触、看的能力。大耳朵成了独立的全能感觉系统,它们甚至具有了独立的意志和思维,在关键的时刻,十千必须听命于它们。

据十千的一个同学讲,如果没有了那两只大耳朵间歇性的勃起、颤抖、大舞蹈,谁也不会把躺在地上的这个大男孩当成一个活物。他像一具木乃伊,一根枯木头,一具鳄鱼标本。其实那两只耳朵表演时他也不像活物。那两只大耳朵红红地活跃时,像附着在朽木上两只生机旺盛的木耳,像两只在枯木上振翅抖须、传递爱情信号的红蝴蝶。是比灵芝还要珍贵的菌,是蝴蝶家族中绝无仅有的名种。

他醒来时总是热泪满脸,满身泥土。血红的夕阳照在墙上,催促他回家吃饭。由此可以肯定地说,王十千的神智一直正常,他的一切行为都是有道理的,世界上的人最喜欢把正常的人叫做“疯子”。他站起来,抖抖身上的尘土,走出姚先生的房间,看着呱呱鸣叫着归巢的乌鸦,先是低声呼唤:姚先生,姚先生,王先生,姚先生姚先生王先生,布尔什维克呵布尔什维克……然后高声呼唤:布尔什维克呵布尔什维克!

他的呼唤压倒了乌鸦的噪叫,使寂寥破败的校园里回荡着金玉撞击的轰鸣。喊叫时他双眼放黑光,耳朵放金光放红光,这颜色与布尔什维克的颜色完全一致。

老先生们的回忆文章说,十千在这段时间里,在与大自然的交流中,参透了马克思主义,看破了红尘。这几个月是他思想的成熟期,从此之后,一个以独特方式进行共产主义革命的职业革命家便进入了他一生中的辉煌时期。这种说法立刻让我想起释迦牟尼在菩提树下的三个月静坐,难道布尔什维克的深邃思想也能够在静默中参悟透彻吗?

十七

这种充满浪漫色彩的生活持续了两个月,百万从县城里回来了。百万能在县城里一住俩月不归巴山,是因为他在县城里新纳了一个妾。百万看出十千不是继承祖业的材料,便想抓紧时间再整旗鼓散发余热结个晚瓜。这件事十千的大娘二娘都知晓,不但知晓,而且大力支持,由此可见旧式妇女所受封建思想毒害之深重。其时百万已七十出头年纪，娶的妾却是一个年方二八的女学生，大脚，短发，省立十三联中毕业。这个女子嫁给百万的目的很明确：冲着百万的钱财。这样的势利姻缘，当时有没有舆论谴责，现在也搞不清楚，搞清楚了也没有什么意思。

提到百万这个小妾，是因为十千，我们的主人公，他曾与这个小妈有一面之识。在百万死后，她与十千一样，对百万的死没有任何悲伤。她跟十千谈判，要求十千将百万在城中的产业分一半给她。十千看着她的明眸皓齿、乌发红唇，竟有一种似曾相识之感。两个青年人竟像一对好朋友一样攀谈起来，谈话涉及1927年底那次学界游行，俩人都是参加者，她还特别提到在主席台上代表着妇女演讲的那位巴山镇英才小学堂的年轻漂亮女教师，说非常崇拜云云。这一枪正正地击中了十千的心脏，勾起了十千的心病，双眼里不由得滚滚涌出泪水来，嘴里喃喃："姚先生啊姚先生……"那小妈警惕地打量着他，问："姚先生与你……"十千说："她捏过我的耳朵。"小妈道："她死得很惨，胸口挨了七枪。县党部的人也过分了些，把她的头割下来挂在城门楼上，挂了一个多月，风吹日晒，乌鸦啄食，成了一个烂冬瓜……"十千听到这里，顿足捶胸，大放悲声，那副真情涌动的样子，竟感动了他的小妈，抽抽搭搭陪着他哭起来。她说："大少爷，我原本也是个解放的女子，姚小姐的事让我灰了心，这共产党是成不了气候的，大少爷你分碗饭我吃，让我糊糊涂涂了此一生吧！"

十千泪眼婆娑地说："我明天就回巴山镇，这里的一切都由你做主了。我跟姚先生一样，是布尔什维克。"

小妈被他吓了一跳，怔怔地望着这个比自己小不了几岁的儿子，看着他抖擞着光彩夺目的大耳朵，双眼放射着心驰神往的光芒，疯疯癫癫的，压低了嗓音呼喊着："姚先生呵姚先生，布尔什维克呵布尔什维克……"

百万找到校园，正逢着十千对着沉沉西下的红日表演他每天的最后一个节目：呼唤姚先生和布尔什维克。百万一见到他这副落魄的样子，心中大大不快，上前去，在他肩胛上推了一掌，抬手欲揪大耳朵时，才发现这个古怪的儿子已经长得很高了。

“十千，你已经十五岁，”灯火下，老态龙钟的百万说，“学校不必再去了，明日跟我进城去学买卖。”

十八

十千在县城里混了三年，什么买卖也没学会。百万渐入老迈昏聩之境，身边又睡着个妙龄少妇，其实无暇过问十千的业务。绸布庄和杂货店的二掌柜，都清楚地知道十千是百万财产的唯一继承人，只有拍马逢迎，何来监察管教？所以这三年是十千吃喝玩乐的三年。据说有几位纨绔子弟曾带领十千去烟花巷里盘桓过，十千却始终未表现出对此道的任何留恋——他终身未娶，在那种时代里，一个广有财产的青年男子竟能不在妓院里沉溺，确是个例外。我想我在前面对十千的所有描述，其实都是主观的猜测，这个在巴山镇一带流传不衰的异人王十千究竟是个什么人物，恐怕永远是个谜。除了他有两只大耳朵是确切的，除了他经常独自一人呼喊布尔什维克等等事实是可以相信的，别的我们只能猜测、继续往下猜测。

十千在妓院里应该是毫无作为的，我想，在关键时刻，他一定想起了姚先生的一切。姚先生揉搓他的耳朵时带给他的愉悦是灵与肉的双重愉悦，这种愉悦的出现所需要的条件已经随着姚先生的死去而消逝了，妓院里的一切，都无法使十千重获这种双重愉悦。所以，十千沉溺在赌博中而没有沉溺在女色中。

老人们都说王百万是被王十千活活气死的，是不是如此无据可查。有据可查的是：为制止王十千滥赌，王百万花钱买通了警察局，将王十千抓进班房关了三个月。王十千出狱后，继续赌。气得王百万捶胸长叹：天意呵天意！

百万死后，我想王十千不会有丝毫悲痛之感。口头资料证明，十千在百万的灵堂上就聚众赌起来，一夜输了半个绸布庄，如果不是百万的小妾前来求情，积善堂在县城里的产业用不了三天就会输光。

十千慷慨地把城里的产业拱手送给小妈，然后打道回巴山，他的小妈变卖了房产，远嫁他乡去了。

十九

积善堂十八岁的新主人回到巴山镇，创造了一段充满奇异色彩的新生活。他继续赌，输了他哈哈大笑，赢了他满面愁容，把赢的钱四处乱掷，嘴里骂道："王八蛋，赖人，不算数，不算数。"这种反常的心理是巴山人无法理解的。据老人们讲，王十千的赌博不分地点和对手，有一个小孩子在街上碰到他，说："王十千，赌一场？"他立刻响应，说："怎么赌？"孩子说："你猜我手里有什么？"十千说："你手里有十匹大骡子！"小孩子一张手，说："输了输了，我手里什么也没有。"十千就说："让你爹去积善堂拉骡子吧！"孩子的爹自然不会真去拉骡子，王十千却吩咐长工把骡子送去了。说起这件事，当日的目击者眼里放着光彩。好像又重睹了十匹油光光的大骡子拴到那穷孩子家里的情景一样。

"王疯子"的名字就是从那时叫起来的。

他卖地，输钱，再卖，再输，巴山镇其实早在三十年代初期就进行了一场共产主义运动，这场运动的后果是数千户的一个大镇没有一户真正的贫农，王十千用赌的方式，在巴山镇均了贫富，实现了耕者有其田。

后来，他懒得自己动手赌了，每天清晨，让长工们抬出两箱银元，然后纠集一群穷孩子来分拨打架。有时，他把银元奖给胜利者，有时把银元奖给失败者。弄得些孩子们不知该打赢还是该打输。看打架看腻了，他又组织呐喊比赛，他让孩子们喊的口号是：布尔什维克呵布尔什维克。谁喊得最响，赏钱最多，这是中国北方农村最早的共产主义宣传，布尔什维克的呐喊，震动着古老的土地。

以上的叙述，虽经流传者润色加工，但基本上准确可信。不可信者是下面的描述：他坐在积善堂大门的门槛上，入迷地观赏着、聆听着孩子们的呐喊。那个拖着鼻涕的男孩子，为了白花花的银元，拼着吃奶的力气，把布尔什维克喊出。在连续不断的布尔什维克呐喊中，他的两扇大耳朵由频频抖动的小动作，发展成如舒如卷、忽开忽合、上蹿下跳的大动作。每当他的耳朵进入角色后，他枯瘦的脸上便漫卷着布尔什维克的赤旗，眼睛里放射出迷人的光彩。那些远远地站在后边等待着帮儿子拿钱的男人们，都异常感动地看着这个非凡的人，都恍惚如在梦境中观看一个显出真面目的天神。

“王神仙”由此得名。

1936年春，王十千卖掉了积善堂的深宅大院，并不过问吊死在门框上的二娘（大娘已死），只身一人走上街头，开始了他的乞丐生涯。他这时的形象，已与二十几年前王百万在半睡半醒中看到的那个乞丐一模一样。这时候，老财主当年做梦梦见乞丐投胎的事已经流传开来，于是，王十千所有的违背常理的行为都得到了最合理的解释，尽管这种解释充满迷信色彩，但至今还有很大的说服力，相信这种解释的人数，远远胜过相信十千是共产主义者的人数。

二十

我们应该感谢巴山镇的百姓们，他们在王十千沦为乞丐之后，表现出了足够的同情心。第一，他们没有拆除荒芜的小学堂里那些东倒西歪的房屋，为十千这个真佛保留了参悟人生的神圣殿堂；第二，只要十千乞讨上门,他们总是慷慨施舍。有一些靠王十千的变相馈赠而暴富的人家,甚至还在喜庆时刻送一些美酒佳肴到姚先生住过的那间房屋里去,供十千享用。

十千沦为乞丐的第一夜投宿的当然是那间神圣殿堂。他在那里得到的安慰和幸福是我们无法想象的。在那个春夜里,当巴山镇的千家万户为这个人叹息时,他却沉浸在最美好的感觉享受里。如果要描述,又只好假想,因为谁也没有去观察他,即便去观察又能观察到什么呢?当然我希望那是个明月皎皎之夜,吹着温馨的和风,风里挟带着泥土和野花的芳香。英才小学堂旧日的繁华景象以更加丰富的形态,缓慢地重复展现在十千的脑海里。他比从前更强烈地体验着那一切,有幸福有酸楚,比生活更立体更客观,就像我们从前描述过的一样。我们生活在人群里,十千先生却生活在自己的思想里,我们对这种智者的任何评议都是浅薄的呵,但出于习惯我们还在评议。

1947年秋,大批国民党军队涌进巴山镇,家家户户都让出房子给军队住,兵太多,房子依然不够。一个上尉连长带着一个排的士兵开进小学堂。校园里布满半人高的枯萎蒿草,一只红毛狐狸从草丛中蹿出来,士兵端起卡宾枪,把狐狸打死在草丛中,士兵们进入房子时,发现了僵卧在地上的十千。

"一个死尸!"

"不是死尸,是个叫花子,你看他的耳朵还在动呢!"

"啊哟,好大的耳朵!"

"起来,起来!"

士兵踢着十千喊叫。

十千站起来,双眼如兽,盯着那些兵。

"滚出去,大耳朵,这里要驻'国军'!"

十千突然发出叫嚣:"这是我的屋,是我和姚先生的屋,是我们布尔什维克的屋!"

“布尔什维克？共产党？”上尉连长笑着说，“我们杀的就是布尔什维克，杀的就是共产党！”

“把他拉出去，毙了！”上尉连长命令道。

几个士兵用枪托子把十千顶出去，十千挣扎着往回跑，嘴里还喊着：“布尔什维克布尔什维克，将来的世界，必是赤旗的天下！”

几个士兵竟拦不住他，上尉连长拔出手枪，说：“你们闪开！”

士兵急忙闪开，连长举起枪来，对准十千开了火。

他挥舞着两根胳膊，招展着两只大耳朵，一头栽在地上。两只耳朵垂死地抖了几下，然后软塌塌地顺下去，几乎盖住了他的全部面颊。

“他妈的，这么大的耳朵！”上尉连长把手枪插进套子，不无遗憾地骂着。

二十一

王十千的故事应该结束了。但就这样结束是不是太简单了？用如此短的篇幅、如此粗疏的笔墨打发了这么好的一个素材，确实有点可惜。本来还有好多文章好做呀！譬如：我应该浓笔重彩地写一写十千将耳朵涂红的过程，写他涂耳朵时的心理活动，写他涂红耳朵后的心理变化。台湾的姚一苇先生写过一部名为《红鼻子》的话剧，说一个马戏团的小丑，只要戴上他的红鼻子面具，便妙语连珠，妙趣横生，忘掉人世间一切烦恼；只要摘下红鼻子面具，他立刻地萎靡不振、痛苦不堪。戴上红鼻子面具是他逃避现实生活的一种方式。我们都是有过这种体验的吧？我为什么不写王十千三番五次地涂抹耳朵，用过红颜色再用蓝颜色再用黄颜色再用黑颜色。一个本来就因耳大而引人注目的男孩竟三番五次地让耳朵更怪异，这行为里可以分析出很多东西，哲学呀，心理学呀，等等等等。我知道我仅仅粗枝大叶地写了一次十千涂红耳朵并且把涂耳朵的目的十分确切地限定在为了吸引姚先生注意这一点上是多么笨拙，是呵我写得真笨拙。十千涂红他的大耳朵并不一定是为了吸引姚先生，就像雄孔雀开放尾翎并不一定是为了吸引雌孔雀一样，它对着雄骆驼照样开屏。即便他就是为姚先生而涂耳朵，那么第一次他涂了红耳朵姚先生被吓哭、吓跑，第二次假如他涂了蓝耳朵姚先生会怎样？第三次他涂成黑耳朵姚先生又会怎样？这种描写是对小说家的考验同时也是小说家充分展现才华的地方，我本该好好地“展现”呀。一个十五岁的男孩子，每天都挖空心思打扮自己的大耳朵……

再譬如，王石清和姚惠被捕后临刑前也有很多场面可以写得很精彩，可以让王十千亲眼目睹王、姚在刑场就义的情景。围观的麻木群众，共产党员凌乱的头发，洁白的衣衫上梅花般的血迹，天上铅色的破云，狮子湾里凄清的死水和死水中萧索的芦苇，天空中黑色的乌鸦，执刑官的狗脸六月之霜，执枪士兵的觳觫；女共党在最后关头看到人群中那两只鲜红的大耳朵怎样像束火焰刺痛了她的心由此她感到生活的美好死亡的可怕感到她其实对这两只大耳朵萌动了爱情，她对着大红耳朵呼喊：红耳朵呵红耳朵我爱你，然后一声枪响一发灼热的铅弹洞穿了她的心脏鲜红的热血喷射出来散着血腥散着热量；紧接着奇迹发生一个生着大耳朵的男孩如一道闪电照到姚先生身上他用耳朵去堵她的伤口让鲜血染红耳朵她大睁着眼腮上挂着微笑目光定在染血的大耳朵上士兵们去拉这个男孩却被这个大耳如扇的怪男孩惊呆了……啊！多好的细节和图画，我竟然忘了描写……那男孩看到子弹射进姚先生青春的胸膛后，双耳感到一阵难忍的剧痛，好像子弹不是打在女人胸脯上，而是打在自己双耳上……当那些士兵想把男孩从女共党尸身上拉开时，竟发现他已经昏厥过去，只有那两只滴血的大耳朵还在剧烈地痉挛着……女共党的人头挂在城门楼上，也可以让大耳朵男孩去观看呀，许多革命小说里不都有过类似的描写吗？啊，我真笨，我真笨……

再譬如,我该把十千在县城三年的生活写一写,如浮浪子弟引诱十千去嫖妓,可以写得十分“床上”,十分“暴露”,十分富有诱惑力呀。写十千初进妓院那种心情,写老辣的妓女、肮脏的环境、龌龊的空气、烟、酒、挑逗的语言,妓女的呵欠、口臭、干瘦的胸脯……突然,姚先生明丽如中秋月的面庞活生生地出现在十千的脑海里,他的大耳朵突然抖起来,他急忙寻找自己的裤子,妓女揪住他的大耳朵不放,说什么:大耳朵,怎么啦?想跑?拿钱来。十千掏光了兜里的钱,穿上衣服,逃出妓院。接下来该写他的内疚,耳朵蒙受的巨大耻辱,感到对不起姚先生,听到姚先生的哭声笑声和呻吟声……这两只耳朵是属于姚先生的,姚先生捏过它、吻过它、抚弄过它。他跑到湾子里去洗耳朵,洗了一遍又一遍。洗完后他对天发誓:姚先生,十千的耳朵属于你,今后谁也休想动它!本来还可以明确地把十千的耳朵写成准性器官,不必像现在这般隐晦,这在生理上是可以解释的,那潘达雷昂上尉不是必须让妓女揪着耳朵才可以达到高潮吗?这故事的大框架是一个男孩子的恋爱故事,一种畸恋。还有呀,十千与百万那个小妾的关系还可以写得更繁复一些,他和她可以是同学,也可以是相识,但现在一个成了“儿子”一个成了“妈”。百万死了,这一对青年男女有好多种可能性。这一段好戏也被我糟蹋了。我写了许多不该写的,该写的反而没写。譬如十千回到巴山镇成了新主人后,与大娘二娘关系怎样?怎样斗争?大娘何不出逃饿死?二娘何不行刺十千?就算让她吊死,何必一笔带过?我真笨。还有,十千豪赌五年,输光全部家产,这期间应该安排两场重头戏,成为“华彩乐章”,可是我又偷了懒,我用干巴巴的语言交待了这段过程。还有还有,十千终于沦为乞丐,与百万梦中所见乞丐一模一样后,他的心境如何?他夜宿学校,日间行乞,夜里怎么度?白日遭不遭狗咬?应该有一些最基本的描写呀。我真笨,我把一个好素材给毁了。

十千死后,“国军”的那位上尉连长用刀把十千的两只大耳朵割了下来，炒熟，用一张纸包了，下了酒馆，要了半斤酒，邀来几个同僚，请他们吃，说是猪耳朵。那几个小军官边吃边赞：真肥！真香！从来没吃过这么好的猪耳朵！一大盘一抢而光。“哎，伙计，你怎么不吃？”上尉连长笑着说：狗儿们，上次炒人肝给我吃，让我呕了三天，今日老子弄了副人耳朵给你们吃。说罢哈哈大笑。小军官们一怔，随即也哈哈大笑，骂那上尉连长：放你的屁，哪有这么大这么肥这么厚的人耳朵？不信不信。

1948年底，土地改革开始，巴山镇因为赢了十千的钱发了家而被划为恶霸地主“砸了狗头”的有七人、被划为地主的有十一人、划为富农的二十七人。富裕中农有五十余人。剩下的中农、下中农也都丰衣足食，较之贫困地区的地主、富农还要富裕，其实我们巴山镇的所谓贫民，在十千豪赌时代，每日都用十千的钱，大碗喝酒，大块吃肉，享尽了人间富贵。

那些即将被枪毙的恶霸地主被拉上桥头等待枪毙，其中有一位突然觉悟，大声说：“伙计们，咱都是死在王十千那个王八蛋手里！”众人都如醍醐灌顶、大彻大悟。这时，在他们脑后一阵乱枪轰鸣，七个头脑浆迸出，七个人横着竖着，跌到桥下去了。

（初刊于《小说林》杂志一九九二年第五期）

幽默与趣味

第一章
幽默

一个炎热的星期日的中午，住在筒子楼第六层的某大学中文系教师王三正伏身在小方桌上为《中国诗歌大辞典》的“诗歌风格卷”撰写一些条目。这是应朋友之邀写的，可以捞点稿费。他写完了《雄奇》，又开始写《诡异》。诡异可以解释为奇异、怪诞。这是古典诗歌中比较少见的一种风格。这种风格的诗，多表现离奇、荒诞的超现实内容……这时，有一只粘腻腻的手在他的脖子上拍了一下。他吃了一惊，跳起来，碰翻了桌上的墨水瓶。蓝色的墨水沿着桌子腿流到地上。房子只有十二平方米，里边安置着一张双人床、一台电冰箱、一台电视机、一张长沙发、一张婴儿床、一张小书桌、一只大衣柜，还有一些儿童玩具之类的东西，挤到不能再挤，所以那道蓝墨水很快就爬到杂物中去。拍他脖颈的人是他的妻子。王三是个瘦小的苏北人，他的妻子却是个肥胖高大的山东人。他的妻子是个退役的排球运动员，退役前只高不肥，退役后，尤其是生了孩子后，身体可怕地膨胀起来，那张破旧的弹簧床每天夜里都在她的压迫下痛苦地呻吟着。因为当初是大学生王三没命地追求排球运动员，所以现在大学教师王三对业余体校教师依然敬畏如虎。每当他与妻子对面而立时，他就感到自己猥琐得像只猴子，腿打弯，胳膊下垂，总有双腿站立不如四肢着地稳当的感觉。适才这件事，公道地说错不在王三，但是他却一个劲地哆嗦，背弓得像鱼钩，抬脸仰望着妻子两只大如排球的乳房和那张通红的满月大脸。他定睛在妻子唇上那些既像汗毛更像胡须的东西上，怯怯地说："你拍我干什么？"

妻子说："我本想让你跟我去厕所替我搓搓背——算了，去买个拖把吧！"

王三小心地跳过蓝墨水，从妻子的身边挤过去。

"过马路时小心点，别让车撞死你！"

他听到妻子在身后叮嘱自己，心里感到很凉爽。一瞬间他想起排球运动员当年的英姿，不由得摇了摇头。

他们家住在筒子楼的尽里头，走到楼梯口要穿越一道道的障碍。这些障碍由煤气罐、碗橱、破烂纸箱等构成。葱味蒜味烂西红柿的味道弥漫在走廊里。孩子哭老婆叫收音机唱的声音喧闹在走廊里。灯光昏黄在走廊里。大白天里开着灯这条走廊也像一条幽暗的隧道。走了六十道台阶，拐了六次弯，王三站在了马路的边缘上。强烈的阳光刺得他睁不开眼睛。他用手掌横在眼镜上方，借这点肉的阴影，睁开眼睛，寻找斑马线。

这打眼罩远望的习惯是在农村时养成的，认识排球运动员后，她多次讥笑他这个动作像《西游记》里的孙猴子，并要求他改掉这习惯，他也试图改正，但总也改不掉。

打眼罩远望时，他的腿罗圈着，背弓着，脖子前伸，下巴上扬，确实像只猴子。

找到斑马线后，他左右望了望，似乎没有车辆，便怯生生地往前

走。刚走了三五步,就听到岗楼附近爆发了一声怒吼:

“站住!”

他不由自主地打了一个哆嗦,猛不丁地立住脚,惯性使他的脑袋十分夸张地往前探出去,很像一匹想伸头偷食草料的瘦马。一辆插着小红旗的三轮摩托车载着两位白衣警察从他面前飞驰而过。他摸摸胸口,感到心跳得很快,像一只被猎狗追赶着的野兔。他想赶快穿越斑马线,到马路对面去,寻找那家杂货铺,完成妻子交给的任务,才跨了一大步,又听到后边吼叫:

“站住!”

他赶紧把迈出去的腿收回来,身体尽量挺直,向高里发展,以免影响交通。岗楼那儿喊着:

“说你呐,那个戴眼镜的!”

他摸摸脸上的眼镜,惊惶不安地转过身去向岗楼那儿张望。一个黑脸的彪形警察大声嚷叫着什么,戴着雪白手套的手挥舞着,似乎在招呼他过去。他的双腿禁不住颤抖起来。

他眼睛直直地望着那位招手的警察,不敢不走地对着警察忸忸怩怩地挪过去。挪动了两步,就听到耳边犹如炸了雷似的响了一声断喝:

“站住!戴眼镜的,说你呐!”

他立即又停住脚步,看到一辆咬着一辆的豪华轿车大队高速度地从面前驰过。嗡——一辆皇冠——嗡——一辆奔驰——嗡——一辆奥迪——嗡——一辆尼桑——嗡——一辆红旗——五颜六色的车子像闪电一样从他眼前飞过,逼得他连思索的时间都没有。汽车轮子卷起的旋风强烈地吸引着他,灼热的气流里充斥着燃烧沥青的味道和烤煳橡胶的味道,还有燃烧不尽的汽油味道,熏得他头晕恶心。每驰过一辆车他就感到自己被刮掉一层皮,渐渐地他感到自己的身体变成了一张单薄的纸,怎么也立不稳,怎么也挺不直,时而弯向前,时而弓向后，在灼热的废气流中噼噼啪啪地抖索着。车辆甩起的黑砂子像密集的子弹打在纸上。他感到自己如纸的身体随时都有可能被吸引到车轮下，被碾成团儿，被搓成卷儿。越是这样想着，身体薄如一张白纸的感觉愈是强烈，愈是感到站不稳立不直，脚下没有一点根基，地球没有一点吸引力。他特别想找点东西扶一下，一棵树，一堵墙，一个人的肩膀，甚至是一棵比较粗壮的草。但是他眼前只有飞驰的豪华轿车洪流。嗡——一团绿——嗡——一团红——嗡——一团黑——嗡——一团蓝——嗡嗡嗡嗡嗡嗡嗡，赤橙黄绿青蓝紫，五彩缤纷颜色，由一股股黑白气流连缀着，变成了一条令人齿寒的恶龙，甭说走，只怕插翅也难飞越它。

强烈的阳光照耀在贼亮的、快速移动的车壳上，反射出一束束锐利的光芒，刺着他的眼睛刺着他的身体，使他的眼睛瞎了，使他如纸的躯体上千疮百孔。他感到汗水泡软了纸片，随时都会瘫倒，似乎连一秒钟也支持不下去了。他绝望地闭上眼睛。闭上眼睛身体更加轻飘飘了。彩色的车龙此时仿佛在围绕着自己团团旋转，彩色的气流团团旋转，那张纸——他的身体在车流与气流中的巨大漩涡里扭曲成一股细绳，扭呀扭，愈扭愈热，终于扭断，终于燃烧，变成一股蒸气，变成一缕白烟。大学中文系教师王三哀鸣着："我蒸发了！我燃烧了！"

后来他感到自己的思想已经脱离躯壳，而躯壳则变成一坨半干的牛粪，紧贴在马路中央的一根斑马线上。他的思想漂浮在车流上空三米处，同样团团旋转着，俯视着旋转的车、旋转的气体。旋转的车与旋转的气体混成一个旋转的光环，没有一处破绽，要想突破比登天还难。

他的思想在半空中突然想起了一个简短的故事：说一个小孩子在田野里打死了一条小蛇，一群大蛇发现了，便追小孩；小孩跑回家，对妈妈说了危险，妈妈急中生智，将孩子倒扣在一口大缸里。蛇群追进家门,围着大缸转了几圈,便爬走了。小孩的妈妈揭开大缸一看,发现孩子已变成一堆枯骨。

他甚至已经看到自己的躯体变成了一堆白骨,绝望和恐惧使他大叫了一声。他的屁股沉重地跌在了马路上。这一跌竟使那些幻觉消失了,但真实的情景——那条飞驰着的豪华车龙,也足以让他胆战心惊了。

终于过去了一辆殿后的大轿车,绿灯亮起,积压良久的行人像潮水一样从他对面涌过来。他发现自己狼狈地坐在马路上,慌忙站起来,双腿抖得难以自持。他感到大腿间湿漉漉的,一时竟弄不清是什么原因。

他脑子里迷迷糊糊,竟忘记了自己为什么要站在马路中央,抬头前望,发现那位适才对着自己招过手的黑面警察还在对着自己招手。警察的脸上,似乎挂着一层溶化沥青似的微笑,这使得王三灼热的精神凉爽起来,他有些迫不及待地向警察走去。

他的腿一移动,就像从水里突然把脑袋伸出来一样,巨雷般的吼叫与嘈杂的喧闹声猛然地闯进他的耳鼓,他听到那位警察喊叫:

"戴眼镜的,过来!"

他像一只猴子一样在人的躯体间钻动着,终于站在了黑面警察对面。警察腰里悬挂着一根长及腿弯的像咽喉管子一样形状的黑色警棍。在相当于盲肠的部位上,还悬挂着一个赭红色的皮革枪套。站在警察面前的感觉竟然跟站在妻子面前的感觉有类似之处,于是,他就像惯常对付妻子一样,傻乎乎地笑起来。黑面警察伸出手,捏住了大学教师长长的蒜锤子形状的下巴,把他的傻笑撕裂了。

下巴上的痛苦使他立即意识到警察与妻子的鲜明区别,他感到警察的手像铁钳一样坚硬。

警察把他捏到岗楼后边,一棵叶片肥大的法国梧桐树下,松了手,愤怒地问:

“你是不是活够了!”

他非常真诚地回答:“没有,还没有,我想把我的儿子抚养成人后再死。”

警察很可能把大学教师这真诚的回答错认为是玩世不恭,是对自己的嘲弄,所以,他半握着拳头,在王三的肩头上轻轻地砸了一下,便砸得王三身体倾斜,龇牙咧嘴,语调里带出哭腔来:“真的呀,我没说假话,我现在真不想死,到国庆节时我才满四十岁,我儿子刚六岁,我怎么能死呢?”

警察脸上表现出哭笑不得的神情,悻悻地问:

“既然不想死,为什么闯红灯?”

“我老婆赶我去买拖把……”

“我没问你老婆!”

“她原先是排球队员,现在是业余体校的教练……”

“我问你为什么闯红灯!”警察几乎是怒吼了。

“我……我色盲……”大学教师狡猾地撒了谎。

“你是干什么的?”警察问。

“我是大学教师,教古典文学的,我正在家写书,我老婆拍了我一掌,我一起身,把墨水瓶闯翻了,我老婆……”

“你老婆揍了你一顿,然后赶你出来买拖把!”警察打断他的话头,嘲讽道,“买回拖把你还要擦地板,对不对?”

“对,”他说,“希望你不要罚我的款。”

警察挥挥手,不耐烦地说:“去去去,看不清红绿灯,跟着别人走!”

他毕敬毕恭地对着警察鞠了一躬,警察已经转过身去。他胆怯地扯了一下警察的衣角,警察迅速转回身来,严厉地问:

“你想干什么?”

他又鞠了一躬,怯怯地问:“我可以走了吗?”

警察笑得像哭一样，大声地、但充满同情心地说：

“难道还要我把你背到马路对面去吗？！”

他连连点头哈腰，说：“不敢当，不敢当，我自己能过去，我自己能过去。”

警察又说：“真是个宝贝！”说完就像逃避蛇蝎般匆匆走了。他目送着警察走远，心里洋溢着胜利感、自豪感和对这个同情自己的高大警察的满腔感激，转身回到马路边。

他又站在人行横道的边缘了，那些白色的斑马线似乎是一道道难以逾越的障碍，横在他的面前。他注视着路对面的信号灯，果然就分不清红绿了。难道撒了一个谎就真的成了色盲？他揉着眼睛，安慰着自己：可能是阳光把眼睛刺激麻痹了，暂分不清红绿；或者是信号灯失灵了；或者是停了电；不可能是警察睡了觉，因为这儿的信号灯是自动控制，岗楼里没有人。他左盼右顾着，发现路上没有车辆后，又随即发现一个穿着粉红色连衣裙的、大腿修长的、腰细如马蜂的、戴着米黄色草帽的、皮肤很白嫩的、臀部很发达很诱人的——有些大学生甚至把“臀”字读成“殿”字，他鄙夷地想——穿着高跟皮凉鞋、肉色连腚丝袜的、走起路来屁股一扭一扭的、身体一耸一耸——尽管我没看到她的正面，但她一定很美丽——的美丽姑娘，尾巴一样的头发撅儿撅儿在脑后的美丽姑娘，大摇大摆地迈着小碎步儿，“格登格登”地从他的身旁走进了斑马线里。他想起了黑面警察的教导“看不清红绿灯，可以跟着行人走。”我可不是追姑娘！他急匆匆地追着那唤起他心中若干非分之想的粉红姑娘跑进了斑马线。一声尖利的刹车声在他的耳畔响起，他一侧脸，看到一辆紫红色的“桑塔纳”牌轿车停在离他身体只有半米远的地方。他的头“嗡”地一声响，他感到自己的头在一秒钟的光景里像只气球一样膨胀起来，飘飘冉冉欲拔颈升腾而去，脑子里一片空白。车辆与路面急剧摩擦冒出的黑烟和焦煳的橡胶臭气飘到他的眼前。他感到这尖厉的刹车声像一把利刃把自己的思想划破了。他看到车门缓缓打开,一个身穿黑西服、留着寸头的精壮司机从车里钻出来。他本能地向后退着,退着。脸色苍白的司机向前逼着,逼着。他看到司机的步伐凌乱,身体有些摇晃。他的脚后跟碰到马路牙子上,腿弯子一打软,顺势就瘫坐在马路上了。司机伸出手,揪住了他的衬衣领子,把他提了起来。他感到脖子勒住了,呼吸不畅。司机的手痉挛着,猛地往前一推,他一屁股跌在水泥墩子铺成的人行道上,尾骨一阵尖锐的痛楚,一直上升到脖颈。他看到司机咬牙切齿地说:

"他妈的,今日要是压死你,怨谁?"

王三的眼泪一下子涌出来,他哭着说:"师傅,好师傅,怨我,怨我,压死我活该,活该!"

司机长出了一口气,神情复杂地看了王三一分钟,然后,走回到他的车边,钻进汽车,缓缓地把车开走了。王三满怀悲哀地目送着紫红轿车,发现它跑得很慢,好像一条挨了沉重打击的狗。

王三从人行道上爬起来,找了一棵法国梧桐当靠山,先是站着,后来背沿着树往下滑,慢慢地就坐在树根上了。他身上冷汗淋漓,畏畏缩缩地去看那斑马线,一看到那两道乌黑的轮胎擦痕,他就像被电击了一样全身抽搐起来。他深刻地体会到了:真正的恐怖不是死,而是死里逃生后的后怕。他想方才要是司机的反应稍微慢一点,自己就葬身车轮之下了。他仿佛看到了自己血肉模糊的尸体、挤出的肠子、涂在斑马线上的脑浆。他眼泪又一次涌出来,恐怖与自卑一起折磨着他。我怎么这样笨?我怎么这般窝囊?他想,这个大城市太可怕了。苏北一望无际的原野出现在他的眼前,那平坦的乡间土路上,行走着悠闲的黄牛,田野里风动着碧绿的稼禾,弯曲的河道里缓慢流动着清明的水,水边生长着茂密的芦苇,鸟儿鸣叫,牧歌响亮。他想起了昨天写过的条目《闲适》:闲适是一种恬适、雅静的诗歌风格。追求舒适、闲静,原是古代封建文人的一种生活情绪,是统治阶级享乐主义的一种表现形式,带有明显的阶级烙印。他想这样的解释纯属胡说八道。他准备回家后立即重写《闲适》条目。又有几个中学生模样的大男孩骑着自行车从斑马线上横穿过去,来往的汽车都为他们减速。他开始痛恨自己,勇气缓慢地生长起来。你是堂堂的大学教师,在这个城市里有正式的户口,你是这城市的一个光明正大的市民,难道连条马路都过不去吗?他站起来,四下里望望,并没发现有谁在注意自己。他拍拍裤子上的土,整整衣服,挺起胸膛,他下决心像那粉红姑娘一样,大摇大摆地横穿斑马线,他鼓励着自己:你没有任何理由自卑!你一定能安全地穿过马路!不是人怕汽车,而是汽车怕人。

他三次站在人行横道的边缘上,那两道乌黑的擦痕又一次让他的脑袋膨胀,刚刚鼓舞起来的勇气又差不多消耗殆尽了。他想:索性回家去吧,对妻子撒个谎,就说杂货店里的拖把卖光了。

这时,一个好机会降临了。他先是听到身后传来一阵叽叽喳喳的叫声,继而就看到某幼儿园的几十名孩子,由两位阿姨领着,向人行横道走过来。两位阿姨,一在队伍的前头,一在队伍的后头,她们两位扯起一根长长的红绳子,孩子们的手腕都套在绳子扣上仿佛红枝条上结着一串果实。

他听到前头的阿姨说:"抓好绳子,过马路了。"

他非常想伸手抓住那红绳子。

孩子的队伍慢慢地穿过马路,来往的车辆都停了下来。这情景感动得王三鼻子酸溜溜的,他感到这个城市里美好的东西确实不少。

他在幼儿队伍的掩护下,跨越了斑马线。

王三挤进了杂货商店,寻找卖拖把的柜台。找到了。有两位穿着白制服、胸脯上别着号码牌的女售货员正在诡秘地谈论着什么。他猥猥琐琐地靠到柜台前,他看到售货员用蔑视和厌恶的目光看着自己。他立即感到自惭形秽。他仿佛闻到了自己身体正在散发着动物园中的动物身上那种腐臭的味道,他简直不敢前进一步了。两个女售货员,一个很年轻,另一个很老。老的脸上有一块月牙形的明亮疤痕,年轻的一脸雀斑。她们丑陋的容貌使他的自卑感消失了不少。他想我是大学教师,你们俩不过是两个站柜台的,有什么了不起!这样想着他靠到了柜台前,并且用双手按住了柜台上的玻璃。这时他闻到了狐狸的味道。他想这两个女人中必有一个有狐臭,或者两个都有狐臭。他的腰笔直地挺起来。他说:

"同志,我买个拖把。"

脸上有疤的老女人看了他一眼,用手掌扇着鼻子前的空气说:

"什么味道?"

他感到她的眼睛盯着自己。脸上有雀斑的小女人也用手扇着风说:"真臭!"

王三感到脸皮燥热起来。他降低了声音说:

"师傅,我买根拖把。"

老女人从背后抽出一根蓝红两色布条扎成的拖把递过来,恶声恶气地说:

"六块四毛九!"

王三更喜欢那根用白布条结扎成的拖把,但他不敢麻烦女售货员。慌慌张张地从兜里往外掏钱,却发现口袋里空空荡荡。汗水一下子满了脸。他记起自己出门时忘了拿钱。他脸上流汗是因为空麻烦了售货员。

王三结结巴巴地说:

"对不起,我的钱、我的钱丢了……"

他又一次撒了谎。

老售货员仇视着他,把拖把从柜台上拿起,狠狠地扔到身后的拖把堆里。

"对不起……"王三连连道歉着,"实在是对不起……"

雀斑脸售货员又跟疤脸售货员诡秘地交谈起来，好像王三的道歉连放屁都不如。

王三悲愤交加地走出杂货商店。

斑马线又横在了他的眼前。

有两位腰扎皮带、臂戴红袖标的老年妇女正在横过马路，王三立刻跟上了她们。他知道这些蹒跚着“解放脚”的老太太都是业余警察。她们上管国家大事，下管鸡毛蒜皮，权力大得无边无沿，连警察都怕三分。跟着她们过马路万无一失。

跨越了约有四五条斑马线时，王三一眼看到了那两条乌黑的轮胎擦痕，他的心一下子抖了起来。——也是该着出事，这时恰好又响起一声尖利的刹车声，王三像只被热水猛泼着的鸡一样，条件反射地扑到一个老太太胸前寻求保护——也许他的手碰到了那老太太的乳房了吧？——老太尖叫一声，伸出五根尖锐的手指，在大学教师的瘦脸上抓了一把。他感到脸上火辣辣的。看到那两个老太太虎视眈眈地逼上来，他仓皇地后退着，甚至忘了躲避车辆。他听到老太太骂：

“流氓！竟敢占老娘的便宜！”

“不不不，”他举着双手辩解着，“我不是故意的……我是大学教师，知识分子……”

“哼！中国的事坏就坏在你们这些知识分子手里！”老太太骂着，把双手举到王三面前，那十根弯曲的手指像老鹰的爪子一样，闪烁着钢铁一样的光芒。王三一阵胆寒，顾不上辩解。忘了车辆，掉转身子，踩着斑马线，往马路对过蹿去。

他听到身前身后身左身右都响起“嘎唧嘎唧”的紧急刹车声，他感到自己的脑袋像气球一样炸裂了。他跑上人行道，看到那些诸如“抓流氓”、“抓小偷”、“抓坏人”的时代熟语像一根根雪白的木棍子，在他的头上纵横交错地飞舞着，逃生的念头鼓舞着他的双腿。他感到自己跑得空前的快。

大学教师在人行道上飞跑着,迎面驰来的许多自行车躲躲闪闪地给他让着路。他看到自行车上那些红男绿女们惊讶的、兴奋的神情。他没有一丝一毫的疲倦感,却感到一种因为衣服急剧摩擦皮肤而产生的微弱快感,为了增强这快感,他加速地奔跑,后来他感到自己整个人都浸泡在幸福的潮水里了。他感到四肢矫健灵活,犹如森林中的猿猴;身体浑圆滑溜,宛如淤泥中的泥鳅。他宛转自如地在自行车的密林中游动着,无数次的,都是当急速冲来的自行车即将闯上自己的身体时而自己身体一侧就回避了。路边的树木刷着白石灰的树干像一排等距排列的士兵,一个砸着另一个,连绵不断地扑倒在地。体育场的绿色铁栅栏像剪刀一样剪着他的身影。他感到这次奔跑正是二十年前在故乡河边那次狂奔的继续。那次他是追赶爱情,那次他与同班女生汪小梅看完了《钢铁是怎样炼成的》,被保尔·柯察金与林务官女儿冬妮娅的爱情深深地麻醉着,他们尝试着接了一次枯燥无味的吻之后便开始追逐,摹仿着保尔和冬妮娅的追逐。汪小梅是学校里的田径明星,正好扮演着善跑的冬妮娅。王三那时是个满头乱毛的野小子,恰好符合了保尔的身份。他们在河边上,踩着柔软的绿草飞跑,在奔跑的过程中因为衣服摩擦皮肤王三的快感产生了,在追逐汪小梅的狂奔中王三进入了青春期。那时河边的芦苇如轻浪一浪一浪追逐着,那时河中的流水像一匹明晃晃的绸缎,那时在狂奔结束时汪小梅按照书上的程式把后背靠在王三的胸膛上,那时王三突破了书上的程式发展了保尔·柯察金胆怯地用手按住了汪小梅的小青苹果一样的坚硬乳房,那时汪小梅回头捅了王三一拳又踢了王三一脚,红着脸骂王三流氓说王三不照着《钢铁是怎样炼成的》这本青年教科书去做。那时王三还想狡辩那时汪小梅说保尔根本没摸过冬妮娅。那时王三说肯定摸了只不过作者怕羞把这细节省略了。那时两个人为这问题争论不休,那时王三只好说我错了我今后一定改正,那时他嘴里认着错眼睛却着了魔般地盯着那两个青香蕉苹果盯得汪小梅满脸挂彩。那时他又按捺不住地伸出手去抚摸苹果,他想象着那苹果上还挂着一层白粉霜呢。那时汪小梅半推半就是一朵“豆蔻开花二月初”满面的娇羞,那时王三霸蛮强硬。那时汪小梅咕嘟着小嘴像个花骨朵儿说不让你摸不让你摸男人摸了长得快长得大俺姐说男人手中有酵母一摸就发了馒头。那时王三根本不听她的莺歌燕语硬摸了,她一声呻吟少女时代结束了。那时他们又接了一次吻这一次跟上一次感觉大不一样,他感到她的身体烫得像感冒病人一样她的呻吟像一个成熟的妇人了。那时他就模模糊糊地意识到爱情是一种发展迅速的病毒。那时他与汪小梅好得如胶似漆,那时他的酵母使汪小梅如雨后春笋一般茁壮拔高,很快就高出了王三一个头,两个头,后来汪小梅被选拔到省里当了排球运动员。现在王三自己感觉到跑得比那次还要潇洒,他甚至忘记了自己为什么狂奔,好像他不是一个被追赶的“流氓”而是一个追逐逝去青春与爱情的健将。铛！一声破锣响;咚咚咚,一阵乱鼓鸣。他从迷醉中惊醒了。

气喘吁吁、筋疲力尽的大学教师王三从浪漫的少年梦中解脱出来,满身冒着热汗,跌在了这个腐臭城市的人行道上。在一排绿色的铁皮垃圾桶旁,他踩着一块西瓜皮,像无聊的滑稽剧中的丑角一样,夸张地挥舞着手臂,滑行了数米,然后沉重地跌在垃圾桶之间。他的身体像一枚炸弹,轰起了成群结队的苍蝇。他想干脆就死在这里罢了,但远远地看到由那两位红袖标老大娘率领着的追捕大军正呐喊着逼近。巨大的恐怖动员起大学教师最后的气力,他跳起来,继续往前跑。这时又一声破裂的锣响在他的耳畔炸开,紧随着锣声还有咚咚的擂鼓声。他歪了一下脸,看到毒辣的阳光底下,摆着一张方桌,桌上摆着一盆开败了的君子兰花,桌周站着几位老太太,插着几面油腻的彩旗,旗在阳光中垂着头,老太太们则敲着锣打着鼓,满脸油汗闪光,神情极为生动。一个瘪嘴的老大娘颤悠悠地喊:开展全民灭鼠运动——人人有责哪——咣，咚咚咣——王三被这些业余警官们吓怕了苦胆，绕着他们向一条窄街窜去。他听到后边那两老太太在喊：老姐妹们，截住那个流氓呀！王三一回头，看到正在进行灭鼠宣传的那几位老太太停止了敲锣打鼓，眼睛瞪得溜圆，蓝光闪烁，像狸猫的眼睛一样，像正要对老鼠发起突袭的狸猫一样。她们的尖利的长指甲像慈禧太后的长指甲一样，表现出法律的威严，一下就能挖出人的眼球。只看了他们一眼王三就吓得屁滚尿流。他放着精神性的响屁抱头鼠窜，他知道落到这群老女人手里绝没有好下场，不被她们咬死也要被她们骂死。在逃跑时他恍惚记起了自己的家，智力在绝望中诞生，这样奔跑下去难以逃脱猫的追捕，急中生智他想起了家，家是避难所，“街上有惊涛骇浪，家是平静的港湾”。于是他在奔跑中辨别环境，这条斜街很陌生，仓惶的逃窜已使他失掉了方位感，在这座迷宫般的城市里他几乎从来就没有分清过东西南北，何况在逃命的过程中，唯一的出路是沿着斜街奔跑，一条斜街里蹿出的猫吓了他一跳，也使他发现了一条小胡同。他一拐弯进了小胡同，穿胡同而过，竟然迎面看到了一幅巨大的广告牌，广告牌向人们广告着罐装猕猴桃饮料的丰富营养，丰富营养通过那绿毛青脸的大猴子表现出来，它津津有味地喝着猕猴桃饮料。看到了这广告王三激动无比，因为这广告牌后面就是他家所在的那栋楼房，他曾经无数次地站在这广告牌下注视那只猴子，好像和它交流思想感情。猴子的眼睛是用一种能够在暗夜里放光芒的新型颜料所画，王三在夜晚时趴在窗台上就能看到这灼灼的猴眼。他是个喜欢耽溺在沉思中自娱的男人，每当受到了生气的女排运动员的痛打后，便从注视猴眼中得到安慰。他幻想着自己变成猴子，在茂密的丛林中上蹿下跳着，渴了饮山间清冽的泉水，饿了吃树上新鲜的果实。不久前的一天，妻子骑着他的背，用大巴掌扇着他的屁股，他忍痛不住，一句妙语涌到嘴边：你再欺负我，我就变成猴子。当时他的妻子笑出了声，他趁机从她的胯下钻出来，非常严肃地说：我不是跟你开玩笑。他指着窗外边那广告牌上闪闪放光的绿毛大猴子，说：它已经给了我信息，你再打我我就变成一只猴子。说完这话，他看到妻子痴痴地看那匹正在夕阳里喝饮料的猴子，脸上渐渐变了色。这件事王三本已忘记，现在竟清晰地浮上心头。是啊，他向着那广告牌跑着，想，我为什么不变成一只猴子呢？为什么不呢？这个念头执拗地纠缠着他，使他感到一种麻醉的安全。他现在是轻车熟路地往自己的家奔去，他几乎不怕那些追捕者了，他钻进门洞，跳跃着楼梯，想，我不怕你们，我一回到家立即变成一只猴子，让你们永远再也无法找到我。他已经体验到一种类似猿猴的快乐，他感到腿脚空前的灵活，每次跳跃都富有弹性，一跳就是二级台阶，甚至跳四级，奋力一跳竟然可达五级。就这样他飘飘欲猴地跳完六十级台阶、跑完幽暗而深邃的走廊，然后努力撞开自家的那扇唯一的门。他感到眼前白光闪闪，定眼看到闪烁白光的是自己高大肥胖的妻子。她正在用一条黑乎乎的毛巾蘸着脏水在背上来回“拉锯”。她几乎是赤身裸体。房门洞开，她尖叫一声，一个鱼跃跳到门后。她的反应十分敏锐但身体的动作却很笨拙。这是发了福的体育人才的共同特征。她推上门，回头大骂：王三，我打死你这个流氓！

她高高地举起拳头，冲着王三的脑袋撸下去。在她的拳头下落的过程中，她发现丈夫的身体萎缩了。发生在她眼前的事情令人难以置信：大学教师王三在一分钟内，变成了一只瑟瑟发抖的绿毛青脸的雄性猿猴。

第二章

与

这位高高地举着大拳头的高大女人正是当年的汪小梅。无情的岁月是如何把一个天真活泼、身段苗条的少女变成了一个性情暴戾、身体膨胀的女人的？心中悲伤的作者在这里不想叙述。作者是汪小梅和王三的同乡又是好友，少时在同一所学校念书，长大又在同一座城市混饭，他当然有能力把汪小梅的变化过程描述清楚，但是他不愿意。王三由大学教师变成猴子，这变化比汪小梅的变化要重要得多，这变化使汪小梅的变化显得不值一提。听到王三变成猴子的消息后，作者并没有过分吃惊，因为他曾经多次开玩笑说王三像只猴子。后来又听说汪小梅和王三双双失踪了，他也没怎么吃惊，他知道中国的知识分子是笼中的鸟儿，关在笼子里时，天天唧唧喳喳，甚至还用头去撞笼子的铁条，但真的放他们飞，用不了几天就会飞回来。所以当王三和汪小梅的学校派人来调查时，他却打保票说他们会回来的。后来果然就回来了。回来后王三还当他的大学教师，汪小梅还当她的体校教员，好像什么事情也没有发生一样。作者曾问过王三变成猴子的感觉，王三说没什么感觉，变成猴子之后的事他全部不记得，变成猴子之前的事还记着。作者也采访过汪小梅，汪小梅很简略地说了一些王三变成猴子之后她的生活过程。本文的第一部分根据王三的谈话编写，第三部分根据汪小梅的谈话编写。王三参与编写的《诗歌大辞典》最近出版了，他赚了一些稿费，尝到了甜头，现在又在写一篇研究卡夫卡《变形记》的文章，这些文章研究角度独特，水平不低。汪小梅对待王三的态度大有好转，她正在服食一种叫做“月见草油”的减肥剂，有些效果。他们两口子一般不愿跟人谈变猴子的事，对朋友可以例外，所以如有研究生物的遗传与变异的朋友对此事感兴趣，可以通过我与王三和汪小梅联系。因为这件看起来很荒诞的事情里，肯定潜藏着一柄解开人类世界大奥秘的钥匙。解开这奥秘的人，将比达尔文还要伟大。当然这研究将冒很大的风险，这是个飞蛾扑火的差事，“姜太公钓鱼——愿者上钩！”

第三章

趣味

她高举着的拳头僵在了半空。她的怒骂断绝在喉咙中,好像一块卡住了的黏痰。她看到丈夫只有流露着恐惧的眼睛没有变化,其他的部位都在迅速地抽搐着、萎缩着,在抽搐中萎缩在萎缩中抽搐着。他的腰背佝偻了,四肢弯曲了,衣服滑落,眼镜跌落,嘴唇缩进,牙床凸出,耳朵变薄,脖子变粗,拇指变长。绿色的细毛突然迸出来,像皮肤上爆起鸡皮疙瘩一样迅速。最可怕的是:一条粗大油滑的尾巴,从它的两腿间缓慢地长下来,一直触到地面上。适才还站立着她丈夫的那个角落里,现在站着一匹真正的猢狲。它生着一身碧绿的毛,一张青色的面孔,双腿弯曲着,身体在发着抖,只有那两只可怜的眼睛里放射出的光芒还是属于丈夫的。她的惊愕无以言表。她感到一股团团旋转的小北风缠住了裸露的肉体,适才还闷热的房间突然变得寒气砭骨。她感到在一瞬间周身的血液停止了循环、心脏停止了跳动、肺叶停止了翕合、肠胃停止了蠕动。当这些器官恢复正常时,她感到有一阵剧烈的悲伤情绪袭来,咸滋滋的眼泪盈眶而出,黏稠的冷汗湿了她的全身,她感到了空前的惊惧、困惑和忧虑,胳膊像中枪的鸟翅一样垂挂下来,从她的大张开的嘴巴里,发出了马嘶一样的哭声。"不,不,这不会是真的!"她尖利地鸣叫着,用手背揉着眼睛,仔细地看着那只猴子,猴子也用求饶的、可怜的眼睛看着她。她绝望地看到,丈夫的肮脏的衬衣、长裤连同那条遮不住鸟的裤衩,一团破布似的萎靡在猴子的脚下,好像某些动物蜕下来的旧皮。那只黄了框的眼镜跌在地上,断了一条腿。铁打的事实摆在她的面前,自己的身为大学教师的丈夫已经变成了猴子。这时,她突然想起了丈夫不久前说过的话:你要是再敢打我,我就变成猴子!

她感到非常后悔，王三任劳任怨的劳动精神和逆来顺受的宝贵品格突然闪烁出耀眼的光芒。她情不自禁地向猴子扑了过去，嘴里大叫着：三啊三，是我错了啊……

她本想把猴子抱在怀里，用自己的温柔的肉感化它，但变成猴子的丈夫果然也就具有了猴子的敏锐，他从她的胳肢窝里油滑地钻过去，等她转过身来，发现它已蹲在冰箱的顶上，狡猾地眨动着黑眼睛，又短又薄的嘴唇往后咧着，龇出两排雪白的牙，模样十分狰狞——也许是顽皮，也许是抗议——要准确地判断它的表情还需要时间。尤其让汪小梅难以接受的是：一条绿油油的长尾巴，从她的丈夫——从猴子的双腿间垂下来。

她胸中澎湃的激情冷却了许多，但她还是试图靠近它，尽管事实如铁一样坚硬，但她在感情上还是难以接受这事实。她往冰箱前靠了一步，猴子把身体耸耸，背紧紧地贴在了冰箱后的墙壁上，它的两条后腿支起来，积蓄着力量，准备跳跃。它的牙龇得更加突出，并发出了吱吱的鸣叫声。这叫声已经是纯粹的猴子的声音了。

她站在猴子面前，因为借助了冰箱的高度，她与它的目光可以平视，居高临下十几年的优势陡然消除之后，她感到精神空虚，心灵内疚。她抽泣着，让一滴滴的清泪打在膨胀如球的双乳上，她自己认为这种姿态是最有魅力的召唤丈夫的姿态。她呼噜呼噜地哭着说：

“三啊三，是我不对，是我不好，我不该打你，不该欺负你，看在咱俩夫妻十几年的分上你变回来吧，看在咱俩青梅竹马的分上你变回来吧，看在保尔·柯察金和冬妮娅的分上你变回来吧……”

她的诉说差不多接近了字字血、声声泪的程度，猴子龇着嘴，眼睛滴溜溜转。她看着它那两只单薄地从绿毛中耸出来的粉红色的大耳朵，继续诉说：

“三啊三，我的话你难道听不见？常言道‘一日夫妻百日恩’，我即便有千错万错，到底也与你同床共枕十余年，还为你生了个儿子，

‘不看僧面看佛面’,看在咱们儿子的面子上,你也要变回来。你一变倒轻松了,撇下我和儿子怎么办?我没有了丈夫怨我自作自受,可儿子不能没有爸爸呀。你要是遭了车祸,得了急症,挨了枪崩,横死竖死,也有个讲说,可你变成猴子,有人问起儿子说你爸爸呢,你让他怎么回答?你让他说:我爸爸变成了猴子?三啊三,我承认我不对了,人生在世,谁还能没点错误?谁还能没点缺点?‘人无完人,金无足赤’,连毛主席他老人家都说过:有缺点错误不要紧,只要改正了就是好同志。三啊三,只要你变回来,我保证痛改前非,像当年在河边追逐时那样敬你爱你,你的衣服我来洗,你的饭我来做,儿子的事情我来管,一切的一切我负责,我一定全力以赴地当好后勤,支持你干事业,我这辈子就这么着了。我愿为了你牺牲,让你踩着我的高大肩头,攀登到事业的珠穆朗玛峰上去。到了那时候,咱也就有了两室一厅的单元,甚至装上了电话,甚至在厕所里安装上了热水器,每天你都能洗个热水澡。三啊三,幸福的生活在向我们招手,求求你,变回来吧,趁着儿子不在家你快变回来吧……”

尽管她说得天花乱坠,猴子依然是猴子。但事情并不是没有转机,她兴奋地发现,当提到儿子时,猴子的眼里涌出了泪水。这说明它人性未泯。它的身体虽然变成了猴子,但它的思想还是大学中文系教师王三。她抓住这时机,鼓动如簧之舌,继续劝说。汪小梅原本是惯用拳头代替语言的妻子,能连篇累牍地演说,连她自己都感到惊异。她试图往前靠近,她想只要能把猴子抱在怀里,只要能把那颗猴头夹在自己的双乳之间,天大的冤仇也会化解,猴子就会变成王三。她说:

“三啊三,我的亲人,你难道不知道,我打你骂你其实是疼你爱你的表现吗?有时我出手重了些,但这并不是我的本意,你知道我当过女排的主攻手,人送外号‘铁巴掌’,有时我只想轻轻地拍你一下,可能就把你拍得龇牙咧嘴,请你原谅吧。你是个男子汉大丈夫,不要和我妇道人家一般见识,今后我连一指头也不戳你就是,三啊三,变回来吧,变吧,你要是害羞,我就转回头,闭上眼?或者,你更愿意在我怀里变?来吧,三,我愿意,来,搂着我你来变,我闭上眼……”

她张开胳膊,闭上眼睛,等待着猴子扑进怀中来。但这时房门被猛烈地敲响了。

她恼怒地睁开眼,看到猴子从冰箱上纵身一跃,跃到窗框上方那两根暖气管子上悬挂起来。她愤怒万分地拉开房门,几乎赤身裸体地挡住了门口,面对着那些扁着地瓜脚,瘦着皱皮嘴,蓬着花白毛,戴着红袖标(这一点至关重要,即便是流浪汉,只要戴上红袖标好人也害怕),提着锣,夹着白木棍子,撇着南腔北调的代表着法律和道德的老太太们。

“你们干什么?”体校女教员气势汹汹地问。

她满身的肉光晃得老太太们昏花了眼,一个个把手掌罩在眼眉上方,往屋里张望。

一个满口胶东话的老太太说:“有一个流氓跑到你屋里来了!”

另一个满口京腔的老太太说:“瘦得像猴一样,戴着一副眼镜。”

两个老太太说着就要往屋里挤,体校教员不由得怒火中烧,双臂一伸,就如铜墙铁壁。她红着眼问:“谁给你们的权力让你们搜查民宅?”

胶东口音老太太一拍胸脯,指指红袖标,理直气壮地说:“人民给俺的权力!”

体校教员感到有一股炽烈的火焰在胸膛中燃烧,她很客气地伸出大手,捏住了老太太尖尖的鼻子。老太太的鼻子似乎涂了一层苍蝇屎之类的东西,又黏又腻,令体校教员心中生出极端的厌恶。她松了手指,攥成拳头,对准老太太的脑袋,像当年在运动场上击打排球那样,猛击了一下。老太太像一条装满了沙土的脏口袋,一声不吭地歪倒在走廊里,歪倒的过程中她的胳膊打翻了对门人家摆在煤气灶上的钢精锅子,让半锅子稀饭泼洒了出来,泼洒到她的同伙身上,更多地泼洒到她自己身上,钢精锅子在她胸膛上打了一个滚,然后清脆地响着跌在水泥地上。老太太们呼着:“打死人啦,打死人啦!”乱纷纷往外撤,摆满杂物的狭窄走廊里,响起一片碰撞之声。走廊两侧的住家们,都拿起简易的防护武器,守住了门口,看着这群业余警察狼狈不堪地逃窜过去。体校教员看着那躺在地上呼呼喘粗气的老太太,心中只有仇恨没有害怕,她恶狠狠地说:“你愿意躺在这里就躺在这里好了。”她从自家的煤气罐旁,提起一把热水瓶,拔了塞子,让一线热水慢慢地往老女人裸露的肌肤上流。老太太鬼叫着爬起来,呼唤着逃走的姐妹们,自己也一歪一扭地跑,一边跑一边骂着:“臊×,你等着!”她花白的头发零乱如麻,满身脏泥,看着怪可怜的。

体校教员关上门,插住了插销。背靠到门上,裸露的肌肤感受到了门上那些凉森森的铁器件。马路上的热风把沾满了尘土、印着椰子树图案的绿色窗帘布吹起来,透过残破的纱网她看到了窗外白杨树的树冠,听到了树上叶片被风吹动发出的哗啦啦的响声。蝉在树冠中间枯燥地鸣叫着。她还看到了被树冠遮住了部分的猕猴桃饮料广告牌,巨大的猴头在明亮的阳光中宛若活物一样。体校教员不敢与它对视。她从门后横拉起的铁丝上扯下一条毛巾,擦了擦眼,然后,抑制不住地大声哭泣起来。她哭着说:“三,你的仇我已替你报了,我的错我也认了,你如果还不变回来,你就太不像话了……”

她哭着,仰起脸来,看到猴子蹲在暖气管子上,那条尾巴更加突出而明显地垂挂在窗框上方的明亮光线里。她冲着它哭,它却对着她龇牙咧嘴。体校教员心中渐渐生出愤怒来,她走到窗下,一个立地拔葱,想揪住它的尾巴,但她的如意算盘落了空。她的意图太明显了,她的身体太笨拙了,猴子的反应太敏捷了。她的手指尖刚触到它毛茸茸的尾巴梢,猴子便从她的头上一个飞跃,滑稽而轻松地跳到了衣柜的顶上。它的尾巴扫起柜顶的灰尘,眯了她的眼睛。

她说:“你可以不管我,但你总不能不管你的儿子吧?我这就去接他回来,希望你能给儿子留下个好印象。变不变由你决定吧!”

她匆匆穿上衣服,走出房门,在外边把门锁了。她从门的缝隙里盯着猴子,看到它坐在柜子顶上,圆圆的黑眼睛里闪烁着忧郁的光芒。它好像在沉思。

体校教员从自己的堂叔家把六岁的儿子王小三接回来,这是个六岁的小家伙,秋天准备上学。因为儿子与堂叔的小孙子一块去了动物园,所以她坐等了很长时间。坐在堂叔家里,她心神不定,坐立不安。她的堂婶说:你如果有事就先回去吧,待会儿让你叔把小三送回去就是。她说:不。她一直等到傍晚,堂叔才领着孩子回来。她牵着儿子的手返回时,沉沉西下的红日把街道的树木照射得金灿灿的,显得很温柔又很凄凉。

她带着儿子坐了三站路的电车,下车后拐进了王三奔逃过的那条斜街。她也看到了那些敲锣打鼓地宣传灭鼠的老太太们。她想起了挨了皮拳的那位老太太,她想此事也许会有些麻烦,但无论什么麻烦也比不上丈夫变成了猴子麻烦。她牵着儿子的手,问:“小三,去动物园看了什么?”

小三大声说:“看了猴子!”

她心头一震,心里泛起一股难以言状的滋味。她别有用心地问:“儿子,告诉妈妈,猴子好吗?”

小三说:“好,猴子好玩。”

她问:“小三,要是你爸爸变成猴子,你怕吗?”

小家伙欢呼起来:“好呀,好呀,爸爸变成猴子啦!”

她拉着儿子的手,不再说话,一步步往家里挪。她期望着中午所见到的是个梦境,她期望着一推开家门,就会看到瘦如猴子的王三伏案编写着《诗歌大辞典》。她既想回家又怕回家。如果丈夫已变回来,她想回家,如果丈夫依然是只猴子呢?

在那块迎面扑来的巨大广告牌前,她惊悚地停住脚。看到广告牌上猴子双眼灼灼,充满灵感,她深信丈夫变形与这幅广告有绝对的关系。

“妈妈,你看猴子吗?”王小三扯着她的手指问。

她感到无法回答这个问题。她转过头去,望着掩映在白杨树冠里的自家那个油漆剥落的窗户。窗户里漆黑一团,白杨树冠上叶子千片万片,光闪闪的,宛若悬挂了一树金币。

“妈妈,回家吧,我饿了。”王小三说。

她想,事情已经发生了,躲也躲不过。她弯腰把儿子抱起来,侥幸地想:但愿这是一场噩梦。

爬完楼梯,拐进此时已亮了昏黄灯光的走廊,家家户户都在烹饪,油烟浓烈,油锅吱啦啦地响着。正在做饭的人都衣衫不整,蓬头垢面。走廊里的煤气味儿几乎到达了令人无法呼吸的程度。她像往常一样不跟任何人打招呼,躲躲闪闪地走着。她感到这些人的目光都鬼鬼祟祟的,仿佛都知道了她家里的事。

她受刑般地走完走廊,回到自家门口。站在门口掏钥匙时,她真诚地乞求上帝:上帝啊,保佑我丈夫变回人形吧!将钥匙插进锁眼,用力一别,这一瞬间她感到眼前直冒绿星星。屋里黑咕隆咚的。她把儿子搡进屋子,急速地把门顶住。她闭着眼睛拉开了灯绳,光明骤然塞满了整个房间。当然,猴子依然是猴子,它蹲在冰箱上,正在打瞌睡,灯光一亮,它受了惊吓,一个蹿跳上了衣柜顶。

体校教员软绵绵地跌坐在地上。她此时的内心里有一点百感交集的意思。儿子王小三惊喜万分地大声嚷叫起来:“猴子!妈妈,猴子,妈妈,咱家有一只猴子!”

猴子在柜子顶上吱吱地叫起来。王小三紧张地抱住体校教员的腿。他见过铁栅栏里的猴子,但没见过房间里的猴子,所以他有点害怕。

体校教员抱起儿子，强压住呜咽，让泪水满面涌流。她对着猴子说："王三，你这个畜牲！我恨你！"

王小三问："妈妈，你怎么又骂爸爸？爸爸哪里去了？"

她咬着牙根说："你爸爸……到外地出差去了。"

王小三很娇情地拍着手，说："好啊，爸爸出差去给我买了只猴子，爸爸让小猴子跟我做伴，是不是妈妈？"

体校教员无言可对。她抬头看看猴子，低头看看儿子，低声咕哝着："王三，你要是还有一点点人味，就想法变回来。"

"妈妈，你说什么？"王小三问。

她拍拍儿子的头，严肃地说："小三，咱家有一只猴子的事，千万不要对别人说，知道吗？"

王小三不解地问："为什么？"

她说："这猴子是爸爸从森林里好不容易捉来的，万一被别人知道了，动物园里的叔叔阿姨就会把它弄到动物园里去，那样，你就不能和它玩了。"

"告诉李东东也不行吗？"王小三问。

"谁也不能告诉，这事儿只能你和妈妈知道。"她紧紧地抓住儿子的肩膀，叮嘱道，"妈妈的话，你记住了没有？"

王小三认真地点点头。

"你在房子里别动，我出去做饭给你吃。"

"不给小猴子吃吗？"

"他想吃就吃吧！"她无可奈何地说。

她把该用的东西一次端出去，然后随手带上门。她感到走廊里的人又在看自己，便低了头，匆匆干活。在油锅吱吱啦啦的响声里，她听到儿子在屋子里欢乐地笑着、吆喝着。

等她把饭菜端回屋里时，看到儿子正与猴子在屋子里撒欢儿。猴子从柜上跳到冰箱上，又从冰箱跳到床上，再从床上跳到窗台上……真正地上蹿下跳。儿子追逐着它。它故意地去逗引儿子。

“妈妈,小猴子真好玩!”王小三吆喝着。

体校教员鼻子一阵酸。她把饭菜摆在小方桌上,说:“儿子,吃饭吧。”

她安排儿子坐下,然后冷冷对着猴子说:“不想与你的儿子同桌进餐吗?”

王小三警惕地问:“妈妈,您跟猴子说话?”

体校教员没有吱声。按照惯例,她摆开了三套碗筷。丈夫的位置在那儿。

“妈妈,爸爸真的出差去了?”王小三问。

“真的。”

“爸爸到哪儿出差?”

“到很远很远的地方。”

“再远也得有个名字呀!”

“对,再远也得有名字。”

“花果山,”她竟然用嘲讽的口吻说,“水帘洞。”

王小三拍着手,用这个城市里的儿童惯用的娇嗲嗲的口吻说:“嘿! 妈妈真逗,把爸爸送到孙悟空家里去了。”

“吃饭吧!”她大声地命令着儿子,自己也端起了饭碗,胡乱塞进一口饭,咀嚼时,泪水竟滴进碗里。

这时,猴子轻巧地从窗台上跃下来,用两条后腿支着身体,熟练但十分笨拙地走过来。它的步态蹒跚,像一个刚学步的婴儿。

她辛酸地注视着它,它也直直地注视着她。从它的眼睛里,她又看到了丈夫。她始终存在着丈夫突然变回人形的幻想,就像他突然变为猴子那样变化。这变化的契机处处存在,也许它一坐在熟悉的饭桌前,就会突然变化。于是她对着它,用手指指它平常坐惯了的那只小木凳。猴子受到鼓励,挪到饭桌前,装模作样地坐了下来。她闻到它身上散发出一股酸溜溜的臭气,看到几只粉红的跳蚤在它青色的肚皮上爬动。她感到有些反胃。这百分之百的是一只猴子,没有半点丈夫的踪影,于是她想白天发生的一切,包括现在正在持续着的情景都是一场大梦的组成部分,也许丈夫果真是到外地去了,这猴子也许是从动物园里逃窜出来,流落到了民间。猴子伸出一只青色的趾爪弯曲的手,搔耳朵后边的毛。王小三递给它一双筷子,它接过去,放到胳肢窝里夹住。王小三夹给他半条咸鱼,它接鱼时让筷子落在地上。它用一只前爪把鱼按到嘴边,开始了龇牙咧嘴眨巴眼睛的进食过程。可能是咸鱼太咸了,也可能是鱼刺扎了它的嘴,它扔掉嚼得黏糊糊的带鱼,抓耳挠腮,嘴里发出怪叫声。王小三恐怖地将身体靠到体校教员的腿边。他悲哀地叫了一声:"妈妈!"体校教员紧紧地搂住儿子,定定地,用含义复杂的眼神看着猴子的眼睛,然后她叹了一口气,慢悠悠地伸出筷子,在它的肚皮上戳了一下,猴子一声尖叫,跳了起来,几个连环腾跳,它又悬挂在暖气管子上,像一个硕大的果实。

吃过晚饭后,王小三闹着要看电视。星期日晚上有《动物世界》。她心灰意冷地为儿子开了电视,然后麻木地坐在床沿上,看到各色的化妆品涂抹着一张张妖冶的女人脸庞,听着那些女人们虚情假意的既推销化妆品又推销自己的矫揉造作的声音。儿子几乎与电视同步地复述着广告中那些无聊的话语:著名影星××为什么能够永葆青春?我用珍珠增白粉蜜!三九胃泰,够威够力。医生我得了乳腺增生,请用特制新药"乳癖消"。广告连篇累牍,长得仿佛万里长城。终于到达了嘉峪关。电视屏幕上一片昏暗之后,赵忠祥那鼻音浓重的解说声响起,好像预先安排好似的,这晚上的动物世界的主人公们竟破了天荒地是中国特产:黄山猴子。黄山的猴子比亚马逊河畔茂密的热带雨林里的猴子和爪哇岛的猴子更具有亲切性,更具有鲜明的民族特色,更令体校教员惊悚万分。难道事情仅仅是偶然地碰到一起吗？她不由得偷偷观察蹲在暖气管子上的猴子，发现它也像儿子一样，聚精会神地盯着屏幕。屏幕上出现黄山秀丽奇特的山峰，出现了那棵饱受屈辱的迎客松。她记得丈夫曾说过：黄山的迎客松是个受侮辱与受损害的形象，它是一头暴怒的雄狮，鬃毛怒张，恨不得把所有的客人撕成碎片，何迎之有？她记得丈夫还写过一首"诗"：我是迎客松这是你送给我的名字/你们没问我同意不同意/我生长在悬崖边/扎根在石头里/可怜已长了数百年/才长成这形状/有了人我就倒霉/人吃得越饱我越倒霉/我无权拒绝人的抚摸与攀折/我连最下等的妓女都不如/妓女还可以拒绝接客/我无权拒绝/妓女仅仅接受男人的欺凌/妓女还能得到钱/我全不能够我忍受男人更得忍受女人/不论是丑还是美/是无耻文人还是流氓政客/都拥着我拽着我/搂着我抱着我/把我的形象留在他们身边/挂在各种各样的场所/作为他们的光荣历程之一页/我被剥掉了千万层皮/血管都裸露了出来/我每日每夜都在风里颤抖/在雨里流泪/在雷电中怒吼/人我痛恨你们/你们不要把肉麻当有趣/我盼望着早日跌到悬崖下粉身碎骨/让你们听到风在山涧中滚动/那是愤怒的老树精灵根哀鸣。体校教员文艺细胞不多，凭直觉觉得这首诗仿佛不错，那时他们新婚不久，生活里还有点点蜂蜜的味道，她记得王三朗诵这首《迎客松》时那神采飞扬的样子。她劝他拿去发表，第一换点钱第二出出名。她记得王三非常严肃地说："不行不行，这首诗太尖锐了，一旦发表，会震动千家万户甚至惊动党和国家的领导人。"他说要把这首诗"藏之抽屉，以传后世"。将近十年过去，她想起了这首诗，不由得看了看抽屉。诗句在她的脑海里颠来倒去着，她记得很牢。像布哈林的小妻子背熟了布哈林的遗书一样，她当时在王三的敦促下背熟了这首诗。竟然十年不忘，可见自己的记忆力依然不错。如果不是干上了体育没准也能当个女作家女诗人什么的。在胡思乱想中黄山的猴群跳跃在森林里，摄像机不时地把一只只猴子的特写镜头拉到屏幕上，让他们对着观众龇牙咧嘴,吱哇乱叫。赵忠祥说这是一个内部等级森严的家长式社会,有首领就有争权夺位因而猴群里就有政治、战争与和平。用拟人化的语言介绍它们听来很有趣,这也是惯用的"幽默"伎俩。赵忠祥说动物学家给这群猴子里的每一只猴子都命了名。如"破耳朵"、"缺指头"、"蓝面孔"之类,这些都是根据各位"该猴"的生理特征命的名,并不十分有趣;有趣的命名是给那只曾经担任过最高领导后被赶下台的老猴子的,因为它经常一个猴坐在岩石上沉思默想,有点像决策中的政治家,可能是叫"政治家"太刺激了,赵忠祥说动物学家称这匹老猴子为"思想家"。"思想家"呆呆地蹲在一棵树杈上,看着群猴在它面前玩着各种把戏:追逐的、打秋千的、梳毛的、捉虫子的。摄像机镜头对准了猴群的新领袖,有两匹曾经侍候过"思想家"的母猴子正在给新领袖梳毛捉虫子。这情景应该像刀子一样戳着"思想家"的心吧?它忧伤的眼神说明了这一点。后来又出现了猴子们交尾的画面,尽管是遮遮掩掩地一闪而过,但王小三还是惊喜地喊叫着:"妈妈,快看!"

"看什么?"她反问着。

王小三畏畏缩缩地说:"不看什么。"

"不看什么你穷吆喝什么!"她说。

王小三突然说:"妈妈,电视上的猴子都有名字,咱们也给我们家的猴子起个名字吧。"

她想名字是十分现成的,可以叫它"王三",因为它是王三化成的;也可以叫它"大学教师",因为王三是大学教师。

一种恶作剧的情绪在她心里产生了,她说:"叫它'王三'怎么样?"

儿子激烈地反对:"妈妈坏,妈妈坏透了!爸爸才是王三呢,猴子怎么会是王三?"

"那就叫它'大学教师'吧!"她平淡地说着,恶作剧的情绪已经消逝了。

“也不行!”儿子说,“爸爸才是大学教师!”

她说:“妈妈没文化,你来起吧!”

王小三摇晃着圆溜溜的小猴头,咬着嘴唇看样子是在搜肠刮肚。赵忠祥正在解释猴子的表情和动作所代表的内心感情:龇牙咧嘴表示欢乐,拍打肚腹表示愤怒,等等。她想这倒是很有用处的一课,看情况自己必须熟悉这种动物的一切,才能适应目前的家庭状况,这时王小三叫起来:

“妈妈,我们叫它刘慧芳怎么样?”

体校教师看过几集《渴望》,知道刘慧芳是《渴望》的女主人公,在她身上集中了东方女性所有的美德,但她由衷地讨厌这个人物,可能是因为她自己太不贤惠了,所以才厌恶特别贤惠的女性吧?她恶声恶气地说:

“不好!”

儿子的积极性受到沉重的打击,他沉吟着说:“叫刘慧芳不好,那能叫什么呢?”

“刘慧芳是个女人,猴子是公的!”她像是要证明自己的否决完全正确一样,大声说,尽管她自己清楚她的否定并不缘于猴子和刘慧芳的性别。

儿子的积极性又膨胀起来,他说:

“有了,妈妈,咱叫它宋大成吧!”

她摇摇头说:“也不好,宋大成太胖了。”

儿子失望地说:“那只好叫王沪生了。但是我不喜欢王沪生。”

她拍了一下儿子的头颅,说:“王沪生好,就叫它王沪生吧。”

儿子别别扭扭地说:“好吧,就叫王沪生吧!”他紧接着补充了一句,“妈妈你忒像徐月娟。”

她无可奈何地叹了一口气。

电视屏幕上的猴子攀附着树枝,渐渐隐去,《动物世界》结束了。

她关掉电视,督促儿子上床睡觉。儿子求告着:“妈妈,让我跟‘王沪生’玩一会儿再睡,好妈妈,行吗?”

她抬起头来,仰望着那龇牙咧嘴的猴子,根据赵忠祥的解说,它龇牙咧嘴,表示的是一种欢乐的感情。你欢乐什么呢?今后的日子可怎么过,她忧虑忡忡,感到极端的绝望。她听到儿子喊:

“‘王沪生’,下来,陪我玩一会儿!”

“王沪生”果然一跃而下,落在了床铺上。儿子欢笑着扑上去。猴子与儿子折腾起来,狭小的房间里顿时响起了噼里啪啦的声音。她呆呆地看着它们,心中一片迷蒙。

整整一个夜晚,汪小梅没敢合眼睛。扰乱着她的心绪让她无法入睡的不是恐惧也不是愤怒而是一种焦虑。她感到坐着不舒服,躺着不舒服,只有走动着比较舒服。儿子带着甜蜜而满足的笑容在他的小床上睡了。这小床已经明显地短了,她本来是想等丈夫的稿费来了后给儿子买张新床的。丈夫的稿纸和笔凌乱地摆在那张小桌子上,丈夫却变成了猴子蹲在暖气管子上打盹。这《诗歌大辞典》的条目怕是永远也写不完了,她悲哀地想。她不停地走动导致腿脚沉重,腿肚子里仿佛灌进了铅水。大约是凌晨一点的光景,她坐在床上,脱掉了衣服,仰在床上,脑子倒海翻江地折腾了几十个小时,已经处于混乱状态。她仰着,本想伸手拉灭灯,但看到那猴子满身青翠的丝毛,就索性让灯亮着。后来她想还是把灯灭掉好,也许在黑暗中猴子会变成丈夫。她迷迷糊糊地说:“王三,这是你最后的机会了。”说完,她一伸胳膊,啪哒一声将灯拉灭了。

灭灯后她沉入黑暗之中,想起暖气管子上蹲着的那个毛茸茸的东西,她感到有些胆怯,她克制着自己没有开灯。路灯的微弱光芒射到房间里来,所有的物体都有些朦胧,她偷偷地观察着猴子。它蹲在那里一动不动,两只猴眼却渐渐地放出幽蓝的光芒来。后半夜了,灼热的城市冷却下来，清凉的夜风穿透窗户上的纱网，一丝一缕地钻进房间，抚摸着她裸露的肌肤，她感到很舒服。躺在床上她能够看到被路灯青蓝的光芒照亮了的绿油油的白杨叶片。而无法看到的杨树后边的画着大猴子的广告牌却突然占据了她的脑海。这时她感到丈夫的变形是这只猴子的一个杰作，变形后的丈夫必须接受广告牌上猴子的支配。她的恐惧产生的原因是丈夫猴子背后站着一只满怀阴谋的猴子。如果是王三一人变化，即便他变成一只鳄鱼，体校教员也不会怕，因为他虽然变了外形但灵魂无法变化。一瞬间她就要折身起来拉灯绳了，但这时却有一团毛茸茸的东西压在了她的胸脯上。她头脑异乎寻常地清楚，肉体却如僵死了一般。她拼命地挣扎也无济于事。她更加明白了，作祟的不是猴子丈夫而是广告牌上那只大猴子。她看到了猴子丈夫轻捷地从暖气管子上跃了下来。它的身体在空中划出一道绿油油的美丽弧线。她听到了它落在地上时的轻微声响。她竭尽全力挣扎着，连她自己都听到了自己的喉咙里发出沉闷的吼叫声。她听到了儿子均匀的鼾声。一个古老的故事涌上她的心：她听说有一种猴精是专门吸食婴儿脑髓的。难道王三要吸食王小三的脑髓？他难道会如此没有人性吗？一个变成猴子的父亲还会有人性？她更加焦急了。她想自己关灯上床是一个严重的错误。窗外的树叶子哗啦啦地响起来，后来这哗啦啦的声响与一个令人发竖皮紧的冷笑混合在一起。她绝望地看到猴子在房间里慢腾腾地活动着，时而两腿站立行走，时而四肢着地爬行。它跃上衣柜跃上书桌跃上冰箱……它充分利用着空间。它拍了儿子的小床，甚至用弯曲的爪子去抚摸儿子的面庞。体校教员感到悲剧将产生，她几乎要昏过去了，但悲剧的事情没有发生，猴子似乎没有恶意。它蹒跚着走到冰箱边，令人惊讶地用两只前肢拉开了冰箱的门，冰箱里的灯光扑到猴子的脸上，使它的面孔显得异常生动。它伸出爪子去戳了戳一块冻得硬邦邦的肥膘肉。冰箱里的味道扑出去充满在房间里。它拉开了冰箱的最下边一格,抓出了一个皱了皮的苹果,咔嚓咔嚓地啃起来。它吃得蛮有滋味呢。看到它吃苹果的样子体校教员对它能否再变成王三已经彻底绝望了。它已经与动物园里的猴子没有任何区别了。在痛苦挣扎中她想也许应该去为他买一些水果了。

后来它又蹦到窗台上去呲啦啦地撒了一泡极臊的猴尿,幸好它是对准了纱网撒尿,尿水一股股地落到白杨树冠里去了。体校教员想到了它的排泄问题,不可能让它去厕所,不可能在房间里挖厕所,只能在房间里摆一个盛着干沙土的旧脸盆,必须训练它把屎尿排泄在脸盆里。她曾经看到过朋友家养的猫就是排泄在装着干沙的旧脸盆里。她想猴子是灵长类动物,是人类的表兄弟,训练起来可能比猫容易。

再后来她看到猴子一步步走到床边,走到她的面前。她感到猴子冰凉的、但十分温柔的爪子开始抚摸她的肉体,摸得她浑身爆出鸡皮疙瘩。她闻到了猴子身上的味道。她不知道接下来猴子还将干什么事情。她非常恐怖地想到自己正处在排卵时期。她甚至看到自己已经生出了一只毛茸茸的小猴子。她怪叫一声。这一声怪叫冲出了喉咙,冲开了压迫着她的部分神经的梦魇。她周身冷汗,半死不活地躺着,听着自己的怪叫的余音在房间里袅袅地飘荡着。

她拉开灯。猴子电一般地蹿到柜子上去了。她一直坐到天亮。

第二天一早,她把儿子送到幼儿园里去。儿子迷恋猴子,哭了足有十分钟。然后她到公用电话亭给自己的单位和丈夫的学校打了电话,撒了一通弥天大谎,说丈夫和儿子一起发了高烧。

走出电话亭,她觉得自己倒真正有些发烧。正是上班时间,每一条街上都流淌着车水马龙,有一台洒水车不合时宜地在斜街上洒水,惹得群众骂街。喷水车喷洒出的水线被阳光戏着,折射出许多绚丽的好看颜色。她听到一个被水淋湿了裤子的小伙子骂这个世界上的人都他妈的有病了。她感到头晕眼花,浑身无力,六神无主。她盲目地在街上游荡着，一直到了上午九点多钟。后来她清醒过来，想无论如何也要活下去，头痛欲裂，先看病吧。她们单位的合同医院离此地不远，她走到这家医院门口又心血来潮地跳上一辆公共汽车，坐了十几站路，在一所大医院门前下了车。

她挂了一个内科的号，买了一张病历，找到内科的门口，坐在走廊里的凳子上等叫。不知等了多久，她被叫了进去，一个戴眼镜的中年男医生示意她坐下。她坐下。医生问她怎么啦，她张口结舌地说不出话来。医生用狐疑的目光盯着她，她感到医生的眼睛把自己的心事看透了。医生又问了一句什么话，她没有听清楚。她说：大夫，你说该怎么办？医生说什么该怎么办？她说我丈夫的事该怎么办？医生看看病历和挂号单又看看她的脸，说你丈夫怎么了？她说你不是都知道了吗？医生红着脸说我知道什么？她说你知道我丈夫变成猴子啦你能不能想个办法让他变回来？医生吃惊地跳起来说你挂错了号了重新挂号去吧挂精神科！她对医生的态度不满意，说：我丈夫真的变成了一只猴子你不要以为我在撒谎！医生说去吧去吧重新挂号去吧先去看你自己的病然后再说你丈夫的事。她说我丈夫比我重要他是大学教师他正在写文章还要给学生上课你想法把他变回来吧。医生起身跑出去了，一会儿带着几个穿白衬衣的女人回来了，她看到这几个女人都很粗壮结实也像改行的运动员。一个女的很野蛮地问你是哪个单位的？她不高兴地说你管我是哪个单位的干什么。几个女的一齐上来说你快走不要在这捣乱再捣乱我们用电电你。她说你们凭什么用电电我！一个女人说你有精神病！她说你才有精神病我丈夫变成了猴子千真万确你们不想法治疗还污蔑我医德何在。一个女人说把你丈夫送动物园里去就行了治什么！她很冲动地扑上去想打那个出言不逊的女人，胳膊却被拧住了，这几个女人都很有力气，连拉加拽地把她拖出了内科诊断室。她挣扎着骂她们，她们把她拖到二楼上去果真用一根电棒子触了她一下，她一下子就晕了过去。

一会儿她醒过来,一个女人拿着电棍子说你走不走不走还电你!她感到怒火满胸膛,但确实怕那电棍子的厉害,无奈,只得强压怒火,骂几句脏话,冲出了医院门诊大楼。

在大街上她徘徊了许久,然后坐上公共汽车,她记得自己好像要去一个专治精神病的医院,却鬼使神差般地在自然博物馆前下了车。然后她买了一张门票进入展厅。这地方她很熟悉,几乎每隔一个星期就要来一次。频繁地到这里来并不是她对这里感兴趣,她对这里不感兴趣,她儿子对这里特别感兴趣一进去就拽不出来。什么恐龙呀、猿人呀,儿子一边看一边像个饱学的老头子一样嘴里嘀嘀咕咕。她曾经把这现象告诉过王三,王三说这是好现象。她进入展厅后第一次感到这里的一切令人触目惊心。过去被忽视的东西现在十分鲜明地凸出出来。这个展厅雄辩地证明着的一个熟透了的理论——人是由猿猴进化而来!——像一道辉煌而狰狞的九龙壁横在了她的面前,每一个字就是一条张牙舞爪的狂龙。站在那些图画和模拟塑像面前,她意识到自己拐弯抹角来到这里并不是鬼使神差。一切都跟丈夫变成猴子有关。她是来寻找例证的。既然猴子能够变成人(尽管是极其缓慢的),那么人变成猴子就不是完全彻底的荒诞。这是虽然荒诞但有根据的变化。她记得与王三谈恋爱时,这个大学中文系的学生曾经十分耐心给她讲过很多文学,有古代的有现代的,有中国的有外国的。现在她回忆起古今中外的文学中讲了许多人与神物之间互相变化的故事,譬如狐狸变人、人变甲虫等等。当时她是左耳听右耳冒,现在竟然还能再现那些十分清楚的印象。她又一次意识到自己的记忆力非常之好。她站在一排装着人类胚胎发育各阶段标本的大玻璃瓶子前,突然发现,人在母腹中的短短九个月,实际上是人由兽变为人的缩影。在最初阶段,人的胚胎与猴子胚胎几乎没有区别,这就说明,每个人的身上都隐藏着一种变成猴子的因素,只要机会合适,每个人都可以变化。每个人都有可能变成猴子。她想,这不是倒退吗？但她立即又想到，在学校里听老师讲马克思主义时，老师说任何事物的变化发展都呈一种螺旋状。猴子变成人，人变成猴子，然后再由猴子变成人。如此循环往复以至无穷。教师说这种循环不是简单的重复，而是在原来基础上的提高。想到此她郁闷的胸膛里袭进了一股清风，昏昏沉沉的头脑清醒了许多。生活果然如天上的彩霞一样绚丽与地下的乱麻一样复杂：适才还是绝路一条，现在忽然大有希望。她想按照政治教师的理论，丈夫的这次变化仅仅是一次对王三的否定——猴子否定了王三——随后而来的应该是王三再否定猴子。但否定了猴子的王三已经不是原来的王三，而是在更高层次上的王三了。她一直对王三的碌碌无为不满意，这下好了，完成了否定之否定发展变化过程的王三必将以卓越的头脑创造出辉煌业绩。对未来的美好前景的憧憬使体校教员心情极好。她腿脚轻飘飘地走出了自然博物馆。上了汽车后她还回望着这所有些破旧了的建筑物，对它充满了感激之情。

在临近家门的水果摊上，她买了一包水果。有鸭梨，有苹果，有香蕉。她想起了猕猴桃。找到了猕猴桃，这种毛茸茸的形似狗卵的东西，价格昂贵，她犹豫半天，最后还是咬牙买了四颗。

转眼到了星期六，下午必须去幼儿园把全托的王小三接回来。

这六天在体校教员的感觉里，几乎长过了六年。她在企盼与焦虑中过日子，她在恐惧与愤怒中过日子。她企盼猴子尽快变化成王三；她焦虑着猴子越来越像猴子；她恐惧猴子趁自己睡熟时在自己身上做出什么事来还恐惧丈夫变成猴子的消息传出去；她愤怒猴子在本就小的空间里不停地上蹿下跳，胡拉乱尿搞得她一刻也不得安宁。

她一直没去上班，业余体校是个纪律松弛的单位，没人过问。丈夫的大学可是名牌大学，星期三即来电话催问。电话是要到走廊里公用电话那儿，一个曾在市动物园饲养过河马和海豹的退休老职工来敲门传呼。在开门的瞬间，她看到眼窝深凹进去、动作古怪的老头满怀鬼胎地往屋里扫了一眼。这一眼扫得她心慌意乱。她看到他敏感地抽搐着鼻子,像在嗅什么味道。她想他一定嗅到了猴子的味道。在电话里,她又对丈夫的领导撒了谎,说王三上吐下泻,病得起不了床。

下午她锁好门走下楼梯,准备去幼儿园接王小三。走到半路上,忽然又想起了锁门时似乎没听到锁舌弹入锁口时那咔嗒一响。如果没锁住门——肯定没锁住门——无法收拾的情景在她眼前晃动起来:猴子跑了出来在走廊里蹿跳邻居冲进了房间观看猴子。于是她急匆匆原路回家,上楼时,几乎与那个河马饲养员撞了个满怀。河马饲养员用河马般阴沉的目光逼视着她,她没有道歉她开始怕这个恨这个老家伙她大步流星地穿过走廊,到达自家房间的门口。门口一团漆黑。她推了推门,门锁得很牢。她感到自己的神经确实出了毛病。她摸出钥匙拧开了门,看到猴子蹲在枕头上,手里捧着一本像砖头那么厚的字典在观看。一见到她进来,它扔掉字典,尖叫着,按照它既定的登高路线,由床头到冰箱由冰箱到衣柜由衣柜到暖气管子。它蹲在房间的制高点上,用不愉快的眼神看着她。她看看跌在床下的字典,看看居高临下的猴子,心中陡然翻腾起热浪:这是王三变成猴子之后第一次接触书本!猴子原本是王三与文化之间的障碍,现在它拿起了书本,变成了王三通向文化的中介。就像多数中介都必将消解在两个终端事物之间一样,猴子的消解也是必然的,甚至可以说已经开始。有一股酸酸的感觉压在她的鼻梁上,使她的鼻腔发炎,热热的清液从她的眼睛里沁出。她激动得嗓子打着颤抖对猴子说:"三啊三,我的好孩子,你别怕,看到你看书你不知道我的心里是何等的高兴,看吧,你大胆地看吧,你最好到你的书桌前写你的文章……"

她替猴子拉亮了灯,锁好了门。反复推拉证明确实锁好了门,她满怀希望地走,走着,走着,走到儿子的幼儿园。

她看到儿子瘦了许多,瘦出了一些猴模样。她问:"儿子,你怎么啦?"

王小三眼泪汪汪地说:"妈妈,我想猴子。"

不愉快的情绪立刻又泛滥起来,但她还是强装着笑脸说:"猴子在家里,一会儿你就可以看到它了。"

她拉着儿子的手正要走,幼儿园大班的肥胖范小姐叫住了她。范小姐与体校教员私交很好,当初全托王小三时就是走了她的后门。

范小姐问:"大姐,你们家弄了一只猴子?"

体校教员大吃一惊,忙说:"没有没有,我们家又不是动物园,弄只猴子干什么?"

"就是么,你们家又不是动物园,养猴子干什么。"体校教员认为,范小姐用别有用意的口吻说,"可你们的儿子这一周吃饭不好好吃,睡觉不好好睡,哭着嚷着要回家看猴子。"

范小姐用细长的眼睛盯着体校教员,体校教员掩饰道:"他爸爸给他买了一个猴子玩具。"

范小姐说:"怪不得呢。"

体校教员抱着儿子走出幼儿园大门。对儿子的泄密行为她很恼火。走到一个僻静处,她严肃地问儿子:"小三,你为什么不听我的话把我们家的机密泄露给人?"

王小三夹着两眼泪花说:"妈妈,我错了,你打我吧……"

体校教员看着儿子这副小可怜的样子,无可奈何地叹了一口气,说:"反正已经泄露了打你有什么用。"

一进家门,王小三一声欢呼,猴子一声尖叫,人和猴就闹到一堆去了。体校教员绝望地看到:那本大字典已经被猴子撕得粉碎,床上、地下都是字典的尸骸。

第二天上午,体校教员坐在床边麻木不仁地看着儿子和猴子厮闹,这时房门被敲响了。她警觉地站起来,问:"谁?"

门外有一个熟悉的男子声音响起:"大嫂,是我。"

“你是谁?”体校教员问。

“我是小许呀,王三老师的同事。”

“你来干什么?”她毫无礼貌地问。

门外的人似乎愣了一下,然后说:“听说王老师病了,我来看看他。”

“他不在家。”

“大嫂,我把王老师的工资带来了,还有一些他的信件,另外,系领导让我跟王老师谈一些事情。”

体校教员认识这位小许,他是王三的好朋友。即便王三不在家也没有理由把人家拒之门外。她很着急地看着孩子,发现猴子已经竖起耳朵听门外的动静。它的眼神里还具有明显的王三特征。她的目光在房间里转动,非常自然地她看到了衣柜。她对着门外说:“你等一等。”

她附着儿子的耳朵叮嘱了许多话,然后,开了衣柜门,一把揪住猴子的脖子,将它塞进了衣柜。这是她第一次接触猴子的皮毛。猴子咧着嘴,发出吱吱哇哇的叫声。她顾不了许多,迅速地关好柜门,并上了锁。她略为收拾了一下凌乱不堪的房间,再次叮咛了儿子几句,然后,拔掉门上的插销,拉开了门。

她看到模样清秀的小许一进门就皱起了鼻子,知道他嗅到了猴子的味道。她冷冷地说:“对不起,家里有孩子,乱糟糟的。”

小许说:“没什么,没什么,我家比你家还要乱。”

“坐吧。”她依然冷冷地说。

小许在王三坐惯了的那把椅子上坐下,眼睛鬼鬼祟祟地东张西望。

体校教员说:“王三出去了,要晚上才回来。”

“没事,没事,我坐几分钟就走。”小许说,“这是小三吧,半年不见,长高了不少。”

小许说完就对着小三招手,说:“小三,还记得我是谁吧?”

小三瞪着眼看着他,一脸的不高兴。

体校教员说:“这孩子,越长越不懂事!这不是你许叔叔么,快叫!”

小三的眼睛早转到衣柜那儿去了。体校教员伸手把他扯过来,说:“不是让你叫许叔叔吗?”

小许摆着手说:“不用了不用了,小男孩一般都嘴懒。”

体校教员说:“跟他老子一模一样,三脚踢不出个响屁来。”

小许笑了几声,问:“听说王老师病得不轻?”

体校教员说:“也没什么大病。”

小许从书包里掏出一个信袋,说:“这是王老师的工资,您点点数。”

体校教员说:“点什么,错不了的。”

小许说:“还是点点好。”

这时大衣柜里有猛烈的声音响起,小许警觉地回头去看。

体校教员脸色煞白地挤到衣柜前,拍着柜门骂道:“该死的耗子,等客人去了再跟你算账!”

小许说:“这耗子真够猖狂的。”

体校教员说:“可不是怎么着,要不政府花大力气宣传灭鼠干什么。”

小许又掏出几封信说:“这是王老师的信,您转给他吧!”

体校教员说:“谢谢您啦!”

衣柜里又闹腾起来。小许笑着说:“这耗子成了精了。”

体校教员红着脸说:“是成了精了。”

小许说:“大嫂,转告王老师,说系里领导让他无论如何下周要到学校去趟,有关评职称的事,马虎不得。”

体校教员说:“好,他回来我就告诉。”

小许站起来,说:“小三,跟我去玩吧。”

小三张了张嘴,没发出声音。

小许说:“大嫂我去了。”

体校教员说:“谢谢您小许,这么大老远还跑一趟,真是太谢谢了。”

小许说:“不客气不客气。”

体校教员送小许到门口,小许双手抱拳,说:“大嫂免送!”

体校教员说:“小许好走!”

体校教员背靠在门上,大口地喘着粗气。王小三急不可耐地拧开大衣柜的门,放猴子出来。猴子跳出来,抓着柜子里的衣服一件件往外拖,好像要借此发泄被关在柜子里的愤怒。

体校教员感到自己已经接近了发疯的边缘。猴子翘起的尾巴和那赤红的屁股激起她生理上的强烈厌恶。她骂道:“王三你这个畜牲,我对你已经做到仁至义尽了!”

猴子不理她,只管往上拖衣服。体校教员弯腰抄起一辆玩具坦克车,对准猴头掷过去。她经过训练的胳膊抛出的物件既有力又准确,坦克车正中猴子的后脑勺。它凄厉地叫了一声,身体跳起足有一米高,然后轻绵绵地跌在地上。

王小三大声哭叫起来。他扑到猴子身上,用在幼儿园里学到的脏话痛骂着体校教员。体校教员的身体沿着门板滑坐在地上。她一声不吭,像痴了一样。

体校教员背着哭得发昏的儿子,到了她的堂叔的家。堂叔一见她娘俩的模样,吓了一大跳,慌忙下楼把正在街上宣传灭鼠的老伴叫回来。老两口询问半天,体校教员只是默默流泪,什么话也不说。她的堂叔是一家大棉纺织厂的退休干部,脾气很烈,他一拍桌子说:“不要哭了嘛!有什么问题说出来嘛!这样哭下去根本解决不了问题嘛!”

于是体校教员便两行鼻涕两行泪地向堂叔和堂婶诉说了王三变

成猴子的经过和王三变成猴子后她的悲惨处境。

堂叔哆嗦着手点了一支烟,吸了两口,说:“你不是胡说?”

体校教员道:“不信你就去看看,我把它打昏了,它躺在我们房间里呢!”

堂婶道:“这可真是从来没听说过的奇事。”

王小三又哼哼唧唧地哭起他的猴子来。

体校教员说:“别哭了,那猴子是你爹变的,咱娘俩被他害苦了。”

堂叔想了许久,然后说:“小梅,这件事如果真像你说的那样,大概也没有法子可以挽回了,我看你该去公安局报案!”

堂婶说:“你出什么馊主意!一报案,小梅还不得落个谋杀亲夫的罪名!人家才不会相信那猴子就是王三呢!”

堂叔道:“那就向王三的学校领导去汇报。”

“这跟去向公安局报案有什么区别?”

堂叔说:“那你说怎么办?”

堂婶道:“我琢磨着,他能变成猴子,也就能变回来,关键是要找个他怕的人诈唬诈唬他。”

堂叔道:“他怕谁?”

堂婶道:“我记得他小时候挺怕他爹。你记不记得,有一次咱大哥喊了他一声,吓得他把裤子都尿了?”

堂叔道:“大哥快八十岁了,虎老了不咬人,只怕再也诈唬不住他了。”

堂婶说:“也只好死马当成活马医了。”

堂叔道:“去把大哥接来?”

堂婶道:“那多慢?这样吧,把小三放在这儿,我看着,你和小梅把他送回老家,让大哥扇他耳刮子,诈唬他几声,没准就变回来了。大哥是属虎的,虎是百兽之王,吓唬只小猴子还是绰绰有余。”

堂叔道:“火车上不让带活物的。”

堂婶道:“你们厂里不是跟盐城有业务关系吗?盐城每天都有拉货的车来,送司机条烟,搭个便车就行了。”

堂叔说:“就照你说的办吧,不过,万一变不回来呢?”

堂婶生气地说:“嗨哟,你看你哪像个大老爷们!变不回来再想变不回来的法子,老是这样拖着,事情早晚要发,那时小梅浑身是嘴也辩不清楚了。”

堂叔说:“就听你的吧!”

堂婶、堂叔、汪小梅、王小三四个人回家看变成猴子的王三,堂叔一边走一边唠叨:“这这这这算什么事哟!”

四个人走到斜街的尽头,就听到筒子楼前吵吵嚷嚷一片人声。一拐弯就看到广告牌前的白杨树下围着一大堆人。阳光很强烈,那些人都仰着脸往树上看。体校教员敏锐地感觉到事情与猴子有关。她对堂叔和堂婶说:“坏了,事情八成败露了。”

王小三眼尖,叫道:“猴子,我家的猴子在树上。”

四个人急忙跑到树下,仰起脸来,果然看到那只猴子蹲在一根树杈上,对着树下的观众扮鬼脸。

观众议论纷纷,说肯定是动物园里的猴子逃出来了。体校教员看到那个过去的河马饲养员杂在人堆里。他的目光不在猴子身上,他的目光定在那扇被猴子推开的窗户上。体校教员感到河马饲养员是个可怕的敌人。

有几个顽皮男孩从腰里摸出弹弓瞄准猴子发射泥丸。有一颗泥丸打在猴子臂上,猴子尖叫一声,在树冠中蹿跳起来,它的灵活矫健的身形让体校教员的绝望到达极点。如此合格的猴子要想变成人几乎是不可能的了。

王小三从堂婶手里挣脱出来,像匹小兽一样扑向持弹弓的顽童。他扑倒了一个顽童,并且用牙齿咬破了那顽童的手背。顽童手背上流着血,啼哭起来。王小三也哭了,他哭着叫:“不许你们打它,这是我家的猴子,它是我爸爸变的!"

围观者中爆发出一阵阵怪笑,怪笑之后是七嘴八舌的怪话。

体校教员茫然失措地呆立着。

一个巡逻的警察踱过来,悄悄地仰脸观察着。

体校教员看到警察的手指颤抖着伸向腰带,他的腰上挂着手枪。一个灰白的、罪孽深重的念头在她脑子里闪过,她希望警察开枪把它从树上打下来。只要警察一开枪,便一了百了。可怜的警察有开枪射杀罪犯的权力,却没有开枪射杀猴子的权力,他颤抖的手指移到裤兜里,摸出一条脏手绢,擦拭着脖子上的汗水。

警察喊道:"散了吧散了吧,不要围在这里生事。猴子问题我通知动物园来解决!"

群众没有理睬他。他又干巴巴地喊了几声,然后一个人懒洋洋地走了。

堂婶果然是个有主意的人,她把丈夫、汪小梅和王小三招呼到楼上。

汪小梅开了门。

毫无疑问树上的猴子就是王三变成的那只猴子,因为窗户洞开,屋里没有猴子。猴子是踏着窗台跳到树上的。汪小梅知道猴子跳窗逃走与自己用坦克车袭击了它有关。

堂叔和堂婶像两个老练的公安一样察看着屋里的一切。汪小梅向他们讲解着。面对着满屋的猴屎猴尿和沾在暖气管子上的猴毛,堂叔和堂婶面色严肃。

堂婶说:"把它引进来。"

堂叔说:"怎么引它。"

堂婶道:"用水果。"

堂叔道:"家里有水果吗?"

汪小梅拉开冰箱摸出两个干巴了皮的橘子。堂婶说:"小三,你叫它!"

小三举着橘子,踩着一只小凳子,趴在窗台上,对着猴子喊:"猴子,过来,过来吃橘子!"

猴子蹲在树冠尽顶上一根手指般粗细的树杈上,身体随风摆动。广告牌上的大猴子闪闪发亮。

堂姊说:"小三,叫爸爸!"

小三举着橘子,喊:"爸爸,来家吃橘子!"

猴子转过了头。它全身的毛油汪汪地闪。

堂姊把汪小梅推到墙旮旯里躲藏着,让王小三继续喊。

"爸爸呀,回来吧!"猴子果然从树梢上溜到与窗户平齐的地方,然后一个凌空飞跃像一道绿油油的闪电滑进了房间。

堂姊扑上去关闭了窗户。楼外的喧闹声立刻变得很微弱了。

王小三把橘子递给猴子。猴子抢过橘子,跳到暖气管子上,蹲着啃起来。橘子的汁液滴到地上。

门外传来敲门声。汪小梅缩成一团。堂姊上去开了门。迎门站着几个戴红袖标的老太太。其中一个说:"居民楼里不许饲养动物!"

堂姊说:"哟,这不是胡大姐吗?"

傍晚时分,四个人牵着脖子上拴着腰带的猴子离开了筒子楼。一切的麻烦都被堂姊解决了。

他们去了棉纺厂,找到一辆江苏盐城的车。司机是个胡须很盛的小伙子。他同意汪小梅携带猴子搭车。

王小三哭得很凶。

晚上九点多钟,卡车驶离城市,进入茫茫的原野。道路宽阔平坦,夜行的车辆很多,一道道的灯光把路边的高大树木照得成排扑倒似的。发动机的轰鸣在深沉的夜里显得格外刺耳,汽车飞驰,有点风驰电掣的意思,有点威风凛凛的意思。汪小梅抱着猴子坐在驾驶室里。猴子嘴里的酒气熏得她昏昏欲睡。为了使猴子安静,给它灌了半斤白酒,这当然也是堂婶出的高招。

车在漫漫长夜中奔驰。汪小梅有些心虚。

到了后半夜,路上的车很少了。后来就好像只剩了这一辆车。

司机刹住车,跳下去站在车边,很响地撒了一泡尿。汪小梅听着司机撒尿的声音,感到事情有些不妙。

果然麻烦来了。司机上了车,熄了机器,点火抽烟。汪小梅看到他的蓝色的眼睛。她等待着。

司机说:"你知道搭车的规矩吗?"

汪小梅说:"知道。"

司机说:"你知道什么?"

汪小梅说:"不就是脱裤子吗?"

司机说:"你还很干脆。"

汪小梅说:"一个有梅毒的女人还怕脱裤子吗?"

司机问:"这么说你有梅毒?"

汪小梅说:"一个抱着猴子的女人可能有比梅毒还可怕的病。"

司机问:"你抱着只猴子干什么?"

汪小梅说:"它是我的丈夫!"

司机笑起来。他说:"有你丈夫在身边,我只好老老实实了。"

汪小梅说:"你不要客气,它醉了。"

司机说:"你不去撒泡尿吗,坐了半夜车了。"

汪小梅把猴子放在座位上,推开车门下了车。

她也很野地在车边蹲下。司机一脚把猴子踢到车下,拉上了车门。

看着渐渐远去的汽车尾灯,汪小梅并没有感到特别的愤怒。她平静地处理完排泄废水的事情,抱起还沉浸在醉乡里的猴子,向着前方的一片灯火走去。

第二天早晨,体校教员汪小梅牵着猴子出现在山东南部的一个小县城里。她感到肚子有点饿了,便沿路寻找饭铺,就这样寻寻觅觅地她牵着猴子来到了火车站广场。猴子跟着她,时而直立行走,时而四肢爬行。有几次曾试图蹦到汪小梅肩头上去,但都没有成功。并不是猴子的弹跳力不够,而是汪小梅的身体回避。虽是凌晨,车站的小广场上还是人来人往。广场边缘上有很多露天的小饭摊,有卖油条豆浆的,也有卖烧饼卤肉的。汪小梅买了半斤油条、两碗豆浆。她送一碗豆浆给猴子,猴子不喝。她递一根油条给猴子,猴子接了,胡乱咬了几口,便扔掉了。为了猴子的健康,她买了一串山楂葫芦喂它,猴子吃山楂葫芦,汪小梅被条件反射出一腔口水。

饭摊的主人是个很年轻的姑娘,很感兴趣地问汪小梅一些关于猴子的问题。这些问题中有几个涉及猴子的性与生殖,惹得汪小梅很反感,她装聋不回答。

后来,她就牵着猴子在车站广场上漫无目的地转悠起来,一群好奇的人跟在她和她的猴子的后边。这个县城远离山林又远离大城市,活猴子是个稀罕物,所以观者甚众。有人还说:大姐,让你的猴子给我们耍几套把戏吧。汪小梅不理他们。

牵着猴子的女人成为这个县城车站广场的一个小风景很长一段时间了,早晚的气温也逐渐凉了下来,事情终于有了结局——

那一天车站广场上来了一个捐着猴子的男人。男人手提着一面铜锣,他是个很熟练的耍猴戏的人。他一边敲着铜锣一边歌唱着:

铜锣一敲咣咣咣
叫一声我的猴儿听端详
你给各位乡亲耍把戏
各位乡亲便会把你来犒赏
你玩一个二郎担山追明月
再玩一个凤凰展翅赶太阳

玩一个花和尚倒拔垂杨柳
再玩一个武松打虎景阳冈
……
各种的把戏你玩了一遍
约你个笸箩去收犒赏

小猴子端着一个草编的小笸箩，戴着红色的小帽，穿着青色的小衣裳，拖着尾巴，十分滑稽可爱地绕圈收钱。看过了猴戏的人都把一些二分面值或五分面值的硬币扔到小笸箩里。也有一些比较慷慨的人，扔一张一角或两角的纸票。猴子端着小笸箩，转到了汪小梅面前，这时的汪小梅已经衣衫褴褛形同乞丐，腰里没有一分钱。她定定地看着面前的猴子，又抬头看看那耍猴的男人。男人也在直着眼看着她。她感到与这男人似曾相识，却又想不起何时何地与这男人相识。这时，她身后的猴子已经冲到了男人的猴子面前，两只猴子没有撕咬，而是像它们的主人一样，两张猴脸正对，四只猴眼相接，猴脸上的表情生动如画。后来汪小梅的猴子主动地伸出一只手去摸了摸男人的猴子的脑袋，男人的猴子也伸出手回摸汪小梅的猴子。它们的动作极像幼儿园里的两个小朋友，但它们不是幼儿园的小朋友，所以便产生了幽默、产生了趣味，围观的人们都陶醉在这幽默趣味之中，暂时忘却了各自的烦心事。

（一九九一年五月于北京厂桥仓库）

梦境与杂种

一尊塑像是一件艺术品，而一个裸体女人则根本不是，莫洛亚先生嘴里叼着黄杨木烟斗对我的父亲说，爱情只能存在于我们的梦境中，一切将拉回到真实的领域的东西，一切使人的官能得到满足的东西，都使爱情毁灭。正午的阳光倾斜到我们家的院落里，在稀疏的杏树叶子造出的淡薄阴影里，我父亲坐在自己的鞋子上，似懂非懂地听着来自不知何国的莫洛亚先生用蹩脚的汉语表达出来的思想。你明白了没有？莫洛亚先生问。我父亲垂着头，瞅着摆在他眼下的那十个青色的脚趾甲，考虑了几分钟，然后就用犹豫不决的腔调说：照您的看法，孩子是必须送进学堂里，之后才可能有出息了？莫洛亚坚决地说：是的，毫无疑问是这样的。

莫洛亚先生吃过了晚饭，带着我母亲烙出来的十几张大饼和一捆大葱走了。我们一家人把他一直送到河堤上。他是背对着十五的月光走的。他的腿很长，走路的姿势显得笨拙难看，仿佛一只生病的马，渐渐地消逝在月光昏迷的暗夜里。他走了，就像他永远不再出现在我们生活中，就像我们永远不能与他共进辛辣的晚餐一样，但他腋下散发出的那股野狐狸的腥臊之气却在我们的村庄里、在我的记忆里久久翻腾。

莫洛亚的话不会错的，父亲对祖母和祖父说，既然连莫洛亚都劝我们把孩子送去学堂，我们有什么理由不把孩子送进学堂，莫洛亚可是有地位的洋人哎，他的话不能不听，爹，娘。我父亲耐心地对我祖父母说。

我看到月光从天上洒下来，照耀着祖母手中的牛骨纺锤。那东西在祖母的手上，带着一根羊毛线，做着杏黄色的旋转。她的脸模糊不清，很难看见她对我父亲的话的反应。我祖父呼吸很重，看样子在生闷气。我听到父亲又说：既然爹和娘没有意见，那么明天我就送树根去上学了。

祖父终于发言了：上学，学什么？我没上过学，不也照样地吃饭穿衣睡大觉吗？

祖母立即帮腔：你让他去上学，那两只绵羊让谁去放？这个洋鬼子，麻袋一样的肚皮，吃了还不算，还要带了走。

父亲说：既然连莫洛亚都说了，咱不能不顾忌一点面子，那两只羊，就委屈一点，让树根早起割草喂它们，放学后再去放牧它们。一天到晚在野地里窜跑的羊儿，肥得并不快。

祖父母不吭声了，成群的蚊虫从四面八方围上来，发出嗡嗡的狂叫声，祖父手里的蒲扇啪啪地挥动着，无疑是在借此发泄对父亲、对我、也对那位在村西教堂里任职的莫洛亚的不满。

第二天清早，父亲送我去学堂。走出大门时，我看到那两只拴在墙边木桩上，被祖父母视为掌上明珠的白绵羊正在吃一堆沾着露水的青草。它们抬起头，用阴沉的蓝眼睛看着我。它们身上的毛刚刚被祖母用剪刀剪过，裸露着粉红色的皮肤，但它们头上的毛、腿上的毛、尾巴上的毛都没剪，所以显出了难看和古怪。两只羊一公一母，原本是同胞兄妹，但它们干乱伦的事已经很久，幸亏是羊，如果是人，怕早被村民们用砖头砸死了。于是我立刻便想起了薛家家族中的尊长把本族中一对乱了伦常的男女身上绑上古磨盘沉入青草湖中的情景。那对男女一言不发,怒气冲冲,两副视死如归的面孔。喂羊的青草一定是我母亲起大早割回来的,因为我看到母亲的裤腿上和鞋子上沾满了泥水。

走上河堤后,我一眼就看到祖父站在河边,用一扇大兜网,一下一下地扫荡着河边水草繁茂的水面。我知道祖父在捞虾子。捞那种青色的小虾子。那种虾子经热水一烫,立即就变成橘红的颜色,味道十分鲜美。我没有资格吃祖父捕捞的虾子。他捞的虾子只供他自己享用。但我经常利用祖母疏忽的机会,偷食祖父的虾子。虾子的尖嘴和须毛摩擦着我的口腔时,那种由此引发的快乐无法形容。有一次我食虾子被祖母当场抓获,祖母毫不客气地扼住了我的喉咙,逼我把口中的虾子吐出来。她的狰狞的面孔正对着我的脸,她的声嘶力竭的恫吓震动着我的耳膜,她的冰凉的手指卡着我的食管。但我下决心不把进口的虾子吐出来。她甚至把一根手指伸到我的嘴里去抠那些虾子,我轻轻地咬了一下她的手指,给了她一个警告。然后,趁着她手指松动的那一瞬间,我把口腔中的虾子咽进了肚子。我清楚地感觉到我的正在发育的身体和我的正在扩大体积、加深沟面的大脑需要蛋白质和其他营养。我感到每吃一捧虾子我的体内便产生一阵热烘烘的暖流,这是生命膨胀的感觉,细胞分裂增殖的声音如雨打乱草一般刷刷拉拉地响着。每吃一虾子,我便增长一虾子肉体,增加一虾子智慧。在虾子的滋养下,我的做梦的本领更加成熟了。

大概在我五岁左右的时候,在一个炎热的夏天的中午,我躺在热如煎饼鏊子的炕上睡觉。睡梦中我看到院子里的水缸无声无息地碎了,缸里的水汹涌地四处奔流,缸中养着的两只绿毛大螃蟹随水涌出,在潮湿的泥土中爬动,也是在缸中养着的那两条青背鲫鱼在泥巴水中弹跳,一只红色的公鸡奓着羽毛,歪着头,啄鲫鱼的眼睛。我一骨碌从炕上爬起来,冲到院子里,我的快速行动把正在堂屋里用艾蒿熏蚊蝇的母亲吓了一跳。母亲大喊：树根，你干什么去？

我说：水缸破了。

我一语未了，院里的水缸随即破了。所有的景象与我梦中的景象相同。

母亲惊愕地看着这一切。她拾起一块碎缸片看看，目光中流出狐疑和迷惘。祖父和祖母也闻声而至，都铁板着脸，责我打破水缸的罪过。母亲为我辩解。但她的辩解碰到祖父母铁一般的逻辑上，显得软弱无力。祖母气汹汹地指点着我母亲的额头说：不碰它它如何会破！护孩子不是这个护法，俗话说得好：惯子如杀子！

母亲只好忍气吞声了。我刚想替母亲也替我自己辩解，父亲好像从天而降，插在了两个阵营之间，在祖母的阴险的煽动下，他赏了我一脚一巴掌，又赏了母亲一脚。母亲捂着脸哭了，我没有哭，我感到心中燃起了怒火，我咬牙切齿地骂道：总有一天我要向你们讨还血债，千刀万剐了你们这些坏家伙。

我的话骂出口，母亲竟然也赏给我几巴掌，不是装模作样地打，而是真打。我分明地感到她的手骨被我的头骨反弹回去。我心中百感交集，一时不知道究竟谁是我的敌人谁又是我的朋友。

当天夜里，在点燃的蒿子散发出的烟雾中，我蜷缩在炕角上，咬着牙根恨人。我听到母亲叹息一声，并随即感到母亲布满茧子的手伸到我的头上。她的手摩擦着我的头皮，嚓嚓响。于是，母亲退出了我的敌人的阵线，与我站在了一边。母亲说：

树根，我的儿，再也不要瞎说。他们是你的祖父母，你要孝敬他们，否则，天要用雷电轰你。

可是，母亲，您是亲眼看到的，那水缸并不是我打破的呀。

你果真在梦中看到了那水缸破裂的情景？

母亲，我没有骗你。

母亲不说话了。我虽然闭着眼，也能看到母亲在黑暗中盯着黑暗沉思。

母亲说：儿啊，你帮娘梦一梦，看看去年我们家丢失的那五个饽饽被谁偷去了。你记得不，为那五个饽饽，我承受了多大的委屈。你祖母至今还咬定那五个饽饽被我偷吃了。

好，我答应了母亲。我将用自己的梦为母亲洗刷清白。

这夜里我果然梦到了那五个饽饽，它们是被一只黄鼠狼弄到院子正南靠着杏树的那个陈草垛里了。黄鼠狼用尖尖的嘴巴拱着团团旋转的饽饽，四条粗短的小腿笨拙又麻利地挪动着。我把梦中情景对母亲讲述了一遍，母亲说：

树根，这事儿你对谁也不要提起。

几天后，母亲对祖母说：那垛陈草，该倒一倒了，要不就烂掉了。

祖母不满地说：你早就该倒，我天天闻着那烂草的味道，但强忍着不说，省得得罪了你。好像这日子是为我过的一样，我能活几年？一撒手一闭眼，一个铜板也带不到阴曹地府，所以呀，糟蹋了也是你们的，积攒了也是你们的，从今之后，我不与你们积恶为仇，也免得让你那宝贝儿子成了大气候回来将我千刀万剐。

母亲连声赔不是，说树根小孩子，不知从什么野孩子那里学来几句匪话，胡乱运用，其实他并不知道这些话的意思。

祖母却说：好了，倒草去吧！任你是巧嘴的鹦鹉，也说不破我心中的潼关！我心里像明镜一样。

祖母狠狠地斜了我一眼，我感受到了她对我的刻骨仇恨。

母亲揭掉草垛上那腐朽的苫片，一股股的蒸汽冒出来。那些陈年的麦草结成了个，一块块，宛若破毡。

果然，母亲从草垛的中央翻出了一堆长了绿毛的饽饽。其中一个还完整着，其余的已被那小兽的牙齿啃嚼得七零八碎。母亲立即惊呼起来：

婆婆呀，你快来看。

祖母极不情愿地走过去,还问:

让我看什么?

她随即便看到了。然后阴沉着脸,一声不吭地回屋里去了。

我看到母亲脸上飞扬着神采,眼睛里饱盈着泪花。我心中也跳跃着欢欣鼓舞的情绪,我终于为母亲平反了冤案,靠了我做梦的奇艺。但愿这奇艺永远伴随着我。但我的祖母又如一股黑旋风从屋子里转出来,她用令人难以忍受的嘲讽口吻说:

谁又能保证不是贼偷了藏在这里的呢?

这无疑是直指母亲是贼了,我愤怒地说:

我梦见了,是黄鼠狼偷的!

好大一个黄鼠狼!祖母说:我活了七十年,还没见过两条腿的黄鼠狼呢!

简直就如梦话一样,母亲面前的乱草拱动起来,一匹硕大的黄鼠狼钻了出来,似乎对着祖母点了点头,然后一溜烟地沿着墙根走了。

祖母一屁股坐在地上,嘴里叨咕着:

黄大仙恕罪,黄大仙恕罪。

母亲赶紧扔掉手中的的草,用一双黑手,把祖母架起来,扶到屋里去。我原本以为母亲会对祖母展开猛烈反击,杀杀她的威风。让她在铁一样确凿的事实面前低下头去。但想不到母亲的态度较之从前更加谦恭,好像受冤屈的不是她而是祖母一样。这令我感到困惑也感到失望。

母亲对我说:儿啊,你还小,不懂事。

在黄鼠狼出去之后的一段日子里,我感觉到祖父母对我的态度有了些许改变。尤其是祖母,再也不敢肆无忌惮地欺负我了。就像我是一个通晓巫术的小妖精一样。我想也是在这种有利的形势下,父亲才为我争取到了进学堂念书的机会。

祖父站在河边捞虾子,从他的背上,我知道他已经看到了我们。

父亲拽着我跌跌撞撞地走下河堤的漫坡,站在湿漉漉的沙地上,说:

父亲,我送树根上学去了。

祖父唔了一声,胳膊一努力,将那张大肚兜子的捞虾网逆着水流的方向抡了半圈。网后水草摇动,泛起一股浑浊的泥浆。我看到网兜里,纷纷跳动着一些青得透明的虾子,蹦蹦跳跳的感觉在我口腔里活跃起来。

父亲又毕恭毕敬地重复了一遍送我上学的话。

祖父慢条斯理地将网中的虾子倒出来,装进他脚边的一只蒲草包里,然后,不得不回头似的回过头来看了我一眼,说:

上就上去吧!不过人的命由天定,胡思乱想不中用。

父亲说:沤他一年半载看看,也算尽了心,天开眼让他有一星半点子出息,也不枉您疼他一场。

祖父不耐烦地挥挥手,说:

去吧去吧,别耽搁我干活。

我十分留恋地看着蒲包中那些跳跃不止的虾子,喉咙痒痒,恨不得伸手过去,抓一把活虾子,生吞下去。祖父仿佛看透了我的心思似的,擒起蒲包,伸到我面前,他用力猛烈,蒲包几乎撞到了我鼻尖,祖父冷冷地说:

要吃就吃吧!

我不想去看祖父的脸色也不想去看父亲的脸色,我只顾念着蒲包中的虾子,祖父和父亲对我的蔑视、嘲弄与虾子相比,实在算不了什么。只要有虾子吃,就是做狗也无妨。

我毫不客气地把手伸进祖父的蒲包,抓了一把蹦蹦跳跳在手中,迅速地掩到嘴巴中,奇妙的感觉迅速传遍我的全身。我又伸手抓了一把,急不可耐地要往口腔里塞,这时父亲紧紧地攥住了我的胳膊,把我拖上了河堤。

你为什么要吃生虾子呢?父亲不解地问我。

现在回忆起来父亲的问话，我感到他十分愚蠢。吃虾子难道还要分生熟？吃虾子难道还要问个为什么？

当时我因为嘴里塞满虾子，没有办法回答父亲的问话。父亲推搡着我，让我赶快把嘴里的那些玩意儿咽下去。不知不觉中，我跟着父亲到了村西头教堂。在堤上我早就看到了教堂的房顶上那个高高竖起的十字架了，这个特殊的标志物使我们这个苍老的村庄增添了许多生气蓬勃的感觉。我们对它熟视无睹，但外人一见到它，就要驻足仰望，且脸上露出讶异之色。

在教堂门口，父亲用食指在胸口划了一个十字，口宣一声“亚门”。他是村里最虔诚的耶稣教徒之一，也是传教士莫洛亚的好朋友。

莫洛亚站在教堂的门口，用一脸愚蠡的笑容迎接我们，他高兴地拍拍我的脑门，说：

树根，我和你妈妈睡觉的，幸福的羔羊，终于来了。

我以牙还牙地说：

莫洛亚，我和你奶奶睡觉的，你这个幸福的老山羊。

莫洛亚怔怔，随即抚掌大笑起来，那两撇八字胡尖儿在他的笑声中颤抖，父亲跟随着嘿嘿地傻笑。

莫洛亚把我送到学堂里，所谓学堂，就是教堂西侧那两间厢房。原来里边盛放过什么我不知道，现在是收拾干净了，摆了十几张木板子桌椅，顶头的墙上挂了一块用锅底灰涂黑了的木板。已经有六七个与我差不多大的孩子在里边了，门口站着一位长头发的、面色苍白的青年迎我们。莫洛亚说：这是你们的老师，上海圣约翰大学毕业的高材生。

接下来举行了开学典礼，出席者有小学名誉校长莫洛亚，有村中名人薛财主薛大爷，有狗肉铺子的掌柜胡思念。莫洛亚让我父亲到教堂大门口去放了一挂鞭炮，招徕了前来看热闹的乡民，乡民中小孩子很多,但多半都背上驮着弟弟或是妹妹。与他们相比,我感到了自豪。

鞭炮过后,莫洛亚庄严宣布,玛丽亚小学正式成立并开学了。第一项议程是一齐起来唱赞颂上帝的歌曲,莫洛亚他们都热泪盈眶地唱着,好像那个身上滴着血的老头子果然就悬在我们头上倾听着他们的歌声似的。

典礼完毕,莫洛亚与村里头面人物到正厅里去了,剩下我们几个顽童与那位长发白面先生。他未说话之前先捂着嘴巴咳一阵,然后把手掌摊开给我们看。我们看到他的掌心里有一些猩红的血。他说:

你们都看清楚了没有?我是带着沉重的疾病来向你们传授知识的,你们如果不能努力学习,实在是对不起我。

我的心中产生了一种温暖的感情。可旁顾那几位同学,他们的脸却都如木头一般,没有丝毫表情。那位后来当了县税务局长的李栋材放了一个屁,引起了一阵笑声。教师的脸上立刻就表现出痛苦不堪的表情。我觉得李栋材的行为不好,但那小子身高马大,手爪子凶狠,干起架来我不是他的对手,否则我必会奋勇地扑上去,揪住他的头发,打他个鼻青眼绿,然后剥下他的裤子来,挖一团泥巴,糊住他的屁眼,借以报答教师吐到掌心里的那口鲜血。

同学们安静。陈老师平息了骚乱,拿起一节黄颜色的粉笔,在黑板上写了三个大字:陈圣婴。

教师指着那三个大字说:这就是我的名字。陈、圣、婴,意思是说,我是姓陈的上帝的婴孩。你们都进过教堂望过弥撒吧?在主的上方,有几个长着翅膀的小男孩。那就是我。

同学中有人冷笑。教师说:不要笑,这是真的,我昨天夜里梦到我在上帝身边飞翔。

教师让我们各报名字。于是李栋材张立身王阿宝郭进财一阵乱纷纷。我说我叫树根。

教师笑着说：就你的名字别致。你是什么树根？

我说：柳树根。

教师说：妙哉！

妙哉完后，长着肉翅膀的圣婴陈教师开讲，庄严的表情和神秘的话语被他的咳声和血迹污染得苍蝇飞来飞去，教室里弥漫着甜丝丝的血腥味儿。我们慢慢地厌倦起来，苍蝇的翅膀上的金光闪闪的斑点眩晕了我们的头脑。我陷入梦境中，看到肉翅膀的小孩子站在十字架上撒尿。莫洛亚先生蹲在他的奶羊身后挤羊奶。陈圣婴一阵激烈的大咳振奋了我们的精神，我看到他的脸像黄金一样，嗅到了他的黑洞洞的嘴巴里泄露出来的铜锈的腥味。他一只手捂着胸，一只手无力地挥动，说：走吧，都走吧，放学了，都回家吃饭去吧。他的脸上有一种烦透了我们的表情。我们比你更烦，于是便一拥而出，嘴里嗷嗷叫嚣。

在教室的墙外，果然看到身材高大的莫洛亚先生蹲在他的奶山羊的身后，左手端着一个洋瓷缸子，右手挤着奶羊的肿胀了似的淡黄色大奶头。白得有些发蓝的奶汁嗤嗤响着，一股股射到缸子里去。这老洋鬼子干得聚精会神，连头也不回。灿烂的阳光照着他的背和头颈。一些黑色的汗水洇湿了他脊背上的麻布长衫，他头上弯曲的白毛亮晶晶的，脖子赤红，呼哧呼哧的喘息声从他的头里发出来。那匹奶羊叉着两条细长的后腿，弓着腰，翘着三角形的尾巴，暴露着粉红的脐子，它的头侧着，用阴森森的、老女人一样的目光看着莫洛亚先生。有时它还略微抬高一下眼睛，看一下我们，似乎传达一种对我们不屑不顾的蔑视。缸子里的奶渐渐多起来，奶汁射入空洞缸子时发出的那种响亮刺耳的声音听不到了。奶汁射入奶汁中形成一个黏稠的小漩涡。那肿胀饱满的奶头渐渐干瘪了，变成了一张抽搐的皮。莫洛亚先生困难地站起来。他站起来时使空气流通加速，一股热烘烘的膻气扑进我们的鼻孔。他转过身,对着强烈的光线眯缝起眼睛,打了一个响亮的喷嚏,缸子中的羊奶荡出来,积挂在他粗大的白色手指上。他把盛奶的缸子倒在另一只手里,伸出鲜红肥厚的舌头,灵巧地舔干净手指,然后他和颜悦色地说:

感谢上帝吧,孩子们。上帝赐给我们阳光、空气,还有这新鲜的羊奶。亚门!孩子们。

他用湿漉漉的手指在胸前划了个十字。

我们也对他"亚门"。

他端着缸子,踉踉跄跄地走了。我一抬头,看到那高耸在教堂顶端的那个银灰色的十字架上,蹲着一匹漆黑的乌鸦。

在我家的饭桌前,祖母不怀好意地问我第一课学到了什么经邦治国的道理。我馋涎欲滴地看着祖父眼前那青花碗里盛着的橘红色的熟虾子,心不在焉地答道:

陈老师说上帝抽下一条肋巴骨,造成了人。

祖母愤怒地说:放狗屁!我跟你说过多少次?没有十次也有九次,人是女娲娘娘用黄泥巴捏出来的。用肋巴骨能造人。如何能分出公母来?

我对这个人类起源问题丝毫不感兴趣,在我的心里,只有虾子在跳跃。

祖父咀嚼着虾子,说:去这样的学校念书,什么孩子也给糟蹋了。

父亲在胸前划个十字,嘟哝着:主啊,宽恕我们吧!

祖父用白眼斜着父亲,赌气般地把一堆虾子戳到他那深渊一样的嘴里。

这时,梁头上一阵骚乱,抬头看时,一只青色的燕子从巢中翘出屁股来,把一摊白色的热屎屙下来,恰好落在祖母青筋暴凸的手背上。

祖母啐了口唾沫,站起来,去洗手,嘴里唠叨着:吃过饭我就捅了你们。人心不古,燕子也越来越坏了,三皇五帝到如今,燕子从不把屎屙下来,这是怎么说的。

趁着祖父仰脸看梁上燕巢时,我的筷子飞快地伸向那只盛虾子的青花瓷碗。但祖父的动作更快,没容我夹住一只虾子,他的筷子已经准确有力地抽在了我的手背上。

夜里,母亲拍打着我的头说:树根,我的儿,你什么时候才能不馋了呢?

谁也无法理解我对虾子那种亲近的感情,连母亲也不理解。这是我心中的秘密,我像藏匿罪过一样藏匿着它。

……第二天一早我就去了学校,未到校门就碰上了一日同学赵忠良。他惶惶张张地说:快回家去吧柳树根,陈先生陈圣婴夜里死了。

我不信,跑到教堂院里去看,果然看到陈圣婴直挺挺地躺在墙边一棵槐树下,脸上蒙着一张白纸,成群的红头苍蝇在他的四周飞动。

莫洛亚先生一见我,急火火地说:树根,快回家找你父亲来,就说陈老师死了,让他召集些人来办理后事。

……树根,树根,醒醒,该去上学了。

我看到母亲站在炕前,轻声地呼唤我。母亲身上散发着清新的露水味儿和苦涩的青草味儿。我知道母亲把羊草割回来了。我搓着眼睛,惊恐不安地回忆着梦中的情景。我把嘴附到母亲耳边,悄悄地说:我梦见陈老师死了,躺在教堂院子里的槐树底下,脸上蒙着一张白纸,红头苍蝇在他身上飞。

母亲的脸色变了,严厉地说:胡说什么,你一睁眼就胡说。

我也希望这是胡说。如果这个梦也应了验,我的上学生涯不就结束了吗?那样我又得整日牵着那两只羊在草地上混,那样我出头成龙的日子永远也不会到来,那样我就要永远忍受着祖父母的压迫。

怀着忐忑不安的心情我沿着昨天走过的道路往学校走去。在河堤上又看到如风景般的祖父立在水边,裸着两条鹤式长腿,一下又一下,机械地挥动着他的大兜子网。那些青得透明的小虾子在我眼前跳动着。但是我今天压抑了生吃虾子的欲望,我不敢让我的大腿继续发达下去了。昨天那两大把活虾子,立竿见影地提高了我做梦的清晰度,而且还使我的梦有了物事本身的颜色,草是绿的,花是红的,各种味道在梦醒后尚在唇边缭绕。与我的梦境相比,青天白日的真实生活反倒显得朦朦胧胧地不真实起来。

未进校门我就碰上了一日同学赵忠良,他惶惶张张地,几乎与我撞个满怀,他用衣袖擦一把鼻涕说:

快回家去吧柳树根,陈老师夜里死了。

我进了院子,看到陈老师直挺挺地躺在槐树下,红头苍蝇在他的四周飞行,他的脸上蒙着一张白纸。

莫洛亚先生一见我,急火火地说:

柳树根,快跑回家叫你父亲,说陈圣婴老师死了,让你父亲召集人来商量办后事。

村里人——主要是教徒们,在父亲的率领下,来到院子里,围着陈圣婴的尸体,群嘴亚门,都在胸口划着十字。父亲说:昨天不是还好好的吗?怎么说死就死呢?莫洛亚先生眼泪汪汪地说:他到上帝身边享受永恒的幸福去了,那里是我们每个人的归宿。

七嘴八舌地议论了一会,太阳毒辣起来,陈先生的尸体上马上就有了难闻的气味,众多的苍蝇从田野里飞来,造成一种令人心惊胆战的气氛。

不能再拖了,父亲说,大家凑几个钱吧,去买口薄棺材,装敛起来,抬到村西老墓田里埋了吧。

李栋材的父亲反对道:一个陌生人,用什么棺材,买一领苇席,卷巴卷巴抬出去算了。

父亲同意了李栋材父亲的建议,指派人去买苇席。然后,往陈圣婴的尸体喷了一些酒，暂时镇压住臭味，几个人皱着眉上前，卷了起来，卷紧后，用绳子捆扎住。串上杠子抬起来，往老墓田抬，苍蝇们恋恋不舍地跟着，往活人脸上扑，轰都轰不散。苇席有些短，陈老师的头发垂下来，上面缀满苍蝇。

陈圣婴的葬礼简单朴素，中西合璧。莫洛亚先生为他念了耶稣经，几位村里的老人为他念了超生咒。坟墓合拢后，父亲吩咐我：树根，跪下，给陈老师磕个头。

我皱着眉头表示不情愿。我与他无亲无故，对他也没有什么好感，他的暴死让我不快，凭什么我给他磕头？父亲说：磕吧，一日为师，终身为父。

于是我便跪下磕了一个头。跪在这座新起的坟墓前，我嗅到了新鲜的黄土味道。苍蝇们追逐别处的臭气去了，潮湿的风从草地深处吹来，蓝天上鸟的叫声令肌肉震颤。众人肃立在坟前，宛若一株株古老的槐树，独有莫洛亚先生如同一株老白杨。父亲说：

神甫先生，是不是再去请个先生，既然学校已经办起来了。

莫洛亚先生为难地扭曲着脸，吭哧了一会儿，竟莫名其妙地说：

主啊，仁慈的主，拯救这些被罪恶毒化的灵魂吧。

说完话，他摇摇摆摆地一个人走了。众人望着他的背影，齐声叹气。方家二大爷说：都散了吧，这天下怕又要不太平了，圣母的眼里又流泪了。

众人无言地散去，父亲紧紧地攥着我的手，生怕我跑走似的。

玛利亚小学就此关门，据说莫洛亚先生已把他那头老奶羊拴在教室里饲养。我们的教室已成了羊圈。父亲说，那西厢房原本就是莫洛亚先生的羊圈。我的生活又回复到原来的状态，上午放羊下午还放羊。我的那几位同学，有放羊的，有放牛的，都在村子南边那一大片无主的低洼草地上。草肥水美，野花密匝匝地散布在绿草中，有白的，有黄的，有蓝的，散发着或浓或淡的香味儿。草地中有一些水洼子,里边有螃蟹、黄鳝,没有那种青得透明的虾子。

有一天,我们正在草地上斗草,我们的牛羊散漫在草地上,拣最可口的草吃。远远的一个高大的白人牵着一只羊走过来。谁也知道是莫洛亚先生来了。莫洛亚先生的羊原来是有专门的仆役为他割草喂养的,那仆役在陈老师死后就无影无踪地消失了,我在梦中见过那仆役现在生活的情景,但我没对任何人说,说了他们也不会相信。

莫洛亚先生身上的膻味儿顺着风儿刮过来,膻味愈浓烈他离我们愈近,但当他在我们面前时,膻味儿反而没有了。莫洛亚先生笑着说:

树根,让我的羊跟你们的羊一块吃草怎么样?

他回头指指那只羊,并试图把它拉上前一点。但那羊四蹄用力,身体死劲往后坐,分明是不愿意。

李栋材说:犟羊,犟羊,你越拽它它越拧劲,不信你撒了它的缰绳,它自个儿会到我们的羊群里去了。

莫洛亚先生松了缰绳,那头奶羊果然畏畏懦懦地靠到我家的羊跟前。我家的羊对奶羊表示了冷淡,莫洛亚先生的奶羊便自我解嘲地叫两声,尖着嘴,专拣着那星星般镶在草丛中的天蓝色小花儿吃起来。

我们对莫洛亚先生表示了足够的尊重,但他却像一个惹人讨厌的大孩子一样,不断地招惹我们。他捏我们,摸我们,用草缨子挠我们的耳朵,我恼怒地说:老胡羊,够了。

第二天,莫洛亚又来跟我们放羊,他继续闹我们。我们忍无可忍,一拥而上,拉胳膊扯腿,把他按在青草地上。后来当了大官的李栋材提议玩莫洛亚一个"老头看瓜",大家齐声赞同。于是我们把他的裤裆松开,将那颗生着白卷毛的大头硬塞到他自己的裤裆里。莫洛亚的裤裆较之中国裤裆狭窄,塞起来比较费劲,但我们还是克服困难把他的头塞了进去。可怜的莫洛亚先生喘着粗气在草地上滚动着,我们在一旁拍着巴掌欢笑。李栋材还用羊鞭抽打莫洛亚先生紧绷绷的屁股。莫洛亚先生的嘴在裤裆里发出呜呜噜噜的怪声。李栋材又一鞭打下去,那裤缝裂开一条缝,一只通红的大鼻子从缝里钻出来,这样实在古怪,我们笑得屁滚尿流。我忽发奇想折一根草棍儿,去拨弄那鼻孔中的毛儿,那鼻子可怜地抽搐着,一声啊啾,裤裆更大地破了,莫洛亚先生的头钻出来,他的脸涨成紫红色,他的眼里饱含泪水。

后来我父亲来了,一见草地上的情景,他的脸都煞白了。不知天高地厚的小畜牲们! 他骂着弯下腰去,慌忙把莫洛亚先生充满智慧的头颅从裤裆中彻底解救出来。然后愤怒地呵斥着我们,并追查滔天罪行的主谋人。莫洛亚先生直挺挺地躺在草地上,平静得像死人一样。我看到他的涨成紫红的面孔慢慢地恢复了白皙,呼吸也平稳得像没有了呼吸一样。

父亲拧着我的耳朵让我交待罪魁,我不说,父亲就用膝盖顶我的屁股,我依然不说。这时莫洛亚先生爬起来,把父亲拉开,笑嘻嘻地说:

老柳,不要这样,我们闹着玩,很愉快的。

父亲放了我,说:你们不要欺负莫洛亚先生。莫洛亚先生不远万里来到中国,向我们传播上帝的福音,保佑我们五谷丰登六畜兴旺,你们怎能玩他"老头看瓜"!

莫洛亚先生说:老柳,你不懂,"老头看瓜"很好,就在刚才我"老头看瓜"的时候,我看到了上帝。

后来莫洛亚的话在村子里传开,几个流氓无产者嬉笑着道:"老头看瓜"时见到了上帝,那上帝成了什么?你们想想看,上帝成了什么?

听话的人都会意地笑起来。

莫洛亚先生好像不是一个好神甫,据说他初来我们村时,确实很卖力地宣传过上帝的教谕,但很快便懈怠了。创办玛利亚小学是他来到我们村后所干的最伟大的业绩,但这业绩也因为陈老师的暴死而迅速崩溃。他再也没去聘请教师,整日里和我们这些顽童混在一起,我们跟他玩出了感情。而他那只奶羊也与我家的公绵羊有了感情,有一天,我家的公绵羊终于跨到了奶羊的背上,至于能生出什么样的小羊羔,还要等几个月才能知道。

我家的公羊跨上莫洛亚先生的奶羊时,孩子们都兴奋地欢呼起来。公绵羊从奶羊背上滑下来后,我们的欢呼声又持续了一分钟。莫洛亚也很兴奋,他拍着掌说:好极,好极,这是上帝的旨意。

也许是羊的行为启发了莫洛亚先生的灵感了吧?莫洛亚先生找到我的父亲,把他嘴巴经常叼着的那只黄杨木烟斗和一铁盒上等烟丝递给我父亲,说:

老柳,我把这些给你,你帮我找个妻子。

我父亲很惊讶地问:莫神甫,您不是说您这样的人永远不结婚吗?

莫洛亚先生说:不,不,羊都能结婚,人更能结婚,我要结婚,这是上帝的旨意。

我父亲说,既是主的意旨,我不敢违背,不知莫洛亚先生要找个什么样的妻子?

莫洛亚先生指指正在灶下忙碌着的我母亲说:就要你的妻子一个样的。

我母亲显然听到了我父亲与莫洛亚先生的对话,我看到她的脸像熟虾子一样红了。

莫洛亚先生走了,父亲用莫洛亚先生的烟斗装了一斗烟丝,引火点燃,装模作样地吸着,对祖父母说:这个洋鬼子,整个是一个上帝的叛徒。

祖父说:他要和中国女人结婚,这不是欺负我们中华民族吗?中国的女人,怎么能让洋鬼子去睡?我看这事儿使不得,你不要给他保媒,以免招来大祸!

我祖母却出人意料地对这事表示了一种宽容态度：这也不是件大事，古来就有过的，昭君出了塞，文成公主和了蕃，不都是把中国女人给了洋鬼子吗？

祖父说：这是两回事。

祖母说：你干脆给他找个女人，省了他一天到晚瞪着两只贼溜溜眼，满村子乱转。

父亲说：谁愿意嫁给一个洋鬼子呢？

祖母说：插起招兵旗，还怕招不来兵？

母亲说：何不把村东头那个回回女人嫁给他？回回差不多也是外国人了。

祖母想了想，说：这事十有八九能成，那回回孤身一个女人，带着两个孩子，正愁找不到个男人拉套呢。

第二天就去探那回回女人的口风，竟然很爽快地答应了。父亲又去跟莫洛亚说，莫洛亚也很爽快地答应了。父亲说：只可惜那女人带着两个孩子。莫洛亚说，孩子好，我喜欢小孩子。

这一年的九月初九日，村里人为莫洛亚和回回女人办婚事。父亲带一着一伙人在教堂里与莫洛亚喝酒，母亲带着几个妇女将回回女人打扮起来。回回女人那两个孩子暂时交给我们一群孩子。她的大孩子是个男孩，年龄与我们相仿，鼻眼口唇与我们汉族孩子差不多。她的小孩子是个女孩，有四五岁光景，黑皮肤，特大的眼睛，特长的睫毛，比汉族小女孩的五官鲜明生动许多。

这两个孩子与我们不合群，平常的日子里我们几乎看不到他们的身影。李栋材问那男孩：

你们是从什么地方来的？

男孩子摇摇头说不知道。

李栋材又问那男孩姓什么，男孩说不知道。又问他们的父亲哪里去了，男孩摇头说不知道。

跟两个一问三不知的傻瓜对话十分无趣，于是我们拥到教堂里，看莫洛亚先生和回回女人的婚礼。

教堂的正厅里点燃了十几根蜡烛，明亮的光芒照耀着喝得醉醺醺的莫洛亚先生红彤彤的脸膛。那个回回女人被我们的母亲们洗刷干净后，像一件古老的铜器，焕发出了素朴又温暖的光辉。

一年之后，我梦到莫洛亚先生死了。

莫洛亚先生死了。父亲们把莫洛亚先生埋在教堂前一片空地上，堆了个很大的坟头，坟前栽了一棵松树。

不久后我梦到回回女人下身沾满了鲜血，半张着死亡的嘴，一个粉红色的肉蛋子在她身下的血泊中哇哇啼哭。

回回女人死了，她遗下的那个与莫洛亚先生的混血女儿，吸食着我母亲的乳汁活了下来。而我的那个比这个混血儿大一个月的妹妹，却早早地被上帝召去了。

回回女人的前两个孩子，原说定由吴保长收养着，可能是不堪虐待吧，他们很快便逃离吴家，不知流落到什么地方去了。吴保长的老婆还逢人就说那两个孩子是两个忘恩负义的贼，临走时偷走了她家一只粗瓷大碗。

做梦一般就到了一九五二年，我十四岁。吃着我母亲奶汁长大的莫洛亚先生与回回女人的遗孤七岁。我们给她起了个名字叫树叶。在她的身上，杂种的优势疯狂地表现出来。我比她大了七岁，但她的身高竟与我差不多，说我只比她大一岁也没有人不相信。虽然我许久没有生吃活虾了，但我的奇梦神技依然存在。我已经很讨厌这令人烦恼的特能，所以即使我梦见了什么也不再对人诉说，连对我的母亲也不诉说，许多人便以为我丧失了梦的能力，许多人也就渐渐淡忘了几年前曾有一个大脑袋的男孩梦见什么就是什么。有一颗与身体相比大得不成比例的脑袋是我的最引人注目的特征。而栗色的头发、高耸的鼻梁、深陷的眼窝则是树叶的特征。这时候树叶还不知道她自己的身世,我们就像一对同胞兄妹一样亲密地生活着。

秋天的一个傍晚,有一位留着短发、圆脸、矮个子的年轻女人推开了我家的柴门。在我眼里几年来没发生丝毫变化的祖父母和父母亲用狐疑的目光迎接着这个女人。这几年的日子过得地覆天翻,我们这个比较富裕的家庭也接待了很多次共产党的形形色色的工作队员吃饭。看这女人的模样,似乎又是一个什么工作队的队员。她用柔软得像红绸子一样的嗓音自我介绍起来:

大爷,大娘,大哥,大嫂,我是新来的教师,姓俞,来动员你家的孩子上学。

祖父立即不怀好意地看着我,这几乎等于逼着我回忆我前几年去莫洛亚先生的学校上学的情景。

父亲说:我们家穷,供不起。

俞老师说:这学校是人民政府办的,免费。

父亲又说:庄户人家的孩子,上什么学。

俞老师前进一步,拍拍我的头颅说:

你看,大哥,你这个儿子生了这么大个的脑袋,上学一定聪明。

俞老师又拍拍树叶的头颅——树叶的杂种优势显然把她震撼了——我听到俞老师呀了一声,弯下腰去,捧住树叶的脸端详着,一会儿,她感叹地说:

太美丽了,想不到在这样偏僻的乡村里,竟然藏着这样美丽的孩子。大哥,大嫂,大爷,大娘,不把你们家这两个孩子动员去上学,我就站在这儿不走了。

俞老师果真就垂下了双手,一动不动地站在我家院子里,我父亲急忙说:

老师,您回去吧,我让这两个孩子上学就是了。

俞老师走了,祖父说:明日上学,只怕后日老师又死了。

父亲说:您老人家今后说话要注意一点,现在解放了,思想要跟上形势。

祖父不以为然地摇摇头。其实我们家那两只羊早已死亡,所以他没有像上次那样提出由谁来放羊的问题。

第二天我与树叶一起去上学。我们背着母亲剪破了一件士林布褂子连夜改成的两个小书包去学校。学校的地址还在教堂,我们走得很熟。书包里空空荡荡,什么都没有。走到河堤上没看到祖父像河边的风景一样站在水边捕捞虾子,却看到一匹狗不知为了什么原因站在水边对着水上的波纹狂吠。

树叶问我:哥呀,上学学什么呀?

我说:不知道。

可祖母说你上过一次学了呀。

你别听她的,她跟我有仇。

在河堤上我们碰到了一个屁股上挎着盒子炮的瘸腿男人,我认识他,知道他名叫王瘸子,是区里的公安员。我曾看到过他一枪把宋麻子的头打揭了盖。这个人身上有威风,我们离老远就感到他身上的凉气侵入。

他打量着我们,说:你们要去干什么?

树叶踊跃地说:我们上学去。

他说:你们这些小杂种也配上学?

树叶说:俞老师让我们去上学。

他哼了一声,摇摇晃晃地走了。

树叶说:哥,他为什么叫我们"小杂种"。

我说:他爹才是小杂种呢。

很多的孩子已集中在教堂的院子里,我们加入到其中去。

教堂里的上帝形象已被拆除,填到河里去。庇荫过陈圣婴老师的那棵槐树长粗了许多,树杈上悬挂着一口钟,这是当年教堂的钟,在很早的岁月里这口钟一天三遍被敲响,仿佛在提醒着教徒们不要忘记上帝。但自从莫洛亚被我们玩了“老头看瓜”后,这口钟就再没有被敲响过。新换的雪白钟绳在钟下悬挂着,为了使这根新绳子不卷曲上去,钟的下端,拴上了一块拳头大的石头。石头在风中微微悠荡。

俞老师拉动钟绳,使钟发出震撼人心的红锈斑斑的声音,我们都立住了脚,倾听钟声,观察敲钟人。

俞老师和褚老师把我们赶到教室里,第一个项目是点名,俞老师教导我们:听到呼唤你的名字时,你应该站起来,答到。

褚老师戴一副近视眼镜,罗锅着腰,是邻村人。每年春节时,我们都看到他蹲在集上卖对联。据大人们说,褚罗锅的毛笔字写得相当不坏。

俞老师点完了名。

俞老师发给我们每人两本书,一本《语文》一本《算术》。还发给我们每人一块镶在木框里的石板和三枝石笔。

俞老师给我们上第一课,课文是:我是新中国的儿童,我爱中国共产党。

褚老师给我们上第二课,课文是:1+1=2。

快吃晌午饭的时候俞老师说:放学了,下午早些来。

我们站起来,都如弦上的箭。俞老师却把手掌往下压压,说:坐下坐下,还有话呢。我们坐下,她说:教堂里的神被我们请到河里去了。可是房顶上那个铁十字架,依然镇压着我们,谁有能耐爬上去,把它敲下来?

没人吭气。树叶说:我上去敲。

我说:树叶,别逞能。

俞老师微笑道:你们这些男生,一个个俱是怕死鬼,还不如一个小姑娘!

男生被激,纷纷站起,都说要上房。

俞老师说：晚了，这任务给柳树叶。

到了院子里，俞老师招呼褚老师搬来一架木梯子，竖在房檐与院墙交接处。

树叶攀着梯子，小猴一样翻上房檐，向十字架奔去，踩得一片瓦响。我喊：树叶，小心！树叶不睬我，跑到十字架下，用胳膊揽住安装十字架的木棍子，使劲摇撼，十字架纹丝不动。她喊：老师，撼不动。老师用手掌在眉上避着光，仰脸往上看，喊：我们扔斧头给你，你等着。俞老师叫褚老师去找斧头。褚老师弓着腰去了。好大一会儿，褚老师哭丧着脸回来，说：没有斧头，听说砍十字架，谁也不借。俞老师说：你比较笨，为什么要说砍十字架呢？你再去借，就说劈木柴。褚老师又走了。树叶说：老师，我想撒尿。俞老师说：你别下来，好不容易上去了，这样，男生们，都转回头去。树叶，你就在房上撒吧。树叶蹲下。俞老师说：柳树根，你为什么不转过头去。我不高兴地说：她是我妹妹。俞老师一笑，说：也对，你可以不回头。树叶在房上说：哥呀，你往后退几步。我退了一步。一股水沿着瓦往下流，瓦上起一层雾。褚老师弓着腰回来了，空着手。怎么，还没借着？俞老师不满地说。褚说：借不着。人家都说作孽呢。俞说：胡说。树叶你下来吧。改天再上去砍它。

转眼间冬天开始了。枯燥的学校生活让我感到了厌烦，而那时树叶还没有形成自己的对问题的看法，她百依百顺地服从着我，所以当我对学校生活表示厌倦时，她也皱着眉头说：哥呀，我也烦死了。那么大的李宝、张东奎，都快二十岁了，竟然也跟我们一起上一年级，他们一上课就放屁，臭得我头晕、恶心，哥哥呀，我也烦死啦。哥呀，咱跟父母说说吧，不去上这个破学了。她那时已变得很饶舌，无论是什么话，只要一开了头，都能喋喋不休地说下去，而且基本上不重复。我没有意识到听少女说话是一种幸福，没有注意到那娇声娇气的杂种声音是那么清脆悦耳。我摇摇头，严厉地制止了她的唠叨，告诉她，向父母提出退学的要求是不明智的，由于俞老师在家访时对我们的高度夸奖，在我父母亲的思想深处，已经建立了两座辉煌的荣耀碑，那两座碑，一座属于我，一座属于树叶。父母亲指望着我好好学习，上完小学上中学再上大学，然后当大官，耀祖光宗呢。

耀个狗屁！美丽的小杂种恶狠狠地说。这种语言是她从我嘴里学会的，但我还是批评她：

你一个女孩子，怎么也敢说这种话。

她毫不退让地与我争辩：

男孩子能说，女孩子为什么就不能说？

她的反驳令我结舌。

一会儿，她讨好我说：哥呀，你别生气，我翻几个跟斗给你看。

她不管我愿不愿看，将书包往我的脖子上一挂，便紧紧裤腰带，在平坦的河堤上，一连地打起侧身跟斗来。她的身体灵巧得如同飞燕，翩翩欲飞。我与她从小形影不离地长大，竟不知道她于何时何地跟着何人学会了这身本领。我入神地看着她那连串翻滚的身影，看到她每次将身体短暂地倒立着时，那短小的红棉袄便褪向两肩和头颈，露出白白的肚皮和圆圆的肚脐眼，于是我的心中便洋溢开蜜样的甘甜，这小杂种真是个可爱的小家伙。

翻完了跟斗，她气喘吁吁站定，在衣襟上擦拭着手掌上的泥土。她的白脸上透出红润来，宛若一颗生着细绒毛的熟桃子。有一层小汗珠密集在她高高的鼻子上，喘息微微，牙齿雪白。

你什么时候练成了这身功夫？我问。

哥呀，你不生我的气了吧？你允许我骂狗屁了吧？她狡猾地看着我。

我说：允许，随便你怎么骂，狗屁，狗屁，狗鸡巴。

她大声重复着狗身上的器官和狗的排泄物，并把这些好东西变成修饰学校的定语。

骂完了,我们一起哈哈大笑。

我说：树叶,我夜里梦到刘四山家的母驴今日生骡子,好看极了。

哥呀,你的梦不是早就不灵了吗？

我骗他们呢。我的梦灵得很,你可要替我保密。

她庄严地点点头。

我们决定逃学,去看刘四山家的母驴生骡子。

刘四山的家在村子的尽南头,一出他家大门便能看到荒草如烟的田野。按照着梦中的记忆,我们顺利地找到了刘四山的家。果然有十几个人在刘家的院子里嚷嚷着,并围成一个圈子。我拉着树叶的手从人的腿缝里挤进去,看到那匹黑色的老母驴侧着身子躺着,驴的后边铺垫着一堆麦草,有一些血染红了麦草。

小孩子,乱挤什么！有一个巴掌拍到了我的脑袋上。

黑驴大睁着眼,大耳朵竖起来垂下去,垂下去又竖起来,汗水把驴脖子上的毛湿成了深深的蓝色。驴的肚腹起伏着。一个秃头的男人弯着腰,挤压着驴的肚子。

老二,不能那样硬挤,你轻轻地按摩。一个老头子教训秃头。

老头子说：人畜是一个道理。马配驴,九死一生。你们想,马大驴小,驹子随马。所以一般人家都用公驴配母马。图的是下驹顺畅。除了老刘家这样的大母驴,谁家的驴敢怀上马的种子？

刘四山说：只要能把骡驹子产下来,死了这老驴,我也不痛惜了。

秃头的头上汪着一层油汁,他直起腰,说：累死我了,我看这老家伙多半是不中用了,干脆剖了它的肚子,把小驹抱出来,用米汤水也能喂活的。

老头说：简直是放屁！不从产道出来的畜牲,几个能活？这道鬼门关,皇帝老子也要过,何况一匹骡驹子。你少废话,加紧着按摩。

秃头又弯下腰去,极不情愿地用那两只熊掌一样的肥胖爪子,按摩着母驴高高鼓起的肚子。

老头子弯下腰，看看母驴流血的后边，摇摇头，问：家里有生豆油吗？灌它两斤，如果这法也不灵，我就没有别的办法了。说一千道一万，你们不该用马来配它，更不该用那匹像山一样的东洋种马配它。它实在是太老了……

刘四山的女人舀出一碗暗红色的生豆油，几个人抬起母驴的头，将一个铁漏斗硬塞到它的嘴里，它的嘴唇被掀翻开，露出几乎磨平了沟槽的黄牙，一股腐草的味道热烘烘地喷出来。老头子用一柄生铝勺子，舀着豆油，一勺勺地倒进漏斗里去。驴唇上沾满了黏糊糊的豆油。

刘四山的老婆眼泪汪汪地说：驴啊，再使使劲吧，使使劲就生出来了，你又不是头胎生养。

老头儿不满地指指母驴高隆起的肚子，说：你难道看不出它肚里这个杂种究竟有多大个？

也许是灌下去的生油给了母驴力量，也许是刘四山女人的求告鼓起了老母驴的勇气，在一阵死一样的寂静过后，它突然发了疯样地把身体抽搐起来，那隆起的肚子宛若一个风鼓子剧烈地起伏着。一股热烘烘的混水混杂着黑血流出来。那扇生命之门像昙花般开放了，一个油光光的长方形头颅钻了出来，随即弯曲着游出了蜷曲的身体。

生出来了！

人群里一阵欢呼。母驴的身体僵死了，那隆起的肚子塌陷下去。

老头子不顾污秽，抠出了小骡驹嘴巴和鼻孔里的黏稠液体，又用坚硬的指甲掐掉了它四只蹄子上那些乳白色的柔软组织。又要了一块干布，擦着它身上的液体。几分钟后，这个葬送了母亲生命的小家伙四肢打着颤站起，摔倒了又站起来，终于站定了，终于摇摇晃晃地迈开了第一步。

紧接着有一位大腚的娘们跑到刘家院落中来了。我认出了她。

她是村贫协主任麻子双的老婆，在村里出了名的浪，出了名的泼。据说她曾在烟台的窑子里工作过，所以不能生养了。又据说她为了骗麻子双，便谎报情况，说怀了孕，并且每天一清早就手抚着门框装模作样地呕吐。骗吃了很多的鸡鸭鱼肉和精美点心。几个月后，她往尿罐里加了红颜色，又弄来一只死耗子，剥掉皮、剁掉尾巴、扔进尿罐里，骗麻子双说流产了。不曾想被麻子双识破，把她吊起来，打了个皮开肉绽。

那大腚娘们一进院就拔高了嗓门要“明骡衣”。所谓“明骡衣”就是白天生产的骡子的胎盘。刘四山的一家正为母驴的死亡而难过，不理她。秃头问她要明骡衣干啥用，她说：咦，明骡衣专治妇女经血不调。我要调理调理，好给贫协主任传下个种子呀。

秃头说：你这骡子，把这匹母驴吃了也生不出个什么来。

那女人顿时急了，一伸掌，就在秃头上留下四道血痕。院里乱了套。我和树叶看了一会那匹骨头渐渐坚硬起来的小骡子，便溜出刘家院落，往学校走去。

尽管我头天夜里梦到第二天下午我和树叶要在学校里出丑，但我们还是按着梦的指引，在中午的时候，偷出了祖父的捞虾网，跑到河边祖父捞虾的位置上，一网网地捞起虾子来。这种愉快的、每网都有收获的劳动游戏使我们忘记了下午上学的事儿，也许我们一开始就打定主意逃学。

河水浑浊，因为头天夜里下了大雨。水位涨了约有一尺，我们惯常踏着洗脸的那块石头已被水淹没，只有在那个位置上的一簇簇浪花标志着它的存在。

我模仿着祖父当年捞虾的潇洒姿态，将双臂撑直，双手紧攥住木杆子，把网子尽量地往身体的左后侧摆动。然后，逆着水流的方向，让网子沉入水，缓慢地往身体的左后侧移动，更加浑浊的水在网后翻腾起。兜网拖着满满网眼的水的薄膜离开水面，在网底的那个尖尖的兜兜里,我看到几十只青色的透明虾子在蹦跳。兴奋的感情在我的心中翻腾着。树叶也惊呼起来:哥呀,有好多的虾子呢!

我将第一网的收获抓在手里,往自己嘴里塞了一半,剩下的赏给树叶,她毫不犹豫地仿照着我的样子,把那一撮活虾子填进嘴巴。

我们脸上都焕发出如梦如痴的表情,连问都不用问了,树叶也一定迷醉在活虾子在口腔里蹦蹦跳跳所带来的快乐之中。

口腔里含着美妙的感受,我身体上的力气也仿佛增加了许多,每一次将网挑出水面时,树叶就发出一声欢呼。她吃生虾的本领一点不比我弱,她的身体得到虾子的滋养,一点点的,以肉眼能见的速度增长着,而我增长着的只有头颅。

瘦高身材、满脸粉刺的马老师的出现没有使我们感到惊恐,因为这一切是早就决定了的,我们没法逃避。学校的规模已经扩大,俞老师担任了校长,政府又另外派来了两名教师,这位生着一张马脸的马老师就是其中之一。

他小心翼翼地走下河堤,站在我们面前,歪着嘴巴冷笑着。他的身上散发着一股呛鼻子的脂粉味儿,他的衬衣白得耀眼,他的涂满油的茂密头发在我们上方闪闪发光。

马迅疾地用屈起的手指关节敲打了我的头颅。他的手指关节紧硬得如同一颗颗铁皮核桃,打得我的脑袋里发生了蜜蜂的轰鸣。一些稀奇古怪的画面在我的脑海里层层叠叠地摩擦着,并且发出了嚓嚓啦啦的声响。

树叶像一匹小狼,向马扑去,她的头颅撞在马的大腿上,使马不由自主地倒退了几步,马脚上的雪白的回力球鞋踩在一个水坑里,沾上了肮脏的东西。马一低头,看到鞋子的情景,抬起头来时怒火便烧红了他的脸,那些白头的粉刺变成了紫红色,镶嵌在他的红脸上。马一脚就把树叶踢倒了,马第二脚把我踢倒了。马破坏了我祖父的捞虾网,并命令我扛着被破坏的捞虾网,往学校的方向走。我们的逃跑的企图都被马的长而敏捷的腿给粉碎了。

马把我和树叶安置在学校铁钟下罚站，祖父的捞虾网可怜地横陈在我们面前。同学们在课间休息的时候围观着我们。我感到自尊心受到了损伤。树叶却不断地对同学们扮着鬼脸，低声地对他们说一些关于马的坏话，树叶说：

马的老婆是一匹黑母驴，他的儿子是一匹骡子。

放学了。马依然不解除对我们的处罚。他倒背着手围绕着我们转着圈圈，一边转圈一边冷笑。

暮色四合时，俞校长从外边回来。她询问了情况，批评了我们几句，便解除禁令，放我们回家去吃饭。

这件现在看来甚至是令人愉快的事情竟然成了我学校生活期间的一件难以忘却的大事，究竟是由于什么原因？无论怎么样地挖空心思来解释，这件事情也不具备文学性，不应该写进小说中充当细节。想到此我的文学信心就要土崩瓦解了。我甚至不想再把这篇所谓的小说写下去，但我必须违背自己的意志往下写，尽管接下来发生的事情更加琐碎和无趣。

先是马和俞校长成了夫妻，紧接着开始了一九五八年的大跃进，大炼钢铁，大放卫星。我们跟随着马去马戈庄车站砸矿石，每人提着一把铁锤子。秋天的原野里，随处可见丰产的庄稼，因为无人收割采摘，所以鲜红的高粱萎靡在地，高粱穗子上生长出密集的嫩绿芽苗，一团团的棉花挂在落尽叶子的棉柴上，一群群大雁往南飞翔。狭窄的道路上经常走来走去一队灰尘仆仆的、疲惫不堪的、莫名其妙的百姓，人们彼此不打招呼，谁也不想知道别人去干什么。

马率领着我们六年级的学生走了一整天，傍晚时，马指着前方一个黑色的村镇，说马戈庄到了。我们看到镇子里浓烟滚滚，浓烟里夹带着奋勇上升的耀眼的火星子。一列乌黑发亮的火车高鸣着汽笛从我们面前冷酷无情地滑过去，我感到脚下的地皮在打哆嗦。

过了铁路我们走到一个荒凉的货场上,那里堆着一些褐色的石头,马兴奋地说:同学们,这就是铁矿石。

马让我们坐在这儿等着,他去找找有关领导联络。马在一些破房子间隙里三拐两拐便没了踪影。我们很累了,便坐在矿石上,矿石硌屁股,又转移到灰土上。暮色沉重,浓烟中的火星显得更亮,铁路外边的辽阔原野上,东一簇西一簇地有火焰在燃烧,我们知道那是土高炉的火光。大家都有点饿了,可是马没有回来。班里的一位大个子同学骂骂咧咧地站起来,说要去找马,让他给同学们弄饭吃,另外几个大个子学生说愿意跟他一起去,于是他们就去了,他们走了后也没有回来。镇子深处不时响着响亮的钢铁撞击声,燃烧草木的味道一阵阵扑来。几位女同学哭起来。我劝她们不要哭。这时我已经二十岁了,虽然我个头矮,但本质上已经是一个青年。我妹妹树叶十三岁,蹿了个一米六的大个了,身材已发育得像模像样,班里演节目时,她每次都演幸福的苏联集体农庄的姑娘。她也知道了自己的身世,她为此感到很耻辱,这样的出身像一块黑暗的石头压着她,使她有美妙的歌喉不能歌唱,有智慧的诗才不能吟诵。根红苗正无上荣光的观念直到今天也没完全消除。她神情忧悒地坐在灰土里,远处的火光照在她的沾满灰尘和干涸了的汗迹的脸上。

大约是半夜时分,正当秋夜的冷风把我们全身都吹麻木了的时候,罗锅腰子褚老师鬼鬼祟祟地过来了。我们问:褚老师,你不是留在学校看门吗?他摆摆手,示意我们住嘴。他在矿石中间扒拉一阵,似乎在寻找什么东西。也不知找到没有,他又锅着腰走了。他刚走,陈圣婴老师就来了,他那身古旧的长袍上沾满黄色的泥土,好像刚从坟墓中钻出来一样。他很亲切地向我打听莫洛亚先生的情况,我说莫洛亚先生死了,而这个小姑娘,我指指树叶,就是他老人家的亲生女儿。陈圣婴激动万分,咳了一阵,没吐血,脸金黄,说,姑娘,你父亲的奶羊还在吗?树叶扭过脸去,不理他。我说,你快走吧,别打扰我们。他走了,马回来了。马一脸沮丧的表情,嘴里嘟哝着一些含糊不清的话语,昔日的尊严师表全然丧失。他从书包里掏出几个沾着泥巴的生红薯,分给我们吃。我们顾不得擦净红薯上的泥巴就咔咔嚓嚓地吃起来。树叶洁白的牙齿在微弱的光线下闪烁着银光。

第二天我们就开始工作:用锤子把那些褐色的铁矿石砸碎成核桃大的小块。铁矿石十分坚硬,把平滑、坚硬的锤子硌出了一些深坑。一上午我们砸碎的矿石装不满一箩筐。正午时分,夜里失踪的那几位大个子同学回来了,他们用一根新鲜的柳木棍抬着一只铁皮桶,桶里盛着热气腾腾的大包子。同学们欢呼雀跃。马脸上表现出感激不尽的神情。大家拥上去抢包子吃。包子馅是白菜粉条,美味异常。

我们正吃着包子,一个手持螺纹钢棍的黑脸汉子气汹汹地跑过来。他严厉地询问着我们的来历,马认真地回答。黑脸人对我们的工作很不满意,他像开玩笑一样,把那根钢棍抡起来,横着抽在马的腰上。马哀鸣一声,身体像被打折了似的,跌倒在地上,同学们噤若寒蝉,目送着黑衣人离去。

大家把马扶起来,马的一贯凶气逼人的眼睛里滚出了泪水。

这个狗养的,怎么能随便打人!

一句话竟使马嚎啕大哭起来。同学们像哄孩子一样哄着马。马不听哄,越哭越凶。我们几乎手足无措了。树叶从桶里拿来一个凉透了的包子递给马,逼他吃。马擦擦眼,擤擤鼻子,呜呜噜噜地吃起包子来。他的腮上的肌肉抽搐着,吃相十分丑陋。突然,他叫了一声,我们看着他,不知他叫什么。他吐出嚼得很恶心的包子,又把一块东西吐到掌心里,让我们看。在耀眼的天光下,我们看到一个人的指甲在他的掌心里像贝壳一样闪烁珠光。他捧着指甲,转着圈,如一只被打蒙的鸡,说:这是怎么回事呢?这是怎么回事呢?李栋材说:一定是炊事员不小心把指甲剁下来了,难道还能是别的不成!对,他说,对对对。但他还是呕吐了,他的呕吐让我们也翻肠搅肚。

下午,与铁路平行着的公路上有一辆马车惊了,车夫是一个老头子,他起初还死死地扯着辕马的缰绳,声嘶力竭地嚎叫着。他的双腿几乎不点地皮,身体极像一个弹跳不止的皮球。梢马昂着头,飞扬着鬃毛,圆睁的眼睛闪闪发光。终于把老车夫甩掉了,一闪越过马车。车夫在滚滚尘烟中打着滚,由快至慢,最后静静地趴在地上,像睡去了又像一堆土。这时辕马也昂起了头。梢马是青色辕马是红色,像一团烈火追逐着一团青烟,滚滚向前,我联想到革命的车轮,不可阻挡。车上的一些圆溜溜的、金黄色的东西蹦蹦跳跳地跌下来,落地后还不安稳。马车飞过去后,路上的烟尘久久不散。我们蹿过铁路往公路上跑。在我们身侧有一个女孩子惨叫了一声,原来是同学李素娥被枕木绊倒,磕掉了两颗门牙。有人把她扶起来。我们跑上公路,看那老车夫,一脸胡子,面目有些熟识。叫他不答应,有经验的去摸他心脏,说心脏已经停止了跳动。那些从车上跌落下来的东西,原来是些窝窝头,软乎乎的,还冒热气呢。当下都放到嘴边啃。捡一大堆。李素娥手捧着门牙,呜呜地哭。马说:

别哭了,回去镶上两颗钢的吧。

李素娥就不哭了,把门牙珍惜地装进衣兜里,捧起一颗窝窝头,用边上的牙齿咬着吃。

傍晚时,马说:同学们,你们结伴回家去吧,这里的事我顶着。

可是矿石还没砸完呀,有人问。

砸什么,净糊弄自己,马说,你们走吧,谁去跟俞校长说说,让她别惦念我。

我们摸着黑往家走。走到半夜时脚上都磨起了泡,走不动了,找了个村子投宿。在一间破屋里,十几个人挤在一堆麦秸草上。一边是男一边是女。我左边是树叶。我和树叶是男女的分界线。但后来听说,夜里还是发生过风流事,这主要是那几个大年龄的学生干的。

虽说只是小学六年级,但最大的郭宝发已是二十四岁的青年,掉了门牙的李素娥,也是二十岁的大姑娘了。又后来郭与李结了婚,生了群小孩,六零年饿死了两个。

第二天上午我们回到家,家里正在用一个瓦罐煮地瓜。祖母不时地低下头去吹火,潮湿的槐树枝子冒出的黑烟把她的双眼熏得红红的,像两只老家兔的眼。我笑了,树叶也跟着笑。父亲拿着一把斧子从外边走进来,没头没尾地说:铁打的脖颈也架不住斧劈。爷爷逆着他的话说:什么呀,崩了你的斧刃。马老师一步闯过来,大声嚷着:你们在煮什么东西?嗯?煮什么有这样的香气?然后他说:大喜了,你们家。

瘦成了竹竿的马给我和树叶送来了县初级中学的录取通知书。砸矿石的苦役结束后,我们与马之间的仇恨消解了。马的老婆俞校长生孩子时,我和树叶还送过去一条遍身白花的狗鱼。这条狗鱼是祖父钓的,养在盆里舍不得吃。我和树叶用五斤黑豆换了老头子的鱼,黑豆是我们从田鼠的洞里挖来的。

这时生活已经相当困难,祖母的脸因为吃野菜太多中了毒,肿得如一只吹足气的黄气球。祖父因为善逮水族,身体还可以,当然较之从前也不行。

马老师坐在我家的门槛上,唉声叹气地向我们诉说他的满腹忧愁。祖父插话道:

这人民公社,兔子尾巴长不了!

这恶毒的诅咒吓得我父亲面色焦黄。父亲说:爹,亲爹,给您的孙子孙女留条生路吧。

祖父哼几声就拿着鳖叉走了,他有一只神眼,叉鳖一叉一个准。

母亲为生产队里拉磨磨面,因为队里的驴骡都饿死了。

祖母坐在炕上,一声不吭。她已经没有心思对我们是否去读中学的事发表看法。

父亲送走了马老师，回来对我们说：在家里也是挨饿，干脆就去上吧，考上中学不容易。

树叶说：爹爹，让树根哥一人去吧，我在家割野菜，捞鱼虾，帮衬着度荒年。

父亲看看她，说：树叶，我不让树根去也要让你去，否则怎能对得起莫洛亚先生。

树叶说：树根哥是男的，又生了个大头，他比我出息大。

父亲不吭气了。

离中学开学还有一些日子，我和树叶去荒草甸子里挖茅草根，这东西晒干研碎后可以烙草饼吃。饥馑并不妨碍天空晴朗，饥馑的是人类也不是鸟类，田园荒芜，饿殍遍地甚至是鸟类的幸福岁月。荒年蚂蚱多，人走在草中，惊起的万头绿蚂蚱如同弹片四处飞溅，它们的粉红色的内翅在飞行时闪现出来，醒目养眼。李栋材的老爹提着葫芦头抓蚂蚱。村里只有他一个人能受得了这美味。我们也吃过，但吃后腹泻，差点送命，便不敢再吃。李栋材的爹的肠胃有本事，能消化得了这种营养一定不差的昆虫。所以当村人们饿得半死不活时，这老头子却面孔油光光的，心情舒畅，小曲儿常在嘴边挂。我们说：李家大伯，您捉了几斤蚂蚱了？他瞪了我们一眼，飞一般伸出手，把一只伏在草梢上的黄色蚂蚱捏住，撕下它连着一根黑屎和白色丝络的头颅，把它的身体塞进葫芦。莫洛亚先生从草丛中哈着腰钻出来，向李讨要蚂蚱，李不满意地说：你难道没长手吗？但他还是把一个挺肥的蚂蚱给了莫洛亚，莫把蚂蚱填到嘴里，咯咯唧唧地咀嚼着。

风吹动草梢，如浪翻滚。树叶与我向前走，去寻找茅草，她嘴里叼着一朵小黄花，忽然吐掉花问我：

哥呀，听说我爹跟咱的母亲相好过？

我感到受了巨大的侮辱，红着脸说；

你休要听他们放狗屁！

树叶说：看把你气的，如果真是这样，那咱们不是更亲近了吗？

我不理她，扔下筐子，用叉子掘开土地，把白茅草根儿扯出来。

哥呀，她说，你别生气啦，反正我迟早要给你做老婆的，你生我的气干什么。

谁说你迟早要给我做老婆？我看着她说。我发现她更俊了。

咱娘说的呗，她平静地说。

远处响了枪，我们抬眼望，看到那个瘸腿干部在用手枪打野鸭子。

掘了一会草，树叶说：哥，我夜里做了一个梦。

你梦到什么啦？

我梦到咱母亲偷黄豆被王麻子抓住了，王麻子罚母亲的跪，很多人围着看。

你的梦也灵验？

不灵验才好呢。

事实证明，树叶的梦也灵验。我们不掘茅草了，急匆匆往生产队的磨房跑去。

磨房建在刘财主家的院子里，王麻子坐在大门口。看我们来了，他站起来，警惕地问：

你们来干什么？

来看看俺娘，树叶说。

不行，磨房重地，闲人免进。

看俺娘还不行吗？

谁敢担保你们不进去偷粮吃呢？谁敢保证你们进去不往面粉里下毒呢？

我们是考上中学的了，我哥马上就要去上中学。

王麻子不满地哼一声，他的苦大仇深的脸上表现出对我们的仇恨，他说：这革命是怎么搞的，旧社会你们吃香的喝辣的，新社会你们又上中学,这是不公平。

树叶挺着胸膛说:狗走遍天下吃屎,狼走遍天下吃肉,气死你个杂种。

还不知道谁是杂种呢!王麻子击着巴掌说:杂种们,人无千日好,花无百日红,有你们倒霉的时候,咱们走着瞧。

树叶扯着我的胳膊,一挺胸,把王麻子逼到一边去。

我们进了磨房,磨房里光线很弱,我们嗅到了一股与霉烂味道混合在一起的新鲜面粉的味道。我们听到磨声隆隆,看到十几条灰色的影子转绕着那两盘红殷殷的大石磨,缓慢地移动着。一个粗哑的声音说:哟,大嫂子,你家的童男童女来了。

树叶夸张地往前探着脑袋,问:

王家大娘,俺娘呢?

你娘钻耗子洞里去了。还是王家大娘哑着嗓子说。

树叶说:你这个哑嗓子老驴。

一片笑声里,我母亲说:该打的,怎么能跟你大娘这样说话。

这时我们的眼睛适应了黑暗。我们看到母亲们都弓着腰,抱着磨棍,白着头发,灰着脸,使石磨旋转。女人们夸着树叶的美貌也夸着我的聪明,母亲却说:只怕都是小姐的身躯丫环的命。

我们一直等到母亲们收工,我们陪着母亲走,想让梦境粉碎。

我悄悄地问母亲:娘,你身上有粮食吗?你今日千万不要在身上藏粮食。

母亲白了我一眼,说:住嘴吧,你。

王麻子堵在大门口,挨个搜索着女人们的身体。看出来他对前头的那些女人的搜索是睁眼闭眼的,但轮到母亲时,他的眼里凶光如电。我知道事糟透了。

王麻子从母亲的裤腿里抖出两捧黄豆,母亲面色如土,悄声说:大兄弟,嫂子与你远日无仇近日无冤……

王麻子看看我和树叶，说：我与你们家远日有仇近日也有冤，你给我跪下吧。

后来村里的官来了，宣布罚我们家十斤粮食。母亲哭了。回家后，祖母把满腔怒火发泄到母亲身上。树叶愤愤不平地说：祖母你好没道理，往常俺娘带回来的粮食你也没少吃。

祖母说：可这一下子就罚了十斤粮食，蚀了大本啦。

父亲很恼怒，说：早就不让你们去干这种事，宁愿饿死，也不能丢了面子。

树叶说：大家都在偷嘛。

父亲说：你小孩子不要插嘴。

树叶说：我偏要插嘴。

祖母说：你是个什么东西，也敢在我们家耀武扬威。你要知道，如果我们当初不收留你，你早就成了鬼。

树叶说：我知道，根本不是你要收留我，是俺娘收留了我。

父亲说：别吵了别吵了。

祖父也说：别吵了，不是冤家不聚头！

祖母还在啰嗦，祖父抄起一根棍子，像投掷标枪一样对着她投去。祖母一侧身闪躲过，闭着嘴不吭气了。

母亲去推磨，被王麻子赶回来了。她红着眼睛坐在炕沿上发呆。树叶说，娘，我去。从此树叶便代替母亲在磨房里推磨。十天后我去县初级中学报到，一进校门就碰到咳着的陈圣婴陈老师。我向他鞠了一躬，他很冷淡地把沾满血迹的手对我举了举，转身就走了。随后我又见了些面黄肌瘦的同学和同样面黄肌瘦的老师。上课时老师说话声细弱，学生昏昏欲睡。体育课取消了，说要保存热量。老师们不顾尊严，跟学生讨要菜饼子吃。我从家里捎来的菜饼子是含有粮食的，惹得同学和老师垂涎，单老师说：柳树根，你爹一定是粮食保管员，我摇头否定。单老师说：这就奇了，如果你爹不是粮食保管员，你的菜饼子里如何会有粮食。我便对他们说,我有一个妹妹,她在村里的磨房里推磨,她聪明透顶,创造了一种鬼难拿的盗粮方法。那些与她一起推磨的女人们都往裤腰里、袜筒里装粮食,都难脱王麻子的法眼。我妹妹每天下工前,在黑暗中,把大把的粮食囫囵着吞到胃里,然后大摇大摆地回家。回到家,她端出一个盛满清水的盆,找一根筷子捅喉咙,把胃里的粮食吐出来。每次能吐出几斤,有时是豌豆,有时是玉米,有时是高粱,吐出的粮食淘洗一遍,用蒜臼子捣烂,和到菜里蒸。我妹妹的咽喉被捅坏了,吐出来的粮食上沾着血丝。同学们,老师们,你们说,这是一种什么精神?老师说,很感人,但不是苏维埃精神。这完全能写成一部戏、一部让人流泪的戏。什么时候让我们认识一下你妹妹,一个同学说。我说,她明天就来给我送吃的。她背着一兜子掺了少量面粉的野菜饼子来了,我早就梦到她要来。在校门口,她喜笑颜开地说:哥,我梦到你站在这里,你们学校的样子与我梦见的一模一样。她有些瘦,但光彩依旧。我说:树叶,今后你不要那样了,那样就把胃搞坏了。她说你怎么知道我那样?我拍拍脑袋说:你忘了我会梦了吗。她笑了,说,我不愿意要这种本领了,好事梦不见,尽梦见坏事,又不能改变,等于受两茬罪。她说:我昨天梦到我的亲爹娘了,他们的样子很吓人。我说,我也不愿做梦了,梦来梦去,弄得不知什么是真什么是假了。同学们听说我妹妹来了,都跑来看,都说要见识一下这位虽不是苏维埃分子但却有真情实感的女性。我看到他们在我妹妹的光辉照耀下一个个灰头垢面,连句成形的话也说不出。吃过我很多菜饼子教俄文的苏老师也来看,他一见我妹妹就啊了一声,嘴张着,眼直着,一副傻相。我有些反感他这副破坏了师道尊严的样子。我捅捅他,说,苏老师,您坐下吧。苏老师说,天老爷人家,活脱脱一个冬妮娅。他指着我妹妹说,你应该走在莫斯科的大街上吸引青年们的目光呀。简直不可思议。苏老师是哈尔滨人,跟白俄女人的女儿有过恋爱关系,为此把他打成右派,但他恶习难改,怪不得人家说学外语的都比较流氓。然后苏老师就黏着我妹妹,问她为什么不上学。我妹妹不理他。我说我妹妹为了让我上学自己做了牺牲。这一下苏老师更感慨了。摘下眼镜擦着镜片上的雾气,说,水晶心,水晶一样透明的心灵。后来又来了一些女同学看我妹妹,相形见丑了她们,是凤凰与野鸡的差别,都没几句话说。说将来生活好了,我妹妹应该去演电影。她一上银幕,什么白杨秦怡王丹凤都会黯然无光。吃过了中午饭,学校的主任宋大嘴来了,他用一根草棍剔着牙,说柳树根让你妹妹赶快走,这是中学,不是花街柳巷。我妹妹说:我操你老祖宗你这不是把我比喻成青楼女子吗?我妹妹的大胆语言把宋大嘴给骂呆了,听到这句骂的同学们都龇牙咧嘴。我们都恨这个宋大嘴,这家伙是个恶棍,揩学生的伙食油,踢同学的腿弯子,在我们心目中国民党的军统特务就应该是宋大嘴的样子。宋大嘴恍惚了几分钟才说:你这个女特务,滚。苏老师愤怒地说:主任,你过分了。宋大嘴说:我看你也像特务。我送妹妹出去,妹妹说,哥呀,我觉得你们这学校不好。我说是不好。妹妹说:祖父新结了一扇罾网,网眼密得像蚊帐,专为拿虾子结的。你还想生吃虾子吗?虾子的活蹦乱跳又在我口腔里了。我说:想吃,但我绝不吃了。我想让我的做梦的本领消失掉。妹妹说王麻子搜我身时不怀好意,被我骂过了,我自己觉着也长大了,女人的事我都懂,你星期天回来咱干脆结婚吧。我说不行不行你才十六岁呀。她说我比那二十岁的女人都大。我说再等几年吧,等我考上大学再说。她摇着头,凄然道:那还需多少年,到了那时候,你就不要我了。我说怎么会呢,咱俩是青梅竹马,又是吃了一个人的奶长大的。她说我下次来弄点虾子给你吃。我说千万别弄,我绝不再吃了。我送她到大路上,说,你不要再吞吐粮食了,太残酷了。我回到宿舍时苏老师说柳树根你真是洪福齐天,他知道了。这时李金伞来说北村的我们的同学台建国吃豆饼胀死了。李说,他不该把二斤干豆饼一顿吃了,吃了又喝了太多的水,肚子胀得像水罐一样。大家都凄然泪下。苏老师说同学们都节哀吧,今天我们为台建国哭泣,明天也许有人为我们哭泣呢。人怎么能被活活地饿死呢?这么富饶的土地,如此滋润的气候,怎么能没有粮食吃呢?怎么能忍心让如花儿一般娇嫩的少女像鸽子一样把吃进去的粮食再呕出来呢?我们都可以饿死,但柳树根不能死,你死了就太辜负了你那妹妹的深情厚意了。苏老师欷歔起来,门外有人吼:睡觉了!

……暑假到了,我回家乡去。祖父嘲弄我:呀哈,洋学生回来了。祖父扛着他那张密眼罾正要走出家门,他赤着膊,皮肤黑得像煤炭一样。更加丰满了的树叶直扑上来,抓住我的胳膊,摇晃着玩,哥呀,你放暑假了。今日我不去推磨,我陪你去河里网虾子吧。我说我早就发誓再也不吃虾子了。树叶说,就这一次嘛,我也不再吃虾子了。祖父说,狗不吃屎我相信,你们这两个馋猫不吃虾子我不相信。我说爷爷你不要把人瞧扁了。树叶说,老头儿,行行好,把你这网借我们用一天。祖父说,不行,死活不行。树叶说,你把网借我们用一天,我送你一块铜管。树叶从墙缝里抽出一根约有一尺长的黄铜管子,用嘴一吹呜呜响。她说,这铜管值很多钱,做烟袋杆再合适也没有了,你要不要。祖父接过铜管,放到眼前,对着太阳照照,说,便宜你们了。他把铜管掖在腰里,把缠在竹竿上的网放下,说:你们仔细着,要是撕了我的网我可饶不了你们。树叶说:放心吧,要是撕了你的网,我把俺亲爹传给我那套银盘子银碗给你。祖父说:那样我巴望着你们把渔网撕出十二个大窟窿呢。树叶说:哥呀,你说咱这爷爷多么贪心多么坏吧。我笑着说:人老奸,驴老滑,兔子老了鹰难拿。母亲说:刚刚有口饭吃了,你们就老不像老小不像小了。祖父说:都是让莫洛亚这个老洋鬼子的阴魂给搅的。这些天来,一闭上眼,他就站在我面前,把那些膻羊奶往我脸上倒,拿他没法,想正经也正经不起来。我说:你听到了没有,树叶,爷爷也做起梦来了,但他的梦是注定不灵验的,因为莫洛亚先生再也不可能复活。树叶道:这些天我也老梦到他,他牵着一头瘦成骨头架子的老奶羊,在河堤上走来走去。还有我的娘,站在草地里喊我的名字。我说这都是白天思念的原因,可见你的梦也并不总是灵验。因为我们没有你那样一个大头呀,树叶说。连你也笑话我头大吗?我说。我哪敢笑话你呢,走吧,哥,咱快去网虾子吧,今日虾子多,适才我在河边站,看到虾子把河水都搅混了。祖母蹲在水缸边上,用一柄小铁铲掘土,好像要栽种什么东西。我想上前问问,树叶说,你千万别招惹她,这几天她脾气特别大,无论对她说什么,她都啐你、骂你,这老东西情绪不正常。我们扛着网往河边跑。胡同里烟雾滚滚,好像有人在烧什么东西。我刚想问树叶,树叶就说:哥,你别说话,这是孙家姑奶奶在熬一种仙丹呢,你一说话,就给人家把专门盗仙丹的狐狸给招来了。河堤上不知被谁泼了许多水,滑得站不住脚,我们费力地往上爬,刚爬到能望到河水的地方,脚下一滑,哧溜就滑到底,就这样爬上去滑下来滑下来又爬上去,不知折腾了多少次,终于爬上了河堤。下河堤时我们蹲下,像在冰上滑行一样,一下就到了底。这时我感到水边的沙子很凉。我们想把网抖擞开,可那网纠缠成一团,越抖擞越乱,气得我一声声骂祖父故意整我们。树叶说,你别扯动,你是男人,解不开网扣的,你看我的吧,你闭上眼吧。我说好吧我闭上眼。我再睁眼时,看到那扇巨大的罾网已在灿烂的阳光中伸展开了,河里的虾子踊跃地跳跃着,宛若密集的雨点把河水打乱。我夸奖了树叶一句,她说,谁要你夸,只要你能娶我做你的媳妇,让我干什么我都愿意。我说让你学狗叫你也学吗?她说,当然,你听着。她立刻就瞪圆眼睛,竖起耳朵,噘起嘴,汪汪地叫起来,河堤上有一匹小狗跟着她叫,真狗的叫声经她的叫声一比,反而像假狗叫声一样。我佩服地拍拍她的屁股,她说,急什么,有你拍的时候。说着话,她就把那扇大网慢慢地沉到河水中去了。她双手拉着绳子,身子往后仰着,动作熟练、准确、优美,好像专干这一行的。网沉下去很深,水面上露着撑开网兜的那四根细竹。我说,拉吧,拉起来吧,我要吃虾子啦。她说,你等着,今日让你吃个够,你馋虾子馋了半辈子了,一次也没吃个够,也真是可怜,其实,捞几网虾子,是简单极了的事情。她拉着绳子,脚蹬住那根粗大的吊杆,身体往后仰,一把把地倒着绳子,渐渐地网露出来了,细密的网眼上,水膜叭叭地破裂着。我看到网的兜兜里像开了锅一样,无数的青虾子乱成一团。我的口腔里痒得不得了,甚至连食道、胃都发起痒来。我说你快点拉呀。网越起越高,终于完全脱离水面,那些虾子竟然随着水,漏到网下去了,网里什么都没有,连一只虾子毛也没有。我惊讶得不行,明明有无数的虾子在网里嘛,怎么一下子就漏光了呢?树叶说,道理很简单,网眼太大了。那祖父是怎么网住虾子的。树叶有些不高兴地说:你问我,我去问谁去!我说,你想个办法嘛。她说,有什么办法好想,这样吧,你去拔些青草,扔到网兜里,兴许就挡住虾子了呢。我一转身就把手伸到草丛里,把那些汁液碧绿的草拔出来,草根上沾着一些白色的蚂蚁卵,成群结队的蚂蚁在草窝里爬动着,有很多蚂蚁爬在我的脚上、腿上、胳膊上,我抖着手脚,想把蚂蚁抖掉,愈抖愈多,令人难过。我说怎么办呀树叶,你看这些该死的蚂蚁,它们想把我吃掉呢!树叶说,你快跑,你把手里的青草扔到网里去就跑到河堤上,迎着太阳吐唾沫,吹口哨,蚂蚁就不会缠你了。我遵照树叶的命令把青草扔网里跑上河堤对太阳吐唾沫吹口哨,果然蚂蚁没了。回头看到树叶又一次把网沉到河水中去了。如果这一网还拉不上来一只虾子我就不干了,我要回家去复习功课了。她哄着我,一脸成熟妇人的表情,仿佛我是她的儿子一样。她说好树根你下来,我对你打保票这一网能拉上来许多虾子如果这一网还拉不上虾子来我就跳到河里去淹死。你淹死了我一个人活着还有什么意义呢?我对你说句悄悄话你千万别生气:咱俩要是结了婚,生出来的孩子保证又聪明又漂亮,你的杂种优势与我的大头相结合,保证孩子又聪明又漂亮。她格格地笑起来,说:杂交水稻高产,杂交人漂亮。她笑着就把网拉起来了,依然是满网沸腾,网完全出水后,我看到无数的青虾子附着在网底那些青草上,青草的颜色都看不到了,撑网的竿弯曲如弓,随时都会断裂似的。她在我的欢呼声中把网转到河堤与水面之间的平坦沙地上,我对着网中的青虾子扑过去,迫不及待地抓起一把,沉甸甸地、活泼泼地塞到口腔里。天,幸福得索索乱响、千钩百足的抓挠在我的口腔里在我的头脑里,我头上那些柔软的黄毛都像通了电流一样哔哔地响着直竖起来。我一把把地吞咽着虾子,眼睛里溢出了泪水。我问她吃不吃,她眼泪汪汪地看着我。我说你也吃吧树叶,她不吃,我抓起一把活虾子硬塞到她嘴里去,她一弯腰,哇啦一声,竟把那些美食吐出来,沾着血丝的虾子掉在河水中,僵一秒钟,发疯一般地逃窜了,虾子逃窜时激起成群结队的小水珠儿。我说你怎么啦,她说,自从我用呕吐的方法偷盗粮食后,任何食物都不能在我的胃里停留了。现在我再也不需要用筷子探喉咙催吐,只要我一低头一张嘴,胃里的东西就会奔涌而出。我心里很难过,这可怎么办,你这样不是要饿死吗?我一哭,胃里也翻腾起来,那些活虾子抓挠着我的胃壁,使我恶心,我一低头,嘴巴不由自主地张开,依然活泼的虾子连成串儿从我嘴里喷出来,落到河水中,也夹杂着血丝,也是先在水里僵一秒钟,然后疯狂逃窜。我不由自主地呕吐着,把今天吃的虾子,把过去吃的虾子,全部吐了出来,为什么说过去的虾子呢?因为我看到了我吐出了一些被开水烫过的橘红色的虾子。它们落入河水中,立刻变成了鱼儿的美食。呕吐停止了,我感到身体轻飘飘,头脑空荡荡,随时都有被风吹走的可能。这时,树叶说,哥呀,咱回家吧。于是我们便扔掉祖父的罾网,挽着胳膊,风一样轻快地往前走,树木、房屋在我们身边一闪而过,家门口也一闪而过,母亲在我们身后呼叫着我们,但我们无法停止。我们紧紧地搂抱在一起,我身体的每一个部位都感受到了她的凉爽的肌肤。她嘴巴里的苦涩、清新的草味儿让我想起了无数往事，逝去的往事又一次无比清晰地在我面前重演，就像重演一场戏一样，与我配戏的演员们任何一处失误——哪怕是错了一个台步、颠倒了一句台词、不准确了一个眼神——都无法逃避我的眼睛和耳朵，都引起我对他们的极度不满……

晨读的钟声响了，我爬起来，听着头上二层铺上的咯吱声，心中茫然若失，伸手至腿间，感觉一大片冰凉粘腻。

我没有向任何人告别，就背起书包离开了学校，与和树叶结婚比起来，别的一切都是无所谓的小事情。

河堤上围着一堆人，人群里传出母亲响亮的哭声，好像一只羊在鸣叫。我挤进去，看到平躺在一块苫片上、被河水泡胀了的树叶的尸体。

一个女人说：看这样起码有三个月了。

（一九九二年于北京）

模式与原型

一

急刹车使狗的额头撞在了冰凉的帆布车篷上。车里的警察弓着腰站起来。一个警察拔开了囚车的插销,车门便自动地往外开了。

警察们笨手笨脚地跳下去,站在车门的两边。其中一位红脸膛、大耳朵的小个子警察对着车里喊:“狗,下来!”

突然涌进来的光明和凉气刺激得狗眼流出了泪水。他看到车下那几位警察脸都闪烁着寒冷、扎人的光芒,宛若河道里的冰块。他的脑子昏昏沉沉,思绪像天上的流云一样飘游,无法定住。车上那位还没跳下去的警察,从背后推了狗一把,大声说:“下去,让你下去,听到了没有?”

狗咧咧嘴,迷迷糊糊地问:“这是哪儿?”

“这是东北乡,你的老家!”车上的警察不耐烦地说着,又推了他一把。

狗用戴着铐子的双手抓着那位警察的胳膊,哀求道:“政府,好政府,你们毙了我吧,我不愿意看到乡里的人……”

车下的警察抓着他的腿往下一拖,车上的警察就势把他往下一推,于是他就沉重地跌在了被严寒冻得裂了缝的坚硬土地上。

由于手不方便,狗的脸先于身体触到了地面。他感到鼻子一阵酸痛,牙齿和双唇尝到了泥土的味道。几只手叉着他的胳膊将他提起来时,他感到有两股温热的液体从鼻子里流出来。一低头,他看到有一些大颗粒的血珠子噼噼啪啪落在地上。血珠落地,破成一些更小的血珠儿在地上滚动一阵,然后才洇到地里去。他感到整个脸都不属于自己,只有那两道热辣辣的流血的感觉存在着。有一些血珠儿流进口腔,让他的舌尖尝到了血液的腥味。

一位英俊的警察从裤兜里掏出了一块揉搓得皱皱巴巴的粉红色手纸,递给那位红脸大耳的小个警察,说:"给他堵堵。"

小个警察看一眼同伴,极不情愿地接过纸,剥开,嘟哝着,把纸在狗的鼻孔下轻描淡写地按了按,然后扔掉。看着那块沾在地上的纸,小个警察说:"他妈的,来例假也不挑个时候。"

狗对警察们的斥骂已经习以为常。一个放火烧死亲娘的人还有什么尊严好讲呢?几个月的教育,已经使他相信自己连条狗都不如。

——你的名字叫狗?

——是。

——你连条狗都不如。

——是。

英俊警察看看地上的脏纸又看看狗继续流血的鼻孔,训斥那位小个警察:"笨得你!我让你把他的鼻孔堵住!"

小个警察斜着眼睛瞅了一下英俊警察,骂骂咧咧地低语着,把地上那块沾血的纸捡起来,撕成两半,搓成两个团儿,走到狗面前,骂道:"低下你的狗头!"狗顺从地低下头。小个警察在他的腿上踢了一脚,骂:"仰起你的狗脸!"狗顺从地仰起脸。他感到小个警察恶狠狠地把那两团沾着沙土的纸捅到自己的鼻孔里,冰凉的痛疼飞一般地扩散到他的双耳里去。他忍不住地哀嚎起来。

“还他妈的嚎!”小个警察又踢了他一脚。

英俊警察严厉地盯了小个警察一眼,说:“你注意点。”

小个警察啐着唾沫,走到一根枯树枝般戳在地里的水管子旁,烦恼地拧龙头。拧了半天也没有水流出来。小个警察踹了水管子一脚,骂道:“聋子耳朵——摆设!”水管子晃动着。水管子周围结了一层青白色的厚冰。水管子乌黑,显示出烟熏火燎过的痕迹。小个警察在那片冰上滑了个趔趄,险些跌倒。然后他向一道围墙走去,围墙的背阴处,有一些阴森森的积雪。小个警察抓起雪搓手,一边搓一边骂。搓一阵,走回来,在一棵粗糙的杨树干上擦手。狗看到小个警察的双手冻得通红。

狗还看到小个警察的两扇大耳朵也冻得通红,他紧接着感到那两扇大耳朵冰凉、僵硬,有一些格外鲜红的地方是冻疮,尚未溃烂。狗看到小个警察响亮地擤出一些鼻涕抹到杨树上。杨树上还抹过许多人的鼻涕。狗已经辨认出了这是东北乡政府的大院子,那棵杨树曾经拴过狗的驴车也拴过狗自己。狗看到今天是一个干冷的天气,时辰是上午,太阳在东南方向两竿子高处挂着,阳光应该算明媚但不温暖。狗看到英俊警察和他的三个同伴都不停地踏着步,搓着手,往手上哈气。一团团的白气从他们的嘴里、鼻孔里呼呼地喷出来。狗看到小个警察的手上也冒热气儿。狗看到这几位县里来的警察都穿得很单薄,肚子里也没有什么油水。狗不晓得他们为什么要冒着严寒把自己拉回到东北乡。狗感到这些警察也挺不容易,他心里有些愧疚。奇怪的是狗尽管衣不遮体,但并不感到十分寒冷,面对着那些为抵御严寒不停地蹦跳的警察,狗感到他们像一些扮鬼相的猴子。狗只是感到身体麻木,一行一动都不方便,四肢不听指挥,否则也不会像个死人一样实趴趴地跌在地上。狗感到手腕上的铐子已经把太阳的热传达到自己手腕上。狗在铐子狭窄的平面上能够很费劲地看到自己狭长的脸,这张脸连狗自己都厌恶。狗看到墙上的砖头有红色的也有黑色的,墙根上有白雪也有灰色的煤渣子。狗看到路边的草上沾着一层毛茸茸的霜花。狗嗅到了一股朝气蓬勃的生活气息,这气息如其说他是用鼻孔嗅到的,还不如说他用眼睛看到、用耳朵听到、用脑子回忆到更为准确,因为他的鼻孔里堵着纸,他感到鼻子已经冻凝了。

囚车冒着黑烟在空地上拐了一个弯,然后熄了火,开车的警察跳下车,打火抽烟。那打火机不好用,嚓嚓嚓打了几十下也不着火。一个警察说:"老赵,扔了吧,几十下打不着,还要它干么。"

司机警察说:"没油了。"说完就走到囚车旁,拧开油箱盖,沾一些汽油,滴在打火机的棉絮上。

狗感到自己已在乡政府大院里站了许久,而乡政府大院像一个冷冷清清的废砖窑,人都到哪里去了呢?脸皮永远被酒精烧灼得通红的乡党委书记哪里去了?肥胖得像小熊一样的乡长哪里去了?还有那比男人还像男人的女副乡长哪里去了呢?狗运动着稀粥一样的脑浆费力地思想着。他不明白警察们来这儿干什么。狗抬头看到一群麻雀在萧条的树枝上跳动着,他是先听到了雀叫才抬了头。他的眼睛里有泪水,凉凉的。他知道自己是沙眼,一见风、一着凉就淌泪。狗看到乡政府的房屋上有很多并列着的、一模一样的门窗,门窗上的油漆都因为风吹日晒褪了颜色,狗记得它们原来都是碧绿的。突然间有很多铁皮烟囱从砖墙上伸出来,汹涌地冒出了焦黄的烟雾。那些烟浓厚极了,像海绵一样。狗看着那些盘旋扭动的烟雾,感到自己深陷在淤泥的深潭里,愈挣扎陷得愈深,那些焦黄的浓烟团团旋转着包围了他。是那火红色的大公鸡撕肝裂胆般的啼叫声,把他从沉绵的梦魇状态中惊醒,他张大嘴巴吸了几口气,然后,不顾警察的咋呼,用手背把鼻孔里的纸团揉出来,两股凛冽的冷气宛若钢锥冲进去,直透天灵,尽管痛苦锐利,但脑子顿时清楚了许多,那些缠绕得人呼吸困难的烟团,也裂开了缝隙,于是他看到了那只站在杂色砖头砌成的墙头上、面对着金色的太阳、抻颈奓羽啼鸣的公鸡。公鸡斑斓的羽毛光泽华丽,在阳光中闪烁,鸡冠和颤抖的尾羽,宛如抖抖的红色与蓝色混杂的火苗儿,亲切地唤起了他沉痛的记忆。

公鸡伫立墙头,机械地转动着脑袋。几只羽毛灰褐色的母鸡先是在墙根下的垃圾里漫不经心啄着什么,后来都停止了啄食,像接到了命令的士兵一样,咯咯叫着,朝公鸡伫立的墙头飞去。这些格外肥胖的母鸡的飞行简直像一场滑稽表演,它们都有飞的强烈意识,但都缺乏飞行的能力。在距离公鸡半米高处,就像一团团草坯,沉重地跌落下来。随着它们的身体飘飘落下的,是它们振动翅膀时脱落的肮脏羽毛。

狗看鸡,入了迷,使他短暂地忘掉了困厄的处境,恍惚如坐在生产队的场园里等待着生产队长派活儿。那时候生产队饲养棚里的牛马正被两个专职饲养员依次拉出来。饲养员一正一副。正饲养员是上三代都是雇农的老贫农孙六。孙六,六十岁左右年龄,秃头,嘴里只剩下一颗孤独的长牙。副饲养员是一位刑满释放分子,姓沈,四十岁左右年龄。瘦小的个头,显得有几分文质彬彬。瘦得肋骨凸凸的牛马晃晃荡荡地走出饲养棚,到一只安放在水井边的大缸饮水,一股好闻的、热烘烘的牛屎味道扑进狗的鼻子。牛呼呼地喝着水,拉着屎,撒着尿,屎和尿冒着缕缕短促的乳白色热气,井里冒出一团氤氲的热气,井台上结着冰砣子……队长说:狗!

狗从沉思遐想中回到这个严酷的上午,乡政府那一排房屋上的铁皮烟囱里的焦黄烟雾都变成了蓝色的淡烟。一扇门开了,一位身穿警服、光着头的乡村警察弓着腰小跑过来。狗一眼就认出了这个四十多岁的邋遢男人是乡派出所的吴所长,外号“吴尿壶”。他曾亲手把一副生了锈的旧手铐套在狗手腕上。因为钥匙失灵,开铐时动用了小钢锯。狗看到吴所长龇着被烟茶染黄的牙齿,很歉疚地笑着,颠颠地小步跑着,在距那位县里来的英俊警察几步远的时候,就伸出了他那只沾满煤灰的大手，用沙哑的喉咙喊着：

"啊呀呀，宋队长，这么早就来了……"

那位英俊的宋队长及时地将双手插进裤兜里，用冷漠的神情对着灰秃秃的乡村警察的满脸热情，冷冷地说：

"吴所长，难道你们没接到电话？"

"接到了，接到了，"吴所长把那只大手羞答答地缩回来，摸着衣角，说，"这么冷的天，俺寻思着领导同志们就不来了呢……"

"怎么会不来？"宋队长威严地说，"说定了的事情怎么会不来呢？你们书记呢？乡长呢？"

吴所长摸摸光头，咳嗽一阵，说："年关到了，书记和乡长上县去了……关键是集上还没有几个人，同志们先进屋暖和暖和……"

"真他妈的不像话！"小个子警察骂起来。

吴所长看看狗，眼一瞪，对准狗的头，扇了一巴掌，骂道：

"都是你这狗日的！搅得鸡狗不得安宁！"

吴所长又扇了狗一巴掌，就前去拉开门，让县里的警察进屋。狗对这个扇自己脑袋的乡警并无恶感，他看到乡警褪色的警服上，有一块巴掌大的油污，很鲜明地在背上，形状像一只乌龟。

警察们进了屋，吴所长说：

"狗日的，你在外边凉快着吧！"

宋队长说：

"实行革命的人道主义，让他进来。"

吴所长说：

"狗日的，那就进来吧，还不快谢谢宋队长！"

狗的目光穿过冰凉的泪水，看着屋里模糊的景物，想按照吴所长的教导向宋队长道谢，但他张不开嘴。他用手背沾了沾眼里的水，畏畏缩缩地靠在墙角，尽量紧靠墙壁，少占空间，因为小小的房间里，已经满是警察了。

狗知道这间屋子是吴所长的办公室兼宿舍。狗看到一张破旧的铁床占据了房间的六分之一,床上的被子脏极了。吴所长手忙脚乱地把被子卷起来,露出了一张垫在褥子下的黑狗皮。

吴所长说:“请坐请坐。”

两个警察一齐坐在那张床上,床又摇晃又咯吱。吴所长从那张破桌子上拎起警帽,扣在头发花白的脑袋上。桌子上显出了一个清晰的帽印,其余的桌面上落着一层厚厚的灰尘。吴所长弯着腰捅炉子,又捏着煤铲子往炉子里填煤。一股呛鼻子的黑烟从炉底返出来,警察们咳嗽起来。英俊警察说:“老吴,你想把我们呛死吗?”吴所长说:“怎么敢怎么敢呢?穷乡破所,没有好煤烧,哪能跟县局里比?去年冬天我去局里开会,看到院子里堆着小山一样的‘大同块’,小斧子劈开,茬面明晃晃的,像沥青一样,填到炉子里,呜呜地响,火旺生风,屋子里热得光着脊梁都不觉冷。都是警察,您在城里享的是什么福?您说是不是宋队长?”

宋队长不理吴所长的唠叨,撸起袖子看看表,说:“这东北乡人,怪不得穷,都快九点了,还不出来赶集。”

吴所长说:“宋队长,您可是说差了,东北乡人勤快得很。”

宋队长说:“九点,准时游街,老吴,让你准备的锣鼓家什呢?”

吴所长说:“不用准备,文化站就有,随用随拿。”说着,他捡起一颗训练用的木柄手榴弹敲着墙壁,大喊:“小高!小高!”

隔壁门响,一个缩着脖子、留着大分头的小伙子推门进来,说:“吴老尿,么事?”

吴所长说:“我日你大爷,你个屁临时工也敢叫我吴老尿?去找找文化站的乔美丽,让她把锣鼓家什拿出来,待会儿游街用。”

“游街?游谁?”小高一歪头看到了缩在墙角的狗,说,“哎哟,是狗呀,我还以为早把你毙了呢!”

狗愤怒地看着留着大分头、一脸粉刺疙瘩的小伙子,举起双手砸过去。小伙子一歪头,狗的铐子砸在他的脖子上,痛得他呲着牙叫唤。

吴所长说:“活该,再让你贫嘴薄舌!”

那挨了打的小高骂道:“吴老尿,吴老尿,啤酒瓶里撒泡尿,迷糊糊喝一口,咦,变质啤酒不起泡!”

县里来的警察们哈哈大笑起来。小个警察戳戳老吴的腰,问:“哎伙计,是真的吗?”

吴所长满脸通红,说:“没有这回事,这帮小兔崽子吃饱了闲着没事就瞎编排我,咱老吴再迷糊也不能把尿当啤酒喝,您说是不是?”

英俊警察又撸起袖子看了看表,说:“九点了,不等了,早游完早回去。”

吴所长说:“哎呀,急什么嘛?等会等会,等日头再上上。”

英俊警察说:“老吴,你别啰嗦了,快去找锣鼓家什。”

吴所长扔掉炉钩子,拉门时看看狗的脸,叹一口气,说:“狗呀狗,我教育了你多少次,要你孝敬你娘,你倒好,一把火把老东西给烧死了!害得我寒冬腊月里也不得安宁。”

狗此刻正被屋子里的温暖折磨着,就像一棵冻透了的白菜突然移到炉边烤着,外表糜烂成泥,里边还是一坨冰,那滋味难以描述。他只看到吴所长开合着嘴巴、迸出一些奇形怪状的声音,宛若燃烧后的纸烬,在房间里轻飘飘地飞舞着。

门在吴所长身后在狗的面前被响亮地关上了。狗被这坚硬的声音撞击一下。但随即门又半开了,伸进来了吴所长戴着肮脏警帽的脑袋和半截身体。他用醉醺醺的眼神盯着狗,没头没脑地说:

“也许你还有冤枉?”

狗忽然感到一阵难以忍受的烦恼,对着吴所长那张边缘模糊的脸啐了一口,以前所未有的野蛮态度骂了一句:

“操你娘!”

吴所长懵懂了,眨巴着眼皮想了半天,忽然苏醒过来似的,长出了一口气，说：

“你这狗崽子。”

二

狗最早的记忆与一个阴雨缠绵的下午联系在一起。那时候他只知道自己很小，但却不知道自己多大岁数。狗在他后来的岁月里经常想到那低矮的房顶的景象：高粱秸扎成的房笆被不知多少年的炊烟熏黑了，弯弯曲曲的几根檩条也被熏黑了，黄土的墙壁也被熏黑了。狗躺在炕上似睡非睡时经常看到有一些用黄纸剪成的小人儿在墙壁上走动，它们的身体与墙壁垂直，但从来没掉下来过。它们经常呐喊着追逐壁虎，有时也追赶苍蝇、蜘蛛、蜈蚣。那个阴雨缠绵的下午狗躺在炕上看到白色的水珠从房檐上一滴滴追逐着落下去。院子里一片水声。狗还听到雨滴打在房檐下一块破铁皮上时发出的叮叮咚咚的声响。透过破损的木格子窗户，他看到有一棵大树把一根弯弯曲曲的、缀满绿叶的树枝伸到窗户前面，那些叶子在雨滴打击下轻轻颤抖。他听到那些叶子发出比蚊子还细的呼喊声。树叶的呼唤与在墙壁上狩猎的那些小纸人的呼唤声不一样。颜色不同。他倾听着绿叶在细雨中的呼唤，听到身边一个高大的如巨树一样的男人打着震耳欲聋的呼噜。他看到那男人有两只像铜钱那么大的乳头。后来他又看到一个模模糊糊的白影子趴在了那男人身上。似乎有一种声音表示着一种暧昧的意思：狗儿睡着了吗？大白天会冒渎神灵的。狗看到那些小纸人从窗眼里钻出去，跳到树枝上，雨珠儿很快便把它们拦腰打折，使它们有的随着雨滴落下去，有的悬挂在树枝上。他听到了小纸人的呼唤。后来又来了一个穿着红色小衣服的生着黄毛的小耗子，用两只前爪举着一柄小雨伞，在树枝上跑来跑去，一边跑还一边惊险地嚷叫着；在狗看不到的地方，似乎还有更多的小耗子在呐喊助威，为在枝条上表演走索的小耗子。十几年后，狗在村子里的打谷场上看了一场名叫《杂技英豪》的电影，那些穿着小红褂子、打着小花伞、在钢丝绳上拧着屁股走来走去的漂亮女人，引起了狗对那个缠绵细雨的下午的回忆。

这时狗已经是个高大的青年了，他面孔丑陋、出身低贱并不妨碍他是个高大的青年，电影上那些女人活泼好看的屁股让狗馋涎欲滴，他张着嘴巴，呵呵地傻笑着。思想回到那个下午，他明白了那副模糊的情景的真相，于是他感到极端耻辱和愤怒。

看电影时狗把身体挤到了女人堆里，招来了一顿臭骂。骂他最凶的那个女人是村里治保主任的妹妹，一个细眯眼睛、胸脯鼓胀、头发焦黄的姑娘。狗忽然想起麻子周五说过，她哪里像个姑娘？不知被多少小伙子干过了。她的唾沫星子喷到狗的脸上，狗把那些唾沫星子用手指抹下，抹到嘴里。他吮着指头，呜呜噜噜地说：真好吃，大嫚味。狗记得那时电影机正在换片子，一盏电灯把无数的人头照得清清楚楚。不知为什么人们都笑起来，还有一些人嚷着：好样的，狗呀！她却呜呜地哭起来。人们又喊：狗呀，好样的。狗得意极了，他想说话，却想不起来该说什么。人们又一阵吼，像浪潮一样，狗突然想起了周五的话，便大声说：她哪里像个姑娘？不知被多少小伙子干过了。好呀狗！她的哭骂声更高，像要把天撕破一样。狗又重复了一遍周五的话，但话未说完，就感到后脑勺子上一阵又沉又钝的疼痛，随即他听到一声又肉又潮的声响。狗刚要回头，头发就被一只凶狠的手撕住了。狗看到治保主任方三郎那张瘦削的黄脸。狗怕极了这个人，身体哆嗦起来，大声说：叔叔，三叔，不是我说的，是周五说的……方三郎用力一揪，把狗的头按低了。狗弯着腰，趔趄着，被拖出了人堆。

电影重新开始后，狗被治保主任拖到大队部的一间空房里，村子里没有电，治保主任点燃了一盏玻璃罩子煤油灯，从墙角拣起一根湿漉漉的绳子,反剪了狗的双臂。然后又把绳子往狗的腋下一串,绕过脖子,把狗“五花大绑”起来。捆绑时治保主任使用了脚的力量:他用脚蹬着狗的背,双手使劲往后拽绳子,把狗勒得鬼哭狼嚎。治保主任把捆绑好的狗一脚踹倒,狗像球一样滚动。说:看完电影再来收拾你个杂种!治保主任锁上门走了,狗听到放电影的发电机在打谷场上嗡嗡地响,还听到了悠悠的音乐声。他的眼前又晃动起了那些杂技演员丰满的屁股。

狗侧着身体坐起来。绳子勒得他喘不出气抬不起头。他看到墙角上有沾着血迹的棍子、绳子、藤条,一阵巨大的恐怖袭上他的心头。狗知道这地方是打人的地方。狗还记得有一个地主在这个地方被打死了。

治保主任开门进来,狗磕着头求饶:叔,三叔,不是我说的,是周五说的。治保主任拿起一根藤条,握着两头折了折,藤条弯成弓样,显示出良好的弹性。他一松手藤条恢复原状。他一挥藤条,劈出一溜风响。狗听到藤条在抖颤中说着一些古怪的话语。治保主任抡起藤条,熟练地抽打着狗的身体。头几下,撕皮裂肉般痛疼,狗大声嚎叫着。几十下后,疼痛竟神奇般地消失了,但狗依然大声嚎叫,好像疼痛无法忍受一样。在嚎叫声中,狗听到藤条抽到背上发出的腻腻响声,他的心中窃窃自喜,他感到治保主任被自己欺骗了。尤其是当治保主任扔掉藤条、揉着手腕、气喘吁吁地站在他面前时,那种欺骗得逞的幸福之感更像汹涌的潮水,流遍他的全身。治保主任骂着:看你还敢胡说八道!狗连连磕着头说:不敢了,不敢了,再也不敢了……

治保主任摘掉帽子,露出了秃得发亮的头。狗记得治保主任去年还是满头黑发,今年竟变成了葫芦头。他恍惚记得是听杜四说过,治保主任夜里去偷杜七的老婆,受了惊吓,一夜之间蜕光了头发。治保主任用那顶灰色的单帽擦着脸上的汗水,说:狗,我让你记住!

狗说:我记住了。

治保主任解开裤扣,掏出来,说:抬起脸来。

狗顺从地抬起脸,看着治保主任那格外发达的家伙,有些害怕。

邪恶的笑容突然油滑地出现在治保主任脸上,那东西不安地点动着,一股焦黄的液体滋滋地射出来,射到狗的脸上,射到狗的嘴里,又热乎乎地、臊哄哄地流到狗的脖子上,流到狗的肚皮上,流到狗的脊背上。治保主任的尿浸淫了狗背上的伤痕,真正的痛楚发作,狗闭着眼,咬着牙,从牙缝里咝咝地吸着气,额头上冒出了汗水。

治保主任戴上帽子。给狗松了绳子,狗想站起来,身体却不由自主地前栽了。他到底还是站起来时,治保主任的妹妹推门进来,伸手就在狗脸上抓了一把。狗感到她的指甲剐破了脸上的皮肉。

治保主任说:别动他了,一个傻瓜,我已替你出了气。

治保主任的妹妹名字叫小花。小花横眉竖目地对着她哥吼:你怎么知道他傻?

小花伸出手又去抓狗的脸,狗尽着她抓。

她也抓累了。

狗血糊着一张破脸说:小花姑姑,那话不是我说的,是周五说的,我跟周五一起放牛时周五说的。他还说你跟你三哥、就是他——狗指指治保主任——在一个被窝困觉,周五说他亲眼看到的,他说一男一女在一个被窝里光着腚困觉,用绳子捆着、用膏药糊着也挡不住干那事,周五说简直是一对畜牲,那时候正好有一头公牛往母牛腚上跨,那头母牛其实是那公牛的妈……

治保主任直直地捅出一拳,把狗打得仰面倒地。他躺在地上,听到小花哭着蹿出去了。

治保主任捏着狗的气嗓管子,咬牙切齿地说:这话你要敢跟第二个人再说,我就剥你的皮,抽你的筋,敲断你的腿,剜掉你的眼,割掉你的舌头,剁掉你的手,旋掉你的耳朵!

狗被吓得尿了裤子。

三

小个警察踮着脚，把一块写着红字的木牌子挂到狗的脖子上。然后推他一把，说：

“走！”

狗温顺地走出乡政府大院，斜穿过一片铺满枯树叶的杨树林子，走到集市上。在他的前头，乡村警察敲着一面破锣，背着一只红漆剥落的鼓，那个姓高的小青年敲着鼓，那位文化站的乔美丽敲着小锣，那位狗也认识的乡党委秘书打着两扇钹，乱糟糟一片响，在已经洒下暖意的阳光里行进，狗不回头也知道县里来的警察簇拥在自己身后。他们腰间都佩着手枪。一只乌鸦在狗头上叫着飞过去，狗的眼前一闪而过那乌鸦蓝色的影子。狗听到吴所长一边敲锣一边喊：

“乡亲们、村民们，都来看呐，放火烧死亲娘的杀人犯！”

他手中的锣青光闪烁，每挨一下缠着红布的锣锤子打击便颤抖不止，锣声四溅，与石头扔进河水中的情景相似。那只鼓在他背上不老实，一会儿歪到这边，一会儿歪到那侧，气得敲鼓的小高用鼓槌子戳乡村警察的脖子，敲乡村警察的警帽：

“老尿，你把鼓背正当了行不？”

乡村警察抡起锣锤，猛回头击打小高的肩膀，生气地说：

“你他妈的干什么？我的头也是你敲着玩的东西？”

小高陪着笑脸说：

“老尿所长别生气，我是让你把鼓背正。”

乡村警察横横地说：

“我愿意它歪？你就将就着敲吧！”

狗看到乔美丽手上带着一副红绒线编织的、露出十指的手套，那些手指红红的像小胡萝卜一样。狗根本不敢对这种吃公家饭的姑娘动念头。狗认为她是为城里人预备的。狗想起了一件让他惊心动魄却又百思难解的事。

吃公家饭的女人的脸都是白的，头发都是黑的，衣服上都有一股香皂的味道。狗眼前清晰地出现了县里下来的“清理阶级队伍”工作队队员宋梨花的模样，一个看不出年龄的女人，腰卡卡的，腚撅撅的，胸尖尖的，眉弯弯的，眼汪汪的，嘴抿抿的，手嫩嫩的，是从月亮里下来的人呢，村里的老娘儿们都当着她的面说，狗记得老贫农汪青白的疤眼老婆摩挲着宋梨花的手这样说过。汪青白的老婆就是孙六的妹妹，孙六的老婆就是治保主任的姐姐，一脸黑麻子的浪货，一连串下了七个男崽。汪青白的老婆还说：姑娘呀，我恨不得打掉牙把你含在嘴里。汪青白的老婆咧着烂了牙花子的臭嘴说。狗看到宋梨花脸上一阵青一阵红。狗大声说：兔子，野兔子！正在田边休息的人都抬头寻找兔子。在哪儿兔子？在那儿！狗伸手指指南边的田野。那里麦苗儿青青，有一些白色的气体在升腾，众人看得眼花也没发现兔影，再问狗，狗说：才刚儿还在那儿蹲着，这会儿跑了！众人笑起来。眼里生着一朵萝卜花的下中农歪头张全说：一大群明白人，让个大膘子给骗了！就在这时，狗看到宋梨花十分用劲地看了自己一眼。狗幸福得想躺在地上打滚儿。狗叫两声！歪头张全说。狗看了一眼宋梨花，便四肢着地，伸缩着脖子，“汪汪汪”地叫起来。他摹仿得像极了，不单声音像，连动作、表情都像。众人齐笑。狗看到宋梨花那高贵的嘴边也绽开了一朵花。她掏出一条叠得四四方方的小手绢捂住了嘴。狗的心里像融化了半斤蜜。他叫得更加卖劲了。小队长胡寿对那个工作队长薛耳荣说：薛同志，你们剧团要不要装狗的演员？要的话，就把咱们的狗招去吧。薛耳荣说：不要不要。这帮子工作队整个儿都是县柳腔剧团里的人，里边还有好几对夫妻呢，那个邓玉秀，是黄大礼的老婆，宋梨花是小猴子张的老婆。小猴子张会翻空心跟斗，走起路蹦蹦的，脚轻腿快，狗怎么看怎么觉着他不顺眼，狗真想

像条大狼狗一样扑上去咬死他。狗正叫得来劲儿,他的娘紫着脸走过来,用那只扁脚踢着狗的腚,哭咧咧地骂着:

"起来,起来,别膘了!"

狗好不高兴,正在兴头上,被娘踢了屁股,怎么能高兴。他转过头去,还是狗样,摹仿着恶狗扑人,呲着牙,"汪汪"地吠着,对着他娘,猛地扑上去,一头就把她撞到沟里去了。那时是小阳春天气,全小队的人都集中在一起种玉米,沟里放来了水,天旱,水种,工作队去县水库要的水,水很浑,不浅。狗的娘小脚女人,不会凫水,在沟里炸起了油条。狗对着水中的娘呜呜地发着威,像一匹胜利的狗。队长抄起一张钉耙子,挂着狗娘的衣服,把她拖到沟边,几个半老女人七手八脚,把狗娘拉上来。狗的娘一身水淋淋,脸上尽是黑泥。一只鞋陷在泥里了,赤着那残废的尖脚,脸上的五官抽搐,嘴一瘪,又一瘪,两瘪三瘪,就哇哇地大哭起来,哭着,一腚坐在地上,手拍着膝盖,仰着脸,闭着眼,哭加数落:

"哎哟俺的个天呀,哎哟俺的个地,前辈子伤了天理啦,养了这么个膘子儿,他爹死得早啊,成分又不济,谁也来欺负啊,活不下去哩……"

狗真正愤怒地叫着。他感到娘从来没有过的丑陋,比方六的麻子老婆,比汪青白的疤眼老婆还要丑陋一万陪。她的下巴上悬着清鼻涕,一脸臭泥巴,一条瘦脖子,真丑,跟宋梨花比比,她哪是个人?她是仙女,她是鬼婆。歪头张全踢着狗说:

"狗,起来吧,膘过劲了!"

队长大声咋呼狗的娘:"张杨氏,你胡咧咧什么?谁欺负你啦?当着工作队的面,你也不嫌羞!"

队长的话很有权威,狗的娘把嗓门降低,吐出的话语也渐渐含糊不清,最后闭嘴停止,撩起了湿漉漉的衣襟擦眼泪擦鼻涕。

队长说:"张杨氏你一个人先回家吧,今日算你全工,不扣工分。"

狗看到娘就那样赤着一只脚，歪歪扭扭地走了。狗望着娘的背影心里很苍凉。他看着宋梨花的脸上一点喜欢的样儿也没有了，工作队的其他同志也面色冷漠。

狗回到那两间低矮的草屋时天已经黑透了。娘点着像只癞蛤蟆一样的油灯，用头上的钗子把灯草往下按了按，使灯火如豆。娘端上一瓷盆红薯面与红薯叶混熬的粥，狗呼噜噜一气喝光，又卷着舌头转着圈舔干净。扔掉瓷盆。娘的眼里淌出混浊的液体，说：狗儿呀，往后别听人耍弄了，咱不是狗，咱是人。

娘走上来摸他的头。狗厌恶极了，一巴掌便把娘推到墙旮旯里，大声说：

"死不了的老东西，尽给我丢脸！"

四

乔美丽挑着小铜锣，无精打采地敲着。那个顶着一头乱毛的秘书嫌手冷，把铜钹的两根鼻绳儿结在一起，一前一后两面钹搭上肩头，不敲了。高姓青年一见秘书偷懒，立即就把两根鼓锤子插进袖筒，双手插进裤兜。乡警吴老尿转回头，训道：

"怎么啦，你们，端共产党的饭碗还怕手冷？"

高不吱声，看背铜钹的秘书。秘书抽搐着精瘦的脸，鼻子尖上挂着一滴鼻涕水儿，撇着腔骂：

"吴老尿，这抓人游街的事，是你们警察的，老子凭什么来挨冻受罪？不干了不干了。"

他摘下肩上的铜钹，往吴所长肩上一搭，缩着脖，袖着手，转身就走。

吴所长挥舞着锣锤子，骂道：

"瘦猴，你今天要是敢走了，我就让书记砸了你的饭碗！"

秘书一咧嘴,说:

“日你个吴老尿,吓出我一舌头汗,老子的饭碗是橡皮的,枪子儿都打不破。”

高姓青年跟着秘书往回走。

县里来的英俊警察拦住秘书,很严肃地说:

“你是共产党员吗?”

秘书一撇嘴,说:

“乡党委秘书,不是党员能行吗?”

县警嘲讽道:

“你老兄的党性不怎么样嘛!”

秘书擤擤鼻子,往棉袄上擦擦手,道:

“操,给老子上起党课来了!你们这些警察,大案破不了,小案懒得破,糟蹋老百姓的本事不弱似皇军。有本事把李培公的那个儿子捉来游街,那小子枪毙十次的罪都够了。硬茬骨你们不敢碰,抓个膘子来折腾,操,还给我讲党性哩。”

秘书一席话,说得县警小脸儿青一阵红一阵,下不了台。狗看着秘书,心里感到很温暖,他暗想:到底是本乡人向着本乡人呢。县警和秘书正僵着,狗看见一个披着黑色呢子大衣的人从乡供销社里出来。那人四方大脸,浓眉大眼,下巴上有一块红痣。狗听到吴所长叫书记,并看到吴所长叫书记时腿弯曲了一些。狗恍惚记起这个人是乡里的书记,也立即低头弯腰,满心里都是尊敬。书记手里提着一只冻得硬邦邦的野兔子,指缝里夹着一支烟。吴所长左转右转,紧着为县警和书记互相介绍。书记很客气,把野兔子换到左手里提着,腾出沾着一些兔子毛的右手,跟县警队长握手。书记说:

“大冷的天,让老吴他们牵着游游就行了。”

县警队长说:

“任务,要完成。”

书记说：

“中午吃兔子肉，白萝卜削了皮，切成四方块儿，炖野兔子，连炖十八滚，起锅时撒上点芫荽梗儿，一丁点味精都不加，味道鲜极了！这是东北乡一绝，不能不吃。”

县警队长说：

“就这么一只兔子，够谁吃的？”

书记说：

“好说呢，待会儿集上还会有。东北乡什么都缺，就是不缺野兔子。实在没有卖的，让供销社的李不明去打几只，那伙计，活活一个神枪手，枪夹在胳肢窝里搂火，从不瞄准。”

吴所长说：

“郑秘书才刚儿和队长闹呢。”

秘书骂道：

“吴老屌，我日你娘，谁闹啦？我和队长开玩笑逗乐呢！”

秘书说着就把大铜钹从肩上摘下来，一手捂住一扇，一拍，发出嚓啦啦一声瘆耳朵的怪响，震得狗心头一颤。

吴所长低声道：

“果然是卤水点豆腐，一物降一物。难缠的、气死阎王爷的个货，见了书记也像耗子见了狸猫一样。”

书记说：

“老吴，别嘟哝了，快领着同志们转一圈，回来喝白酒吃兔子，贼冷的天气，别冻毁了人。”

书记提着兔子走了。高姓青年歪着身子去敲乡警斜背的鼓，乱糟糟，没个点儿。乔美丽把小锣敲得当当当一串响，像那些串街走巷卖麦芽糖的小贩弄出来招徕婆婆妈妈鼻涕孩的动静。狗看着她冻青了的腮，心里挺不是滋味。她的小锣声让狗回忆起了过去的一件耻辱事。有一个卖麦芽糖的，五十来岁的大个子男人，一脸麻子，都叫他张麻子。张麻子有时卖麦芽糖,有时卖肉渣子。据说有一种猪肉里有虫卵,只能炼油,炼出来的渣子八角一斤,又香又酥,城里人不吃,到乡下就是美味。张麻子那天挑着两桶肉渣子敲着小锣在街上。几个老娘儿们围着,不买,但都露出一脸馋相。孙六的麻子老婆蓬着头,麻着脸,眼角上夹着两点绿眵,半掩着棉袄,袄里揣着一个光腚猴子孩,站在肉渣桶旁伸舌头舔嘴唇。狗在生产队牛圈里出粪,累了,一身汗一身臭,跑回家,掰了半个饼子挖了一块黑酱跑到街上。肉渣子的香味勾走了他的魂。他的腿溜溜地就靠到人堆里。他的手贼着胆就伸到肉渣桶里抓了一把,塞到嘴里。狗说:

"尝尝,香还是不香!"

狗没看到卖肉的张麻子和那些馋肉的娘儿们正在用什么样的恶毒眼神盯着他。肉渣子真香。狗又抓了一把。手还没出桶哩,手脖子上就挨了一秤砣。张麻子骂道:

"操你个娘!动了抢了!土匪还没回来呢!"

狗的脸通红。他很后悔。他羞愧地提着伤手走了。他听到孙六老婆说:

"这是个膘子,家里成分还不好!他娘还打破天地给他说媳妇哩!谁跟他?瘸腿瞎眼的也不会跟他!"

那些嘴巴歹毒的长舌妇都在背后骂他。狗感到自尊心受到了极大的伤害。狗听到歪头张全的老婆也在应和着孙六老婆骂自己:

"你别看他那副膘相,他还一肚子花花肠子哩,那天他还想跟我弄个景……呸!癞蛤蟆想吃天鹅肉呢!"

狗记得在女人们的侮辱里他的心中既愤怒又自卑。手脖子断裂般的痛苦与心中的痛苦相比显得很轻。拐过一道矮墙后他跺跺脚,啐唾沫,低声骂。骂歪头张全的老婆。那娘儿们四十好几了,留着三刀毛,当郎着两根口袋一样的长奶子。生了几个女儿,都是白眼珠子黄毛发,像外国人一样。狗想起她家打墙时去帮忙,从河底推土,狗把车子装得像山一样,一车顶别人两车。多沉哪,压得车胎瘪瘪,车架子哆嗦。车子都是队里的财产,队长胡寿看见了,批评狗:“狗!你给私家干活,毁了公家的车,我扣你的工分!”狗嘿嘿笑。那娘儿们递烟卷儿给狗抽,还乜斜着眼挑逗狗:

“大兄弟,想不想媳妇?”

狗说:

“嫂子,苍蝇蚊子都配对儿,狗怎能不想媳妇?”

女人道:

“好好帮嫂子干活,待几天嫂子给你说个俊媳妇。”

狗道:

“也不要俊,像嫂子这样的就行啦。”

女人道:

“嫂子老东西,不值你稀罕。”

狗记得女人把衣服掀起,说好热天真好热天。好像是扇风,实际是暴露那两根布袋子奶子给狗看呢。狗于是卖了死力气给她家干活。干完了活那女人就不认账了,像条泥鳅一样不让狗捉住。有一次狗在玉米田里捉住她,让她兑现,她一把差点把狗攥死。狗哭了,第一次感到被人耍弄了。但等到她家自留地里有活时,狗又去帮她干。她那个歪头男人歪着头坐在地头抽烟,好像个监督长工劳动的老地主。狗怎么都不明白她为什么要附和着孙六老婆骂她。难道最起初时不是她故意揪出那两根奶子诱惑我狗吗?

狗的胡思乱想像一条瞎眼狗胡碰乱撞,想到哪就是哪。他跟着乡警和锣鼓声穿过那几十株碗口粗的白杨树构成的小树林,踩着枯树叶子,往集上走。外边有一条路,路外有一条土河堤,有一些人正从河堤那边翻过来,都嚷嚷着:

“来看呀来看,来看狗这个小杂种小畜牲游街呀!”

狗感到了羞。因为那些人几乎都是他认识的人。他使劲低着头,低头累,又抬起头。一想,又觉得没有什么值得羞的。有一天回了村,狗想,可以把很多新鲜事儿讲给他们听。准把他们唬得大眼瞪小眼。

树林子缝里,靠着墙根那儿,避风向阳处,猴蹲着一个老头儿,面前守着红红黑黑一片纸儿,纸上压着砖头瓦片土坷垃,怕被风刮破刮跑。那是些对联儿,过年时往门板上贴的。狗想道:哎哟,就要过大年啦!杜文章又卖字儿来了。八月里进了班房,糊糊涂涂,眨眼的工夫,四个月就过去了。杜文章一摆摊就证明年到了。狗斜着眼看杜文章,好像杜文章的眼光也往这边斜。狗上过两年半学,斗大的字认识几个。他虽然识字少,但尊敬识字人的道理却很懂。他想起上学时杜文章就是教师。那时杜文章就是这副模样,几十年都没有变化,你说奇怪不奇怪?"奇怪奇怪真奇怪,肚皮下面四个盖。"狗想起了杜文章出的谜语。"沟从毛里走,毛从沟里走,我说这话你不信,回家看看你娘也有。"那时候学校在杜财主家的两间厢房里。杜财主解放前跑到台湾去了,家里留了个大婆,小婆也跟着他跑了。土改时,分了他家的地,分了他家的房子。大婆子一辈子没生育,孤孤单单一个人,搬到原先的长工屋里去住。狗听说村里几个老干部都到她炕上去睡过,但没人跟她成亲,恶霸地主的大老婆,睡她是革命行为,跟她成亲就是反革命的行为了。这些话都是狗听饲养员孙六说的。孙六说土改时他当民兵,扛着一杆破大枪,腰里掖着一颗手榴弹。四七年好大的雪,平地雪深三尺,清晨起来,门板都被雪顶住了。河平了,井也没了。野兔子冻草鸡了,跑到村里来找食吃,肚皮贴着雪爬,一棍子就能打死。孙六说他就打死过两只兔子。肥得像小猪崽子一样。剥了皮,下锅煮,香极了。馋得狗哈喇子流到下巴上,说,再来个四七年就好了!孙六说,真是个膘子狗,什么都能再来,四七年能随便来吗?四七年杀人成了堆,满街的狗都疯了,吃死人吃红了眼,见了活人恶扑。狗可没见过那么大的雪。狗想,只要有大雪,只要有野兔子好打,管他死人活人干什么。想着,狗朝杜文章那儿斜过去。一位县警从后边搡了他一下,说:

“往哪里走?”

狗一激灵,肩膀在一棵杨树上撞了一下,也觉不出痛不痛。他挺想跟杜文章打个招呼,往常赶年集时,狗买对联,都是买杜文章的。他说杜老师俺买几副对子。杜文章就抬起头看看,从棉袖筒子里拿出手,问狗家里有几扇门。狗说只有两扇门。杜文章就揭一幅“江山千古秀,祖国万年春”给他。还送一幅“猪大自肥”给他。狗说家里没养猪。杜文章就说没养猪就贴在你娘炕头上吧。如果有旁观者,旁观者一定大笑。狗知道杜文章跟自己开玩笑,“猪大自肥”怎能贴到炕头上呢。狗说杜老师你以为我真是膘子吗?杜笑着说,不是,你是个傻瓜蛋。杜文章戴着一顶三扇瓦的毡帽子头,嘴上还捂着个乌黑的口罩。狗听人说只有城里那些好俊的大嫚才戴口罩,乡下人戴口罩就是不正道。狗有一次看到县剧团那些来村里当工作队的人戴一只雪白的口罩,那么大那么白,捂得脸上只露出两只眼,大眼,水汪汪的大眼,会说话的大眼,勾魂要命宋梨花的眼。人家那才叫戴口罩呢!狗想。狗问:杜老师,你嘴上捂着个什么?杜文章说:口罩。狗说:不对不对不对。杜文章道:那你说是什么?狗道:我听人说是例假带子。旁观者笑。杜大怒,捡块砖头打狗。狗夹着对联跑了。狗听到身后人们议论:谁说他是膘子?连杜老师都转着圈儿骂了!狗心中十分得意。越想越得意。回到家吃饭,想起来又笑。娘问:狗儿,什么事这么欢气?狗道:娘啊,今儿个在集上,卖对联的杜老师都让我转着圈骂了,看他还敢不敢叫我膘子。娘说:膘子儿呀,老师能随便骂吗?老师都在天上顶着星星呢,骂了要遭天报应的。狗说:顶个屁!娘你忘了,小时候我跟着他上学,他出了两个谜语叫我猜,我猜不出,他让我回家问你,你也猜不出,后来他说:一个是你娘的脚,一个是你娘的梳。娘说:杜先生好滑稽,人心眼儿不奸不坏,他是长辈,你是晚辈,他骂你是应该的,你骂他就不应该了。狗说:好,我去向他赔个不是去。娘说:这才像个懂事的好孩子。狗一溜风跑到集上,说:杜老师,俺娘让我给你赔不是来了。俺娘说先生戴的是口罩,不是例假带子。众人又笑。狗更得意。狗嗤嗤地笑出声来。县警又训他。吴所长回头道:

"真是个大膘子,游街示众,他竟自笑。狗!想起什么好事了?"

狗嗤嗤笑着弯腰。县警用膝盖顶他,询问他为什么笑。狗道:

"杜老师还戴着那个口罩。"

"真是莫名其妙!"县警道,"戴口罩有什么好笑?"

狗道:

"他戴在嘴上的是例假带子。"

乡警县警愣了几分钟,都忍不住怪模怪样地笑起来。吴所长道:

"狗呀狗……真他娘的你个狗……"

秘书道:

"他妈的吴老尿,瞧瞧你们捉的这人!一个大膘子,值当的吗?小高小乔,走走走,咱们回去,让他们自己游去吧!——再游咱也成了大膘子了!"

县警队长道:

"同志,'牢骚太盛防肠断'。你以为我们是吃多了来消闲食?这年头,谁也不比谁聪明,谁也不比谁傻!"

一个县警亮亮警棍,说:

"再敢调皮,我就封了你的嘴!"

狗知道警棍的厉害,脸上立即严肃起来。

队伍继续铿铿锵锵往集上走,走出树林子,跨过窄马路,就上了集。赶集的人约有五七百,都好奇地看。太阳小了,不那么干巴冷了。人嘴里的气喷出来,像雾。

五

狗的官名叫张国梁，挺响亮、挺有意义的一个名字，但没人叫。大人小孩都叫他的乳名：狗。狗的官名还是杜文章起的。狗第一天去上学，杜文章说：狗，别叫狗了，我给你起个好名。狗在学校那两年半，净给教师生炉子、喂兔子。后来他娘说：索性别上了，回家干活，挣几个工分也好帮帮穷。

狗去生产队的铁钟下等着队长派活。队长胡寿，瘦高身材，脸上有麻瘢。狗感到队长是个很善良的人。那天队长又喝醉了，两条腿像挥舞的连枷，悠悠晃晃，远远地走来。铁钟下蹲着站着几十号人，有男有女，有老有少，都是生产队的社员。好太阳，麦子打苞孕穗的季节，有的人还披着破棉袄，有的人已穿起了裤头。孙六家那些儿子们已打起了赤脚，这是一窝特别抗寒的耗子。郭老沫脱了棉袄，光着脊梁，靠在墙根上捉虱子。队长歪歪斜斜地过来，手比划，嘴里吵嚷，舌头根子硬，呜呜噜噜，听不清他说的什么。社员们悠闲着看景，没人着急，反正是公家的活儿，少干一点是一点。队长过来，作张作势地敲钟，腿软得罗圈套罗圈，众人都笑。队长派活：一拨去种苞米，一拨去锄麦子。张三李四王二麻子淘气，七嘴八舌议论着队长的醉态，各自回家去拿农具。所有的人都派了活，就剩下狗。狗心里空落落的。队长掏出家伙就着墙角撒尿，很冲，哗哗响，喉咙里还打着酒嗝，像母鸡学公鸡打鸣一样。狗战战兢兢地上前，伸出手，戳戳队长的腰，队长吃一惊，猛转身，拖泥带水一裤子，好恼，红着眼，喊：

“狗儿呀……你干什么……”

狗说：

“胡寿爷，俺不上学了，俺娘说求爷给派个活儿，挣几个工分。”

“哈咦咦，狗儿，你能干什么？你会干什么？”

“干什么都行。”

队长想了想,说:“尽管你家成分高,但孤儿寡母不容易,这样吧,派你个轻松活,赶明早上,跟着周五去放牛吧。”

队长说完,就摇晃着身体,走到生产队的大草垛旁边,身子一侧歪,跌在草堆里,呼呼地睡了。狗感激队长,跟过去,抱了些草,把队长的身体盖起来。副饲养员沈宾看见了,大吼:

“狗,你干什么?”

狗说:

“拉草,埋人。”

沈宾走上来,扒扒草,露出一张青紫的麻脸,吐吐舌头,悄没声地走了。

狗跟着沈宾屁股走。沈宾一回头看到,呵斥道:

“膘子,你跟着我干什么?”

狗得意地说:

“胡寿爷派我赶明早上跟周五 道去放牛。”

沈宾用阴森森的目光盯着狗看,看得狗心里敲小鼓儿。狗听到沈宾说:

“我日他个娘,这是什么世道!”

狗不知道沈宾骂谁,愣愣地看着沈宾的嘴,沈宾的嘴里镶着两颗银色的牙。村里除了沈宾,没有第二个镶牙的人。狗听王光武说沈宾在八路军胶高支队里当过班长,与日本兵面对面地拼过刺刀,后来又在解放军里当过连长。王光武说沈宾的老婆李水莲当年嫩得一掐冒白水儿,白脸红嘴唇,好大的两片腚,浪得天摇地动,手上还戴着一颗金镏子哩!不是军官的太太,谁人能戴得起金镏子?沈宾后来当了邮电局长,一个守电话的大嫚迷他,光着腚就钻到沈宾被窝里去了。沈宾也就坡上驴爬到大嫚身上。爬了几次后,大嫚的肚子就鼓起来了,说是肚子里有了小孩。大嫚的男人碰巧也是个解放军连长,一状告上去，就把沈宾给捕了，判了四年徒刑。狗对沈宾佩服，羡慕沈宾的好运气。狗多次想：什么时候才能有个大嫚光着腚钻到我的被窝里来呢？

沈宾进了饲养室，狗跟了进去。牛们都被周五赶到草甸子去放牧了，屋里空荡荡的，只有一排拴牛的柱子，一溜十几个石牛槽。栏里垫了新鲜黄土，香喷喷的。孙六不在。沈宾卷了一支烟，从灶里引出一茎火，点燃，看着狗，若有所思。狗看着沈宾瘦干巴的小脸，忽然想起他老婆李水莲的那张白茫茫的大胖脸。狗听张有田说沈宾劳改那阵子，李水莲可逮着机会啦，白天连着黑夜和那些公社派下来的“抓革命促生产”的干部困觉。沈宾劳改四年，李水莲生了五个小孩，一年一胎，前三胎三个女，最后一胎两个男孩。李水莲一感到肚子里有了故事就赶紧往劳改农场跑。跑到农场，鸡毛火促地跟沈宾睡上一觉，就算给肚里的孩子找到了爹。李水莲生那些孩子一个一模样：有长脸的，有圆脸的，有椭圆脸的。有白颜色的，有红颜色的，有黑颜色的。沈宾回来一看立即就明白了：自己劳改这四年，李水莲一霎时也没让腚沟闲着，眼瞅着一群五颜六色的孩子在李水莲教唆下追着自己叫爹，沈宾满肚里百苦千辣也说不出来，自己的把柄还牢牢地在李水莲手里攥着呢。李水莲发了疯撒了泼那可不是闹着玩的。狗亲眼看到李水莲跟王大福老婆打架，打不过人家，就当着半个村的人，把衣裳剥光，像一只大绵羊一样，咩咩叫着，蹿到王大福家去，踩着板凳，跳到王大福家供养祖先牌位的桌子上，双腿开叉坐着，呱唧呱唧拍着肚皮哭、骂。这一招真邪，真损，王大福家从此就倒了霉：养鸡死鸡，养鸭死鸭，养兔子死兔子。先是老婆得了疯病，见人就脱裤子，继而王大福上了吊。李水莲那一身打着折子的白色肥肉经常在狗脑海里晃动，也经常让狗全身都硬邦邦起来。狗还想起了李水莲许许多多和男人的事。他突然产生了讨好沈宾的念头，便说：

“我看到过，你老婆和队长，咬着尾巴儿钻到胡麻地里，好半天才钻出来,你老婆头上顶着野麻花……”

沈宾出手一拳,把狗打得一腚跌地。他哭咧咧地说:

“是真的……谁撒谎谁是小狗……我亲眼看到了,你老婆跟队长摞在一堆儿……”

没容他说完,脸上又挨了一拳。

好久之后,狗用舌头舔干净唇上的血,看到沈宾眼珠子通红,怪吓人的。他爬起来,想悄悄溜走,肩膀却被沈宾机灵的小手抓住了。

“爷,爷,亲爷,狗不敢了……”狗哀求着。

“我不打你,”沈宾摸出一个打火机,递给狗,说,“你去把草垛点着。”

狗接过打火机,想了一会儿,说:

“我不去点。”

“为什么不点?”

“胡寿爷在垛里困觉哩,我去点上火,不是把胡寿爷烧熟了吗?”

“你敢不去?”沈宾凶着说,“你敢不去我就捏死你!”

狗很怕被捏死,就说:

“好好,我去点。”

狗拿着打火机跷腿蹑脚地走到草垛边,听到草堆里鼾声像打雷一样,有一撮乱草,在胡寿爷头那块儿抖索着,胡寿爷正睡得香。狗想,既是沈宾这样了不起的人物让自己放火烧熟胡寿爷,不烧才是膘子咧!反正自己是膘子而沈宾爷不是膘子;反正膘子受不是膘子指派出了事要找不是膘子而不会找膘子;反正胡寿爷已派我跟周五去放牛;反正烧熟了胡寿爷我也不吃。想着,狗脑子里就汹汹地燃起一片火光来,把边边角角都照亮了。狗蹲下,才要去拨打火机齿轮,就听到草堆里一声响,吓得狗把打火机掉在草上,脑子里那片火光也熄了,一团漆黑。狗闻到一股子酒酸肉臭味儿,才明白适才那声大响是怎么一回事。胡寿爷在草堆里翻了一个身、一片草嚓啦啦响,还有胡寿爷的嘴吧唧吧唧响,好像吃什么好东西一样。狗看到胡寿爷的一只手从草里伸出来。好大的一只手,像小蒲扇一样,扎煞着五根粗大的手指头。手是黑的,铁似的,生着锈。狗想,这样手如何能烧透?又一想,反正是沈宾爷让我烧,烧透烧不透都不干我事。想着火,脑子里又明亮起来。从草缝里捡起打火机,嚓啦,嚓啦,一下下扳齿轮,扳了三五下,竟然蹿出一股小火苗,黄颜色,跳跳抖抖,会说话一样。会说话的小火苗,与狗对话,逗引得狗心活泼泼乱跳,禁不住想嗷嗷叫——狗每逢喜事就会嗷嗷叫,都厌烦地说:真不枉了叫狗——明亮的、像金子一样的火焰使狗沉浸在一种难言的幸福和亢奋中。他把那小火苗子触到被春天的太阳晒得几乎没一点水分的麦秸草上。火使麦秸立刻焦黄了,乌黑了,弯曲着燃烧燃烧着弯曲了。火焰很快便蔓延起来,狗咧着嘴,呆着眼看火。这时,躲在一边看景的沈宾扑过来,跳动着双脚,把火焰踏灭。狗不明白沈宾的意思。面对着缭绕的青烟,嗅着燃烧未尽的麦草的焦糊味儿,狗心里很失望。他想问沈宾个究竟。但他的眼睛却盯在胡寿爷那只黑色大手上。那只手上仿佛生着眼睛和嘴巴,会看东西会说话。胡寿爷睡得沉,火难惊醒他的梦。他的呼噜不断。狗看到沈宾消灭着燃烧的痕迹。沈宾把狗拖到饲养室里,从狗手里夺过打火机,送给狗一块花生饼,狗立即咬了一口,感到牙碜。沈宾咬着牙说:

“狗,今天的事你要敢告诉别人,我就让公安局来捉你!”

“抓我干嘛?”狗疑惑地问。

“干嘛?你说干嘛?”沈宾把手指蜷伸成一支枪,瞄着狗的头,说,“叭勾——枪毙你!”

“凭啥枪毙我?”

“你妄图放火烧死队长,还不该枪毙你?”沈宾道,“叭勾——一枪打去,你的脑浆子就迸出来了,眼珠子也迸出来了,挂在腮上当郎着你怕不怕?”

狗想了想,说:

“怕。”

沈宾道:

“怕就好,记住,闭住你的嘴,对谁也别说。”

狗道:

“也不能告诉胡寿爷吗?”

沈宾道:

“操你娘个膘子狗! 你放火烧他,他知道了不活剥你的皮才怪!”

狗道:

“告诉俺娘行吗?”

“不行!”沈宾道,“谁也不能告,否则你就要死了。”

狗说:

“我明天一早去放牛。”

沈宾又给他一块花生饼,狗吃着,说:

“胡寿爷趴在你老婆身上哼哼呢,我不骗你。”

这时扑六进来,虎着脸道:

“膘子狗,你在这偷什么吃?”

六

第二天早晨,狗吃了个半饱,叼着一块饼子,掐着一块咸菜,跑到铁钟下等周五。他蹲在铁钟下,看着坑坑洼洼的街道和大槐树下那口水井。井边不断有人打水。太阳刚升,红光很深。有一位梳辫子的姑娘担着水从狗面前的街道上过。她叫方珍,是麻风病人方宝的妹妹。她哥钩钩爪疤疤眼,她却很好看。狗看到她穿着一件灰褂子,一条蓝裤子,一双系袢的白底黑帮鞋。她的腰扭着,肩向搁扁担的一边斜着。她的两瓣屁股让狗的心跳不稳。她很少跟人说话。村里的姑娘不跟她合群。有一些小孩编了顺口溜骂她:方珍的哥方宝,疤疤眼钩钩爪，这个病治不好……其实也没骂方珍，是骂方宝哩。其实也没骂方宝，方宝原本就是那模样哩。谁要当着方珍这样骂，方珍就和谁拼命。有的人建议村干部出面禁止方珍到村子里的公用水井去挑水。方珍大怒，把她家的一锅面汤倒到水井里。狗看到方珍的涂满红色阳光的水桶上下跳跃着把一些亮晶晶的水珠儿溅出来落在街上的浮土里。狗不愿方珍这么快地从自己眼前滑过去，糊糊涂涂的狗就念了一遍那首顺口溜。方珍放下水桶，摘下扁担，高举着，横眉竖目，冲向狗。狗听到扁担钩子哗啦啦响着，看到方珍像只大乌鸦一样飞过来。他入迷地看着她，突然感到头顶上啪唧一声响，舌头一阵钝痛，狗不由自主地萎靡在地。方珍又抡着扁担拍了他几下子，但力道远不如第一下凶狠，部位也不是要害，扁担拍到狗的肩上、背上、屁股上，一点都不痛，好像别人在挨打狗在看景一样。方珍哭着骂着担着水走了。狗看到她的身影模模糊糊，像一团蓬松的、不断变幻形状的乌云。

方珍拐进一条胡同，消逝了。狗心里感到非常难过。其实他心中充满对方珍的友好感情，念那段顺口溜，是表达感情的一种方式。他不明白方珍为何发这么大的火。他感到嘴咸咸的，吐一口，看到了鲜红。他想爬起来。躺在地上，像死狗一样，让人看着多难看？他扶着挂铁钟的柱子站起来，感到天旋旋地转转，看到眼里的景物都走了模样。房屋呀、树木呀，都像云和烟一样，没个定形。

社员们三三两两地往铁钟这边聚合了，有剔着牙花子的，有咀嚼着嘴的，都看到了狗，惊奇地问：

“咦，狗，吃了迷药啦？怎么一大清早就在这儿转圈圈？”

狗想说话，但咋用劲也张不开嘴。

有一个人走上去，看看他的头，说：

“怎么弄了这么个大血包？撞到墙上了吗？”

那人心很慈，从街上抓一把浮土，按在狗头的伤口上，用手揉揉，揉得狗龇牙咧嘴,嗷嗷叫。街心土,治百病,真灵。狗叫了一阵,头不晕了,天地不旋转了,眼睛管事了,看东西清楚了。

那人问狗:

"你怎么弄的?"

狗光龇牙不说话。

社员们都来了。队长也来了。狗看到队长头上沾了一些麦秸草,憋不住笑了。他的笑怪模怪样,惹得众人齐乐,有人说:

"瞧那个膘子样!"

帮狗治伤那人道:

"真好皮实孩子,头弄成那样,还笑。"

队长醒酒了,舌头活了,但腿下还有点不利索,吐一口,说:

"狗,笑什么?"

狗严肃起来:

"昨儿个,沈宾让我点火烧死你。"

队长脸色变了,厉声问:

"你说什么?"

狗突然想起沈宾的话,伸伸舌头,不吱声了。

队长又点着张三李四的名字派完活,转身就走。狗看到周五弓着个残腰,正在帮饲养员往外拉牛,便跑过去,说:

"周五爷,队长让我跟你一块放牛。"

周五一抽搐脸,说:

"去,麻缠什么!"

狗说是真的。

周五便撇了牛,追着队长喊:

"队长,等等。"

队长站住,回头,看着周五。

周五弓着腰跑,像电影里那些打冲锋的鬼子一样。追到队长跟

前,鞠一躬,说:

“队长,狗说您说让狗跟我去放牛?”

队长愣愣,拍拍脑袋瓜子,说:

“好像是有这码事。”

队长喊:

“狗,过来。”

狗跑过去,仰脸看着队长。队长道:

“跟周五放牛去吧,好好看着,别让牛吃了人家的庄稼,更要紧的是别让公牛跨到母牛腚上去——饲草吃紧呢,再添小牛不行,大牲畜杀了犯法,喂又喂不起,卖也不值钱。”

又嘱咐周五:

“添了帮手,你推辆车子去,把牛拉的屎全给我拾回来。”

周五鞠一躬,道:

“是。”

队长一拐弯就没了踪影。周五用黄色的大眼珠子盯着狗,咬着牙根低声骂:

“狗杂种!”

狗问:

“周五爷,骂谁呢?”

周五道:

“你说骂谁?就骂你个狗杂种呢!”

狗不解,问:

“骂我干啥?”

周五说:

“你没听说?让我把牛拉的屎拾回来呢!这么多牛,漫草甸子拉,让我怎么拾?都是你个杂种来了给我添的罪。”

狗惶恐得不得了,满脑子里找不出一句合适的话说。周五前头

走,他怯怯地在后头跟着。到了饲养室门口,周五把一支鞭子递给他,说:

“搅着牛别让它们跑。”

周五去找保管员找车子找粪篓。保管员王二仓正在库里拌耗子药,忙着咧。周五挨了王二仓的斥,推着一辆破车回来,那腰似乎更弓,额头几乎触着车梁子,把怒火嫁到狗头上,狗怎么着干都不顺眼。牛缰绳都挽在角上,都急了,急着去东北大洼的草甸子里吃带露的嫩草,方六一开木栅栏,齐擎起头,你挤我搡,一窝蜂,几十条腿乱纷纷,蹿到了大街上。沈宾用一根挺直的手指戳戳狗的腰,小声但阴沉地说:

“你要再敢乱说,我就剥了你的狗皮!”

七

放牛放到十几天上,狗与周五的关系大有好转。原因很多,一是狗腿脚矫健,能与那几头疯跑的半大牛犊赛跑,从而使周五最头痛的牛吃庄稼的恶事避免发生。二是狗很舍得卖力气,周五的每一个命令他都不遗余力去执行。三是拾牛粪的事并没有周五初想得那么严重,牛从草甸子回村的路上拉的屎足装满两粪篓,草地的牛屎无须捡。队长看到周五每天推一车粪回来,很高兴,夸了周五也夸了狗。原因很多,只说了主要的。

狗感到很乐,放牛有意思,放牛比上学太有意思了。

那片草甸子在狗的印象里无边无缘。六月的草甸子里汪汪一片水。四月的草甸子绿绒绒一张大毡子。茅草、生草、芦桩、水糁、石草蔓子、野薄荷、酸麻韭、苦菜子、婆婆丁……草和菜的种类多得数不清,有许多种周五也不识名色。牛有十三头,都各有毛色各有体状各有角,狗给它们命了名。那头走路后腿不利索的蹄子在地上划道道的老阉牛叫"英文",那头肚皮上有白花的母牛就叫"白花",那头还没阉的小公牛脊梁特宽就叫"双脊",那条尾巴弯曲的蒙古牛叫"蛇尾",还有两头没阉的鲁西小公牛,长相一模一样,黄黄的,憨憨的,就叫"大鲁西"和"小鲁西"。狗挥舞着用精麻拧成蛇形、接了皮梢的鞭子,挫出一声声脆响,啪啪啪。牛们在草甸子大口啃草,狗尾随着它们,很悠闲,有时看看天上那些似走非走的洁白的云;有时痴痴地听听半空中那些鸟儿的鸣叫;有时捉捉蚂蚱、掘掘田鼠;有时用那扁扁的狗嗓子吼几句在学校时学来的歌。半上午的光景狗可真恣。

牛吃饱了,狗的活就来了。队长严禁牛踩牛。如果母牛不起性,连看也不用看。母牛不起性公牛不动,似乎母牛起不起性公牛都知道。有一天,周五鬼鬼祟祟地说:

"狗呀,提防着吧,'白花'起性了。"

狗问:

"周五爷呀,你又不是公牛,怎么知道'白花'起性了?"

周五道:

"你看'白花'的脐子,不是有一些透明的丝线沿着那道缝往下流了吗?脐子掉白线,就是要起性了。你再看'白花'那两只眼,不是斜着瞅那些公牛吗?平常日它的眼神不是这样吧?平常日它只顾吃草,根本不理公牛。"

狗惶恐地问:

"怎么办?咱弄块泥给它糊上行不行?"

周五憋不住地笑起来,笑着说:

"狗呀狗,你出的狗主意,糊上你让它怎么尿尿?"

狗道:

"那怎办?"

周五说:

"你别离'白花',跟在它腚后,公牛往上跨,你就用鞭杆戳它的蛋子。”

“戳毁了怎么办？那地方可痛呢！”狗担忧地问。

“你真是条傻狗！”周五说，“从前，给公牛去势，都是用木棒子捶，先轻后重，一直把那俩蛋捶化。牛被捶得哞哞叫，翻白眼，也死不了。现在兴起用刀割，快是快，但不发牛，捶牛发大个头。”

“你捶过牛？”

“老子没捶过牛，”狗看到周五眼睛里放出碧绿的光芒来，“老子捶过人呢！”

周五说话时的神情让狗心里凉森森的，捶人的人多狠啊，被捶的人多痛啊。牛群渐入草甸子深处，太阳晒得绿草散发清香，野薄荷的味道清凉，醋浆草的味道酸溜溜。狗感到眼皮发粘。周五打了一个长长的哈欠，选了个干燥的地方，铺下破棉袄，吩咐狗：

“狗儿，我先睡一会儿，你跟在‘白花’腚后，千万别大意，牛、羊、马交配，一跨就丢；不似猪、狗，跨着老半天不下腚。秋天下了犊，队长生了气，咱爷俩就有好罪受了。”

周五歪到棉袄上，伸展着蹄爪受着阳光，舒坦得直哼哼。狗羡慕地看他一眼，自知不能跟老人攀比，努力打起精神，倒提着鞭子，跟着漫散的牛群跑。牛们都贪婪地香甜地吃嫩草，尾巴甩打着轰赶灰绿的飞蠓和花翅的吸血苍蝇。不时从草棵里飞起粉红翅膀的蚂蚱，勾引走狗的目光。狗牢记着周五的教导，尾随着“白花”母牛。这是一头美丽的牛，头上有两只铃铛角，两只灵巧的耳朵，皮毛光滑，四肢矫健。狗看到它果然像周五说的那样，两只水汪汪的眼左顾右盼，有一口无一口地采着草尖，想公牛想没了胃口。狗看到它的原先正被尾巴压住的脐子露了出来，那话儿确实是在往外流一些透明的丝线。狗还发现那话儿肿了。它的尾巴歪到一边去。它不停地叫，不停地、夸张地叉开半蹲着两条后腿撒尿。狗心里乱麻一样，小肚子胀鼓鼓的，有尿逼的感觉，掏出来又没水洒。狗吃惊地发现，自己那物竟然也掉出丝线来了。一种又惶恐又幸福的感觉攫住了狗心。狗咧着嘴想哭。"白花"一鸣叫,那些小公牛们都抬起头,不吃草了,贼溜溜地往这边靠。狗一鸣响鞭,把它们逼退。"白花"一撒尿,臊味随风飘,公牛们疯了般,喘着粗气冲过去,张大鼻孔,嗅嗅那尿,然后,闭着眼,翻着唇,呲着牙,屏住鼻,挺起脖子,扬着头,下巴朝着天,样子又古怪又肉麻。狗讨厌公牛们那模样。狗尤其讨厌那条阉了不知多少年的黑色老公牛"英文",这家伙后腿僵直,其实是个残废。它没了内容的蛋囊子撮着,像女人脑后的小鬏鬏,肚皮下也萎缩了。可就是这样一个牛太监竟然也来闻臊,脸上的表情比小公牛们还肉麻。这家伙,竟然费尽辛苦把那根细而弯曲生满锈迹的玩意儿从肚皮下边伸出来,它那么大的躯体,那么小的玩意显得很不般配,让狗惊讶又不快。它还拖着一条僵腿试图往"白花"腚上凑乎呢,被狗一鞭子迎头抽回去。狗的鞭梢不巧扫了"英文"的眼睛,它紧闭着眼,低了头,转着圈,眼泪哗哗地往下流。再让你个老东西想好事。骂归骂,狗心软,见牛那泪眼婆娑的样子,很不忍。正难过着呢,好家伙,"白花"浪劲上来,脐子里着了火,疯了,竟跨到蒙古牛的背上。狗又喜又惶惶,都是公牛骑母牛,哪见过母牛骑母牛,怕是要出什么灾祸事儿吧?仰脸看天:日头煌煌地照着,和风洋洋地吹着,天地间汤汤好风光,不像个要天变地变的样子。急忙想把这奇事告诉周五,那老贼在几里外睡恣了,只怕钢枪都难戳醒,除了周五,这大草甸子里,就狗一个人了。那些没起性的母牛,斜着眼,歪着嘴巴,冲向狗,嘻嘻地笑呢!狗紧接着看见了更惊人的事儿:"白花"在跨上蒙古母牛背那一瞬间,一股红血,从脐子里流出来。狗恍恍惚惚地听说过女人一个月流一次红的事。"白花"流红,那感觉千头万头,撞着狗的心,狗像在滚水里烫着,下边就丢了。一种说不清道不白的滋味。如同犯了大罪一般。蒙古牛很烦,一扭身体就把"白花"给闪了下来,似乎还说:真不要脸个浪货。狗呆了,看到"大鲁西"和"小鲁西"瞅着空子冲上来,肚子下都挺着一根胡萝卜，自然都比“英文”水灵，让人看着水汪汪的像个活物，不似“英文”那话儿是根脱了水的死物。“鲁西牛”都还不满一周岁，还嫩着点，你上我下，都是关键时差一寸，滑下来，再上，“白花”睛等着，几上几下，兄弟轮着上，愈来愈不行，“白花”恼了，转回头，用根基不牢的铃铛角去顶它们。狗想它一定懊恼透了。这时，那长得四四方方的“双脊”在距“白花”几步开外佯装吃草，把老鸹草、蛤蟆皮等毒草往嘴里掳，一看心就不在草上。那胯间的当郎货如蛤蜊的斧足一样慢慢上搐，紧凑，肚皮下呼喇喇伸出一根，湿漉漉的，生龙活虎，果然是一番新气象。狗还愣着呢，那小家伙一个猛扑就上了“白花”的背，滋啦一声，像烧红的炉钩子捅到雪里。很透彻，很深刻，触及了狗的灵魂，狗什么都看不到了。哞嗤一叫，“双脊”下来，狗一腚坐在草地上，呆呆地，看到“白花”腰弓着，四条腿打抖颤……

狗一景不漏地把他看到的景说给周五听。

周五大呼：

“狗，坏了醋了。”

周五说我别的不担心我就担心“双脊”，只有它能做成这事。毁了，冬天“白花”一下犊，队长非把咱一年的工分扣了。狗瞪着眼问：

“五爷，咋办?”

周五想想，说：

“没别的法子，轰着‘白花’跑，颠出来。”

狗和周五打着“白花”跑。“白花”东一头西一头乱撞，狗敏捷，急转弯跟住牛腚，鞭打，鞭杆捅。“白花”怒得不行。周五腰疾，腿硬，几个回转，早喘成团，胸脯里“咚咚”响，小公鸡打鸣一般生硬毛糙的声嗓咳嗽着、喘息着喊：

“狗呀，好狗，死劲撵!”

狗也累了，但一股莫名其妙的怒火和莫名其妙的诱惑使它不停脚。“白花”离了牛群，平伸着尾巴，翻腾四蹄，甩起一片片泥土，泥土里拌着踩断的草叶和花茎,有的溅到狗脸上,迷了一只狗眼,狗眼沙涩,痛疼,“白花”像个闪光的大影子,狗搓眼,狗眼里流泪冲出浸眼的泥土,狗鼻翼鼓胀,有一股青草的味道混合着泥土的味道、花的味道、发情母牛的味道直灌进胸腔,感到展翅飞行一般。“白花”斜刺里摆脱狗,回归牛群,寻找公牛的保护,但公牛们不理它,公牛们不负责任地、懒洋洋地啃青草。狗的肺像吹鼓的气球一样。周五踉跄着尾上来。他似乎比狗还累,狗说:

“五爷,我可跑不动了。”

周五说:

“歇会,歇会吧。”

这时“白花”停住,周身汗,像抹了油,嘴里嚼着白泡沫,停住,劈着腿尿。尿完,哀伤地长鸣一声,往前走了。周五说:

“狗儿,把鞭杆给我。”

周五用鞭杆戳一下“白花”的尿,举起来,端详,耀眼阳光里,看到粘,挂。白丝丝一样。周五大声说:

“狗呀狗,你快看,尿出来,怀不上犊了。”

狗随声认真看,有些迷糊。他不懂生理,感到有些神秘。

周五说:

“咱不能大意,‘白花’起了性,别的母牛也会起性,这么肥的草,催得它们浪,饱暖生淫欲,饥寒起盗心。”

狗说:

“五爷,‘双脊’动作快,我看不住它。”

周五道:

“不要紧,咱给它加上拌腿索。”

周五吩咐狗到粪车上解一根绳子,又吩咐狗去逮“双脊”。“双脊”生性,红着眼看狗,那还没长完全的两支角青尖红根,油润润的,玉雕成一般。狗生怕“双脊”一角把自己的肚皮挑上一个洞。周五用麻绳子把“双脊”的两条前腿连系起来,使它仅仅能慢慢行走,不能跑,更不能耸起身跨到母牛背上。“双脊”哞哧哞哧憋粗气,这家伙还通人性呢……

放牛生涯启蒙了狗的性意识,后来他经常感到神昏意迷,朦朦胧胧地在脑子里转动着一些念头,狗脸上也生出了粉刺。周五阴邪邪地看着狗笑。周五开始讲一些男女的事给狗听,什么当兵逛窑子,什么用蛇交配时流的血涂在手绢上对着大嫂一挥,大嫂就会痴痴迷迷跟你走,什么狗的是锁猫的有火女人的舒坦小孩捞不着啦,等等,讲了很多;关于治保主任方三郎和他妹妹方小花在一个被窝里睡觉的事也是在那些日子里说的。周五用一个又一个的色情故事把狗引向深渊。终于,在一个红日西沉的傍晚,狗骑在“白花”的脊梁上,得到了一种奇异的感觉。周五还暗示狗自己淘漉自己,等到狗出了徒后,他又用“十滴血一滴精”的话把狗吓得半死。

狗和周五的午饭在草甸里吃,因为草甸子距村太远,怕走乏了牛。每天中午,牛们吃饱了趴下回嚼了,狗就拢干草,周五点火,两人烤干粮。狗的娘每次都给狗捎一个二和面的大饼子,一疙瘩黑酱。周五的饭也是如此。有一天,周五没捎饭。周五说:

“狗呀,今儿个我过生日,待会儿我老婆给我送饺子来,你自己先烤干粮吃吧。”

日头正南时,狗啃完饼子吃完酱,果然看到有一个穿着毛蓝布褂子的女人挎着个篮子从草地边缘走过来了。狗眼尖,说:

“五爷,俺五奶来了。”

周五说:

“狗儿,你五奶俊不俊?”

狗张口结舌。

周五的女人瓜子脸,尖下巴,细眉毛,白皮肤,有一个村里女人少见的细腰。她把竹篮子放在周五面前,说:

“吃饭吧。”

周五一揭罩布，狗看到半竹篮饺子。其实狗早就闻到饺子的味道了。周五眼睛发亮，扑上去，伸出沾着泥的手，抓起来，一口一个，似乎一点也不嚼，滑滑溜溜往下咽。馋得狗干咽唾沫。

周五老婆看不过去，招呼狗道：

“你也来尝尝。”

狗说：

“不饥，刚吃了。”

说着，腿却往竹篮子边凑。

周五看狗一眼，捏起一个饺子，给狗。狗心里暗骂着周五小气，但实在太馋，手早抢过来，没尝到什么味道就下了肚。

周五老婆说：

“再给他几个吃吧，你吃不完的。”

周五不满地说：

“你怎么知道我吃不完。”

周五把腰带松松，把肚子往两边推推，又吃。狗暗骂：

“撑死你个罗锅腰。”

周五硬把半篮子饺子吃光。周五老婆收拾好篮子，冷冷淡淡地说句话，走了。

狗心里很不是滋味。

八

周五的老婆名叫吕素兰，人物标致，年龄小周五二十岁。这样一个女人怎么会嫁给又老又丑还是坏分子的周五呢？

七月里，新麦草下来了，有牛草吃了，草甸子漫水了，地里有耕耘的活儿要牛干了，从各个方面来说都不用放牛不能放牛也不必放牛了。狗跟着一群女人干些鸡零狗碎的杂活，周五扶着耘锄使牛耘豆子。七月里,晌午头长,上头有指示不许午睡,要搞大批判。大批判会场选在方三郎家屋后那棵大柳树下。那棵大柳树都快老成了精,树头蓬蓬,遮住好大一片阴凉。树上挂着几个草人,说是最大的和二大的走资派。吊在树上,像吊死鬼一样,晚上月光明里,抬头一看,吓得人头皮炸。批大头批够了,就批眼前,队里五个坏分子,一拉溜站在毒日头下晒着,弯着腰,汗珠子往地上滴。批判者在树荫里。你一顿我一顿批一会儿,静了场。队长胡寿说:

"谁还批?别冷了场,批好批不好是水平问题,批不批是态度问题。"

吕素兰站起来说:

"我发言,批周五。"

老婆批丈夫,大家都吃一惊。

吕素兰走到阳光下,按着周五的头往下按,按完,就站在那儿,用手指点划着周五的光头,说:

"社员们,俺娘家是贫雇农,俺姐夫还是共产党员哩。俺十八岁时,村里人都说俺长得俊,都说这个嫚要是嫁给个庄户孙就屈材料了,嫁给个工人才般配。俺爹娘就让李大脚给俺找个工人。有一天,李大脚拿着一张上了彩色的照片来了,说,找到了,给嫚找了个工人,还挺俊呢。说着就把照片给俺看,俺哪好意思细看?粗粗一打量,看到他眼大,红嘴唇,是不丑。就算行了,跟着李大脚去滩北,越走越荒凉,一片盐碱地。俺说李大姑咱走差了吧?李大脚说不差,就是这。俺问李大姑他是个干什么的?李大脚说是个工人呀。到了那儿一看,都穿着一样的灰衣裳,衣裳上还钉着一块有号码的布。闲话少说,周五来了。李大脚说,嫚,这就是你女婿,我一看,一个丑半老头,当场差点没晕过去。结婚那夜,俺哭成个泪人儿。后来一想,嫁吧,认命吧,孬好是个工人呢。三天后,他说要上班了。俺问他在哪上班,他说在海滩上。俺问他在海滩上什么班?他说上畜牧工作的班。俺老闻着他身上有股羊膻味,问他,他知道俺怀了孕,就说,我天天放羊,身上还能没味？这时我才知道,这儿是个劳改农场,他刑满就业,在海滩上当羊倌。俺当时那个哭,那个恼,恨不能一绳子撸死,为了肚子里的孩子,才活下来。贫下中农们,俺本是贫农女儿,成了坏分子老婆,整个是上了敌人的当……"

周五的老婆呜呜地哭起来。一些老娘儿们跟着哭,跟着叹息。一个精瘦的活猴蹦出来,一脚把周五踢倒,又拎着耳朵提进来,厉声问：周五,吕素兰说的是不是真的？周五连声说：真的真的。众人一看,那活猴正是治保主任。村里的黑煞星,打爹骂娘搂妹妹的方三郎。三郎又是一顿拳,擂翻了周五,然后举起一只胳膊,呼口号：

"打倒反革命分子周五!"

众人都有气无力地跟着喊。

"周五不老实!"

"——周五周五不老实不老实。"

"就叫他灭亡!"

"——就叫他灭……"

三郎说："今日我要替吕素兰报仇!"说着,对着周五下了狠手,周五立仆。

吕素兰拉住三郎,哭着说：

"好兄弟,别打了,打死他俺孩们就没了爹了……"

三郎色迷迷地看吕素兰,说：

"你还同情他？"

凶狠的三郎又要下手,有人叫：

"方三郎,注意政策!"

喊话的人是革委会主任,三郎的表哥,很有煞威的一个高大男人。三郎搓搓手,悻悻地说：

"狗杂种,改日再跟你算账。"

算账的日终于到了。那天狗出卖了周五,自己挨了一顿臭揍不算,拐带着周五遭了老罪。狗亲眼看到,三郎让周五趴在地上,像只造桥虫,三郎和妹妹抬一块板子,压在周五的罗锅腰上,一边坐一个,颠着腚往下压,说是要给周五治锅腰子。三郎兄妹颠一次腚,周五就哭嚎一声亲娘。眼见着周五就要没了命时,吕素兰扑进来,跪下,搂着三郎的腿,哭着说:

“三兄弟,你要俺怎么着就怎么着……饶他一条命吧……”

九

一转眼小狗长成了大狗,讨不到媳妇,光棍着。

治保主任方三郎早下了台,还因为不知什么事蹲了二年牢房。出来后,光棍着。方小花出了嫁,只剩下三郎和他娘过日子。

没有阶级了,村里人都忙着种自己的地,狗和三郎变成了最穷的人,一路人,天天混在一起。

三郎动不动就打他娘,打得他娘上了吊。

狗也跟着三郎学。

派出所把三郎又一次捉走。三郎不服,说狗打他娘打得比我还凶,为什么单捕我?

派出所说:狗他娘没上吊。

三郎说:我不服,你们吃地瓜专挑软的。

吴所长说:狗也不是好做,拘他几天,教育教育吧。

狗被捉到乡派出所里,挨了几脚几拳头。狗的娘去乡里哭,说不该欺负孤儿寡母。狗的娘哭,引来人看。乡里书记让吴所长快放人。

吴所长教训了狗几句,就放了狗。

狗听说卖血能换钱,就去卖血,换来钱买鱼买肉,自己吃饱了,就给他娘吃,他娘不吃,就打,就硬往嘴里塞。

狗的孝母方式远近闻名。

十

一行人推推搡搡走到集市中央,锣鼓家什停了响。警察把狗推到半米高的、用砖头和水泥砌成的卖菜的摊位上,使狗一下子拔高了,突出了,鹤立了鸡群,骆驼进了羊群。狗看到很多熟悉的面孔仰起来,看着自己,便低了头。一位警察用警棍敲敲狗的小腿,说:

"抬起头来,让乡亲们看看你。"

狗只好抬起头。

县里来的警察中的一个也蹦到卖菜的摊位上,左手举着一个通红的铁皮喇叭,右手抖着一张白纸念。

狗根本听不到警察在嚷什么,他看到警察青紫的嘴唇在喇叭后边笨拙地巴眨着,没有一点声音。狗看到了孙六,孙六穿着没有纽扣的破棉袄,腰里捆着一根草绳——腰里捆道绳,胜过穿三层——孙六的老婆死了。孙六的儿子们都在,聋汉、雀盲眼、疤四……孙六的一群儿子都大了,半老了,都龇着牙,瞪着孙氏后代特有的耗子眼,都把双手交叠插在棉袄袖子里,挤在人堆里,仰着脸,看狗。狗发现他们一脸都是茫然神情,好像不认识自己一样,这令狗感到失望。歪头张全老白毛了,胳膊夹着一捆绿芹菜。队长胡寿早不当队长了,在菜摊对面的牛马市上当经纪人。那里有一条填得半平的沟渠,沟底和沟边都被畜蹄与人脚踩实磨明,显得很洁净。有十几头遍体死毛的黄牛瑟缩在沟底,它们的主人蹲在或者立在沟边,用脚踩住或是用手拉着它们的缰绳。有一个白胡子老头牵着一匹枣红马,从对面的麦地里缓缓走来。一个半大不小的男孩,骑在一匹高大的、瘦骨嶙峋的老公马上,沿着沟外那条狭窄的破旧沥青道路,颠颠地跑过来,狗认出了马上的男孩是麻风病人方宝的儿子,而那匹老公马,更是方圆几十里内曾经大名赫赫的动物。狗从一有记忆力开始,就听说过它。那时它是距狗家六里的国营农场畜牧组的优良种马,从东洋进口的,天天吃的是豆饼麸皮,胖得油光锃亮,宛若用蜡塑成。狗听小老万万分羡慕地说:下一辈子要能托生匹种马就足了,甭拉犁,甭驾车,吃着粗细草料,一天到晚结婚娶媳妇。后来农场解散了,公马折价处理,拴在了麻风病的槽头上。狗记得大公马第一次被套上农具时,咆哮跳跃,不时用小盆一样的大蹄子弹打虚空。好多人都围着看,有人还叹息这匹大洋马的命运。狗心里戚戚的,一转念间,昔日八面威风的大洋马,像具大骨头架子般,笨拙地提落着四只破旧的大蹄子,驮着灰腚瓦脸的麻疯儿,一步一探头地,无精打采地跨过小桥,进入牛马市。经纪人胡寿喊一声:好!千里驹到了!

一个炸油条的小贩在理发铺门口生着了火,白烟滚滚。狗看着那团团簇簇急剧上升的浓烟,心里感到痒酥酥的。烟让狗的思绪跳跃,从与周五放牛时点燃的野火到受沈宾唆使点燃烧胡寿的罪火又到方三郎家房子失火时那熊熊的孽火。尽管村里人都怀疑是方三郎这个不孝的畜牲纵火烧死了亲娘,但谁也不敢这么说,谁又愿意去说呢?反正他自己烧死自己的娘,该劈该杀,自有上天安排。那时候狗频繁抽血,晚上又跟着方三郎去串老婆门子,面黄肌瘦,腰哈得像个大虾米,有一次三郎醉醺醺地说:

"狗,你真膘,还供养那块老货干什么?"

狗说:

"我要行孝道。陈三爷说只要孝敬老娘,就能招来个媳妇呢!"

三郎道:

"陈三糊弄你哩,听我的话,放把火把老东西火葬了,咱兄弟俩就到黑龙江挖金子去,只要手里有了金子,什么样的姑娘还不是由着咱挑拣?"

狗想到八月十五那一夜,明月冰凉,脚底有冷汗。从三郎家出来,狗看到在一个草垛根上,福子和大鼻子女人尚香搂在一块。狗去看热闹，被尚香砸了一砖头。狗低头回家，看到自己的身影长长地铺在面前的道路上。一股神奇的火焰在他脑海里燃烧起来，烧得他手舞足蹈，难以自已。他在家门口坐了一会儿，然后，悄没声息地摸回家，从灶上摸到一盒火柴。他掀了一下破麻袋缝成的门帘，看到一个赤裸裸的老太婆正四肢平伸躺在炕上，俨然一具僵尸，洋溢出冷凉森人的气息。狗身体忍不住哆嗦，从心底里觉到寒冷，对熊熊烈火的渴望从没有这般强烈。他快速地劳动着，把一捆捆去年的玉米秸子堆在房檐下。搬动柴草时响声很大，半个村都能听到，但没有一个出来制止他。只有一匹黑狗，躲在一堵断墙的后边，伸头探脑，对着狗呜叫。后来，连黑狗也懒得叫了。

狗坐在门槛上，喘了一会儿气，心里努力要想清楚一件什么事情，但愈想愈糊涂，连眼皮都沉重了。狗生怕自己睡过去，便站起来，划着火柴，触到一支干枯的玉米叶子上。火焰像一条明亮的小蛇，飞快地爬升上去，火焰越来越大，越来越明亮。狗入迷地注视着那千变万化、一刻也不安分的火苗子。感到自己的身体渐渐透了明，从里到外都亮透了，宛若吃足桑叶、拉尽粪便、等待上簇吐丝的春蚕。

（一九九二年二月于高密）

战友重逢

一

夏天的一个中午，我身穿着少校的军服，提着两个巨大的浅灰色旅行包，从一辆破烂不堪、遍体泥泞的公共汽车上挤下来，迎着斜飞的雨丝，爬上故乡的河堤。回头看，那辆车尾部喷着青烟，摇摇晃晃、无声无息地向远处滑去，转眼间便消失得无影无踪。远近无人影，燃烧汽油的香气在潮湿的空气中久久不散。一大群色彩艳丽的蜻蜓在河上盘旋，河堤漫坡上一簇簇紫穗槐在雨中颤抖，暗红色的水在河中匆匆流动，雨点打在河面上，溅起细小的白色水珠。在那座古老石桥的拦阻下，河水响亮地喧哗着；黑色的桥面隐约在浑水中，宛若一条大鱼的脊背。湍急的流水在桥石的边缘上翻卷起一道白色的浪墙，泡沫飞散，水味扑鼻。

站到桥头上后，却突然感到水声失去了适才的响亮，耳朵里仿佛进了水，有一种鼻壅耳塞的感觉，那灰白腥冷的水的气味却浓烈了许多。沿着桥侧涌起的浪墙约有一尺高，跌到桥面上，像一匹展开了的大布。我心中有些怯懦，仿佛有一条巨大的鱼伏在桥上冷眼瞅我。

雨忽疏忽密，打湿了我的衣服。水一直在涨，石桥马上就要被淹没了。我决定马上过河，心中暗暗庆幸回来的正是时候，如果晚到桥头半个小时，只怕就要与父母妻女隔河相望了。

我脱下鞋，挽起裤腿，提起旅行包，心中毛毛的，蹚着水走上石桥。河水冰凉刺骨，扎得我心头一震。这时我听到有人喊我的名字。声音相当熟悉，但一时又想不起是谁。我四下打量着：面前是一河红水，对面是烟雾弥漫的村庄，身后是一道静悄悄的河堤。堤上无人，有一株柳树，孤独地立在紫穗槐丛中，披头散发，垂头丧气，像个苍老的渔翁。哪里有人叫我？肯定是幻觉。战战兢兢再下水，却听到喊声又起：

"赵金！赵金！"

我循着声音将目光上扬，恍惚看见一个人蹲在那株枝杈纵横的柳树上。他的衣服颜色与柳树枝叶颜色一致，很难发现。他又喊了我一声。雨雾迷漫，看不清他的脸，但声音熟悉得令我吃惊。

我走到柳树下，抬头往树上看。枝条抖动，一阵密集的水珠落在我的脸上、身上，显然他在树上活动。我吐着流到口中的雨水，骂道：

"你是谁呀？装神弄鬼，爬到树上去干什么？"

他在我头上冷冷地说：

"果然是混好了，连老战友的声音都听不出来了！"

"老战友？"我纳闷地问。

"是老战友。"他在树上说。

"你给我滚下来吧！"我说，"让我看看你到底是哪只鸟！"

树上却固执地说：

"你上来吧。"

"少啰嗦，我还要回家，再磨蹭一会儿，水就把桥彻底淹了。你想让我在树上蹲一夜？"

"上来吧！"他近乎哀求地说。

“混蛋!”我仰脸骂他,树上又有一阵密集水点落下,淋得我睁不开眼,“我还要回家看爹娘呢!”

“赵金,看在咱三年战友的分上,上来陪我聊会儿。”他可怜巴巴地求我。

“神经病!”我哭笑不得地说,“你到底是谁?”

“上来吧,好兄弟,求求你……”

“你不报姓名我要走了。”我提起行李,说。

“你已经过不去了,桥面上的水有半米深了。”他哀愁地说。

我望望石桥,适才那犹如大鱼脊背时隐时现的桥面果然不见了,只有喧哗的浪墙,标志着桥的存在。

我恼怒地说:

“都是你这家伙,耽误了我过河!你下不下来?再不下来我就要挖泥巴摔你啦……”

他在树上抽抽搭搭地说:

“赵金,好战友,上来看看我吧……”

“好吧,”我说,“反正今日家是回不去了,上去看看你是乌鸦还是麻雀!”

我把行李放在河堤上一个干燥些的地方,穿好解放鞋,分开紫穗槐,往堤的漫坡上走了几步,手把着树皮往上爬。黑色的树皮上有一层绿色的青苔,滑溜溜,爬起来十分费力。连爬了三次,都是在离开地面一米多高时哧溜下来。

“我爬不上去!”我在裤子上擦着手说。

“别着急,老战友,我来帮你!”话声未毕,一条草绿色的背包绳沿着树干垂下来,树上说,“拽住背包带,我拉你上来。”

我双手攥住背包绳,脚蹬着树皮的裂缝,施展开侦察兵攀登绝壁的功夫,渐渐升高,离开地面,进入树冠。树冠里黑森森的,河中冰凉的水汽袭上来,冷得我牙齿碰撞。我抓住了一根树杈,松开背包绳,

站稳了脚抬手抹掉满脸的雨水,懊恼地说:

“让我看看,你到底是谁!”

但这时他已经攀到更高的枝杈上去了。他依然在我头上。我仰起脸看他时,他依然把密集的雨水晃下来,淋得我睁不开眼睛。

“你小子成心耍我是不?”我攀住树枝,说,“你就是爬上天我也跟着!”

“好兄弟,你看看桥上那个人,他已经淹死了。”他悲凉地说。

我透过树枝,往桥上看去。一阵阴森森的风从河上吹来,我不由得打了一个寒颤。河水浑红,像污浊的血。黑色的桥面隐现在河水中,宛若一条大鱼的黑色脊背,沿着桥侧激起的浪墙约有一尺高,浪花缓慢溅起,然后又缓慢地、无声无息地跌在桥面上。一个提着两只巨大的浅灰色旅行包、穿着少校军服、似曾相识的男人站在桥头。他似乎犹豫了一会儿,然后挽高裤腿、脱下胶鞋、提好东西,试试探探地向桥走去。他上了桥,起初走得还很平稳,渐近桥中时,脚步就踉跄起来。桥上的流水冲击着他的腿,两束浪花沿着他的腿爬升又跌落。到了桥心也就是到达河心了,那两束浪花爬升得更高了些,他踉跄得也更厉害。随着一个大踉跄,似乎有一条银光闪闪的白鱼从桥面上跃起,他身子一侧,歪到桥下。他与那条白鱼同时入水。一团草绿在水面沉浮几次,然后便不见了。

我万分庆幸地想:

“我要是方才过河会跟这个人一样。”

这时他在我头上说:

“没错。”

“是不是要我谢你?”我问。

“老战友,不必客气!”他大大咧咧地说。

他疾速地收着背包绳。背包绳像蛇一样在我眼前晃动。仿佛是在这条像蛇一样灵动的背包绳的带动下,我的身体突然轻松敏捷了许多。我伸手抓着树杈,一耸身,便跃到与他平齐的树杈上。这时我发现我已经身在树冠的顶部了。我坐在一根只有筷子般粗的树杈上,随着河上的气流,悠闲地晃动着身体。我伸手揪住他的衣服,说:

“混蛋,回过头来!”

他那套崭新的军衣竟然一抓就破,腐朽如水浸过的马粪纸,我顾不上惊讶,因为他已经微笑着回过头,把他的生着一些紫色痤疮的脸对准了我的眼睛。原来是我的同村伙伴,同班战友,在 1979 年 2 月自卫还击战中牺牲了的钱英豪!

我们紧紧地拥抱在一起,并腾出一只拳头,敲打着对方的肩膀,我感到我的眼泪流到了他的肩膀上他的眼泪也流到了我的肩膀上。

“你小子!”我认真地打量着他那依然生气勃勃的面孔,高兴地说,“你不是死了吗?”

“你变老了,”他说,“也胖了,看来这十几年混得不错。”

“凑合着混吧,你怎么样?”我问。

他往河中吐了一口唾沫,说:

“还可以。”

他坐在树冠上,用双手搂着膝盖,显得轻松适宜,像坐在绿色的豪华沙发上一样。他说:

“伙计,坐下歇会吧,咱哥俩应该好好聊聊。”

我也学着他的样子坐下,下坐的过程中我模模糊糊地想:如此细软的枝条能承受得了我沉重的身体吗?一屁股坐到底,我的疑虑消失了。臀下的枝条既柔韧又有弹性。我也用双手搂住膝盖,盯着他的脸,问:

“咱俩有多少年没见面了?”

他掰着手指,从七九数到九二,说:

“十三年了。”

二

十三年前,我们一起从黄县守备团先坐卡车后坐闷罐车与整个守备区抽调的七百士兵一起叮叮咣咣、吵吵闹闹到了云南省会昆明。又乘卡车上山下坡拐弯抹角到了一个山沟。整训一周后分散补充到××军×××师×××团一营二连三排五班。我在黄县守备团时任班长,现在任副班长。钱英豪当战士。班长是四川人,小个子尖下巴长相不佳,开口“格老子”,闭口“龟儿子”,派头很大,仿佛是个团长。一问他也是七六年入伍的兵,跟我们一样。钱英豪不服气地说:操他大爷的,牛什么?上去才见真功夫,出水才见两腿泥!你们××军厉害,我们蓬莱要塞难道就不厉害,你们是双尾蝎子我们就是两头蛇,你们是老鹰上天寻找鼠兔,我们是老虎下山不吃素食!论道起军事技术钱英豪的确不赖,无论是射击、投弹、拼刺刀、爆破、土工作业,在守备团拔尖,在军区挂号。七八年去军区参加比赛,在海滩上实弹投掷,那天恰巧碰上顺风,他牵肩引臂,借着风势,一下子把一柄手榴弹掷出去扑棱棱打着滚像一只飞出去的黑乌鸦好远才落地,落地就炸。一股白烟夹着沙子蹿起来,然后听到单薄的爆炸声。观看者叫好。裁判们打开卷尺一量,好家伙,八十八米!破了全军区的纪录,被评为一级投弹能手。首长表扬道:这小伙子简直是门小钢炮!他就是太爱捣乱嘴尖舌快爱发牢骚,所以在黄县没当上班长,也没入党。七八年本来要他复员了,连长稍微喜欢他点,指导员非常不喜欢他。他拿破军装换走了我的新军装,我很舍不得,但我们是一个村的,从小一块放牛割草,偷瓜摸枣,穷不帮穷谁帮穷?舍不得也没法子,我暂时不复员还可以把旧军装换成新军装。这时候一道命令下来,说七六年七七年入伍的战士一个也不准复员。说要去南边打仗了。我们暗暗高兴,当和平兵没意思,终于捞到了机会。钱英豪比我还要兴奋,把新军装还给我,旧军装要回去,团里开会,连里设宴,送战友上前线。写血书表决心我中指上还落了一个疤。连长指导员敬酒,说祝你杀敌立功为老部队争光。都热泪盈眶搂着抱着好像要生离死别。连长指导员给钱英豪敬酒,英豪不喝说少来给我里格隆,假惺惺。连长指导员满脸赤红,说我们过去确实有对不起你的地方,这次你上前线,我们在你的档案里填了班长职务,入党嘛因为上面有指示不准搞突击我们没办法,在档案里写了你是支部的重点培养对象,希望对方支部继续培养。英豪口出恶言,我不吃这一套!赶快给我把档案改回来,老子上去是要生得伟大死得光荣,凭本事打。少来这套猫盖屎的把戏。死了给俺爹娘挣块烈属牌子,每年补助二千工分一百五十元人民币。活着就要戴一胸脯功劳牌子给你们这些马屁精看看我钱英豪是真英豪还是假英豪!连长说我相信你是真英豪。指导员黑着脸没吱声。小个子四川兵罗班长批评钱英豪:你的被子叠得不标准宽了一公分个龟儿子重叠。罗班长挥舞着竹板尺把潮滋滋的被子拍得啪啪响。叠被子叠不死敌人要靠真刀真枪!罗班长说先人板板砍脑壳你说的好安逸,你不叠内务检查要扣分,扣你一人影响班集体荣誉,你安的什么心肠?赵副班长你说我说的对不对?你们俩是一块来的,难道你们军区不搞内务?我说搞搞搞,比这搞得还邪乎。我们一年到头不敢晒被子,一晒被子就叠不出棱角来了。我们为了叠成四四方方一块砖都往被子上喷水哩。罗班长说,既然如此那钱英豪就是明知故犯,就是跟我这个班长成心调皮捣蛋。咱是不是往连里汇报,我说别别别罗班长,你不知道钱英豪就是这么个驴脾气,死犟死犟,比黑驴还犟,在黄县时我们全连就他一个人敢晒被子,故意天天晒,有点成心示威的思想,还逢人就宣传阳光里有紫外线,能杀死病毒,勤晒被子有利健康,不晒被子不利健康。他的被子叠不出线条,鼓鼓囊囊,像个面包,影响整齐划一,每次内务检查都挨批班里批评连里批评,他却越臭越犟,其实这个人本质不坏,军事技术很过硬,要不是死犟,早就提拔起来了。我说这些句句实情,若有半句虚谎我不是人。罗班长你不信可以调查去。罗班长说,老赵,咱们都是来自五湖四海,为了一个共同的目标走到一起来了,对不对?现在大敌当前,更要精诚团结,不要搞分裂,要服从纪律听指挥。个人服从组织,少数服从多数,加强纪律性,革命无不胜。你说我说的对不对?对对对,太对了,罗班长,你们军的班长理论水平比我们守备区司令还高!佩服,佩服。高啥子么!罗班长说,还不都是些老生常谈。赵副班长,说实话,这火药味儿越来越浓,眼看着战争就要爆发,咱要提高警惕,在这样的关键时刻不能出错。真上去了咱全班要拧成一股绳,攥成一个拳,心往一起想,劲往一处使,别被人家打散,互相照应着,最好一个不死,要死我死,我家兄弟六个,死了我还有五个。钱英豪是独子,他要是死了他家老头老太太可就"秃尾巴狗跳墙头——利索"了。所以咱要保护他。别看我对他有意见,但大问题上还是向着他。你说我水平怎么样?行啦行啦,别"景德镇的瓷器——一套一套的"啦。我把被子重叠就是。钱英豪拍出一盒烟,红盒上印着金字儿。哎哟我的娘呀,红色大中华!这不是政治局委员抽的烟嘛!一人一支扬散。班长行喽,别做指示了,抽俺支烟吧,抽支烟堵住嘴。班长说,我们这级干部,一般不能抽战士的烟。今日特殊情况,增进革命友谊嘛,抽支就抽支吧。一边抽,一边研究着烟上的商标,品咂着滋味,说果然味道好。钱英豪你怎么舍得花钱买这等好烟?不过日子啦?钱英豪说,脑袋挂在裤腰带上还过什么日子!吃点,喝点,抽点呗。再说这烟也不是我买的,是一个大姑娘给的。你怎么敢跟地方女青年勾搭连环!罗班长说这可是最最严重的问题,万一出点事,影响军民关系吃不了兜着走。好啦班长,那女青年是二排长的未过门媳妇,香烟是她邮来的。我抢劫了二排长。班长你的心脏回到肚子里去了没有?

三

“伙计,能给我一支烟吗?”他的仿佛非常遥远的声音把我从回忆中唤醒。我看到他那晦暗的脸色,立刻意识到他正在与我一起追忆逝去的岁月。

“太能了!”我匆忙从上衣口袋里掏出烟来,说,“光顾了胡思乱想,忘了给你烟抽,不好意思了。”

我在军服上擦干湿漉漉的手指,抽出一支烟,递给他。我看到他的弯曲的手指有些颤抖,心中悲凉的情绪与河上迷蒙的雨雾融为一体。我举着冒着强硬的蓝色火苗、发出嗤嗤声响的强力打火机为他点燃香烟。在他就火时,我看到他的脸上布满了一圈圈绿色与褐色的锈蚀,仿佛是一件刚刚出土的铜器。

白色的烟雾从他的鼻孔里像两根棍一样喷出来,这个死去多年的人抽烟的动作和习惯与过去一样。他皱着眉头说:

“这烟好冲,什么牌子!”

“万宝路。”我说。

“万宝路?没听说过呀,慰问团送来的烟有中华、红塔山、牡丹,没听说有万宝路。”

“这是洋烟,美国造,我们打仗那时还没兴起来呢!”我说。

“嗨,跟不上潮流了。”他长叹一声,说,“还有你那个打火机,让兄弟欣赏一下。”

我把打火机递给他,并教他使用方法。他嘴里啧啧有声,连声夸奖:

“好东西,真他妈的好东西,简直是一架微型的火焰喷射器!早十几年有这东西咱也不用在麻粟坡点不着火了。”

“可不是怎么着。”我说,“那次咱只好嚼烟丝过瘾。”

“社会发展真快，一转眼就出来这么多新鲜玩意儿。”他把玩着打火机说。

“既然你这么喜欢，就送给你吧！”我说。

“不行，不行，”他有点着急地说，“在守备区当兵时，我还借过你二十元钱，到了南边又忘了还。”

“你别寒碜我啦。”我说，“你人都死了，还提那点钱干什么！”

“话不能这么说，‘人死债不死’，这笔钱我要还。”

“拉倒吧，”我说，“咱们两个是谁跟谁呀！再说，我听老人说过，死人界里使用的钱，到了阳间一看都是纸灰。”

“胡说，”他激动地说，“根本不是那么一回事。”

他把打火机拍到我手里，狠嘬了几口烟，然后用他惯用的伎俩，啪，把烟蒂四分五裂地吐到汩汩漓漓的河水里。“你等着！”他说着，手分开枝条，像条皮毛光滑的松鼠，哧溜一声钻进树冠中去了。他坐过的地方，留下了鲜明的痕迹。我低头往树冠里看，但见枝杈纵横交错，有明亮有幽暗，宛若一个迷宫。钱英豪就在这些枝杈间，在幽暗和光明中敏捷、轻快地穿行着，他身上闪烁着绿油油的美丽光芒，像深海中的一条鱼。我惊奇这株柳树上竟有如此奇妙的世界，怪不得钱英豪非逼我上来不可。这小子从小就有鬼点子，他常常发现一些既好玩又有趣的地方，从学校到部队，我跟着他沾过不少光。正想着呢，就看到柳梢耸动、分开，他像条油滑的鳗鱼从枝叶间钻出来，然后盘腿坐在我的对面，从怀里摸出一个油纸包，珍重地、一层层地剥开，显出了两张崭新的面额十元的纸币。他将纸币递给我，郑重地说：

“咱们是好兄弟，利息就不算了。”

我将他的手推回去，恼怒地说：

“你这不是寒碜我吗？”

他将捧着纸币的手再次送到我的胸前，执拗地说：

“亲兄弟，明算账。你必须把钱收下，否则我的鬼魂无法安宁。”

看着他的因为激动而绽开了层层缝隙的红锈斑驳的脸皮，我只好将那两张纸币收下，放在胸前的口袋里。他轻松地长舒了一口气，说：

“行了，我现在谁的债也不欠了。无债一身轻啊！”

“你在那边，怎么还能搞到这样新的钱？”我纳闷地问。

“是一个小女孩放在我的墓前的，”他感动地说，“仿佛她知道我生前欠着别人二十元似的。”

我直视着他的眼睛，想听他往下说，说说那个给他送钱的小女孩的事情，他却转了话头，讲起了陵园的事。

“我在麻栗坡烈士陵园里，住第七百八十号墓穴。我旁边，七百八十一号墓穴里住着谁？你猜？你猜不到，唉，我跟连里的文书住隔壁，他是个文学爱好者，你知道，他经常写点诗歌、散文、小说什么的，经常往报社投稿。告诉你呵，不要以为我们死了就散漫自由了，一点也不。我们那儿有一千二百零七个墓穴，自然埋着一千二百零七个人。一进大门，就先到报名处点名，像我们当年入伍差不多。我们编成一个团，团长生前是个营长，死后提拔了。编成七个连，每连将近一百八十人。我被编在六连，团干部处一个戴眼镜的副处长找我谈话，让我担任指导员。我说我不是党员当什么指导员？副处长从保密柜里找出我的档案袋，翻着看了看，说：‘你死后已被追认为正式党员，没有问题，干吧。六连新兵较多，且多是山东、四川兵，山东棒子，四川棰子，凑在一起就打架，要严加管教。’我问：‘谁跟我搭档？’干部处副处长说：‘初步决定让罗二虎同志担任连长，听说他担任过你们那个班的班长？’我一听就火了，兄弟，你说我怎么能跟这个笨蛋搭伙计？他就知道拿着尺子量被子，‘宽了一厘米！窄了一厘米！重叠重叠！’一上战场动了真格的就腿肚子转筋脑袋发懵，投弹忘了拉弦、搂火忘了开保险，攻无名高地时，不是他翘着鸵鸟屁股暴露了目标，招来了那两梭子，他自己死不了我也死不了。说起来我是死在敌人手里,实际上……嗨!赵金老弟,你说我多么冤枉,上了战场,一枪未发,一弹没投,糊里糊涂报了销,烈士牌是给我爹挣到了,可我死得窝囊啊……”

我看到他的脸上招展着悲愤交辉的大纛,两颗洁白的泪珠像胶水一样凝在他的腮上,迟迟不流下去。河水又汹涌着涨了,对岸我们的村子笼罩在团团沉重的云雾里,村子外一望无际的原野上,青一块绿一块是秋夏的庄稼,那里蛙声响亮,那里刷刷刷响着雨点打击植物叶片的声音,如烂银般游移着的是泛滥的雨水。我为他难过,为他遗憾,十几年前的战斗仿佛就在眼前——

四

无名高地上边盘踞着对方一个加强连。配备着冲锋枪轻机枪高射机枪,一色的中国制造。中国武器对中国武器谁胜谁负人的因素第一。头天晚上全连吃饺子。吃饺子是战斗警报,这是钱英豪的爹说的。钱英豪的爹当过“土八路”,在战斗中负过伤,一条腿是木头的,走起来咯咯吱吱。小时候我们经常摹仿他爹走路的样子,一边走嘴里一边咯咯吱吱。我们在家乡时听他爹讲过战斗故事。他爹讲着讲着就开始赞美国民党军队的武器是如何的厉害。有人批评他阶级立场有问题,他就反戈一击:国民党军队的武器厉害最终不是还败在咱们手下了吗!吃完了饺子看电影《英雄儿女》。王成高呼“向我开炮向我开炮”双手紧握爆破筒英雄猛跳出战壕霹雳一道裂长空敌人腐败成粪土勇士辉煌化金星轰——心潮澎湃热血沸腾热泪盈眶跃跃欲试,大家都坐不住了。大家都一样。罗二虎咬中指想写血书。咬了半天没咬破。自己咬自己难下狠心。他自我解嘲地说:算了,不咬了,战场上见吧。大家都难以入睡,抽烟,说话,悲壮,大有壮士一去不复还之意。钱英豪那晚上打着呼噜装睡。其实我也没睡着,都是第一次上战场,心里纷乱如麻,十五个吊桶打水七上八下。一大早果然行动,“人含枚,马衔铃”,无声无息。天气燥热,牙巴骨却打嘚嘚。确实不是害怕是紧张。我有个毛病一紧张就想大便,条件反射,蹿稀。怎么那么多植物呀,藤呀蔓呀纠缠不清,大叶子水分充足,像刀像剑又像戟。蛇呀蛙呀毒毛虫呀。咬紧牙关往上爬,听到信号发冲击。后边嗖嗖响,万炮轰鸣,跟电影《南征北战》一样。一块块的树皮一段段树枝飞上天。一块弹片一溜哨响。烫得植物冒白烟。一柱柱烟如树,一丛丛树如烟。等待冲锋好难熬。眼前全是英雄形象。董存瑞、黄继光、邱少云。这时班长罗二虎的屁股渐渐翘起来,我至今不明白他为什么要在敌人眼皮子底下把屁股翘起来。藏在山洞中的敌人看得清楚悄悄地调过枪口哒哒哒一梭子哒哒哒又一梭子。高射机枪平射是他们的创造。罗二虎没动窝就完了。你你你钱英豪也没动窝就牺牲了。你的血像一条小蛇弯弯曲曲地爬到我的眼前。我咬紧牙关屏住呼吸不去嗅你的血散出来的那股热烘烘的腥味。我心中悲痛肚子不紧张了就这样我成了好样的。我看到你的脸紧贴在地上。我看不到你脸上的表情。我为你难过倒不是难过你的死而是难过你死得很不悲壮。你军事技术好身体素质好头脑清醒具备英雄素质却无声无息地死了。你背着十八颗手榴弹一支冲锋枪一百八十发子弹一颗子弹都没来得及放一颗手榴弹没来得及投就死了可惜啊可惜真是可惜。又是一阵炮轰,惊天动地。信号枪响,嗷地一声大家蹦起来放着枪往上冲,蹦起来时我瞄了你一眼,你趴在那儿一动不动,我心中燃烧着怒火,我好像高喊着为你报仇的口号冲了上去,后来一想,在那种情况下,其实也没有心思喊口号。

五

我叹息一声,说:

“英豪，你本来应该成为一个大英雄，可惜运气不好。”

“活着时不明白，死了才明白，当英雄也要靠运气。”他哀怨地说。

“其实你也算是英雄了。”

“别安慰我了。”他沮丧地说，“连敌人的影子还没看着就死了，我算哪家子英雄。”

“都怨罗二虎这小子沉不住气，翘起屁股，暴露了目标，自己死了不算，拐带着你也死了。”我愤愤地说。

“所以我特别恨这个小子！”他咬着牙说，“干部处长一提到他和我搭档我就拍了桌子，我说你们另安排别人干吧我不干了。干部处长说你这是说的什么话？我说处长您不清楚我跟这孙子是冤家对头。处长说什么冤家对头？都是阶级兄弟吗！我说这小子把我害惨了，要不是他我现在正在英模报告团里巡回演讲呢，要不是他现在我的身边正围着许多献花的姑娘呢。处长笑着说你这个同志哟，不要这么狭隘嘛。在漫长的革命战争中，我们牺牲的人可以说是成千上万个成千上万，像董存瑞黄继光那样轰轰烈烈的有几个？大多数人像你我一样死得默默无闻，他们中有的冻死有的饿死有的在河里淹死有的被狗咬死有的病死，张思德是在炭窑里砸死的……为人民利益而死就比泰山还重。就说我吧，是过河时歪在水里呛死的，我觉得也很光荣。同志，孬好咱还在墓碑上留下了个名字，有成千上万的革命先烈连个名字都没留下，你能说他们不是英雄是狗熊吗？

“干部处长一席话说得我无言以对，我说处长你说得很对，可我一想到要跟他搭档带一个连队，就觉得心里别扭，这个龟孙子只讲漂亮话不干实际事，我怕跟他尿不到一个壶里影响工作。处长拍着我的肩膀说，看同志要全面，要辩证，要多看别人的优点少看别人的缺点，开展批评与自我批评，只要有诚意，就能取得一致，解决矛盾。回头我找罗二虎同志谈谈，相信你们能带出一个模范连！

“我给处长敬了个礼，说好吧处长我听您的。处长说不是听我的是听组织的。”

“你们那边跟这边完全一样嘛，”我插话，“死活都一样嘛。”

“基本上一样，当然有一些特殊性。”

“你能不能把这些特殊性给我讲讲，让我有点精神准备。”

“算了算了，你迟早会知道的，我还是给你讲讲我们在那边办的刊物吧。”

“死人还能办刊物？”我惊讶地问。

他冷冷地说：

“我请求你，不要用这样的眼神看我，也不要用这样的口气问我。”

“对不起，”我惭愧地说，“我太激动了。”

他从怀里摸出了一本油印的杂志，可能是年代久远或者是受了潮湿的缘故，封面上的图案已经模糊不清，但那“英雄魂”三个大字却还清晰可辨。他郑重地揭开封面，用枯黄的手指深情地抚摸着，锈蚀斑驳的脸上洋溢着感激之情。

“我跟你说过我们连里那个文书吧？你要搞清楚，我说的‘我们’是我们，‘我们连’是我们到那边后整编的新连，是阴兵连不是新兵连，是我任指导员罗二虎任连长的连不是你当副班长罗二虎当班长的那个连。我说过我们连的文书爱好文学，经常写点诗歌散文什么的。我当指导员很开通，鼓励他写作，每夜多给他一袋萤火虫。我们连那个文书名叫华中光，他自己嫌这个名字不响亮起了个笔名叫‘死魂灵’，听说俄国一个作家写过一本书叫《死魂灵》？他是假的死魂灵，我们是真的死魂灵。死魂灵写诗，我念首你听？题目叫《无题》。”

他翻开《英雄魂》，慷慨激昂地朗诵起来：

我是一个死魂灵

但我有火热的感情
我依然是一个兵
每晚起床号吹响我们出操
喊口号
稍息
立正
再稍息
再立正
向右看齐
向前看
跑步走
一二三四
齐步走
唱歌
我是一个兵
来自老百姓
嚓嚓嚓
立正
现在讲评
今天出操
优点有三点
一是步伐整齐
二是军容严整
三是步伐整齐军容严整
不足也有三点
一是步伐不太整齐
二是军容不太严整

三是步伐不太整齐军容不太严整
今后要把优点发扬光大把缺点克服纠正
现在解散洗脸刷牙吃饭吃罢饭捕捉萤火虫

“你觉得这首诗怎么样?”他问我。

我擦擦脸上的雨水,说:

“伙计,这诗水平有限不过挺顺口的。”

“他自己也知道这首水平不高,他还有许多首思想水平很高的你想不想听?”

“当然想听,”我说,“这可是来自天堂的声音。”

“哪里是什么天堂!”

“那就是地狱。”

“也不是地狱。”

“那是什么地方?”

“基本上像个幼儿园,”他说,“也有点像个新兵连,记得吗?就是我们在丁家大院那个新兵连。”

往事历历涌上了我的心头。他看到我的情绪悲凉了起来,就说,好吧,我给你朗诵一首“死魂灵”华中光的诗:

啊呀呀好痛啊我的娘我的亲娘
你儿子的身体已经像筛子一样前后透亮
穿透了我的子弹又把我依靠着的那棵大树打成了重伤
树的呻吟声至今还在我的耳边回响
树说我是无辜的啊你们为什么要打烂我的胸膛
这些灼热的铅弹将使我的血管再也不能通畅

再见了再见了我的亲娘

其实并不是您把我送上战场
那些歌那些诗都是想象都是撒谎
穿透了我的子弹更把我的亲娘的胸膛打成了重伤
亲娘的呻吟声比黄河还浑比长江还长
亲娘说应该让我去把子弹拦挡
白发人送黑发人血泪汪汪

啊呀呀我的亲娘啊我的亲娘
啊呀呀亲娘啊呀呀我的亲娘
……

我抬手挡住了他的嘴,说:

"行了,伙计,别念了。"

他将刊物和诗稿掖进怀里,说:

"要不我给你背一首轻松点的?一首关于萤火虫的。"

"算了,"我说,"谈点别的吧,伙计,你们捕捉萤火虫干什么?"

"捕捉光明啊!"他说,"你们的夜晚是我们的工作时间,你们的白天是我们的休息时间。你难道没听人说?'萤火虫是鬼的灯笼'。"

"怪不得萤火虫总是在坟墓间飞。"我恍然大悟地说,"如果活人们把大批的萤火虫赶到陵园里去,你们一定高兴。"

"那我要代表战友们感谢你们!"他蹦起来,立正站在树冠上,挺胸收腹,向我行了个标准的军礼。

我的心被一种东西冲击着,感到热血沸腾,也猛地蹦起来,回敬他一个军礼。我们俩站在树上,如同两只鸟。

僵持了一会儿,他嘻嘻笑起来,说:

"站着干什么?坐下坐下,坐下说话儿。"

六

那天中午，我起来履行职责：巡视墓穴。我抬头看到白色的太阳团团旋转，侧耳听到边境上人声如潮，我知道那是两国的边民恢复了中断多年的贸易，正像一首歌里唱的，“你尸骨未寒，世事已大变”。墓地里树木葱茏，鸟声稠密，白色的鸟粪如稀疏的冰雹，降落到我们的坟墓上。我嗅着从鸟儿羽毛深处散发出来的腥热气味，从一个墓穴走到另一个墓穴。各个墓穴里都黑着，只有“死魂灵”的墓穴里射出绿色的萤火虫光。他的勤奋精神使我感动，但大白天应该熄灭萤火虫，这是规定。我走近他的墓穴，举拳欲敲门壁，忽听里边传出抽泣之声。战士哭泣，思想有问题。我敲一下门壁，大声问：

“华中光，你干什么？”

他不回答，突然嚎啕大哭，还用拳头把墓壁捶得嗵嗵响。

一只乌鸦抖着翅膀飞来，显然想落到华中光的墓穴上。我一巴掌扇过去，乌鸦侧着翅膀躲开了。你不知道，我们最忌讳乌鸦落到墓穴顶上，它身上的秽气能渗透墓壁，使我们的住所里空气污浊。五连的值星排长在他们连的墓穴间巡逻，远远地对我打了个招呼。你认识他——三十二团那位笛子大王，外号“铁笛仙”，仗着会吹笛子，在新兵连时狂得像一根光棍鸡巴，我们跟他干过一架，你忘了吗？——我学两声蟋蟀叫回答他，他举笛至嘴，吹出一串黄鹂声，转到树后去了。

华中光的哭闹声愈来愈大，我敲着门壁，喊道：

“华中光，开门！开门！大白天你嚎什么？”

华中光不理睬我，继续哭嚎，哭得像活人一样，听得我毛骨悚然，这真是：正午闻人哭，死鬼心也寒！怎么办？你让我破门而入？破不了啊，一色的铁门钢栓，混凝土浇铸，破不了。我敲响罗二虎的墓门：

“连长开门！”

他把门拉开一条缝，问：

“谁，大白天的，干什么呀！”

“我，指导员，咱开个会吧，华中光闭门嚎啕大哭，我看他要出问题。”

“这小子，我看着他就不顺眼，舞文弄墨是活人的事，他弄什么？愿意哭就让他哭去，活人能哭死，死人难道能哭活不成！”罗二虎嘟嘟哝哝地说。

我愤怒地说：

“罗二虎，这像个连长的话吗？活着你假积极，死了你真落后！”

罗二虎一看我动了怒，狡猾地说：

“我不过说几句气话罢了，当兵这么多年，基本的觉悟还是有的。不为他负责也要为活人负责，决不能让他弄出事来给活人增添麻烦。通讯员，召集干部开会。”

一排长二排长三排长四排长司务长到齐了。我简短介绍了情况，大家七嘴八舌，定出几条措施，一是对门喊话，晓之以理动之以情，二是封锁消息不要让友邻连队知道。一排长是在云南插过队的知青，经历过知青闹回城的大场面，知道什么叫做群情激昂。要是埋葬在这里的战士们一齐哭叫，闹着回老家，闹着要活，那将是极大的麻烦。

我们悄悄包围了华中光的墓穴，跷腿蹑脚，气氛像端炮楼，四下里还派了岗哨，防止活人潜入看热闹。安排了华中光的老乡二排长劝他。二排长个头不高，生着两只蓝汪汪的圆眼睛，圆圆的小鼻子，粉嘟嘟的小嘴巴，一头柔软的淡黄头发。他说起话来轻言慢语、奶声奶气、极其温柔甜蜜，天生一个攻心糖弹。他把嘴贴到门的缝隙上，鼓动如簧如珠之舌，空气中立即漾溢开蜂蜜的甘甜味道：

“中光啊，我的好兄弟，我是姜宝珠啊。你别哭了，听兄弟我说几句话，你的哭声像几把锋利的剪刀，咔嚓咔嚓地剪碎了我的心。你先别哭，听兄弟说，我知道你想回家，弟兄们谁不想家？可我们活着时咬钢嚼铁，死了也要坦坦荡荡。好了，我不讲大道理了，大道理你比我懂得多。咱说几句大实话吧。兄弟，你想回家，难道我不想回家吗？我年迈的爹娘还在咱老家活着，我爹有痨病，一动就喘不上气、干不了活，虽说政府有补助，可光靠补助也不行，还得种地。种地靠谁？靠俺娘。战前你探家，到俺家里看过，那时俺老婆还在，地里的活她能干。你说她很辛苦，种了二亩棉花，背着个药桶子整天打药，把刚满月的孩子扔在家里。你说她满身毒药味，溢出的乳汁把胸前的衣裳湿了两大片。孩子在家里由老娘看着，咱穷当兵的家庭，买不起奶粉、麦乳精之类高级东西，孩子饿了、渴了，老娘就嚼几块饼干吐到她嘴里，连开水都没有，馏干粮时的锅底水，装在那把不保温的破暖瓶里，一开塞子就能闻到刺鼻的怪味。孩子就喝这种水……兄弟，你没有忘记吧？你向我述说我家里情景时，我哭得满脸都是泪……当时我就想，我怎么这么窝囊这么没本事？让爹娘、老婆孩子在家里受那样的苦难？哭过了就恨自己，我当时对你说：中光，像咱这样的不配找老婆不配结婚更不配给孩子当爹。都是孩子，生在富贵之家，吃牛奶吃面包穿新衣戴新帽，生在咱这样的家庭，吃什么？穿什么？嗨！

“你回队后，我回家探亲，家里的情况比你说的还要糟糕。爹更老了娘也更老了，孩子黑干枯瘦像只钻灶洞的猫。破屋烂舍，一地鸡屎。锅里扔着几只脏碗、锅台上扔着两块地瓜。爹咳着喘着去放牛，娘背着我的女儿，挪动着两只小脚绕着院子转圈，孩子哑哑着嗓子哭，有气无力。进门叫了一声娘，泪就涌了出来。娘一看是我，兴奋得浑身哆嗦，差点把孩子掉在地上。她把孩子从背后转到胸前，对孩子说：‘盼盼，看看是谁回来了？这就是你的爹！叫爹，快叫爹吧！’女儿满脸灰垢，流着清鼻涕，把一只小脏手塞到嘴里吃着，口水把脸前的肚兜兜都沾湿了。娘说:‘她不认识你。’是啊,从她生下来就没见过我的面,怎么能认识?娘说:‘盼盼,让你爹抱抱你吧!’我扔下行李,从娘手里接过女儿。她吃着手,嘴里咿咿呀呀地说着小儿语,一声也不哭。娘感叹一声,说:‘到底是骨血,一点也不认生。’这就是我的女儿?抱着她我感到绝望极了,心里一片废墟。已是秋天了,树上已有焦黄的叶片滴溜溜落下,风萧萧,长空雁鸣,可这不足半岁的孩子只穿着一件遮住肚脐眼的小兜兜,光着屁股赤着脚,冻得冰冰凉。她的腿上屁股上有一块块的青,我问娘:‘这是怎么弄的?’娘回答道:‘生下来就这样,她前世欠了阎王爷的债,让小鬼用板子打的。’我说:‘该给她穿条裤子啦。’娘说:‘又是拉又是尿的,能晚穿一天就晚穿一天。’我说:‘别冻坏了她。’娘说:‘冻不坏冻不坏,冻不破咸菜瓮,冻不坏孩子腚。’后来她哼哼唧唧哭起来!娘说:‘她渴了,喂点水吧。’娘从水缸里舀了半碗浑水,吹吹土,把碗触到她的嘴边,说:‘盼盼喝水呀盼盼喝水。’她叼着碗沿,喝了几口,不喝了,还哭。我说:‘没有热水?’娘说:‘暖瓶胆炸了……’

“中光,你说当时我心里是什么滋味?咱在部队吃大米白面,孩子在家连口热水都喝不上。你知道咱老家的水既含氟又含碱,比中药汤子还难喝,孩子怎么能愿意喝?她哭,娘说:‘这个小东西八成是饿了,抱她进屋吧,弄点东西给她吃。’娘从锅后掐了一口玉米面饼子,嚼成糊状,从盐罐子里捏了点盐末撒上,然后硬抹到她的嘴里去。她挣扎着、哭着、咳嗽着,终于把这口撒了盐末的糊糊咽了下去。我哀求着:‘娘,别喂她了吧……’娘说:‘不喂怎么行?这孩子吃哭食,像你小时一样。’娘又嚼了一口饼子抹到她的嘴里,这次她呛了,吭吭吭,像个小老头一样咳嗽着,脸憋得青紫,好一阵才缓过来。娘说:‘行喽行喽,不喂了,等她娘回来吃奶吧。’我问:‘她娘什么时候能回来?’娘抬头看看西沉的太阳,说:‘还得会儿,棉花开白了地,一起风甩了鞭就没法弄了,夜里还有贼偷,你爹天天夜里蹲在地头上守着,守着还被人偷了一些去。唉,这庄户日子真是不容易过噢。'娘擦擦眼说,'原指望你能出去混上个一官半职的,挣钱多少不说,我跟你爹脸上也光彩光彩。转眼两年过去,看来没什么指望啦。实在不行就回来吧,这样下去把你媳妇也毁了。我跟你爹也没几年活头了,看着你们夫妻团圆了,死了也就没心事了。回去跟你们领导说说吧。不是爹娘落后,早往年闹八路那阵,娘整夜不困觉给八路碾小米子烙煎饼,也没发过一句怨言,现如今不行喽……'待一会儿娘说,'你抱着她出去转转吧,我该做饭了。你爹在河堤那边放牛,你去看看吧。'

"我抱着盼盼,百感交集地朝河堤走去。盼盼咿咿呀呀地哼唧着,已经有气无力。我突然觉得这孩子要死,心里恐惧得要命,忙解开纽扣,脱下军上衣,把她包起来。站在高高的河堤上,看到那一轮红日大如磨盘,正飞快地沉没,冰凉的红光辉映着河底坑坑洼洼中的积水,宛若红色的冰。我感到浑身发冷。河堤上蹲着几个老头,其中一个瘦如干柴,满头白发,那就是我的爹。我朝他们走去,腿像石柱子一样僵硬沉重。我走到他们面前时,他们已经站了起来,连爹在内一共有三个老头,都是我的叔叔辈的,问候寒暄过,那两个老人就逗盼盼,让她叫爷爷。那个红光满面的胖老头,儿子在县里当官,明显地气魄不一样,说起部队里的事,他也很内行似的说:'叫你爹出点血吧,买点稀罕东西带回去,连长指导员之类的送送,管用的。军队地方一个理,这个我懂。'爹嗫嚅着:'哪里还有血出?没有血啦,用扎枪攮上两个透眼也淌不出几滴血啦,眼见着连买盐的钱都没有了……'胖老头说:'老兄弟,这就是你糊涂不明白啦!钱还有白花的吗?没有,钱没有白花的!十车大粪下了地,春天不长秋天长,早晚要使劲。信我的话,宝珠这次回去,你豁出去三百块,打点打点,赶明儿宝珠提拔成军官,钱是大把地挣,亏不了你的本!'他嗓音洪亮,震得我的耳朵嗡嗡响。爹说:'二哥说的话一句瞎的也没有,只有我——'爹指指瘦骨嶙嶙的胸脯,说,'把我卖了也不值三百块钱呐!'胖老头说:'我知道你没有钱。活人能叫尿憋死？没有就借嘛！等到宝珠提拔成军官，连本带利一齐还！’爹苦笑着说：‘能借到钱不算穷人家。就我这个样，谁见了不躲得远远的？嗨，算了，命里有时总会有，命里没有莫强求。自己闯去吧，穷人家的孩子，别起心太高，出去混两年，吃几天好汤饭，穿二年新衣衫，也不枉为人一世。混好了是老天爷开眼，祖宗坟上冒青烟，混不好也是该当的，回家来刨着土坷垃挣口饭吃，祖祖辈辈一茬人不都小的熬大大的熬老老的熬死，一把黄土盖住眼，完了事喽。’胖老头说：‘听听你说这些话，丧气不丧气？咱宝珠一表人才，终不像个土坷垃里找食吃的鸟，人活着，就要憋足心劲往上奔，人往高处走，水往低处流，就说俺家胜利吧，在县里打杂那阵子，也是低头奆拉角，我就给他打气、鼓劲，卖了一头肥猪，杀了三棵梧桐树，凑了三百零几块钱，买上烟呀酒呀，管用的领导都打点到了，等到机构改革，一下子提成了局长！管着好几千人！车坐明盖的，烟抽带把的，酒喝铁罐的，吃饭是七个碟子八个碗，吃一看二眼观三，家里养着一条大狼狗，吃肉吃鱼、吃得毛眼儿流油，叫起来不是汪汪汪，是哐哐哐，哪里是条狗？活脱脱一匹老虎。老婆孩子享的福像山一样高像海一样深，难得那小子有孝心，把我接了去，住了三天住不下去了，咱天生一副穷骨头，享不了那么大的福……’

“我知道他短时间内不会结束他的话，便说：‘爹，咱家去吧？’爹说：‘家去啦，二哥，您坐着。’胖老头说：‘宝珠大侄子，回家和你爹好好合计合计，舍不出孩子套不到狼，挂不上蛐蟮鱼不会咬钩，你会有大出息的，我的眼力向来是一等一的……’爹起身去捉牛。牛在河堤的漫坡挑挑拣拣地吃草，缰绳盘在角上，显得格外自由。夕阳照着我的爹，使我的爹像个金人，使我爹的影子拖得很长。我托着我的女儿，心如苍凉的荒原，眼睛越过河堤对面稀疏的树木，看到那一片片白棉如雪的大地。蚂蚁般的人们还在地里劳碌着，那其中有我的妻子。十几小时没吃一点奶水的女儿在我的手上睡着了。她睡得很不安宁,不时地抽搐着。我在清凉的空气中,嗅到我女儿身上的腥臭味儿……

“直到天黑透了,我老婆才回来。她扔下沉重的棉花包,冷冷地跟我打个招呼,顾不上吃饭,把孩子抢过去。孩子焦急地拱着她的胸脯,寻找吃的,终于找到了,我听到她一边吮吸一边哼哼着。在黄昏的油灯下,我老婆闭着眼睛,坐在小板凳上,脸色蜡黄,一动不动,由着我女儿嘴吸、手抓、脚蹬……女儿在她怀里睡着了。她睁开眼睛,把孩子放在跳蚤猖獗的炕头下。娘说:‘盼盼她娘,吃饭吧。’她应了一声,在鸡喝水的盆子里洗了一秒钟手,在黑色的毛巾上擦擦,搭毛巾时,惊动了伏在绳上休息的几百只苍蝇,它们在微弱的油灯光芒中嗡嗡飞行,一刻钟后复归平静。晚风从田野里吹来,带着浓重的腐败味道。豆大的火苗在灯芯上摇曳着,随时都会熄灭的可怜样子。娘又催:‘吃饭吧。’小饭桌摆在娘的炕上,桌上有一个蒜臼子,一个酱碟子。爹蹲在炕头上,一边咳嗽一边抽旱烟。娘说:‘咳嗽就别抽了。’爹不吱声,眼睛在烟锅暗红火焰的辉映下,一闪一闪地亮着。娘说:‘盼盼的娘,你开锅拾掇吧,我的腿痛得站不住了。’娘手把着炕沿,爬到炕上。妻子揭开锅,端上一盆剩地瓜,从锅底舀了两碗馏锅水……算了,我啰嗦这些干什么?一转眼十天过去,该走了。爹哭娘也哭,她像生离死别。我的老婆没有哭,抱着盼盼,像个木头人一样……我摸摸女儿的脸,说:‘盼盼,顶多再有半年,爹就回来啦……’这时我老婆的泪水咕嘟冒了出来……谁知道,这一去……”

“别说了!”不是华中光喊叫,是我在喊叫,姜宝珠这一番哭诉,简直是代我诉苦,赵金兄弟,我的家庭你知底,跟姜宝珠一模一样。

“不,我要说,”姜宝珠拍拍门,对着房间里早已停止嚎啕的华中光喊,“中光,你孬好还有一个哥哥在家,父母也健康,没结婚无牵挂,你闹什么?”

华中光哇啦啦一声大哭,扑出来,搂住姜宝珠,说:

“宝珠别说了，你的话不像剪刀像粉碎机，把我的心给研成了肉酱……”

我和罗二虎挤进他的墓穴。空间狭小，容不得多人，几个干部便傍在边上往里看。野草和松树的根从外边扎进来，弯弯曲曲，丝丝缕缕，像章鱼的腿、鲇鱼的须，灵敏机智，要拔掉它们，要斩断它们，如同“白日”做梦。在这些树根草根中，华中光垒了一个大土墩子，一个小墩子。一纱布口袋萤火虫从一根树根上悬挂下来，碧绿的光芒照在一张摊开的报纸上。

华中光挤过来，说：

“各位连首长，其实我大白天嚎哭并不是想回家，你们家里的情况都比我家里的情况艰难得多，你们尚且能安心在这里坚守，永远不再回去，我有什么理由回去？我的嚎哭是因为这张报纸。”

罗连长斜了一眼那张油污的破报，说：

“什么破报纸，让你这样难过？”

“这报纸上刊载了一条消息，看着看着，我就控制不住了。”

“什么消息？”罗连长问。

华中光将报纸递到罗连长手里，说：

“您自己看吧。”

我也把头凑过去，看到残缺不全的报纸上刊载了一条残缺不全的消息，大概的意思是说，据消息灵通人士透露，中越两国即将恢复关系正常化。我不屑一顾地说：

“这样一条消息，也值得你这样哭嚎？”

“指导员，”华中光含着眼泪说，“我越想越感到死得冤枉。”

“你这个同志，思想很成问题嘛！”罗连长严肃地说，“世界上没有永远的朋友，也没有永远的敌人。人跟人之间是这样，国家与国家之间也是这样。矛盾积累到一定的程度，就得打；打到一定的程度，必然就要停。不打也就没有今天的和平。懂了没有？”

“不懂。”华中光摇着头说。

“不懂也没关系,国家大事,用不着老百姓操心,更用不着死人操心。”罗连长说。

“可是……”华中光还想啰嗦,我截断他的话头,说:“你累不累啊?”

这时松林中有野鸡啼叫,一阵灼热的人声和骡马鸣叫的声音从四面八方逼过来,我们都感到心神不定,好像要出什么大灾祸一样。

七

“想不到死后也这么麻烦,”我感叹道,“过去听老人们说,人死如灯灭,气化春风肉做泥,可见是瞎说了。”

钱英豪道:“原先我也是这么想,谁知死后才知道根本不那么简单,这就叫做——不死不知道,一死吓一跳!”

他挪动了一下屁股,数千点水珠噼噼啪啪打在河面上,立刻在浑浊中消逝得无影无踪。天的西南侧那儿莫名其妙地开了一条缝,闪出一道凌利如剑的金光来,照耀得满河通红。几只羽毛光滑的红燕子紧贴着水面飞行着,还不时地用肚皮点水。在阳光下河水涨得更大了,石桥已经没了踪影,连那凸起的浪墙也不见了。洪水已把河堤上的许多丛紫穗槐淹没了,柳树下垂的枝条戳到水里后,又轻轻地漂起来。河水的流势也似乎不如方才湍急,靠近柳树这儿,竟平静犹如死水,只有偶尔出现的漩涡标明这不是死水,只有小股因前方有障碍而回流的水标明这不是死水。有东流的水,有西流的水,两股水相持,这里才有平静,漩涡也因此而生。阳光下的水把浓烈的腥味散发出来,刺激着我的膀胱——我搞不清楚这味道为什么会刺激膀胱——使我感到尿迫,我说:

“英豪,你等我一会儿,我下树去方便方便。”

他怪声怪气笑了几声，又阴阳怪气地说："你的臭毛病就是多，撒泡尿还要下树？"他腾地站起来，说，"我给你示范一下！"他将双脚后跟并拢，腰板挺得笔直，面朝着太阳，解开了裤扣，说，"撒尿时要紧咬牙关，集中精力。撒尿就是撒尿，不能胡思乱想，就像打靶瞄准一样，胡思乱想是打不中靶心的。"他问我，"知道为什么要紧咬牙关吗？看样子你也不知道，紧咬牙关是为了你的牙齿健康，并且还有减肥作用。你明白了没有？明白了就要照着做，明白了不照着做还不如不明白，好啦，看我的！"

他不再说话，身体保持着标准军人姿态，柳梢起伏波动，俄顷，一道透明的水柱，射向河水。水柱的下端插进金色的水面，上端插进他的身体，宛若一道袖珍的彩虹。这彩虹把他与这条波浪翻滚的大河连系在一起，好像大河是他尿出来的，好像他是大河结的一颗硕果。这道彩虹保持了足有半个小时。我恍惚觉得他已经死在那里，水分流干，变成了一架套在旧式军衣里的白骨。幸好，这种可怕的联想刚刚在我的脑海里出现，彩虹突然消失。我看到他强硬地耸了一下肩头，又用利索的动作整好裤子，然后以左脚后跟为轴、右脚尖为动力，转体90°，正面对着我，威严地命令我：

"赵金，出列！"

冷却了许久的军人血液刹那间又在我体内燃烧起来，我忘了掉到河中的危险，紧绷起全身的肌肉，勇敢地向前跨出一步，柔软的树枝在我脚下，竟像生满茸茸绿草的厚重大地。

"面对太阳！"他命令我。

我以右脚跟为轴、左脚尖为动力，转体30°，面对着从西南方向厚重云隙中射下来的万道光华，河水的喧闹声退得很远很远，我听到我的心跳声与他的心跳声融为一体，战友情谊从来没有像现在这样令人感动。他在我耳边继续发布着命令，我感到我是他胯下的一匹骏马，双耳如削竹，四蹄如金钟。我渴望着他的命令。

“咬紧牙关!”

咬紧了牙关。

“收起小腹!”

收起了小腹。

“排除杂念!”

排除了杂念。

“屏住呼吸!”

屏住了呼吸。

“预备——放!”

那些在我体内跃跃欲试的液体奔涌而出,在我与河水之间也立即架起了一弧袖珍的彩虹,我感到那些液体在我体内快速地循环着,冲刷着每个管道,管壁上附着多年的积垢溶解在液体里,并随即排到体外。这种冲刷积垢的愉悦真是无法形诸语言。其实在这个过程中,我是身不由己的。肢体活动受限,思维却极度自由,感觉极端敏锐。我看到那架彩虹在不断地变换颜色,赤橙黄绿青蓝紫,阳光里包含的颜色都在这彩虹里表现出来。当它表现为赤色时,我精神亢奋,激情似火,招展的红旗在我眼前飘扬,我嗅到强烈的硝烟味道,肌肤感到空气灼热,仿佛处身战场。当它表现为橙色时,浑厚的、金羊毛般的音乐从河水中如烟似雾般升腾起来,音乐像一个温暖宜人的襁褓,包裹住我的身体。音乐声愈来愈强烈,它由橙变黄,河上团团簇簇升腾着音乐之火,狂热而昂扬,辽阔又宽广,河流汩汩漫漫,如同一望无际的沙漠。黄渐变为绿,气候清凉宜人,弯弯曲曲的藤蔓在我眼前垂挂下来,上面对称生长着巨大而肥硕的植物叶片,一群群五彩缤纷的甲虫沿着藤蔓爬上去爬下来,好像各自都怀揣着十万火急的命令需要传递。有时两只甲虫碰了头,各不相让,十几条腿胡乱攀扯一阵,必有一只失足跌落。当我为它的跌落而惊呼时,它已绽开背上的甲壳,舒展翅膀,嗡嗡地飞行起来,然后,如一粒小石子,啪的一声跌落在叶片上。那些轻纱般的绢翅,奇迹般地收缩折叠起来,背上甲壳合拢,天衣无缝。我不由得由衷感叹大自然造物的精巧完美,这时候你无法不相信在阳光后边有一位万能的上帝。你可以看到他金色的长胡须和慈祥的面容。但这时绿变为青,青色的远山缓缓地向我走来,它站在河的对面,把它高大巍峨的青色阴影投在辽阔的河面上,青了我的感觉,青了满河的水。蓝色降临,万物透明如水晶雕琢,成群的孔雀张开它们蓝色的尾翎,像一把把迎风撑开的花伞。河水在一瞬间也变得蓝汪汪的,渐深渐浓,终于蓝到发黑,隐藏了水底无数的秘密。最后,紫色的感觉以它的华贵纱裙擦拭着我的眼睛,我感到心中充满了对这个世界的无限感激、无限留恋之情,紫色的液体从我体内排出,紫色的泪水充盈着我的眼眶。当我的感觉变成无色透明时,当河水恢复了浑黄、田野恢复了碧绿、远山恢复了黛青时,我感到浑身轻松感到五脏六腑内空前的洁净,这时一切的幻觉戛然而止,我听到钱英豪在我耳畔发出的威严命令:

"松开牙关!"

是,松开牙关。

"耸动肩膀!"

是,耸动肩膀。

"扣好裤扣!"

是,扣好裤扣。

"向后转!"

是,向后转。

"入列!"

是,入列。

我和他面对面,互相看着,一会儿,竟然不约而同地哈哈大笑起来,直到笑出了眼泪,才止住。

这件事好像十分荒唐,但那漫长的过程中那些奇特而美妙的感觉,却历历如在眼前。

云缝重新关闭、遮住了阳光,河上暗了许多,水的腥气也减弱了。一阵东北风吹过,河上陡开万层波澜,有一条死狗从上游冲下来。它肚子膨胀,皮毛脱落,形象丑恶,引起我心中一丝不快,幸好它转眼即随波而去,我的不快也随波而去。东北风过后,空中又斜飞下稀疏的白色雨点,这些雨点显得轻飘飘的,仿佛用锡箔纸剪成的一样。几十只白色的海鸥从上游飞来,它们的颜色是银灰色,比雨点颜色深一些,所以可以清楚地发现,它们的飞行是特技飞行:在斜飞的雨点中穿行,不让一个雨点落在羽毛上,尽管它们的羽毛沾有油脂,雨水打不湿它们。

观看了一阵子海鸥飞行,我觉得肚子有点饿了,恍然想起午饭还没吃,便问:"你饿不饿?"

他反问道:"你呢?"

我说:"我已经饿得很厉害了。"

他也说:"我也饿得很厉害了。"

我说:"我的旅行袋里有面包、香肠、德州扒鸡,还有一瓶茅台酒。"

他说:"还是拿回去给你家大爷大娘吃吧。"

我慷慨地说:

"咱哥俩十几年没见面了,今日重逢,是天大之喜,战友情胜过父母情,让我们干掉它们。你等着,我下去拿!"

我低头往下看,发现不知不觉河水已经涨到与河堤平齐了,这株生长在河堤半腰的柳树的下半部已经淹在水中,只余下我们站在上边的树冠,宛如一座洪水中的孤岛。我的行李在河堤上,随时都会被水冲走。他说:

"算啦,你这个头脑发达四肢不灵的家伙,在黄县时就笨,现在发了福,更笨,等着,我下去拿。"

他这次没从枝杈万千、曲折犹如迷宫的树冠中下去。

“看哥们给你表演个空中飞人!”他说着,像跳水运动员一样在树冠上单腿腾跳,树冠像力量强大的弹簧把他弹向空中,落下,再后弹起,连续三次,一次比一次高。最后一次他的身体离开树冠足有十米高,我仰脸望他时,甚至都感到他的身体因与我距离拉远而变小了。在十米高处他翻了一个筋斗,并借机俯下身体,舒展开四肢。河上升腾起的水汽托住了他,使他姿态矫健潇洒,犹如翱翔的鹰隼。我想不到这家伙竟练就了这样的超人技巧,所以我瞠目结舌。他对着我的旅行包俯冲下去。俯冲的过程中他做了一个转体动作,所以他是笔直地落在了河堤上的。从高空落下,竟然没有发出什么声响,这样的轻身功夫可谓空前绝后,武侠小说中胡编乱造出来的那些盖世英豪也不过如此了。

他站在堤上问:

“东西在哪只包里?”

“在那个灰色人造革包里。”

他拉开旅行包,把两只用塑料袋装着的果汁面包、一只用纸盒装着的德州脱骨扒鸡、两根蒜味香肠摸出来,然后,一件件地扔给我。他是军区级的投弹能手,扔东西时手上像长着眼睛一样,用力恰当,又稳又准,我接时毫不费力。最后,他把那瓶茅台酒扔给我。我担心这些东西漏到树冠中,不敢放下,抱在怀里。

“你怎么上来?”我问。

“小意思!”他说。

他后退两步,纵身往前一跳,脚尖在柳树与河堤之间水面上露出的紫穗槐梢头上点了一下,便像只绿色的猫一样,蹿到树冠中来了。我弯腰拨开树冠上的细枝,看到他如一股急烟,盘旋着升了上来。

“怎么样?”他得意地问我,龇出一口比过去明显白了的牙齿。

“了不得!”我说,“你小子什么时候练成了这套飞檐走壁的本事?”

“这算什么,小把戏好练。”他满不在乎地说,“比咱俩练吃豆时省事多了。”

八

于是,守备区礼堂猩红的天鹅绒大幕便缓缓地拉开了。那是1977年八一建军节的前夜。

我和钱英豪待在后台化妆室里,心中像揣着只小兔子,别别地乱跳。那时守备区有一个名为业余实则专业的战士剧团,逢年过节就登台演出几次,演出节目无非是独唱、舞蹈、对口快板、山东快书、相声、样板戏选段之类。战士剧团有一个专管报幕的女演员,个子很高,鼻子很大,嘴也不小。我们第一次见她是在守备团的简陋礼堂里,那时我们刚入伍半个月,在新兵连里睡稻草铺啃窝窝头冻得直流清鼻涕,所以一进暖气融融的礼堂就像进了天堂。当这个高鼻阔嘴浓妆艳抹的女报幕员从大幕中钻出来时,我们都以为是仙女下了凡尘。心里想要是能找到这么样一个媳妇哪怕过一天死了也不枉为人一世。从来没见到过的强烈灯光照耀着她。她穿着一身新得发亮的军装,亮晶晶的黑皮鞋,裤线笔直,像刀的利刃。胸脯那儿隆得很高——后来我们在一起私下议论她这个时,钱英豪十分内行地说:你们统统外行,那是假的!我见过那玩意儿,一副驴遮眼里,塞上一斤多棉花,怎么能不高呢?——她脖子细长,像蒜薹一样。嘴唇红得透亮,鼻子雪白,眼睛是两大团漆黑、眉毛略有掉梢,额头也是雪白。尤其是那一头乌发高高地蓬着,蓬而不乱,亮得晃眼睛,不知抹了几斤桂花油——又外行了,钱英豪批评我们道,那是用的发蜡!上海造,钻石牌,四方形铁盒装着,一块二毛钱一盒,还还还桂花油呢,你以为她是地主的小老婆?地主的小老婆才用桂花油——这家伙,好像什么都知道,好像他是报幕员的化妆师,好在我们什么都不知道,由着他信口胡说——她怀里搂着一束鲜花，有红的有紫的有白的有黄的，简直是五彩缤纷。那花鲜得呀像刚从枝上剪下来的一样——钱英豪这个杂种硬说花是塑料的——她搂着鲜花一出大幕，台下的新兵简直炸了营，起初是嗷嗷乱叫，一个军官站在过道里喊：不许乱叫，鼓掌！于是紧紧闭住嘴、发了疯样拍巴掌，拍得指头骨都痛了——钱英豪批评我鼓掌姿势不对，既费力手又痛发出的声音还不大。他说两只手掌弯曲成弧形，不要正对着拍，要十字交叉着拍，这样两掌之间有一个空间，发出的声音特别大而且手还不痛。我一试验，果然他说得对。他得意地说：服气了吧？我说：服倒是服了，不过她一出来，我整个人都懵了，哪还顾得上去研究拍巴掌的姿势？他说：你这种人干不了大事。我问为什么，他说干大事的人无论在什么情况下都要保持头脑冷静——尽管没有几个新兵会像钱英豪那样研究鼓掌姿势，但掌声还是像浪潮一样，差点把礼堂的盖子给掀了。她一定很得意，因为她对着我们咧开嘴闪出两排白牙，腮上挤出两道沟沟，她在笑。这么多小伙子给她鼓掌她怎能不得意呢？掌声终于停息了，她迈着小碎步走到头上缠着红布的麦克风前，千娇百媚又一笑，然后启朱唇露银齿，声音犹如叮咚泉水从嘴里流出来：

"敬爱的首长，亲爱的战友们，你们好！"

又是一阵掌声，就像报纸上常说的那种"暴风雨般的掌声"。这次我们改掉了农民习气，只拍巴掌，再也不嗷嗷乱叫了。她又说：

"我代表守备区战士业余剧团向你们致以崇高的敬意！"

说到"敬意"时，她把声音突然扬上去，好像平地上突然冒起了一座高楼，好像河面上突然掀起了一个波浪，这一下犹如火上浇油，把我们煽得激情似火，熊熊燃烧，还犹豫什么？还研究什么？鼓掌吧同志们！她又说：

"亲爱的新战友，你们放下镰刀锄头锨镢二齿钩子，参加解放军，穿上绿军装，走进革命队伍，扛起革命枪，鲜红领章两边挂，五角帽徽闪金光。我谨代表战士业余剧团向你们致以崇高的军礼!”

她双手搂着那束鲜花,其实无法行军礼,我们对此表示充分的理解,鼓掌。她说:

“欢迎新战士专场文艺演出现在开始,第一个节目大合唱《我是一个兵》。”

原来这场演出是为我们新战士准备的,当兵真好,当兵真有意思。她搂着那束鲜花钻到大幕里去了。原来这束鲜花也是献给我们新兵的,人多花少,不够分,分不好得罪人,所以她抱回去了。对此我们也表示充分的理解,鼓掌。然后大幕彻底拉开,军号吹响,战歌嘹亮。节目有精彩的也有不精彩的,其实节目已经无关紧要了,我的心整个地拴在了那报幕员的身上。现在,仅仅距那次演出一年半的时间,我和钱英豪竟然作为战士业余剧团的特邀演员,与她一起同台演出了!

这时我们已经知道她叫牛丽芳,七三年的兵,原先在守备区医院当护理员,因为能歌善舞,被选到业余战士剧团。起初跳舞,后来因为摔了腿,改行报幕。我和钱英豪在黄县守备团的礼堂里演出过,那时大家都放松,台上战士演,台下战士看。这次可不行了,台上是专业人才(除我和钱英豪)演出,台下观众里有军队和地方的许多高干,我们不紧张才是怪事。我这人有个怪毛病,一紧张就想蹲厕所,真蹲到厕所里又没有景,一出来又不行。进进出出,反复折腾,闹得苦不堪言。剧团领导过来安慰我:“别紧张,像在黄县时一样,放松,彻底放松。”话是这么说,但我总放松不了,气得钱英豪一把捏住我大腿根死劲地一拧,哎哟我的亲娘!痛得我在地下蹦了一个蹦(事后发现大腿里侧青了一大片),眼泪都流出来了。说也怪,钱英豪这一下子,竟把我的毛病暂时治好了。我的肚子轻轻松松,心跳也变得有规律了,再也不用坐立不安、把两条腿像拧绳子一样拧来拧去了。只有大腿根里侧火烧火燎地痛。我安静地坐下来,听着前台的动静。

掌声停止,演出开始了。舞台上的巨大轰鸣被层层墙壁挡住,传到化妆室时,已变得很柔和,我竟产生了自己是呆在透明的水里谛听岸上声音的感觉。这时曾受到我高度崇拜的报幕员牛丽芳提着一束鲜花进了化妆室。我和钱英豪借调到剧团还不到两个星期,见过几次未上妆的牛丽芳。她不上妆时脸色苍白,嘴唇破旧,双眼无神,眉毛稀疏,头发虽黑但没有光泽。初见时我根本想不到是她。那天是星期天,她反穿着军用棉衣,让绗线暴露在外,趿着一双红色塑料拖鞋,端着脸盆,脸盆里盛着肥皂什么的,湿漉漉的头发里插着一把粉红色塑料梳子,从澡堂那边走过来。钱英豪戳我一下说:

"呶,报幕员!"

我赶紧看他一眼,说:

"不像吧?她怎么会是这副模样?"

钱英豪说:"要是不是她,我把眼珠抠出来给你当玻璃球儿玩!"

我又看了她一眼,说:

"模模糊糊有点像。"

"别的不说,你就看看她那嘴吧,我敢打赌,咱全要塞的女兵数她嘴大。"钱英豪肯定地说。

当我遵照着钱英豪的指示,再次回头专门去看她那张大嘴时,却碰上了她那恶狠狠的目光,吓得我赶紧缩缩脖子,抽回眼睛,听到她在背后骂我们:

"流氓!"

她的骂使人感到羞愧难当,因为我忽然意识到,不着彩妆的她更加令我迷醉,而最让我迷醉的竟是她那张大嘴。

她提着上台报幕的那束鲜花依然是去年献给我们的那束花。她把它摔在桌子上,离着我很近。我看着那束花上沾着灰尘和化妆油彩,果然是束塑料花,钱英豪果然经验丰富。我不由得去看她,但她已把身体侧过了,将半个脸半个身体对着我们。她的脸上涂着浓厚的油彩,耳朵后边和脖子上的皮肤显得又灰又黄,这种对比使我产生了不舒服的感觉。她从化妆桌上端起一只用绿色塑料绳编织套套着的果酱杯子,凑到唇边,轻轻地呷了一口水。杯子里有两枚黑黑的东西晃动着,钱英豪说那是治哑嗓子的中药胖大海。喝完水后,她又拿起一管红颜色对着镜子抹了抹嘴唇。她的舌苔焦黄,腮上有一些白色的小包从厚重的油彩中凸出来。这个像仙女一样在我的思念中生活了一年半的女人,现在竟然与我近在咫尺,我看到了她的永远无法被台下观众看到的东西。钱英豪竟然大模大样地问她:

"老牛,我们的节目什么时候上?"

她用舌头抿了一下嘴唇,斜看我们一眼,冷冷地说:

"节目单上不是印着嘛!"

然后她对着我们十分牛皮地皱了皱鼻子,狠狠地用白眼剜了我们一下,匆匆地跑出了化妆室。

节目单上印着:

滑稽小品:

《吃豆》

表演者:

钱英豪、赵金(黄县守备团战士)

说实话,我们俩都不是浓眉大眼高鼻梁的英雄形象,做梦也没有想到竟然当了演员登了台,尽管是临时借调的。这件事纯属偶然:七七年春节,怕新战士想家,连里要组织文娱晚会。指导员说,"四人帮"都粉碎了,今年咱要解放思想,不再搞什么"击鼓传花"、"诗朗诵"等等老一套,大家开动脑筋、出点新花样,只要内容健康就行。好的节目推荐到团里会演,在大礼堂,尤其是新同志要各显神通,有本事不露可就埋没了。

指导员训话后，钱英豪找我，说：

“赵金，咱俩出个节目吧？”

“你别逗了，我这人你也不是不知道，见了生人脸就红，让我出节目，你还不如杀了我算了。”我没好气地说。

“我这个节目好演，不要你说一句话，只要你上了台，张着口等着就行了。”钱英豪狡猾地笑着说。

“这算什么节目？”我纳闷地问。

钱英豪笑着说：

“这个你就不懂了。哎，我问你，还记不记得张老六？”

“当然记得，”我说，“咱跟着他割过草。”

“吃过他烧的豆！”钱英豪特别强调道。

张老六是我们村里的孤寡老头，秃头、小眼睛、罗圈腿，满肚子鬼狐故事，以割草卖草为生，提到张老六，我的眼前立即展开了故乡那一望无际的荒草甸子，金秋时节，草梢黄了，草缝里盛开着野菊花，满甸子香气浓郁。天蓝得令人目眩，蓝天上悬挂着白得让人头晕的云。我们赶着牛，跟着张老六，到荒草甸子里去。头上一片婉转的鸟鸣，地下奔跑着野兔子。到了甸子边缘，老六说：“孩儿们，偷豆子去吧！”我们一窝蜂扑到邻村的豆地里，每人拔一堆干透了的豆棵子，抱着，跟着张老六，牵着我们的牛，深入到草甸子中央。老六把我们偷到的豆棵子集中起来，吩咐我们去拾点干草。我们一哄而散，四下里拾来干草，集中到老六身边，老六把干草顺成一溜，把豆棵子均匀地铺上，然后在上风头点上火。火似一条龙往前走，噼噼啪啪豆爆响。火着到头，地下余下长长一条灰烬，个别的草梗还在扭曲着燃烧，冒着细弱的青烟，大批的青烟消散在草地里。适才的火焰烤得我们肚皮灼疼，焦豆的香味已从薄灰中散出来。张老六的秃头上汪着一层油，沾着几线白灰。我们都看着我们的领袖。他说：“脱下褂子来，都给我扇!”我们脱下褂子,扇扇扇!扇扇扇!扇走灰烬露出青色的地皮和均匀地散布在地上的焦黄的豆。张老六烧豆的技术一等第一,不焦糊不夹生,又酥又脆,香气满嘴。他说:“吃吧孩儿们!”嗷地一声我们扑上去,有跪着的有蹲着的,用最快的速度吃。有单手捡了往口里掩的。有抓起一把吹吹灰屑整把往嘴里掩的——这是我的方式,虽笨拙但实惠,缺点是经常把泥块、兔子屎之类的东西吃到嘴里去。张老六是吃豆的技术能手,他左右开弓,手指像鸡啄米一般迅速。我们是把豆掩到嘴里,张老六是把豆远远地投进嘴里。他不用眼睛,全凭感觉,焦黄的豆粒百发百中地蹦到他的嘴里去。吃完豆后,我们的嘴巴乌黑,张老六的嘴巴灰尘不沾。钱英豪羡慕他吃得潇洒,跟着学,开始很慢,不几天后便超过了张老六。钱英豪心灵手巧,学什么会什么,上树、凫水、夹鸟、打弹弓,都是一流高手。我也跟着他练这练那,但什么也练不成……

他找了一个酒瓶子放在窗台上,退后几步,从口袋里摸出一把黄豆,对我说:

“看着。”

然后他把那些黄豆一粒粒地往酒瓶里投,虽然不是百发百中,但也是八九不离十。我很佩服但决不惊讶,我知道他什么事都能干出来。他说:

“看到了?”

“看到了。”

“明白我的意思了没有?”

“不明白。”

“你真笨!”

“我从小就笨,别人不知道,你还不知道?”

“我想咱俩出个吃豆的节目。”

“怎么吃?”

“咱俩上台,你张着口、我把豆粒一粒粒都投到你嘴里去。”

我一听就火了,说:

“你想用生黄豆胀死我?”

他笑着说:

“你个笨蛋,我到炊事班炒熟不就行了。”

我担忧地说:

“你能保证颗颗都投到我嘴里去?”

“咱练练试试。”

他让我背靠窗台站着,他自己退到墙根,命令我:

“张开口!”

我张开口。

“把嘴咧大点。”

我咧大嘴。

他摸出黄豆,投过来,黄豆打到我的鼻子尖上。

“你别瞎胡闹了!”我摸了一把鼻子说。

“第一颗不算,人家炮兵打炮还允许试射三发呢!好伙计,张大嘴,让我练练。”

我仰起头,张开嘴。

他用食指和拇指捏着一粒黄豆,稍微一瞄准,嗖一声,那粒黄豆果然恰好飞进我的口腔。连续投了十几颗,除了有一颗打在我嘴角上弹落在地外,其余的发发命中。这时正好副指导员进来,一看这阵势,问道:

“钱英豪,你又拉着赵金搞什么鬼名堂?”

钱英豪说:

“报告副指导员,我们俩正在排练文艺节目。”

副指导员说:

“什么文艺节目?”

钱英豪说：

“吃豆。”

我把嘴里的黄豆吐出来攥在手里，看着钱英豪对副指导员连说带比划地讲解着我们的节目。钱英豪说完了，副指导员歪着嘴笑道：

“你这小子满肚子歪门邪道！你们表演一下给我看。”

钱英豪又把几十颗黄豆扔到我的嘴里，这次是每发必中，没有一颗瞎的。副指导员也不由得赞叹道：

“你小子，在这儿当兵真是屈了材料，应该把你送到杂技团里去！这个节目基础不错，来来来，咱把它提高一下！”

副指导员很有文艺细胞，他让我不要僵立不动，要主动配合钱英豪。副指导员说：

“这个节目有两个方面的要求，第一方面的要求是针对钱英豪的。你要练到不论从什么角度、不论用什么姿势，都能把黄豆投到赵金嘴里去。第二方面的要求是针对赵金的，赵金要练到能用嘴巴接到不论钱英豪从什么角度、用什么姿势投过来的黄豆的程度。”

“副指导员，”我担忧地说，“那我不就成了一条大黄狗了吗？”

副指导员笑着说：

“可以用狗的意识去练，但你不是大黄狗。”

“副指导员，能不能让炊事班把黄豆炒熟？”我问。

副指导员潇洒地说：

“没问题，先炒十斤，用完再炒。”

我们的节目在连里引起轰动。到团里又引起轰动。据说我们那个不识字的大老粗许团长说他奶奶的从哪里招来这样两个日怪兵，简直是成了精。我们在团部礼堂演出时，观众席上有一个女人是战士业余剧团副教导员的家属，她把我们的表演情况告诉了丈夫……就这样，我们坐在守备区礼堂的化妆室里了。

前台主任冷漠地通知我们：

“《吃豆》准备上场。”

我和钱英豪走出化妆室，站在一道侧幕后，与千娇百媚的牛丽芳站在一起。舞台上正在表演着陕北秧歌剧《兄妹开荒》，男的侉声侉气，女的尖声尖气，脚后跟跺得舞台上的地板扑通扑通响。牛丽芳斜着眼看我们，我感到她的眼神里流露出对我们的轻视和仇恨。

《兄妹开荒》开完了，两个演员气喘吁吁地走到后台，正为一件什么事在低声拌嘴。台上开荒，台下吵嘴。牛丽芳闪到舞台上去了，我清楚地听到她向台下观众说：

“下一个节目，滑稽小品，《吃豆》。表演者，钱英豪、赵金。”

掌声响起。牛丽芳闪进来。我还在发愣，钱英豪推我一把，说：

“上台呀！”

我们来到战士剧团后，剧团的编导帮我们把节目加工提高了不少。在连里在团里的表演基本是即兴的，扔多少豆没数。有一次钱英豪投到我嘴里的黄豆足有半公斤，我来不及细嚼——他的豆像机枪子弹般射到我嘴里，为了不出纰漏，我只好囫囵吞豆。下了台肚子整夜发胀，崩崩崩大放响屁。业余剧团的编导规定我只吃四十九颗豆，每七个豆为一个单元，每个单元有固定的形体动作，又清楚又简洁。哪一个豆从什么方向飞来我心中都有数，可保万无一失。导演还给我们换了服装，我扮成老农：头扎白毛巾，上穿对襟褂，下穿扎腿裤，足登二道鼻布鞋。钱英豪扮成顽童：上穿红坎肩，下穿绿裤子，赤着脚，头上起一撮毛，扎成一根冲天小辫。整个一副马戏团小丑打扮。那四十九颗豆装在他脸前的小布袋里，袋口用猴皮筋系着，以防蹦蹦时颠出来。战士剧团的编导说我是钱英豪的爷爷钱英豪是我的孙子，我们俩表现吃豆的过程也就是祖孙嬉闹的过程。

那时思想刚刚解放，舞台基本上还是由工农兵形象占领着。我和钱英豪一上台，台下就响起了一阵古怪的笑声。第一组七个豆是我坐在椅子上，仰起脸，张着嘴，钱英豪站在离我五米远的地方，把豆子一粒粒投到我的嘴里,颗颗香甜,粒粒命中。台下一片掌声。第二组七个豆是我站着,钱英豪坐着,把豆投到我嘴里,粒粒命中,颗颗香甜。台下掌声一片。我们来了情绪,忘了拘谨,随机应变,小花样百出,突破了战士剧团编导为我们编织的套路。钱英豪这小子早就有阴谋,在那只小口袋里装了起码一百颗豆。最精彩的一颗豆是这样吃法:我们俩背对着,距离五米半,我仰面朝天,他捏着一颗豆,从他的头上高抛起来。我等待着那颗豆,我在仰望那颗豆,我在盼望那颗豆。舞台上炽亮的天灯刺得我眼睛难受。它来了,像个金色的小甲虫。这颗豆扔得准确无比,凭感觉我知道它会掉在我嘴里,根本不要我用嘴修正。一转念间它就落在我的舌尖上了。台下的掌声和笑声十分热烈,我脖子硬了,眼睛花了,肚子胀了,老孙子,饶了爷爷吧。钱英豪往大肥裤腰里一伸手,又拽出一袋豆子来。足有一千粒!我可不管你了,孙子,爷爷我飞一样蹿到后台去了。钱英豪追下来。这是即兴创造,后来据团长说这样结束十分有趣。前台主任喜笑颜开跑过来,拉着我们往前台推,舞台下像烧豆一样。我着急地说:

"我不吃了我不吃了!"

主任说:

"谢幕!谢幕!"

我们哥俩谢了幕。回来后,我说钱英豪你安的什么心肠?想撑死我?他说伙计你以为当我的爷爷你那么容易?我说不容易不容易真他妈的不容易!我们俩正低声争吵着,牛丽芳报幕回来。没看到我们时板着脸,一看到我们,脸板不住了,"噗哧"一声她笑了。紧接着她用手掩住了嘴。这一笑意味着她喜欢我们了。我心花怒放。正想找句话儿说,他妈的钱英豪又抢了先。他从袋里摸出一把豆,扬起胳膊,说:

"老牛,张大嘴!"

牛丽芳一愣,把手从嘴上摘下来。她不但没有张大嘴反而紧紧地绷住了嘴，松弛了的脸蛋又板了起来。她再也不理我们，连看一眼也不。钱英豪这一个玩笑把我们通向她的友谊之路彻底堵死了……

九

我把思绪从“吃豆”中拉回来时，看到他已在树冠上铺下了一块粉红色的塑料布。看起来他的树冠里一定还储藏着许许多多宝物，即便他从树冠里提出一支压满子弹的冲锋枪我也不会再吃惊了。他把面包、香肠、烧鸡摆在塑料布上，拧开酒瓶子，伸手从树冠里摸出两个搪瓷缸子，咕嘟嘟倒酒，在我们周围立刻就弥漫了浓郁的酒香。

他端起搪瓷缸子，举到我面前，说：

“为了咱哥俩的久别重逢——干！”

搪瓷缸子相碰，发出清脆声响。我们仰起脖子，咕嘟嘟灌了几大口，酒精立即渗入血液。他的脸上，有一层铁锈样的屑片，轻轻地落下来。他感慨地说：

“十几年没闻到茅台酒味了。”

“这酒其实也没有什么了不起，只不过是送礼的人把它的身价哄抬上去啦。”

“我知道，我们这边也兴起送礼风来了。”他撕了一条鸡腿，先放到鼻子上嗅嗅，然后快速地吃起来。我惊异地发现他的吃相邪恶而丑陋。他把整条鸡腿塞进嘴里，嘴唇不动，牙齿咯咯唧唧一阵响，手里就只剩下一根光溜溜的骨头了。他把骨头随手往河里一抛，水面上翻起几簇浪花，一条红色的大鱼像电一样地闪现了一下它的身形，随即便消失了。

半缸子酒落了肚，他脸上的铁屑剥落了几层，显出了青紫的底色。酒意上来，他的话明显地多起来，身体也在树冠上前仰后合。

“兄弟，我知道你方才想什么。”他狡猾地笑着说。他这种狡猾的笑容我十分熟悉,每逢他这样笑,就说明他要捉弄人了。不过现在他是不大可能捉弄我了。

“你说我在想什么?”我说,“猜对了我敬你一杯酒!”

他哈哈一笑,说:

“我要猜不透你心里那点小念头,就枉做了十年鬼!你在想她——”

“她是谁?”我故意装糊涂。

“大嘴巴牛丽芳呀!”

“你算蒙对了吧!”

“根本不是蒙,”他说,“你脑子里想什么,我隔着你的颅骨就看到了。你的脑子里有一块屏幕,像个火柴盒那么大,大嘴巴牛丽芳在那儿闪过来闪过去,你怎么能骗得了我?”

“噢呀,”我说,“你这不是具有特异功能吗?”

“在活人的世界里算特异功能,在死人的世界里就不算稀奇了。”他说。

“好好好,”我把酒瓶里的酒统统倒到他的搪瓷缸里,说,“算我输了,敬你一杯。”

他端起缸子,一仰脖子灌了个罄尽。又一层锈屑从他脸上噼噼啪啪地爆裂下来,这时他的脸变成了嫩绿色,那些个痤疮颗颗鲜红。鲜红嫩绿,相映成趣,使他的脸像一幅鲜活可爱的图画。

他说:“你知道牛丽芳的情况吗?”

我摇摇头,说:“到了南边后,我跟老部队断了联系。她大概有四十岁了吧?老太婆了。如果她发了福,她的嘴可能会显得小一些,如果她瘦了,那嘴可就更大了。”

他说:“反正咱都是过来的人了,我把我的秘密告诉你吧!”

他倏然进了树冠,转眼又冒上来。他递给我一个赭红色塑料封面的相册,说:

“你先翻着看看吧!”

我翻开相册,逐页看着那些因埋藏地下多年而变得霉迹斑斑的照片。第一页镶着新兵连时期的钱英豪,黄县工农兵照相馆的作品。钱的脸色灰白,鼻子上像抹了一块石灰。接着翻出了我们五个同乡战友的合影,也是黄县工农兵照相馆的作品,五个人分两排,前排坐着我与胖子张思国,后排站着郭金库、钱英豪、魏大宝。左上角印着一行字:“忆往昔峥嵘岁月稠”。看着这张照片,我黯然神伤:钱英豪牺牲了;魏大宝复员后犯了伤害人命罪,判了十二年徒刑;张思国复员后在家下庄户,听说还没说上个老婆,光棍着。“郭金库运气不错,”他把话插进我的思绪里,“去年上边来了文件,说凡参加过自卫反击战立过三等功以上的都可吃国库粮并安排适当工作,郭金库立过三等功,安排在乡里专搞计划生育。”继续往下翻,翻出了钱英豪与他媳妇李翠香的结婚照,钱英豪战前全副武装的照片……最后出现了战士剧团报幕员大嘴姑娘牛丽芳的半身放大照片。这是一张艺术照。照片用的布纹纸,周围是锯齿状花边,蓬莱县工农兵照相馆的作品。照片上的牛丽芳侧着脸,睫毛翻卷,眼波流动,满腮微笑,看不到完整的大嘴,只能看到一个妩媚秀丽微微翘起的嘴角。往昔的“峥嵘岁月”稠密地在我的脑海中那块火柴盒大小的屏幕上闪现出来,那张陈旧的凄凉大嘴使我忧伤而惆怅。我合上相册,长叹一声,把牛丽芳送回了我们的“峥嵘岁月”。

河水愈涨了,几乎没了波浪,水面辽阔,浩浩荡荡,那些鸟鸥们翩翩飞舞在我们眼前。太阳略微露了一下脸,满河金光闪闪,河心那道激流处,竟是一片刺目的白光,好像炽热的钢水在流淌。雨点在阳光下,亮得如同金星星。

“你跟她是不是有一腿子?”我把自己从对牛丽芳的思念中解脱出来,故作轻松地问。

他犹豫了一下,说:

“算了,还是不告诉你吧,免得你听了难受。”

“瞎扯,我跟她无亲无故,我难受什么!”

“正因为跟她无亲无故你才难受呢。”

“别卖关子了,老实交待吧!”

“其实也没有什么,”他狡猾地一笑,说,“无非是搂搂抱抱罢了。”

“说说说,说详细点!”

“咱俩从战士剧团回黄县后,我因为食物中毒去守备区医院住过院,你还记得吧?”

“记得,你偷吃了食堂的螃蟹,上吐下泻。”

“刚好牛丽芳也在那儿住院,细菌性痢疾。我需要跑厕所,她也需要跑厕所。一见面我就说:‘小牛!’——知道为什么我不叫‘老牛’叫‘小牛’吗?‘小牛’好听亲热还证明她很小很可爱。她一咧嘴,笑了,说:‘吃豆的!’我说:‘你怎么啦?’她反问:‘你怎么啦?’我说:‘吃豆吃撑了,拉肚子。’她噗哧一笑,说:‘少吃点,不知道军马场饲料紧张吗?’我说:‘今后不吃了,省下黄豆喂小牛。’她说:‘我才不吃那鬼东西哩!’我说:‘你吃什么?’她想了想,说:‘我吃青草!’我说:‘对,你吃的是青草,挤出的是奶!’她说:‘你真讨厌!’”

“就这样,一来二往,越混越熟。她就把照片送给我了。”他笑着说。

“你说得太简单了。”

“我怕说得太详细了会刺激你。”

“绝对不会的,说吧!”

“我说过我们俩的感情是建立在去厕所的路上的,我们的爱情过程散发着厕所的味道。尽管我已经不再拉肚子了,而且我也知道她也不拉肚子了,但我们去厕所的频率越来越高,起初是白天,后来是夜晚,医生已经让我出院我说我头晕,医生说那就再吊几瓶子盐水观察一个星期吧。你去过守备区医院没有？厕所是露天的，推开走廊东头的门，弹簧门、门外便是个生满杂草的小院，院子北边往里拐有个僻暗角落，生着一丛紫荆。那天晚上我在去厕所的路上截住她。我说站住。她说干什么？我说下星期我就要出院了。她说你出院不出院与我有什么关系。我说这一分开怕是再也见不到你了。她说见不到有什么关系。我说你没有关系我可很有关系。她说你跟我没有关系。我说有关系因为我早就爱上了你。她说呸好一个贼大胆儿的新兵蛋子！我说你去黄县慰问新兵演出时我们几十个新兵就集体爱上了你，我是他们推选出来的代表。这个集体的爱你接受也得接受不接受也得接受。我一瞪眼往前逼进了一步。她一瞪眼往后退了一步她说：你想干什么？我说我想代表我的战友们亲亲你。她满脸通红我又进逼一步。她抡圆胳膊响亮地扇了我一个耳光这耳光扇在我耳朵根子上扇得我耳朵里嗡嗡直响眼睛里冒火花她一侧身就跑了。这时候东南风把厕所里的臭味刮过来，真臭。我想我不能白白地挨这一耳刮子，我就不信亲不了她的嘴，当天夜里我没再跑厕所。第二天白天碰到她，她板着脸故意不理我。我笑嘻嘻地说小牛姐姐你好狠的心肠！《三大纪律八项注意》里说‘第五不许打人和骂人军阀作风坚决克服掉’这是毛主席说的，你打人犯了纪律我要到你们单位找你们领导告你的状。我知道我一叫‘小牛姐姐’她心里保准甜滋滋的，果然她咧着嘴一笑说你还告我我不告你就算饶了你一条小命！《三大纪律八项注意》第七条说‘不准调戏妇女们’你还记不记得？我说我没调戏妇女呀我只不过要代表我的战友们吻你一下你就下狠心扇我，你扇我一个人等于扇了几十个阶级兄弟你不对！她说你甭跟我油嘴滑舌没有那么便宜的事！你这样的新兵蛋子我见多了！我说小牛姐姐这就是你的不对了。吻你一下也吻不掉你一块肉怕什么？她说你跟那个吃豆的小子不是背地里嘲笑我大嘴巴吗？为什么还要吻我？我说我们喜欢的就是你这张大嘴巴，俗话说嘴有多大福有多大！她说那个吃豆的小子也爱我吗？我说我们三百个新兵里数他迷你迷得厉害,那可真叫吃不下饭睡不着觉差不多得了相思病。她说我没工夫听你啰嗦找那些小嘴巴去吧！我说我们才不理那些小嘴巴呢。小嘴巴女人心胸狭窄目光短浅一生气把小嘴一噘跟个鸡腚眼儿差不多。她说我不听你说了。我说小牛姐姐开开恩吧可怜可怜我们这些当兵的今天晚上我们再相会。她一转身走了。晚上我就到那个小院里去等。满天星斗。海潮声哗啦啦很远梦一样响着。守备区在大操场放露天电影战士们在拉歌子六连来一个通讯连来一个啪啪啪拍巴掌轻病号都拎着马扎子看电影去了。这里也不住重病号。病房里很空。我去了瞧瞧没见牛丽芳,一个人又跑回来在那儿等着也许真是傻等。这时候一分钟长过一小时,想她来又怕她来这种等待要消耗大量热能这种等待是幸福的等待。皮鞋跟儿嗒嗒嗒在走廊上响起还哼着小曲儿是她来了？是她来了有门儿她是赴约来了。弹簧门响嘎吱吱。她哼着'洪湖水呀浪呀么浪打浪呀'对了那晚上的电影是《洪湖赤卫队》粉碎'四人帮'后刚解放了的老片子。她四处张望着找我我的心突突突跳得我快要牺牲了。我说小牛姐姐你让我好等你再不来我就要死了。她说你死了怨我还要我偿命不成？我说我死了也是轻如鸿毛我死了变成鬼也要去找你——真成了鬼其实也没法子去找她了——她说你别吓唬我了我从小就怕鬼。我说好姐姐求求你让我代表我的战友们亲你一下吧就一下就亲一点点一丁点点……我像团火滚上去笨拙地搂住了她的腰她的腰很细我用上蛮劲一搂她伸出手抓我我把嘴凑上去找她的嘴她竟然没有躲闪还有点迎上来的意思说时迟那时快一阵尖锐的痛楚在我嘴唇上爆发了。你以为她咬我了不是,她紧绷着嘴根本没咬我这家伙用门牙紧咬着两颗大头针自然是尖儿朝外。我说张铁生头上长角身上长刺你伙计嘴上长刺。她得意地笑起来。她的笑煽动着我又一次搂住她,用一只胳膊搂住腾出一只手抓住她的,她把腰使劲弯下去弯不下去了吐了大头针低声叫唤着你别这样别这样别被人撞见……我也怕被人撞见呢我抱起她她个子高你知道腿拖着地我放下她抱住她的大腿她用脚踢着我两只胳膊却紧紧地搂住我的头她的乳房压在我的鼻子上,我趺趺撞撞地把她抱到那个生长着冬青树的僻静的角落里,行喽这里安全谁也不会过来不用怕被人看到了。我又去摸她的胸,两只手都伸了进去她根本没戴什么‘驴遮眼儿’当然更没塞什么棉花之类的。我的判断纯属胡说八道。它们像咱老家的白面馒头一样货真价实硬邦邦的但很有弹性凉凉的因为夜晚的海风轻轻吹拂凉森森的她只穿着一件白衬衣把它们冻凉了。她把脑袋晃动得像拨浪鼓一样。哎呀哎呀我受不了啦,她猛扑到我身上周身发烧像火炭一样张开那大嘴巴喷吐着甜丝丝儿的发面馒头味道来找我了。她的肥嘟嘟的嘴唇像密不透风的橡胶圈一样紧紧地包住了我的嘴吮着吸着啃着咬着我的嘴唇。被大头针刺破的地方汩汩地流出血来我尝到我的血又苦又咸她从头到脚都在颤抖着我积极反攻用我的嘴唇去包围她的嘴太大了包围不过来我只好嘬住她嘴唇的中部我一嘬她就哼哼唧唧地叫唤。后来我拱开她的嘴唇启开她的牙齿把她的舌头吸出来像吃海螺肉一样她的舌头也是肥嘟嘟的跟海螺肉的味道基本差不多她把身体使劲挺着哎哟哟地唤着我们俩交换着唾液交换着呼吸交换着……行喽往下我就不说了……她说她从来不知道接吻是这样的激动人心行喽我不再往下说了……”

他端起缸子,呷了一口残酒,双眼放着光,脸上爆着锈屑,像刚从炉中提出来的一块等待锻打的熟铁。

“便宜都让你这个小子占了!”我满怀醋意地说。

他抓起那只烧鸡头嚼着,骨头渣子掉到河水中,引得河中群鱼泼剌剌跳跃。他真诚地说:

“事后想起你,我感到很内疚,但人家都说爱情是自私的对不对?”

我捅他一拳,说:

“你小子,为什么不跟她结婚去?”

“我想跟她结婚,她能跟我结吗?我原想在南边打成个英雄回来跟李翠香吹了,就去找她。”他苦笑着说。

“她知不知道你牺牲了?”

“嗨,别天真啦!”他忧悒地说,“你以为她还会记着我一个农村兵?再说我也不是英雄。我要像李成文那样,开战第一天就舍身炸个暗堡,电台广播,报纸登照片,她也许会触景生情,想起跟我还有那么一段故事。”

“说到底你是运气不好,”我说,“你死得挺窝囊。”

“这样也好,”他说,“要是我真成了英雄,那不很荒唐吗?我干了多少坏事呀!要是我成了活着的英雄,回守备区演讲,正碰上牛丽芳,那就热闹了。哪有英雄在住院期间闹恋爱的?”

我说:“也许英雄里边也有在没成英雄前做过荒唐事的。”

他说:“不提旧事了,死都死了十几年,还后悔什么呢。”

我端起搪瓷缸,说:

“让我们为牛丽芳干完杯中酒吧!”

他说:“好,干!”

我们吃完了面包、香肠。他把酒瓶子塞到树冠里,提起塑料布,把上边的食物渣滓抖到河里,大群的鱼儿吱吱呜叫着围拢过来。有白鳝有鲇鱼有鲤鱼有草鱼还有一只大如团扇的老鳖。他突然问我:

“想不想钓鱼?”

“想啊,有钓竿吗?”

十

两个少年手持钓竿向河边跑。天上下着毛毛细雨,胡同里满是泥泞,一些被雨水灌出来的白颈蚯蚓在泥泞中笨拙地蠕动着。那时我们读五年级,我十二岁。钱英豪十三岁。

看到蚯蚓,我停住脚,喊:

“钱英豪,咱们还没有鱼饵呢。”

他说:“噢,我忘了。”

我说:“这儿有条大蚯蚓。”

他走回来,看了一眼,转过头去吐着唾沫说:

“我最恶心白脖蚯蚓了。被它咬了要得麻风病。”

我说:“白脖子蚯蚓气味大,鱼愿意吃。”

“你把它们逮起来吧。”他说。

我从篱笆上掐了一片扁豆叶将白脖蚯蚓捏起来,它在我手里扭动着。钱英豪看了一眼,竟捏着脖子干呕起来。

我问:“你怎么啦?”

他摆摆手,擦擦眼泪说:

“我怕白脖蚯蚓,你快把它弄死。”

我找了一块碎玻璃,把蚯蚓切成几段。它流出一些绿色的血和黄色的泥浆。

河里只有半槽水,中流处漂着一些黄色的泡沫,我们选择了一处生着茂密荻草的地方蹲下来,河堤在这儿拐了一个弯,形成了一片静水,白鳝和鲇鱼最喜欢在静水里找食吃了。

我们把缠在钓竿上的尼龙线放下来,尼龙线弯曲着,抻不直,钱英豪说不要紧尼龙线是水线,放到水里自然就直了,他说赵金你把鱼饵挂上吧,我怕白脖蚯蚓。我帮他挂好鱼饵,自己也挂好鱼饵,我们把鱼钩和尼龙线慢慢地顺到水下去。水面上立即漂起两个用麦秆草捆扎成的浮子。这时河堤上传来两声汪汪狗叫。我们回头,看到钱英豪家的黑狗“巴鲁”摇着尾巴对我们鸣叫。“巴鲁”全身黑油油,只有双眼上方各有一撮焦黄的毛。钱英豪抬手对着“巴鲁”一招,说:

“‘巴鲁’过来!”

“巴鲁”钻开荻草，小心翼翼地来到我们身边，摇动着尾巴，把荻草碰得嚓啦嚓啦响，还对着面前奔腾的河水呜呜叫。钱英豪拍拍它的头，说：

“趴下，别叫！你一叫鱼就不上钩了。”

“巴鲁”顺从地趴在钱英豪身边，双腿前伸，脑袋搁在前腿上，明亮的眼睛盯着河水出神。

细雨如烟，河上一片朦胧。浮子在水面上呆呆地漂着，没有鱼儿咬钩。一只瘦弱的癞蛤蟆从湍急的河面上困难地泅渡过来，进入我们面前的静水区域，它舒展地用前肢划水后脚蹬水夹水，在平静的水面上留下一道宽宽的波纹，波及我们的浮子。“巴鲁”颈上的毛滚动着，呜呜地低鸣起来。钱英豪按着它的头说：

“‘巴鲁’听话，别叫，一只癞蛤蟆，别理睬它。”

“巴鲁”安静了。癞蛤蟆终于登了陆，爬到紧傍着河水的荻草丛中，瞪着眼喘息。一只大肚子蝈蝈，在我们身旁的荻草中清脆地鸣叫起来。观察了好久，我们终于从它的抖动的触须发现了它。我起身要去捕捉它时，钱英豪说：

“别动，鱼儿听到蝈蝈叫，以为没有危险，就会来咬钩了。”

我说：“别瞎扯了，鱼又没长耳朵，怎么能听到蝈蝈叫。”

他说：“你怎么知道鱼没有长耳朵呢？”

我说：“我看到鱼没长耳朵！”

他说：“鱼的耳朵在嘴巴里含着，需要听动静时就吐出来，不需要听动静时就含着。”

我问：“你看到过吗？”

他说：“我没有那么大的福气，俺爹说谁要能看到鱼把耳朵从嘴里吐出来就有大福气。”

我说：“你爹就会编谎话诓小孩。”

他说：“你信就信，不信就拉倒。”

那只休息过来的癞蛤蟆闷声闷气地叫起来。它的额角上鼓动着两个乳白色的透明气囊，一收一缩的，十分好看。

“巴鲁”忽地站起来，脖子上的毛像浪潮一样滚动着，对着河面，低沉地嘶鸣。

漂在水面上的浮子活动起来，先是我那根鱼竿的浮子动，紧接着钱英豪那根鱼竿的浮子也动，我抬手要起竿，被钱英豪制止了，他低声说：

“鱼在试探，别急，等它把浮子全扯下去时再起竿。”

浮子轻轻地点动着，鱼儿果然很狡猾。我正暗暗佩服钱英豪的钓鱼经验时，水面上的两个浮子几乎同时被猛然拽入水中。钱英豪大喊一声：

“起竿！”

我把早就悄悄攥在手里的鱼竿猛地扬起来往后一甩，水线铮然一响，一道水光一个黄色的东西从我们头上滑过去沉重地摔在了河堤上。

钱英豪甩竿时，钓竿啪一声断了。他抓住半截断竿，把钓线扯出水面。我看到一条像胳膊那么粗的银灰色大白鳝悬在水面上扑棱棱地扭动着，并发出唧唧咕咕的叫声。钱英豪把断竿一甩，大白鳝豁腮脱钩，生动活泼地落在那只癞蛤蟆身旁，一直咆哮着蹦跳着的“巴鲁”居高临下地扑下去。它立功心切，一头扎到河里。那只肉滚滚的大白鳝早已跳回水中，翻了一个水花，随即无影无踪。

“巴鲁”从水中跳上来，狼狈地抖动着把身体上的污水抖出去。

我们跳到河堤上，看到我钓钩上挂着一条黄色的大嘴鲇鱼。它正在河堤上愤怒而绝望地跳动着。余怒未消的“巴鲁”扑上去，一口就把它给咬死了。

我把鱼钩从鲇鱼肚子里撕出来。

钱英豪郁郁不乐。

我说:“英豪,咱再钓。这条鲇鱼归咱俩。”

他说:“真可惜了一条大白鳝!这家伙劲真大,一定是条白鳝精。”

我们折了一根柳条,穿住鲇鱼的腮,把它又摔了几下,然后放在荻棵子里。

他接好钓鱼竿,说:

“帮我挂上鱼饵,不信钓不上来它!”

我帮他挂上蛐蟮。

我们把鱼竿插在脚下的泥土里。一切又复归安静。毛毛雨已把我们的头发淋得湿漉漉的,小褂子的后背也湿透了。有些冷。“巴鲁”站在我们身边打哆嗦。钱英豪拍拍它的头,说:

“‘巴鲁’,回家去吧!”

“巴鲁”不情愿地走上河堤,耷拉着湿漉漉的尾巴,颠颠地跑了。

钱英豪说:“你知道咱这条河的河王是什么吗?”

我问:“什么‘河王’?”

他说:“每条河里都有一个大王。”

“咱胶河里的大王是谁?”

“是一条大白鳝。”他神秘地说,“俺爹说那条大白鳝比水桶还粗,比扁担还长,能变化成一个白衣书生到岸上作孽。”

“作什么孽?”

“那我就不知道了,”他说,“反正是作孽。”

我突然感到脊梁骨酥酥地发了凉,眼前的河水里,好像随时都会跳出来一个白衣书生,把我们拽到河里去淹死。

“你知道运粮河的河王是谁?”他问我。

我紧紧地盯着他的眼睛,双手下意识地抓住了身边的荻草。

“运粮河的河王是条青色的大鲤鱼。”他说,“你能猜出它有多大吗?”

我恐惧地摇摇头。

他说:“俺爹说有一年大水落后,一个老头在运粮河边的淤泥里捡到了一片大鲤鱼鳞,你猜不出那片鳞有多么大——像十印锅的锅盖那么大! 一片鳞就那么大,你想想那条鱼究竟有多么大?”

我吃惊地吐出了舌头。

“运粮河里精怪可多哩!”他说,“俺爹说宋朝时皇帝让包黑子监工修运粮河,修南决北,修北决南,气得包黑子铸了十二盘铜铡扔到河里。河水像开了锅一样翻腾起来,一股股血水翻上来,最后满河的水都被染红了,那些个鱼精、鳖精、蟹子精的尸体都一段段地漂上来,隔着几十里都能闻到腥臭味。后来,从河里上来一个穿青布衫的蓝胡子老头,见了包黑子,双手抱拳打了一个躬,说包大人,俺服了,再也不和您老人家对抗了,请您快下道命令,让那些铜铡别铡了,再铡俺就剩下光杆司令了。包黑子说你真服了? 老头说真服了。包黑子说你口服还是心服? 老头说俺心服了。包黑子说你的口还不服? 老头忙说服服服,口服心也服了,求包大人快下令吧。包黑子说不铡你们个血流成河你们就不知道俺老包的厉害,俺老包也不是盏省油的灯。妖精老头忙说不省油不省油包大人费油着呢。包黑子被妖精一奉承,恣得咧嘴笑了,笑完了,下命令:王朝马汉,吩咐人把铜铡捞上来吧!”

“你净瞎编糊弄我。”我说。

“是俺爹告诉我的!”他说,“俺爹参加过孟良崮战役,还打过开封府,还参加过抗美援朝,别人能瞎说,俺爹能瞎说吗?”

他爹有那么光荣的历史,当然不能瞎说了。那么,这神秘的河水中就一定隐藏着比水桶还粗的白鳝王,还有鲤鱼精、鲇鱼怪、鳖精、蟹妖、虾精、还有什么淹死鬼、勾死鬼……想到此不由我浑身发紧,头皮一炸一炸的。看那河水时,处处都显得古怪。那朵顺流而下的葵花,该不是鳖精变成诱惑小孩子的? 远处那一簇响亮的白浪花,谁又能保证不是白鳝精喷吐的泡沫？还有那一个个忽而出现忽而消逝的大漩涡，一定是蟹子精用它的大钳子搅动出来的。我仿佛看到水中有无数只阴冷的妖怪眼睛，正在盯着我们，仿佛它们随时都会蹿出水面，或者像癞蛤蟆那样慢慢地、悄悄地爬上来，然后把我们拉下水去，吃掉我们，让我们也变成整日在水中游荡的淹死鬼……

"钱英豪，我……我不想钓了……"我站起来。

"别急，"他按住我，说，"你听，'棍褂'出来了。"

"什么'棍褂'呀？"

"你听！"

在荻草丛的西边是一道为减缓河水对沙堤的冲刷而修筑的"土龙"，它上端与河堤相接，下端延伸到河水中去。"土龙"上生长着紫穗槐和一簇簇的柽柳。"土龙"的右侧，是一大片死水。死水里生满荻草、柳棵子，从那里传来两只小蛤蟆一呼一应的响亮而潮湿的鸣叫：

"龟儿——呱儿——龟儿——呱儿——"

这是一种很少见的蛤蟆，只有成人拇指那么大，粉红色的肚皮，粉红色的嘴巴，每年只有在大雨连绵之后才出现，天一放晴，就再也见不到它们的踪影，听不到它们的叫声了。

"你知道它们是什么变的吗？"钱英豪神秘地问。

"不知道。"我颤抖着说。

"是两个大闺女变的。"他说，"俺爹说从前有两个大闺女下河去洗衣裳，光顾了泼水嬉戏，让水把褂子和棒槌冲跑了。她俩下河去捞，双双淹死，变成了一对小蛤蟆，一个叫棍（棒槌），一个叫褂。"

"那小蛤蟆是不是有公有母呢？"我问，"要不它们怎么能繁殖呢？"

"那我就不知道了，"他说，"反正俺爹说这种小蛤蟆是两个大闺女变的。"

河上起了一阵风，寒气侵人。背后的荻草刷啦啦一阵响，"巴鲁"

从荻草中钻了出来,挤在我们之间。

“你说我们俩淹死后会变成什么?”他突然问我,眼睛里闪烁着绿幽幽的火花。

我本能地抓紧了荻草,说:

“不知道……我不知道……”

“我想我们应该变成两个黑色的小人鱼,每当河里涨大水时,我们就站在水面上唱歌……”

“唱什么歌?”

“一九三七年哪,鬼子进了中原,先占了卢沟桥后占了山海关,火车道修到了俺们济南……”

这时河中翻起一阵大水花,一个绿油油的、圆溜溜的东西在水花中翻滚着。

我怪叫一声,手抓脚刨上了河堤,顾不得那条钓上来的鲇鱼,顾不上钓鱼竿,顾不上钱英豪和“巴鲁”,更顾不上脚下是泥还是水,逃命似的窜回家去。

事后,钱英豪带着“巴鲁”把鱼竿和鲇鱼送到我家,并且告诉我,那个在水中翻滚的怪物,其实是个大西瓜。他说他跳下水去把西瓜捞上来,当场用拳头敲开,挖了点红瓤一尝,一股酸臭气,在水里泡久了,坏了。

十一

钱英豪沉入树冠中,拿上来两根可以伸缩的高级钓鱼竿,我抚摸着鱼竿顶端那个镀镍的晶亮滑轮,惊奇地问:“这么高级的东西,你从哪儿搞来的?”

他诡秘地一笑,说:

“那你就别管了,反正不是去商店里偷的。”

我说:“你不告诉我我就不钓了。”

他说:“你这伙计,真是难缠,什么事都要刨出根来。”

我说:“要不怎么能长知识呢!”

“屁的知识!”他笑着说,“告诉你吧,这两根鱼竿,一根是吴副市长的,一根是马县长的。他们每个星期天都坐着轿车,带着随从,到这棵树下来钓鱼,吵得我不得安宁,我就施了点小法术,把他们吓跑了!”他狡猾地笑着说,“这鱼竿就成了战利品,我还从来没用过呢。”

“你这伙计,做了鬼也不安分。”

“这就叫‘江山易改,本性难移’!”他得意地笑起来。

我们把钓竿准备好,才发现没有鱼饵。

“去挖蛐蟮吧!”我说。

他说:“这条河里的鱼都学鬼了,它们再也不吃蛐蟮了。”

“那用什么?”

他扯起一根沉浸在河水中的柳条,从上边撕下两颗紫红色的叶瘤,剥开,捏出两只白色的小虫子,挂在我的和他的鱼钩上。

我们把鱼钩甩到水里,并肩而坐,注视着水面上的用胶木刻成的浮子。我递给他一支烟,自己也点燃一支。他的鼻孔里又喷出烟柱,但力道微弱,因为我看到他的耳朵里、头发里、脖子上、腮帮上都有缕缕青烟钻出,减弱了鼻腔的烟柱。

我注视着浮子,渐渐地竟看到了浮子下悬着的钓线,钓线笔直地垂下去,挂着白虫的鱼钩在距离水底半米处微微地抖动着。这里的水底并不是真正的河底,而是枯水时的河滩,当时潮湿地生长着的红梗檖、紫叶薇菜、三棱蓑衣草现在都在水底摇动着,水底的缓慢潜流把它们忽而推向南,忽而拉向北,忽而拥向西,忽而扯向东。水中的细沙缓慢地在水底积淀,也积淀在它们的茎叶上。超过它们往前望过去,便渐渐展开了河底一股股的旋转着、流动着、沉淀着的亮晶晶沙土。水分成了起码三个层次也起码表现出三种泾渭分明的颜色。

只有几只粉红色的线虫把身体缠在水草茎上并随着水草的摆动而摇曳。却没有一条鱼的踪影。没有白鳝没有鲤鱼没有鲫鱼没有老鳖什么鱼也没。适才我们吃鸡时那些跳跃出水面争食鸡骨头的大鱼小鱼们哪里去了？我抬起头，困惑不解地看着钱英豪。缕缕青烟从他的头颅和脖颈上的数十个缝隙里小蛇一样钻出来。这情景令我惊愕但随即又归于平淡无奇，对待钱英豪这种奇人自然不能以常理论之。他从哪里往外喷吐烟雾是次要的，河底没有了鱼的踪影是主要的。因为当前我们的首要任务是钓鱼。鱼到哪里去了？

他又用上了他的特技把烟蒂四分五裂地吐到河里，网络状的过滤嘴和烟纸漂浮在水面，那些饱含着尼古丁的烟丝则丝丝下沉，一直沉落在水草的茎上、叶上。鱼呢？鱼到哪里去了？

他响亮地咳了一声，随即把一口痰吐到河里。干痂的痰块宛若炸弹的碎片在水面上打出一圈美丽的涟漪。他突然地用压抑着的嗓门说：

"看，快看，它们来了！"

我的视线在他那根红锈斑斑的食指的指引下，超过水草，再越浅滩，停止在河中心那个水深如潭的大漩涡之下。水在那儿像车轮一样旋转，周围的水都给它让开了道路。两点碧绿的颜色从那漩涡中甩出来，一条像丰满少妇胳膊一样的白鳝鱼在河水中小心翼翼地对着我们的树冠游来。由它带头，那些与它同样粗的白鳝和比它细不了多少的白鳝们，像一团银光闪闪的水底灰云，从那漩涡中拥拥挤挤旋出来，在广大无边的河床上紧密团簇着快速游动。它们的群体游动极像群鸽在蓝天上盘旋飞行，忽行忽止、忽进忽退，进退自如、毫无凝滞感与停顿感，其动作的巧妙、行动的统一，达到如此的程度令我叹为观止。它们的游动似乎无法停止，久久跟踪它们，我的眼睛感觉到很疲倦，便转移目光，去搜索别的鱼儿。在我们所坐树冠的周围，那些被水淹没的紫穗槐丛中，奇迹般地包围上来数百条鱼，有鲤、鲇、鲫、草,颜色各异,大小不一。还有一只笨拙的青盖大鳖,把身体半埋在泥沙里,瞪着两只秤星般的鳖眼,死死地瞅着我。那些鱼们在那些青绿的灌木枝条中极其缓慢地游动着,眼珠子都睁得溜圆,好像在等待着什么。我猛然意识到:鱼把我们包围了!一阵从没有过的恐慌攫住了我的心。在亚热带密林中我们包围越南的乱七八糟破烂部队,在故乡的河流边故乡的树冠上乱七八糟的鱼部队包围了我们。白鳝鱼还在进行令我眼花缭乱的游泳表演,杂色鱼们还在灌木丛中、水草旁边隐蔽着、潜伏着。它们身上的颜色与周围的环境协调一致,好像都穿着迷彩服,仿佛是一些行踪诡秘的特工。

据传说,鱼是能够吃人的,并不是指海里的鲨鱼,而是指河流湖泊中的淡水鱼。传说总归是传说,姑妄言之、姑妄听之,但今天,传说似乎要变成现实了。

我相信钱英豪肯定也发现了鱼类布下的包围圈,他头脑灵活,有军事天才,少年时期就对鱼类的习性深有研究,还乡后又坐在河边的树冠上日日观察,他对鱼们的阴谋应当洞若观火,有他在我似乎可以稍微放宽心。这时,我感觉到他用冰凉的手指戳了一下我的腰,与此同时,他的散发着腐臭味道的嘴巴也贴到我的耳朵旁,他说:

"注意看那条大白鳝!"

他的话音刚落,腐臭味尚未彻底消散,那群飞行着的白鳝便停止游动:齐集在离我们的树冠不远处的水下,千绳万扣般滋滋钻动着,最后盘结成一个宝塔形状,它们的头一律朝外朝上翘着,煞是好看也煞是骇人。它们盘成宝塔的速度极快,大小好像一群久经训练的士兵,当然它们绝对不是士兵,它们更像一群训练有素的杂技演员。大白鳝在最下层,小白鳝在最上层。塔上那只小白鳝只有铅笔杆粗细铅笔杆长短,可能是因为小的缘故它的颜色几乎是黑的,它三分像白鳝,七分更像一条骄傲的小蛇。毫无疑问,这个小东西是这个白鳝家族中的宠儿,比十世单传的独生儿子还要珍贵。看着这鳝鱼们的宝塔,我愈发感到人的悲哀和渺小。神奇的动物界究竟还有多少我们闻所未闻见所未见的奇景,恐怕永远是天文数字。

那条大白鳝没有编入宝塔,在鳝群编织宝塔的过程中,它围绕着群体傲慢地游动,宛若一个威严的指挥官,趾高气扬地视察着自己的团队。宝塔编成后,它停止游动、弯曲着尾巴,将身体斜斜地立起来,张开了嘴巴——

钱英豪又戳我一下,说:“鱼的耳朵!”

它张开嘴巴,像年迈的老人吐痰一样,将身体用力弓着,两朵乳白色的状如蝴蝶的薄膜,从它大张开的嘴巴里缓慢地膨胀出来。宝塔上那些翘起的鳝头都频频点动着,令我眼花缭乱。就这样过去了约有半袋烟功夫,那大白鳝嘴里吐出的薄膜清脆地响了两声,随即破裂了,那些破裂的薄膜在水中轻飘飘地浮游着。与此同时,那群鳝构成的宝塔突然解体,塔顶那条黑色的小鳝疯狂地吞食着那些薄膜,好像在通过这种方式继承老鳝的衣钵。那条吐出耳朵的老鳝已经翻转了肚皮沉在了河底的泥沙中。群鳝环游,像一个团团旋转的银灰色圆圈——一个鱼的圆环——把黑色的小白鳝和死去的大白鳝围绕在中央,小白鳝贪婪地把那些薄膜状的东西吞食干净,然后开始啄那条死鳝的肚皮。这无疑是一个信号,因为只啄了一下小鳝便翩游上去。群鳝凶猛地扑向死鳝,啄得那死鳝翻来滚去,河底腾起一股黄沙。群鳝争食时发出的唧唧鸣叫穿透河水,扩散到水雾迷漫的河面上,那条胳膊粗的死鳝,转眼间便成了一根白骨。群鳝结成集体,簇拥着那条小鳝,飞一样游走了。而这时,适才那个从石桥上跌入河水的少校,已经沿着河底,滑行到树冠前的平坦河床上。

他仰面朝天,头东脚西,缓缓滑来。水把他的军裤直褪到他的大腿根,裸露出两条生满茂密黑毛的小腿。他丢了鞋子,两只被水泡得发了白的脚直直地上翘着,显得既狼狈又可笑。军衣下摆像宽阔的水底植物叶片,不时地翻卷起来又不时地舒展开。他的军衣翻卷上去时,我看到他的肚子上有块圆形的疤痕,明显的枪伤,竟如我肚子上的疤痕一模一样。我运气好,中的是冲锋枪子弹不是高射机枪子弹,肠子脱出一米多长,塞进去,用手捂着,滑溜溜像白鳝鱼一样从手指缝里往外钻,再塞进去到了山顶,我以为要死了,模模糊糊地看到钱英豪、罗二虎他们在前边朝我招手。我正想过去,卫生员把我背走了。我命大没有死。他的脸色苍白,凌乱的头发里沾着几棵碧绿的水草。他滑到树冠前,眼睛竟被水流激开,在透澈的水中,我看着他就像我对着镜子看到了我自己一样。

那些迷彩在灌木丛中的杂鱼们突然疯了一样奔涌而出,大张着嘴巴向水中的少校冲撞过去。一只牙齿尖锐、双眼血红的狗鱼一口咬住了少校的鼻子。我的鼻子一阵酸痛,眼前晃动着狗鱼阴鸷的眼睛和群鱼激起的污泥浊水,水模糊了我的双眼……

"伙计、伙计!"钱英豪在我耳边高叫着,"你是不是喝醉了?"

我揉揉依然酸痛的鼻子,说:

"我没喝醉,半瓶茅台休想醉我。有一种'地雷'牌白酒,劲头特大,我喝了一罐都没醉!"

他狡猾地笑着说:

"没醉就好,别忘了我们是在钓鱼啊!"

我低头看看那亮晶晶的鱼竿和漂在水面纹丝不动的浮子。浮子纹丝不动,说明根本没有鱼儿咬钩。河面上的水汽愈加浓重起来,那些不知疲倦的鸥鸟依然在河面上来回穿梭般地飞翔,半天光景了,没看到它们从水中擒上来哪怕是麦穗大的一条小鱼儿。

"这河里多半是没有鱼了。"我说。

"放心吧,有水就有鱼,鱼过千重网,网网都有鱼。"他满怀信心地说。

"那为什么半天还没有咬钩的?"

“哎,不是咬钩了吗?”

我把竿上的摇柄摇动起来,钓线笔直,渐渐离水。钓钩上竟然悬挂着一只巴掌大的小鳖。它悬在空中四肢乱蹬的样子十分好笑。

“钓鱼钓上来一只鳖,主何吉凶?”我问。

他把小鳖从钩上摘下来,又从解放鞋上解下一根鞋带,绑住它一条腿,拴在一根树杈上。

他说:“大吉大利! 大吉大利! 你知道这玩意儿卖到多少钱一斤吗?”

我说:“听说非常贵,一般百姓吃不起。”

“郭金库说三十元钱才能买一只碗口大的鳖。”

“你见过他?”

“这伙计这几天老到这边来,今早晨还夹着根钓竿,弄了个小蛤蟆做饵,想钓只鳖给他老婆治病哩。”

“钓到没有?”

“钓到个屁!”他说,“干这个他是绝对的外行。钓鳖要用那种绿背红肚皮的燕子蛤蟆做饵,他倒省事,找了只小癞蛤蟆滥竽充数,钓鳖? 让鳖钓他吧!”

“燕子蛤蟆什么样我还没见过呢。”

“我也没见过,”他说,“俺爹说这玩艺儿要到百年老树的洞里去找,我猜想大概是一种树蛙吧。找到燕子蛤蟆,就不愁钓不到鳖。”

“咱没用燕子蛤蟆不也把鳖钓上来了吗?”

“一是咱俩运气好,”他笑着说,“二是这鳖倒霉。”

“郭金库还那样吗?”

“不,从前年开始穿衣戴帽,讲究多了,”他指着从通往乡政府的泥泞道路上走过来的一个人说,“你看,那小子来了。”

十二

八七年春节前逢我们乡政府所在地集市。那一天上午九点半左右,我正在集上买香油,有一个人从背后一把叉住我的脖子大吼一声:

"哪里逃!"

我仓惶回头一看原来是郭金库。他穿着一身破旧军装歪戴着一顶破军帽。当时部队已经换装连帽徽领章也都换了,可他却在破军帽上缀着一颗鲜红的五角星,衣领上用白线缀着红领章。与眼前的钱英豪一样的打扮。他们俩一个牺牲了一个复员了但依然生活在对军营生活的回忆当中。

他叉着我的脖子不松手。这小子手上的劲儿贼大很难挣脱。我说郭金库你这个二杆子胡闹什么松手松手让人家看着这算干什么的。

集上的人都认识我们,笑着说郭金库这个杂牌军捉住了一个正规军。

他松开我,瞪着眼说:

"谁说的谁说的谁敢说老子是杂牌军?老子'一颗红星头上戴,革命的红旗挂两边',谁是杂牌军?"

我揉着脖子说:

"伙计,行了,别在这儿胡闹了。告诉我你现在干什么?"

"不行,"他梗着脖子说,"你必须说清楚,到底谁是杂牌军?"

"我是杂牌军,"我笑着说,"我是杂牌军行了吧?"

"这还差不多,"他缓了一口气,说,"我在乡武装部当临时工,专门负责擦拭武器,这是咱们的专长。"他自嘲地说,"你小子当了军官,有了钱,今天中午请我喝酒,否则我跟你刺刀见红。"

“不就是喝酒吗?”我说,“你说吧,到哪里去喝?”

“你家里条件差,我知道。”他沮丧地说,“我家里条件比你家还差你不知道。你混好了,把穷弟兄忘记了,回来也不到我家去。贵人不踏贱地对不对?”他的情绪又莫名其妙地昂扬起来,挥舞着胳膊说,“喝完了酒你必须到我家去看看,这是命令,军令如山倒,你的明白?”

“是,我的明白。”我环顾四周,看着那些好奇的目光,低声说,“你前头带路,咱别在这儿出洋相了。”

“马上就要过春节了,大院里的干部都下乡忙着慰问老干部去了,”他跛着一条腿,领着我往乡政府大院走,“大院里空落落的,什么慰问老干部,纯粹是下去喝酒了”。

他从腰里摸出钥匙拧开锁,推开门,双手夸张地一伸,说:

“请。”

我看了看办公室里的情况,说:

“条件不错吗!”

“不错个鸟!”他说,“地方上的事,全是胡扯淡。麻子部长一天三喝,喝醉了三天醒不过来。这儿是老子当家。请坐。请坐。请喝茶,没有。喝尿?有!部长的啤酒瓶子里全是尿。他自己也分辨不清,有时候把自己的尿当啤酒灌了,还说味道鲜美泡沫丰富,哈哈哈哈,真他妈‘大肉丸子不放盐——荤淡一团’。坐,哥们,请坐。”

他抄起电话机,老式的。吱吱吱吱一阵猛摇,然后高声大嗓地喊:

“总机吗?我是武装部,你给我速要粮管所饭店。粮管所饭店吗?是我,武装部枪械保管郭金库。今天中午十一时三十五分请准备如下菜肴:猪肝一盘,猪肚一盘,猪心一盘,猪耳朵一盘,统统凉拌,少加酱油,多加大蒜。炸鱼一盘,煎虾一盘,芫荽炒牛肉一盘,芹芽炒肉丝一盘,冻豆腐鸟子汤一大海碗,外带三鲜水饺一斤。多包上点馅子别糊弄人还要一把蒜瓣两斤地雷酒。你记下别忘了。今天不赊,吃完喝完就算账。你知道来的人是谁?老战友,我们俩在枪林弹雨里并肩作过战!你小心点,菜要足量,酒别掺水,糊弄解放军伤天害理瞎只眼!当心我一怒之下把你的饭店平了!好啦,吩咐手下快点办,军人作风就是快刀斩乱麻不许磨磨蹭蹭!"

"郭金库啊郭金库,"我半开玩笑半认真地说,"你小子今日要宰我呵!要那么多菜半个班都够吃了我一个连职小军官家里上有老下有小可全靠我养活。"

"我操,"他鄙视地说,"瞧你那点出息。咱一块入伍,一块参战,你成了军官我什么都不是,难道不该你请我吃一顿?真是越有钱越抠门儿。"

"我的肠子都打出来了,差点送了命。熬这么个小军官容易吗!"我愤怒地说。

"我的耳朵都被炮弹震聋了,一天到晚嗡嗡响。嘴巴也被燃烧弹烧坏了,"他指指自己满是白色花纹的嘴巴,说,"可等待老子的是什么?复员!修理地球!真是他娘的人间不平啊!"

"你说耳朵震聋了也就罢了,反正你听得见硬说听不见谁也拿你没法子,"我说,"可你这嘴没入伍前就这样,怎么能说是被燃烧弹烧坏了呢?哪有那么巧的事?燃烧弹专门烧你的嘴?怪不得你外号'花嘴',可真会花言巧语。"

他的脸涨得通红,怒道:

"老子的嘴就是被燃烧弹烧的,不是烧的也是烤的!"

看到他动了怒,我忙说:

"行喽,老伙计,别吵吵了,你的嘴是被燃烧弹烧的,行了吧?说点正经的吧,你这几年怎么样?咱那几个与你一块回来的伙计怎么样?"

他的脸上立刻愁云漫漫,围绕着嘴巴的那几十道纵向的皱纹显得更白了,他说:

“魏大宝的事你大概也听说了，跟邻居打架，失手把人家的老婆一铁棍敲死。看在他参过战的面子上轻判还判了十二年。他前脚去服刑后脚老婆就带着孩子改嫁，一翅子飞到了黑龙江。张思国还光棍着，前几天来找我借钱，说想借个本钱捣弄个小买卖。我穷得只剩下一根鸟，哪里有钱借给他?”

“这个人吃亏就吃在太老实了。”我叹息着。

郭金库愤愤不平地说：

“打着灯笼也找不到这样的傻瓜蛋！听他们团的人说，当时已整理了他的材料，准备报上级授他一个‘滚雷英雄’称号，可这家伙，硬说他不是有意去滚雷！你说天下有这号傻人没有？这下倒好，回来了，一身伤痕，脸也破了相，在村里死趴着，连个支委也没当上。”

“你应该帮着他到县里去找找民政部门。”我说。

“我?”郭金库指着自己的鼻子说，“就我这副鸟样？还去帮他？我自己都顾不上呢，求爷爷告奶奶，乡里照顾给了这么个差事，每天来看看门，每月擦次枪，月底给九十块钱。部长喝酒时，也跟着蹭点油水。”他叹息道，“数来数去数你这小子混得好。”

“想想钱英豪吧，”我说，“想想他那么棒的好伙计，死在那儿，连尸骨都不能还乡。咱活着就该知足了。”

“你说的也对，”郭金库说，“论人品，论本事，我十个郭金库捆起来也抵不上一个钱英豪，可我孬好还立了一个三等功，孬好还找了这样一个擦枪的差事，孬好还有个鸡巴老婆……”

门外自行车响。

“来菜了伙计！”他虎跳起来，拉开门。

一个十五岁左右的男孩子骑着一辆乌黑的自行车，一手扶车把，另一手提着个长方形的木盒子。骑到门口一捏刹车纹丝不动。轻快地跳下来说：

“‘花嘴’大叔你要的菜到了。”

提着食盒往里闯。郭金库伸手拧住他的耳朵,气汹汹地骂:

"你娘那个蛋,连你这个胎毛未干的小兔崽子都敢叫我'花嘴',这是你叫的吗?老子赴汤蹈火被燃烧弹烧伤了嘴,回来竟遭你们嘲笑。今日老子饶不了你。叫爹!叫爷爷!叫祖宗!"

他使足劲拧着那男孩子的耳朵,咬牙切齿,勃然大怒。那些铁色的粗大手指索索地抖动着,像一个个暴怒的精灵。男孩痛得尖声怪叫,手中的食盒啪啦啦掉在地上,盘子碟子在盒中响。男孩哭叫着:

"大叔大爷亲爹亲爷爷老祖宗我再也不敢了呀……"

我忙说:"金库金库你消消气算了算了何必跟个小孩子动真格的呢?"

我上去拉他。

他拧着那孩子的耳朵往下按,一直按得脑袋触到了地上的方砖,才余恨未消地松了手。

男孩捂着红肿的耳朵哭起来。

"快给老子把酒菜拾掇出来!"他大声吼叫着。

男孩不敢违抗,弯腰揭开食盒的盖子,把四个冷盘和两壶酒两双筷子摆到办公桌上。他的耳朵上去了一层油皮,红渐褪,紫出来。一副怪可怜的样子。

郭金库气汹汹地说:

"你以为老子善吗?老子不善!今日是小试身手让你尝尝革命战士的厉害。"

男孩吓得一声不吭,提着空了的食盒溜出门外。

郭金库追着他的身影大叫:

"热菜快上!"

男孩跳上自行车,猛踏两脚,回过头来带着哭腔大骂:

"'花嘴'郭金库我操你十八辈祖宗!"

郭金库从门后抄起一支练刺杀用的木枪,跳出去追赶,那男孩踩着自行车箭一般地窜了。

我跑出屋去拉住他说金库金库走走走回去喝酒。他一伸胳膊把我搡到一边。大吼一声：

“不——！我要刺杀！目标正前方——杀——”他平端木枪对准院里那棵梧桐树猛刺过去，“杀——哪里跑？——杀——杀——杀——”梧桐树皮一块块脱落，绿色的汁液像眼泪一样渗出来。

“金库，行了行了，”我好言劝说着，“解放军爱护树木，咱们回去喝酒。”拉拉扯扯好不容易把他拖回办公室，夺出木枪扔到墙角，按他坐在椅子上。拧开酒罐子倒满两杯。我说，“金库兄，来来来，喝酒。”

他坐着不动，双眼发直，望着墙壁，两颗大泪珠子从他的眼睛里扑簌簌地滚下来。他低沉地说：

“我不喝了，我没有脸皮喝酒。赵金，今日是我不对，我不该敲你的竹杠。说实话你挣这几个钱也不容易，你家里日子很艰难我知道，把酒带回去让你家大爷喝吧。”

我故作轻松地笑着说：

“郭金库，这就是你不够意思了。瞧不起我是不是？咱兄弟俩难得碰上一次，今日喝个痛快，你要再啰嗦可就不像个当兵的了。”

“我还是个当兵的吗？”他瞪着眼看着我问。

“你当然是个当兵的，五星头上戴，红旗挂两边，你不是当兵的是什么？”我肯定地说，“国家的花名册上有你的名字，一旦到了用人之际，你想逃脱都逃脱不了。”

“我是当兵的！我为什么要逃脱？国家兴亡，匹夫有责，我怎么可能逃脱！说实话我真盼着能有个机会为国牺牲了，牺牲得轰轰烈烈，到处树碑立传，关键是我的老娘可以衣食无忧，也不枉养了我这样一个儿子，现在这样子，算什么？兄弟，窝囊啊，生不如死啊！”他抓起酒杯与我的酒杯狂热地碰了一下说，“弟兄们，为了祖国的安宁，为了人民的幸福，为了打败侵略者——干杯！”

他一饮而尽我也一饮而尽。

又倒酒又碰杯又干杯。

“当兵的何必用筷子!”他把筷子扫到桌下,豪迈地说,“用手!”

他抓起猪肝猪肚猪心猪耳朵往嘴里塞腮帮子鼓起来,犹如风卷残云盘中净尽。

热菜还不来。

他抄起电话。

我说饱了不要了吧。

他说不要你出钱我出钱还不行?

他掏出一沓人民币往桌上一拍,红着眼睛说:“这是什么? 够不够?”又摘下手腕子上那块“上海”牌手表往钱上一拍,吼道,“这是什么? 能不能换钱?”

我帮他把表套到手腕上又帮他把钱塞到衣兜里。我说金库咱实事求是别要那么多热菜了要斤饺子吃了就行了就怕人家那小孩杀死也不会来送了。

他敢不送! 他说他敢不送我就让他们的饭店里一片血染的风采。

我说好好好你厉害你打电话要吧。

他把电话一拍说饱了不要了喝酒!

又拧开第二个酒罐子咕嘟嘟往杯里倒。一连又干了十几杯。他的脸色跟黄土高坡的颜色一样了。

我说金库差不多了吧。别喝醉了难受。

你说谁喝醉了? 你说我喝醉了? 走,咱俩出去操练操练。

我说伙计我不行讲军事技术大概只有钱英豪才敢跟你较量较量我可不敢。

他摇摇晃晃走到里屋,从枪架上提起一支老旧的‘七九’步枪,安上了一把闪闪发亮的刺刀,提着出来,说我跟你真刀真枪干一场怎么样？

我说老兄你饶了我吧。

他做了一个肩上枪的分解动作：第一步右手握住枪前护木提到胸前枪口与胸前第一颗扣子平齐枪身距离身体约二十五公分左手抓住枪前护木。第二步双手上提右手下滑握住枪托用双手的合力把枪平放在右肩上左手迅速回到原位。

他的肩枪分解动作干净利落刚健有力。

他的大手接触枪身时拍得枪身啪啪响。

“怎么样？”他盯着我问，“有没有良好的军人姿态？”

“有，太有了！”我真诚地说。

他的脸上猛然焕发出一片红光，好像灿烂的朝霞映红了灰白的天空。他把枪下肩，笔挺站直，仿佛站在队列中。他的那双一直黯淡无光的灰白大眼里，此时竟也射出灼灼的光华。他突然说：“刺杀表演那天，团长站在我前方。还有营长。连长高声下达口令：‘郭金库——’，我响亮回答：‘到——！’‘出列——’‘是——！’我提着枪，跑步出列，”他提着枪，在武装部办公室里跑动着，然后猛然一个立正，“连长下达命令：‘目标正前方，胶合板稻草模拟敌，连续突刺——开始——’”他右手把大枪猛往前一送，左手紧抓住枪前护木的同时右手后滑枪栓哗啦一声响随即紧紧抓住枪颈。他前腿弓后腿绷双臂夹紧双眼发直嘴唇发青，大吼一声：“杀——！”身体猛地跃起，用刺刀戳穿了乡武装部办公室的松木门板。松木质地紧密夹住了刺刀拔不出来。他猛踹一脚门板，拔出刺刀，又后退，又前扑，办公室里杀声震天，仿佛变成了练兵场。片刻之间，门上就平添了几十个透明的窟窿。刺刀弯曲，别断在门板上。他拔枪用力过猛，闪倒在地坐着。他的额上布满汗珠，嘴里喘着粗气，说：“我一连突刺了一百枪，把个靶子扎得稀巴烂！”他抬起衣袖擦了擦沁到眼睛里的汗水，说：“连刺一百枪，我面不改色心不跳，脸上连个汗星星也没有。团长戴着雪白的手套,穿着锃亮的皮鞋在营长陪同下走上来。‘叫什么名字?’团长问我。”他从地上爬起来,忘掉了大枪,双脚夸张地并拢,胸脯夸张地挺起,好像团长就站在他的面前。“‘报告团长我叫郭金库!’‘多大了?’团长问。‘报告团长,我二十一岁,属羊的。’‘你分明是一只小老虎嘛!’团长拍拍我的肩头,夸奖道。‘是团长,我是一只小老虎!’团长挥挥手,连长跑上来,啪一个立正,啪一个敬礼,说‘请团长指示。’团长说‘不错不错,就这个练法,摸爬滚打,平时多流汗,战时少流血。继续操练吧!’连长大声命令:‘各排带开,继续操练!’操练,杀……”他摇摇晃晃站不稳了,我赶紧扶他坐下。

他脸上的红霞褪去,目光又黯淡如死鱼的眼睛,他伸手又摸酒罐子,我拦住他说金库别喝了。

“不……不……”他秃噜着舌头说,“咱……老战友……难得见……今日非喝个……一醉方休……”

“你已经醉了。”

“放屁!小舅子才会醉!”他抓过酒罐子,花纹嘴对着罐子嘴,咕咚咕咚喝了个底朝天,然后,红着眼睛说,“前方发现暗堡……看雷……”一扬手就把个酒罐子砸碎在墙壁上。

“伙计,赵金,”他的头歪在办公桌上,闭着眼睛,军帽掀到后脑勺上,嘟嘟哝哝地说,“军队里多好,当兵多好,说打就打,说练就练,练一练手中枪,刺刀手榴弹。你们,凭什么让我回来?我没当够兵你们硬要我复员。当兵多好,看电影、打篮球,拔河,星期天洗澡,大嘴报幕员,怀抱着鲜花,好似天仙下凡尘。熄灯号:熄灯——熄灯——熄灯睡觉熄灯睡觉——开饭号:大米干饭大米干饭白菜汤——大米干饭大米干饭白菜汤——紧急集合——起床号:起来起来快起来——一分钟穿好衣服,两分钟跑出宿舍,三分钟全连集合完毕。连长下令:立正——稍息——向右看齐——向前看——向右转——左转弯跑步走,嚓嚓嚓,嚓嚓嚓,嚓嚓嚓嚓嚓嚓嚓,上百号人步伐一致,一二一,一二一。连长在队伍外喊号:一——二——三——四——我们跟着喊:一——二——三——四——喊出一肚子乌烟瘴气。口号震破了黄县县城的早晨。嚓嚓嚓,路过丁家大院,跑上中心大道,越过一棵棵法国梧桐,越过内燃机配件厂,黄县税务局,黄县县委,黄县一中,黄县邮政局,黄县电影院,黄县吕剧团。女主角龚丽娜,李二嫂改嫁,借灯光我赶忙飞针走线,上一双新鞋儿好给他穿;实指望找六弟谈谈心事,哪知道他报了名要去支前。真是迷死人哪!黄县供销社百货大楼,最美丽的是那个卖香烟的姑娘。嚓嚓嚓,嚓嚓嚓,越过老百姓的庄稼地,跑上烟潍公路,还是日本鬼子修的,左边是碧蓝的海,右边是光秃秃的山,路两边白杨戳着天。路上没有车,寒冬腊月,一片白霜。嚓嚓嚓嚓嚓嚓嚓,越跑越热,迎着太阳,跑完五公里,连长下令:便步走——乱七八糟一阵,黄压压半条路。到了那个老地点,连长下令:撒尿——上百个小伙子迎着朝阳,七长八短七粗八细,都把憋了一夜的水射到悬崖下,好像一阵大雨从天而降……当兵真好,真好,可你们不要我了……”他用拳头捶打着桌子,抽抽搭搭哭起来,混浊的泪水流到办公桌上,“赵金,你说说情让我回部队吧,站岗、放哨、喂猪、做饭,干什么都行……我没当够兵哇哇……”

在他的感染下,我也感到很难过,便劝他:

“金库,别犯糊涂了,自古道,‘铁打的营盘流水的兵’,谁也不会当一辈子兵。再说,你回来也没脱离武装吗,全乡几十杆大枪都在你手里掌握着,你愿意擦哪杆就哪杆。”

“我哪一杆也不愿擦!”他睁开通红的眼睛,指着躺在地上那杆步枪吼道,“这他娘的也叫枪?抗战时缴获日本鬼子的,像养过十个孩子的娘们一样,松口了,子弹一出膛就翻了跟头,这些破玩艺儿,还比不上根棍子管用!你说我惨不惨,自卫还击战三等功荣立者,什么样的新式武器没见过,什么样的动静没听过,现在竟成了看破烂的了……”

我说金库我想回家了，你也回家歇歇吧，怎么样？

“我跟你一起走。”他晃荡着站起来说，“你答应过的，要到我家去看看。”

你家我就不去了吧。

他眼一瞪说：

“你把我灌成这样，不送我回家，你想让我掉到桥下淹死？如果我淹死了我的老娘你来养吗？我的大了肚子的老婆你来照顾吗？”

我说这个家伙简直是个无赖好吧我送你回家。

在去他家的路上他说伙计，我老婆瞧不起我，天天跟我找别扭，你是堂堂解放军上尉军官，送我回家，会让我满面光彩，这是长我的志气，灭我老婆的威风。兄弟狐假虎威，镇镇老婆，希望能够借此改善一下形象。我没醉，我是醉人不醉心。

他的家距离乡政府一里路，抬脚就到。三间破屋实在寒酸。推开挡鸡的柴门他说：

“到了郭府了。”

他老婆正在喂猪。一见她我就感到面熟。想起来了。郭金库当兵时她经常去探亲，到了连里就赖着不想走，一顿饭能吃七个馒头，弄得司务长和炊事班有意见。光来吃住还不算，还背着十几把笤帚到营区叫卖，嗓门十分的古怪，半似歌唱半似号丧，吸引了许多军官家属和小孩子来看热闹。哨兵赶她走说是三连战士郭金库的未婚妻，把郭金库糟践得够呛。

郭金库说：“老婆子，我的老战友赵金上尉来了，赶快烧水泡茶！”

她翻翻眼皮，骂道：

“看你醉得那个熊样！”

“快烧水泡茶！”金库下令。

“草没有一根，茶没有一捏，烧你爹的×，泡你娘的×！”女人妙语连珠地说着，从腰里掏出一根胡萝卜，喀嚓咬了一口。

我说郭金库我走了。

郭金库脸涨成青色,怒骂道:

“我这辈子倒霉就倒在你这臭娘们身上,今日咱新账旧账一块算。我毁了你吧!”

女人挺挺大肚子,豪迈地说:

“来吧来吧,有本事朝这儿打,打掉这个王八种省了我改嫁时拖油瓶子!”

金库捶着胸哭:

“爹呀娘呀天老爷呀,怎么叫我碰上这个母夜叉?”

我说:“金库算了,眼见着就要过年了,别闹腾了。”

“过年?”他红着眼说,“不过了!”他从门口边抄起一个蒜臼子,冲进屋里,我跟进去拉他。

他高声下达着命令:

“五班副郭金库——到——目标正前方发射鱼雷——是——”他抡起胳膊把石头蒜臼子掷到那块悬挂在北墙上的明晃晃的大吊镜上,“咣唧”一响,玻璃碎片纷纷落下,他老婆在门口哇哇地哭起来。他捡起蒜臼子,站在堂屋里,下达命令,“五班副郭金库——到——正前方发现目标发射鱼雷——是——”他把蒜臼子扔在锅里,铁锅破裂,蒜臼子掉在灶底草木灰中,砸起一股烟尘。他从草木灰中提出蒜臼子,随手砸在水缸上。“发射鱼雷!”水缸四分五裂,满缸的水也同时向四下涌流,屋子里水声哗啦,无法立脚了。

他的一系列动作迅猛无比,好像经过多少次精细计划和演习一样,等到我想去阻拦他的破坏行为时,他已经把这一切都顺利完成了。弹无虚发,家里三个重大目标全部消灭,再干就只好放火烧房子了。他的老婆见势不好,腆着大肚子,哭着跑了。

他蹲在地上,双手捂住了脑袋。

我说:“你这个愣头青,这日子往后怎么过?”

他撕下帽徽领章,平静地说:

"赵金,你走吧,好好干去吧,替咱老乡争口气,千万不要离开军队。"

十三

爬上河堤的人果然是郭金库。他留了背头,梳理得还算光滑。下身穿一条灰涤纶布裤子,挽了一圈裤脚,脚上穿着丝袜子、前露脚趾后露脚后跟的人造革半高跟凉鞋,上身穿一件半袖白衬衫,脖子上松松垮垮地吊着一根红领带,衣袋里插着一支钢笔,俨然一个乡镇干部了。

他在我们的树冠东侧寻了个地方,蹲下,挂饵,饵料是一只活豆虫,挂到钩上后还弯曲拧动着。他将鱼钩抛下水,掏出烟点着,又从身上摸出一块塑料布,展开在河堤上,然后坐在塑料布上。

我说:"英豪,把这个小子叫到树上来怎么样?"

他犹豫了一会儿,说:

"好吧,你喊吧!"

我大声喊叫:

"郭金库——郭金库——"

他毫无反应。

钱英豪说:"他被鳖迷住了心窍。你看我的。"

他把拴在树冠上那只小鳖解下来,用另一根鞋带把它牢牢地捆在拧紧了瓶盖的空茅台酒瓶子上,又将拴住鳖腿的鞋带连结在那根湿漉漉的背包带上,然后,把它抛到了郭金库面前的水面上。小鳖在水面上急速地活动着,酒瓶子把它翻到水里去,使它四脚朝天。它挣扎着又把酒瓶子翻下去。酒瓶子的华贵标签在浑水中格外醒目,鳖甲周围的软组织像裙子一样翩翩翻动。一瓶茅台,一只活鳖,合起来恰好是一份厚礼。郭金库的双眼突然放出光来。

他把烟蒂扔进河水,挽起裤腿,脱掉鞋,试试探探地向小鳖逼近。钱英豪缓缓地抽动着背包绳,使酒瓶子和小鳖始终与郭金库保持着一段距离,引诱他向我们的树冠走来。

水淹没了他的大腿,又淹没了他的肚脐,紧接着又淹没了他的胸口。他脚下一滑,身体倾倒,头颅浸在了河水中。他挣扎着站起来,惊恐地往后退去。洪水纠缠着他,使他行动笨拙。退到浅水处,他回过头,看着翻滚的酒瓶和翩翩的鳖裙子,犹豫了一会儿,又试试探探地向深水中走来。

我蹲在树冠上,强忍着不笑出声来。他明明是来钓鳖,却被鳖钓了他。

这次他走得格外小心,水淹至脖颈时他的身体还保持着平衡。钱英豪松了一个背包绳,让鳖与酒瓶处在深水与浅水的边缘,漂在郭金库伸手就可抓住的水面上。他悄悄地伸出手,然后往前一扑,洪水随即淹没了他……

……我和钱英豪像拖死狗一样,把身材高大的郭金库拖到树冠上来。他呛了水,拼命地咳嗽着。我伸出拳头在他背上捶了几下,一股黄水从他嘴里喷到河里。他擦擦沁进眼里去的泥沙,这时我适才的喊叫声突然在黄昏时的河道上明亮地回响起来:

"郭金库——郭金库——"

他在树冠上四处张望着,他的名字随着层层叠叠的波涛消逝了。他的脸上闪过惊恐与迷茫的神情。我像他当初在集市对付我一样,从背后叉住了他的脖颈,大吼一声:

"哪里逃!"

他惊愕地别过头来,骂道:

"他妈的,是你这个小子在装神弄鬼!"

他抡起大巴掌,对准我的软肋来了一下子,痛得我差点背过气去。他拍打着我的肩头，亲热地问：

“什么时候回来的？在这里干什么？”

我指指他的身后，说：

“你先看看这是谁？”

他回过头去，突然木住了，然后大叫一声：

“钱英豪，我的好兄弟！你原来还活着！”他跨前两步，伸出两根长臂，搂住钱英豪的腰轻轻地把他抱起来，转了两圈，放下，眼睛噙着泪，一阵表示亲热的拳打脚踢，几乎让钱英豪的身体四分五裂。

“我还一直以为你真死了呢，谁知你小子还活得好好的——”他停住了话头，狐疑地看着钱英豪锈迹斑斑的脸和身上那套破烂烂的军装，脸色变黄，好像有些害怕，但随即他又镇定地说，“我知道你是鬼，你是鬼我也不怕，咱伙计们做鬼也是英雄鬼。”

钱英豪说：“你这小子，狗熊脾气死了也不会改，刚才那一阵巴掌拳头，我是个活人也被你打成鬼了！”

我们三人站在树冠上哈哈大笑。黄昏时刻，西半边天闹开了火烧云，牡丹芍药，骏马走狗，变幻无穷。半个天大火熊熊，映照得满河流金泻玉，也照得我们红光满面，精神焕发。

郭金库用脚跺了一下树冠，树冠猛烈动摇，几千根垂悬在水中的枝条上蹿下跳，带动着无数的水花跳跃，景色美丽动人。他问：

“你们俩在这儿搞什么鬼名堂？”

我说：“我们没搞鬼名堂，我们在钓鱼。”

“哈哈，真会找奇巧地方，”他说，“你们钓鱼我钓鳖。”

“我们也在钓鳖，而且钓了一只大鳖！”钱英豪把那只绑在酒瓶子上的小鳖扬了扬，狡猾一笑，说，“你是鳖钓！”

他省悟过来，笑着说：

“原来是你们两个小子捣的鬼！”

我们三个成等腰三角形，坐在树冠上。

“听说混上好事了?”我问。

“怎么能叫混呢?”他不高兴地说,“我这个铁饭碗是枪林弹雨打出来的,国家政策,懂不懂?”

“懂懂懂。”我说。

“可有些人不懂,”他愤怒地说,“说我们运气好。”

“你的运气是不错嘛。”我说。

“谁的运气错?”他说,“你说谁的运气错?”

“钱英豪的运气比你好吗?”我说。

“提我干什么?”钱英豪摆摆手,说,“别提我。”

郭金库看着闷头抽烟的钱英豪,难为情地搔搔脖子,说:

“跟哥们你比起来,我是没有资格吹牛,你要是活着不死,完全可能当上司令员的。”

钱英豪笑着说:

“吹吧吹吧,吹牛不犯法也不上税,我的郭军长!”

郭金库局促不安地说:

“英豪,有一件事我对不起你……”

钱英豪说:“瞎扯,你会有什么对不起我的事?赵团长,你说他会有什么对不起我的事?”

十四

现在我突然明白了这棵生长在河堤半腰的柳树对于我们的意义了。十五年前冬末初春的那个日子里,领取了入伍通知书的我、钱英豪、郭金库、魏大宝、张思国齐集在这棵树下。当年我们集在这棵树下纯属偶然。现在我们集合在这棵树上算不算钱英豪的巧安排?那天我们领了通知书后去聂哑巴家买了两斤狗肉到供销社里买了两瓶白酒在河堤的向阳坡上坐着喝酒。大冬天在野外喝酒是钱英豪的主意,他说古代英雄没有在屋里喝酒的,他是我们的领袖,一句话顶一句话。河里的水全部冰冻了,阳光普照,河冰晶莹,犹如蜿蜒一条龙。没有风,河滩上的枯草呆呆地立着,看着我们喝酒吃狗肉。没有筷子用手抓,没有杯子对着瓶吹。那时候这棵树只有水桶般粗细,树冠自然也没有如今庞大。肉吃光了,酒喝光了,人喝晕了,太阳青着蓝着旋转着,忽然有群鸿雁落在河冰上,大家都望着雁看犹如呆雁。我说要是有枪就好了——后来有了枪,后来扛着枪边行军边唱"瞄得准来打得狠呀一枪消灭一个侵略者"时我总是想起这群雁想一枪打中一只雁毛羽横飞血花迸溅从半空中跌落——钱英豪说打雁要什么枪?没枪怎么打雁?魏大宝硬着舌头反驳。钱英豪说只要我们能隐蔽接近雁群在距它们十米处发起突袭就能把起飞困难的大雁扯着腿拽下来你们信不信?我们不信。他说跟我来,你们跟着我匍匐前进,知道怎么样"匍匐前进"吗?不知道不要紧,跟我学。身子要尽量贴近地面,用两个胳膊肘子使劲,腿随着胳膊肘子移动。对,就是这样,跟着我,拽下四只大雁让俺爹给咱清炖雁肉,别咳嗽!慢点,别惊动雁哨!荒草掩蔽着我们的身体,草叶摩擦着我们的衣服刷刷地响。草下的泥土冰凉,由于肚子里有狗肉和白酒发散着热量,所以腹部感觉不凉。渐渐到耀眼的白冰了,那些雁呆呆地站着,好像在听领导训话的士兵,当然必须再次强调它们绝对不是士兵。我在渤海的沙滩上像只海豹一样练习匍匐前进时,总要回忆起这次匍匐前进,而我在亚热带的茂密草木中匍匐捉雁,总是想起,总是想起,永难忘记。当钱英豪被子弹打得血肉横飞的那一瞬间,一个极其可怕的念头在我的心头一闪而过:在遥远南方的荒凉山林中飞舞着的钱英豪的血肉与衣服碎片正是在我们故乡的河滩上那只鸿雁的纷纷扬扬的羽毛。当然这念头像闪电般出现便会像闪电般消逝。他死了我万箭穿心,打死我的好兄弟的那个人激起了我的满腔怒火。我在平坦、松软、滚烫的沙滩上匍匐前进,灼热的砂砾烫着我的肚皮甚至烫着那最为敏感的部位那时的大裤衩质地粗糙两天不洗就硬得像砸扁的铁皮烟囱。沙子烤得我满脸热汗，汗水浸眼，我眉毛稀疏睫毛短比别人更睁不开眼——赵金！降低你的屁股！你是只鸵鸟吗？班长吼着，并用一根小棍戳着我的屁股——我降低屁股，匍匐前进，沙子灌进袖口，腿重，枪沉——快爬！海豹也比你爬得快！要领不对！站起来！——我拄着枪站起来，眼前晃动着炎炎白日射出来的黑色光线，海滩光芒四射，每一颗沙粒就是一道射线。我感到肠胃绞动，头痛耳鸣。大海上吹过来腥咸的热风加重着我的不适，海浪千重万叠，海水一片黑暗，只有朵朵浪花反射着蓝色的光，蓝是烫我眼睛的颜色。你这个大笨蛋——班长说——钱英豪，出列——是——你提着枪跑出来——匍匐前进！——他像根棍子一样笔挺着往前倒，在接地的瞬间才单手撑地。这一倒勇敢潇洒，优美无比。他刷刷地前进着，低姿势，快速度，像一匹游动在金黄沙滩上的草绿色蜥蜴。跟着我，别吱声。透过稀疏的枯草，我们渐渐逼近了河冰上的雁群。冰是那样的美丽，七彩的颜色在冰上团团旋转着，鸿雁们麻色的朴素羽毛沾了太阳的光竟然也如梦一般绚丽。火辣辣的阳光在二月里出现，在同样的日子里出现。我副班长赵金在全班的末尾匍匐着向潜伏地点前进，潮湿的红土，烙人的卵石。我看到罗二虎的笨拙和钱英豪的轻捷。如果不是为了照顾班集体，他一个人早就爬到了点上。猎雁时情趣盎然的匍匐前进继续在我眼前出现。赵金，好好看着钱英豪的动作！班长命令我——是，班长！——他差不多就要爬到海里去了。他游动在金黄沙滩与蓝黑海水之间，更像一尾亮晶晶的凶猛鳄鱼了。我认为他已经爬进了无垠的大海，爬进了永恒的冰凉世界。他几乎就在夺目光华的河冰之上了。冲啊！他跃起来，大喊着，向雁群扑去。我们也跃起来扑向河冰，河冰与河滩接合处的冻土已被阳光融化成了冻泥。我们纷纷跌倒在这里，然后沾着满屁股泥巴滑到冰上去，坐着。酒精使我眩晕。钱英豪向雁群扑去，他像一条犬，像他家那条箭一样快的黑狗“巴鲁”。我们都穿着黑棉裤黑棉袄。雁哨惊叫着,群雁在冰上仓惶地助跑起飞。冰减小了雁掌的摩擦力,使它们不能迅速脱离地球引力。群雁拼命地扇动着翅膀,嘎吱嘎吱地怪叫着、奔跑着、滑动着,河上彩色斑斓,每只雁都是一团耀眼的滑动的光影。钱英豪的黑色身影切割着光线。雁们终于飞起来,扇起凉风阵阵。它们抻着脖子抻着腿在冰上飞行。一只最笨拙的雁被钱英豪揪住了。雁群哀鸣着渐渐升高,既没排成“人”字,也没排成“一”字,乱糟糟,七前八后,拥拥挤挤,飞进阳光里去了。微风吹动着它们的羽毛在冰上滚动。钱英豪!回来——他提着枪站在队列前,绿军装被汗溻透发了黑,黑红的脸上沾着沙土。钱英豪英气勃勃。对这个具有军事天才的同村老乡我既敬佩又嫉妒。他回过头对我咧嘴一笑,伪装帽圈下他的脸那么轻松,比捉雁还轻松,我深信他是上帝派下来当兵打仗的。我们欢呼着跑到河冰上去,观赏这只被钱英豪活捉了的雁。它愤怒地惊恐地痛苦地挣扎着,并发出凄凉的令人心悸的哀鸣。我们簇拥着抱雁青年钱英豪来到柳树下,争着用手触摸它的光滑得如同缎子的毛,它嘎嘎地叫着,两只黑豆小眼水汪汪的。雁是会流泪的灵物。赵金,看到钱英豪怎么做了吗?——我低下了头——这才叫匍匐前进!班长说,你那叫什么?像蛆爬!——我把头再垂了些。这雁足有六斤重!摸着它我们说,走吧,英豪,让你爹清炖雁肉去,今晚上,咱伙计们再喝一次!钱英豪空手擒雁,了不起!他说:什么了不起?碰上一只拉肚子的。雁泪汪汪。我感到难过。钱英豪若有所思地说:雁竟然会哭,放了它吧。魏大宝说:别充善人啦!郭金库说:别放别放,好不容易捉的。钱说:雁是我捉的,我要放了它。他一松手,雁扑棱棱往前蹿,魏、郭跟着追。雁起了飞,拼了命,箭一般飞向太阳。雁声嘹唳。魏骂:钱英豪真混蛋!郭吼:早知要放,何必去捉?害老子跌了一腚泥。张思国慢腾腾地说:放了好,行好必得好,阿弥陀佛。张思国胖墩墩的像尊小弥勒佛。据说他的娘是信佛的,我们也不知真假。魏挖苦他你当和尚去吧，当什么兵？当兵不但要杀雁，还要杀人呢！张思国好脾气不反驳，憨憨地笑了。赵金兄弟，我可不是故意要你难堪，他说，班长说话也太损了。我哭丧着脸说：钱英豪，我在军队里怕是出息不了。我天生不是当兵的材料，你天生是当兵的材料。雁没了影，钱英豪说，我们在这树上留个名吧，十年后再来看看。他掏出一把铁把刀子，刮掉柳树的粗皮，然后，在树干上刻上了：钱英豪司令。郭说："他妈的，这么大的野心，跟林彪一样，给我刀子，我当什么呢，我当个军长吧！"刷刷刷，树干上刻出了郭金库军长。依次出现了：赵金团长、魏大宝营长。张思国搔着头皮说：我什么也不想当，就想当个党员，回来找个工作，实在找不到工作，在村里当个支委也行。我们都笑他胸无大志。魏大宝说：那你就刻上吧。张说：我手拙你替我刻吧。魏说：好，我来刻。村支委张思国，六个大字出现在树干上。郭说：子弹把钱英豪司令打碎了时我并没想到柳树上的字。

……

我们不约而同地溜下树冠，在枝杈纵横中，在洪水漫漫中，寻找钱英豪司令，寻找郭金库军长，寻找赵金团长，寻找魏大宝营长，寻找村支委张思国……往昔的辉煌梦想也许早已生长在柳树的年轮里柳树的纤维里，我们抚摸着裂绽疤纹、生满青苔的树皮，齐齐地叹一口气，六只忧伤的眼睛，碰在了一起。

十五

英豪兄，赵金弟，想不到在树上碰上了你们。赵金咱还见过一次面，那时候兄弟我还潦倒着呢。把武装部的门捅成了筛子底，哈哈，比较痛快，还回家消灭了三个目标，老婆挺着大肚子跑到乡里，揪住民政助理，说宁愿抛头颅洒热血也不跟郭金库这个强盗一起过了。

民政助理说天上下雨地上流小两口打架别记仇,肚子都这么大了,还闹什么离婚?我给你们调解调解就好了。我老婆说你不同意就在你这里杀身成仁。民政助理说,你真要离我可告诉你可别后悔。我老婆说头可断血可流不跟郭金库离婚不罢休。民政助理说县里来文件了,说凡在自卫还击战中立过功的复员兵全部农转非并安排工作,你跟他离了,他找个大闺女根本不发愁。我老婆一听这话,说不离了不离了,我不过说两句气话罢了。

郭说我捉摸着世界上的事真是不破不立,要不是我回家消灭了三个目标,好运气也不会来找我,晦气鬼也怕敢于战斗的复员兵,对不对,伙计们?他满脸得意之色,嘴巴笑成一条菊花。没及我们应和,他满脸的得意像被冷风吹落的苍老花瓣,乱纷纷跌落在河水中,灿烂的彤云密布在脸上,他痛苦而激动地说:那天,在你们村里,英豪,你的装着一条木腿的老父亲站在我的面前。

他说:郭金库你还认识我不?

看着他那条木头腿,那佝偻的腰,那满脸的皱纹,我鼻子发酸,说:钱大爷,您老人家好……

你爹说:金库,你到我家来一趟吧,有点事和你商量商量。

老人在我前边一瘸一拐地走着,那条木腿发出嘎嘎吱吱的响声。看着他脚上那双破旧的解放鞋我就想起了你,伙计,我心里非常难过。

家里只有他自己了。他让我坐下,要烧水给我喝。我忙说:大爷,您千万别忙活,我郭金库该死,几年也没过来看望您老人家,我对不起我的战友钱英豪……钱英豪,好兄弟,你在墙上冷冷地看着我,水渍斑斑的墙上有你的照片有我的照片有赵金的照片有魏大宝的照片还有张思国的照片……我怎么好意思让他老人家为我烧水?我说大爷您千万别忙活我不渴。他说真不渴?我说真不渴大爷您快坐下吧。他从炕席下摸出半包压瘪了的香烟递给我,说上次你们的一个战友来看我时扔下的——我记性不好忘了人家叫什么名字了——一直没舍得抽你抽吧。香烟变了味，我抽着，喉咙发干眼睛枯涩嘴里发苦，我说大爷您有什么事就尽管吩咐吧。

你家大爷说：

金库，听说你在乡里当了干部，大爷我心里高兴。有一件事，我本想去乡里求你。正好今日碰了巧。金库大侄子，你大爷我也是当过兵的，不信鬼神，说出来你别笑话。

你家大爷说：

前几天我做了一个梦，梦见英豪对我说：爹呀，我在这里住不惯，这里太湿，房子里有很多白颈蛐蟮——他自小怕白颈蛐蟮——爹呀，你来把我的骨头起回去吧，把我埋到河北边的坟地里，埋在俺娘的坟旁边……醒过来我浑身冷汗，一脸老泪。心里想"人死如灯灭"，哪有什么灵验？便躺倒再睡，刚一闭眼，英豪又站在我面前，说：爹呀，我知道你年纪大了，腿又不灵便，来这儿起我的尸骨不容易，但孩子在这里实在是住不下去了……一睁眼，又是一身冷汗。月亮把窗户纸照得雪白，耗子在炕下啃木头，一切都活灵活现的……叹口气，抽袋烟，再睡，英豪又眼汪汪地站在炕前，哀告我把他起回来……

你家大爷说：

金库大侄子，你和英豪是老战友，你又在南边走过，路熟，大爷想拜托你把英豪的尸骨背回来，来回的路费我承担。

我说：大爷，按理说你吩咐我的事即便是上刀山下火海我也不敢推辞，可这桩事儿不好办。您想想看，英豪埋在烈士陵园中，那里有专人管理，哪能允许掘墓起骨？只怕墓没掘开我就被人家当破坏分子抓起来了。再说，那里埋着那么多烈士，谁家的父母不想把孩子的尸骨起回老家？要是咱带了头，那不就乱了套了吗？

你家大爷点着头说：

大侄子，您说得对。大爷我是老糊涂了……这事儿就算了，你公事忙，忙去吧……

我说：大爷，英豪牺牲了，我就是您的儿子，今后有什么事，只管到乡里找我。

后来我听说大爷一个人去了云南。英豪，我郭金库还算个人吗？人家平度县的李立刚，十年内为牺牲的战友家寄去了两千多元，自己节衣缩食，连块手表都没有，这精神！哪像我，大爷拜托我这点事，我竟然借口推辞了，其实我是怕花钱。

"金库，你别说了，"我羞愧地说，"英豪牺牲十几年了，我也没给大伯寄过一分钱，我孬好还是个军官哩。"

英豪道："你们俩都神经了是不？寄钱就是好战友，不寄钱就不是好战友了吗？不许再提这事。"

晚霞如血在河上流淌，一群群村民披着蓑衣，戴着斗笠，提着风雨灯，扛着铁锹，挟着草袋子汇集到堤上来。一个挽着裤脚的乡干部在河堤上大声说：

"乡亲们，千万要提高警惕，县防汛指挥部来了电话，说今夜还有八百个流量的洪水到达我们这儿。"

十六

"金库，别难过了，"钱英豪拍拍捶胸顿足的郭金库，说，"你没有错，你要真去起我的尸骨那才错了呢。我也没托梦给我爹，完全是他老人家思念我过度所致。现在，他把我起回来，让我脱离了集体，滋味难熬啊。"

"回来也好，守着家乡的热土，伴着父母，听着河流的声音，嗅着四时变化的气息。"我说。

"什么也代替不了战斗的集体，"钱英豪说，"现在我天天生活在对过去那火热生活的回忆里……"

他心驰神往的表情洋溢在脸上，如诗如画的另一世界的生活从他的嘴角流淌出来。他的嘴唇似乎不动,但他的话语却源源不断地贯彻到我们的心里。

……每天夜晚,星月上来,那两只猫头鹰鸣叫着,飞翔着,捕捉着田鼠饱餐着田鼠。战友们从坟墓中钻出来,齐集在墓前供少先队员过队日的空场上。值星参谋高喊着口令,调动着队伍,先是黑压压站成一个方阵,然后一声令下,一齐坐下,蓝幽幽、方正正一个团队。分不清谁是干部谁是战士。几千只眼睛在闪烁,成群的萤火虫围绕着我们吊在树枝上的萤火虫口袋飞舞,光明围绕着光明更加光明。团长说:李参谋,起支歌子,雄壮点的,活跃活跃空气。值星的李参谋原是军文化处的,身材挺拔,嗓音嘹亮,站起来像棵树,唱起来像把号。他领唱:说打就打说干就干,练一练手中枪刺刀手榴弹。钱英豪的歌声在树冠上响起,他的嘴依然没动一样,但他的歌声确凿地在树冠上在河上空回响:瞄得准来投呀投得远,上起了刺刀让他心胆寒。我们的歌声竟然也和着钱英豪的歌声在河道上回响:抓紧时间加油练,练好本领准备战,不打倒反动派不是好汉,打出个样儿给他看一看。政委站起来,说:

同志们,今天我们全团集会,为的是贯彻上级的指示。最近一个时期,围绕着边境开放,两国人民重修旧好的问题,大家心中都有些郁闷,还有一些不好的议论,什么"我们的血白流了呀","我们成了没有价值的牺牲品啦",等等。同志们,这种思想十分危险,要不得啊。同志们,我们是军人,军人以服从命令为天职,命令我们打到哪里,我们就要冲到哪里。世界形势是不断变化的,国家之间的关系也是在不断变化的。当初我们与他们刀枪相见,为的就是今天的和平生活,人民之间是没有仇恨的,战争与和平都是政治的需要和表现形势。我们的牺牲是光荣的,过去是光荣的,现在依然是光荣的,将来也是光荣的,任何对我们的光荣牺牲的价值的怀疑,都是错误的,是十分严重的错误!

静寂如山，压迫着团队，猫头鹰的啼叫声渗进了石头。

感情容易冲动的华中光低声抽泣起来，在他的感染下，许多人哭起来。哭泣声渐大，发展成集团嚎哭。有的人哭声凄厉，像捏着脖子故意发出的怪声。团长大声说：

这是干什么？娘娘们们的！军人嘛，活着是铁，死了是钢。

团长说：李参谋，起歌子，鼓舞士气。

李参谋擦着眼站起来，起唱：

我是一个兵，来自老百姓。

士兵们因抽泣把歌唱跑了调，团长用高亢的嗓音把跑了调的歌子引向正路。唱完了歌，政委说：

同志们，我们从墓前的鲜花、从文学作品、甚至从恋爱中的男女的含情脉脉眼睛里、甚至从在和平的边境上安宁地吃草的水牛的耳朵上、甚至可以从丰硕的水果和沉甸甸的稻穗上感觉到，人民没有忘记我们。我们要像钉子一样钉在这里，借以报答人民的恩情。春节就要到了，为克服思乡情绪，各连队要排练些生动活泼的文艺节月，让欢声笑语伴我们度过佳节。

当时我想：要是赵金在这儿就好了。

你这个伙计，怎么盼着我死呢？我大声说。但我也分明感到我的嘴唇僵着没动，话语却贯彻到树冠上二位战友的耳朵中去了。

郭金库说：这倒是一件新鲜事，死人还能开春节联欢会。

开个春节联欢会也值得你大惊小怪？这世界既是活人的也是死人的。死去的人以自己的方式占有世界。我们在联欢会上唱歌，跳舞，说相声，演活报剧。我们出操，巡逻，设伏，捕俘。亲人思念我们时，我们会停下手边的工作，回报亲人以思念。

如此说来，大爷把你起回来，你并不情愿。郭金库的话语贯彻着我们。

这怎么说呢？我很矛盾，当时很矛盾现在依然很矛盾。远离了父母也痛苦，远离了集体也痛苦。我爹拖着一条木腿，千里迢迢去了南疆，一路受尽磨难，真也难为了他老人家。

大爷动身去南疆，你预先有感觉没有？我问。

十七

有感觉，当然有感觉。那些天我一直精神恍惚，许多往事盘旋在心头，并进行一些莫名其妙的组合。一会儿仿佛是大嘴姑娘牛丽芳带着我家那条狗来找我，她穿着一条红裙子，挺着一个大肚子，说：钱英豪，我肚里怀着你的儿子。我说你胡说。她笑嘻嘻地领着狗走了。我喊："巴鲁。""巴鲁"跑过来，把一条咸带鱼放在我面前。我捡起那条鱼，鱼立刻化成鸟，鸟立刻变成枪，枪立刻射击，一个深眼窝、凸嘴巴的男孩子中弹躺下，我跑上去为他包扎，他立刻化在地上，一棵仙人掌生出来，掌上先开花，花谢，随即长出一些粉红色的小刺球，吃一颗酸溜溜。夜里带队巡逻时，我不知不觉地越过了边界，被对方四个人按住。我一抖精神，挺起来，三拳两脚把他们打歪了。我在前边跑，他们在后边追。他们边追边喊叫：喂，兄弟，不打了，跟你开玩笑的。他们的汉语水平不高怪腔怪调。傻哥哥，我可不傻！开玩笑？骗鬼呀！被他们捉住，有我的苦吃。迷蒙间我跑进了一个边境贸易市场，一会儿躲在一堆木材中间，一会儿藏在一架衣服后。对方的姑娘与我们的小伙子隔着街逗趣，她们把一束束香蕉掷过来，他们把一双双红色的塑料鞋投过去。姑娘们穿上塑料鞋，小伙子们吃香蕉。那四个家伙一见女人就忘了我，他们绕着姑娘转，拽一下她们的头发，拧一把她们的屁股，引起姑娘们的愤怒，转着圈儿互相盘问谁在捣乱。我得便溜走，手里攥着一只啤酒瓶子，口袋里满装着炒松仁、五香花生米，谁给装上的不知道。吃几颗很香，没毒，这是咋回事呢？回到营地，罗二虎正焦急着呢。他说我还以为你被他们俘去了呢。

我说差一点儿。营长说：你是怎么搞的，梦游吗？团里早就规定，我们绝不允许他们过来，我们也不要随便过去。我说：糊糊涂涂就过去了，不过他们也没占到便宜，四个家伙，都吃了我的苦头。你的鼻子也被他们给揍歪了，营长轻蔑地说。四对一呢，我说，他们现在正在贸易市场这边混呢，要不要去逮他们？营长说：算了，尽量不惊扰活人吧。钱英豪，你可要注意了，不要弄出事来。我有些恼怒地望着营长不信任我的目光，说：是，我注意。

我心里很憋火，竟被那四个家伙追兔子一样追了一程。我决定去逮他们。我悄悄地叫了两个精干的战士：宋小强、李林。我把花生米和松籽分给他们吃。他们吃着，说：真香，指导员，干啥呢？我告诉他们：走，跟我去捉越境的敌人。他俩很高兴。这是大白天行动，我们格外小心，在树丛中穿行，犹如游鱼。老远就看到了那棵大榕树，很多游客在排队照相。那四个家伙无有踪影，我很沮丧。正要招呼宋、李回走，一抬头，我看到，一个形容枯槁的老人，坐在一家小饭铺的门前，啃一块西瓜皮。爹，我的爹。对面一个袒胸露背的女人赤着脚呱唧呱唧走过来，把一团用芭蕉叶子包着的糯米饭递给我爹。我爹刚要接，我一口冷风吹过去。那女人拿着糯米饭走了。爹呀，你来干什么？他脸上灰尘很厚，衣衫腐烂，散发着臭气。我眼里沁出泪水，心里如有蜂刺。正要上前问询，忽见那四个家伙坐在“木棉”酒馆里喝酒，每人攥着一瓶子五星啤酒，四个人围定一张桌子，桌子上摆着一盘红辣椒、一盘鱼腥草、一盘豌豆苗、一盘薄荷尖。我一声呼哨，宋小强、李林扑上去擒拿，这时酒店女老板涂着红嘴像只相思鸟儿一样呼扇着绿翅膀迎着我们飞来，她身上散发出灼热的气流，烤得我们周身疼痛，眼睛里溢满辛辣的泪水，好似中了毒气。我们捂着眼睛跌跌撞撞地跑回营盘。路上，李林险些被一个戴贝雷帽的女青年用摩托车撞伤。她丰乳肥臀，面如满月，是对面少见的美人。一股子呛人的香水味儿从她腋下扑出来，使我们窒息。她骑一辆越野摩托，后座上驮一只竹笼,笼装十只鹅,鹅把长长的脖颈从笼眼里探出来,左扭右转如蛇。鹅看着我们,嘎嘎地叫着。这是怎么回事呢?宋小强说。我把兜里的坚果全给了他们,叮嘱道:今日的事,不要让罗连长知道。他们点点头,钻进各自的墓穴中去。

这天夜里下大雷雨,一道道蓝色的闪电穿透混凝土障壁,照亮了那些章鱼腿一样的腥冷植物根须,雨水沿着根须,泪珠般频频下滴,把我身体周围的土地打出一些水窝窝。我用一块锋利的弹片,砍伐着那些根须,但一会儿功夫,它们又长到原先那般长,南方果然是蓬勃生长的象征。

我无法入睡,听着外边的隆隆雷声,听着雨打芭蕉,一片喧嚣,忽然想起了我爹,他老人家今夜如何安身?

后半夜时,大雨停止,山林中流水声响亮,蓝色闪电疲倦地抖动着,我透过缝隙,看到那些常青植物的水光闪烁的肥大叶片和躲藏在叶背的彩色昆虫。又一道闪电亮起,我万分惊讶地看到一个瘦弱的身影一瘸一拐地出现在墓地里。那熟悉的、从我出生起就在我耳边回响的嘎吱声又响起来了。我的装着木腿的爹来了。

他捏亮手电,照着我的墓碑,摸索着我的名字,老泪纵横,与雨水混合在一起。我听到他喃喃自语:

"英豪儿,爹来了,爹要把你领回故乡。"

他从背上卸下一个帆布背囊,从里边摸出了锤子、凿子、钻子,全套的石匠家什,还有一把军用短柄钢锹。

他围绕着我的坟墓转了三圈,选择了长方形水泥墓的后部为突破口。这个选择非常英明,因为我清楚地知道,那里正是混凝土最薄弱的地方。他蹲下,一手握锤,一手握钻,低呼一声:

"英豪我儿,不要害怕。"

他把钻子顶在混凝土上,抡起锤子,狠狠地打了一下。一声清脆的钢铁撞击声震动了寂静的墓地,几个火星迸出来,水泥上出现了一个花生米那么大的小洞。闪电哗啦啦地翻卷着,在他的脸上笼罩了一层又一层的碧绿光芒。我爹警惕地环顾四周,好像怕落入别人的圈套。四周静寂,在闪电消逝时犹如黑暗的大海,树丛间怪鸟和奇虫鸣叫,流萤飞舞。我爹脸上流出清白的汗。他又挥起铁锤打击钢钻,金色的火星从钻子尖上连续不断地飞溅出来。响亮的声音,挺着尖锐的锋芒,渗入那一个个长方形的坟丘。所有的亡灵都从睡梦中惊醒,团长、政委、参谋、干事,全都出来了,一片严肃的面孔,把我们父子俩包围在核心。我十分紧张,爹却浑然不觉。如果他抬头环顾四周,也许能看到点什么,但我爹不抬头,也不再顾忌什么。他把全部的精神和力量贯注到双臂上去,锤子打击钻子,钻子啃咬水泥,水泥四处迸溅,窟窿渐渐变大。

团长大吼:钱英豪,出来!

我小心翼翼地钻出来,如一阵冷风,站在团长和千余战友面前。

你爹要干什么?团长问。

我说:首长,同志们,我也不知道他老人家要干什么,看这样子,他似乎想把我的尸骨起出来背回故乡。

团长厉声道:胡闹嘛!如果大家都让家乡的人来起骨,我们的队伍不就散了伙了吗?

我说:我确实不知道这件事,他老人家也许太思念我了……人老了,老观念难免多一些……

团长说:阻挠他的工作!

团长一挥手,作训股的张、王二参谋手持教鞭站在我爹的身侧,一边一位。等我爹把铁锤举起来时,张参谋挥动教鞭打在我爹的胳膊上。教鞭划一道幽蓝的暗影,搅一股阴凉的风,我爹胳膊一抖,铁锤落地。我心如裂。我爹的大手哆嗦着,把锤子摸起来,又颤抖着举起,王参谋的教鞭又抽在他的手腕上。铁锤落地,我心如刀绞。爹呀,你就算了吧。当爹的铁锤第三次被打落时,他突然跪下,伸着双

手,像要承接什么似的,哽咽着说:

“英豪儿,显灵吧!不要打爹的胳膊,爹千里迢迢来到这里不容易啊!”

爹又举起铁锤,王参谋又举起教鞭。我心中一热,跪在战友们面前,说:

“首长们,战友们,请看在我爹这个老战士的分上,遂他心愿,放他一马吧,他拖着一条木腿,来到这里,人都半死了……弟兄们,我也舍不得离开你们……”

等我抬起头来时,战友们都走了,只剩下老爹,还在咬着牙、切着齿,一下接一下地敲我的墓穴。我含着泪,钻进穴里,与枯骨结合在一起。

在墓穴中,我听到爹的喘息愈来愈沉重,钢铁相撞的频率愈来愈慢,而此时,遥远的村寨里雄鸡啼鸣的喔喔声缥缥缈缈地传来,东天边一抹鱼肚白从黑暗中透出来,天就要亮了。我的爹,你今夜不能洞穿我的墓穴。

一株红霞燃烧起来,墓地里翻滚着团团白雾,宛如漫卷的硝烟,潮湿严重,冷气侵骨。我爹的钻子在太阳冒红那霎间穿透了水泥,启下了第一块砖头。一道红光射进,照耀满穴如火。爹兴奋得浑身发抖,手中的铁器跌落在地,打得水泥碎屑脆响。

我渴望着爹继续开掘,放更多的光明进来。但是他却把那块砖头重新插好,手扶着墓丘艰难地站起来。他身上的骨节叭叭地响着,弯曲的腰久久伸不直。待到伸直时,他又歪倒在地。他的嘴啃着泥土,额头上渗出一线血。那条木腿从他膝盖上脱落下来,露出了变色的塑料和凌乱的绑带。他用双手支撑着身体坐起来。他挽起裤腿子,暴露了结满老痂又渗出新血的断腿。他揪一把野草,擦拭着断腿处的泥土和血污。木腿默默地直立在他的身边,像一条忠实的小狗或者像一个忠诚的哨兵。我满怀敬畏地注视着它,好像它脱离了爹的身体之后就变成了一个独立的生命。爹抱起它,认真地擦着它满身的泥土,宛若孤独的老人抚摸相依为命的爱犬,宛若士兵擦拭心爱的枪支。后来爹又把它横缠竖绑在腿上,放下裤管,遮住了它,爹终于站直了身体,背起了沉重的工具,一瘸一拐地嘎嘎吱吱地走进墓地附近的浓密灌木。

整整一个白天,他隐身在灌木丛中,一点声息也不出。下午落了一阵急雨,冲刷着他身上的泥土。我恍惚感到爹已被雨水淋死在那儿,心中十分难过。

黑夜降临,爹又爬到我的墓穴跟前。他不停地咳嗽着,发出那种苍老得令人心酸的声音。战友们用钦佩的目光注视着他。他坐在昨晚的工作面上,抽掉了那块虚放着的砖头,让一块天鹅绒般缀满星斗的天幕进入墓穴。他胸脯中的鸡鸣声和他身上浓重的铁腥味儿一起灌入墓穴。爹开始硬碰硬的艰苦劳动。今晚的开掘进度很快,天明时分,墓穴上出现一个斗大的窟窿。爹把花白的头颅探进来。衰老的气息吹拂着我,他的泪水像滚烫的蜡油滴在我的颅骨上,立刻就凝固了。他剧烈地咳嗽着,痛苦的呻吟填满了咳嗽的间隙。爹站起来,随即又沉重地跌倒了。

太阳出来了,我的爹躺在墓穴前。一个当过军医的战友避避闪闪地围着我爹旋转,形似一只绕着虎尸转圈的狼。他终于把身体弯成一座拱桥,伸出一根指头,触着了我爹的额头,军医怪叫一声努力蹦起来,大声嚷着:烫!烫!烫!

团长说:钱英豪,后悔了吧?

我说:我错了。

团长说:人固有一死,你不必难过。如果老人家就这样死了,我们将破例将他编入团队。

我想了想,说:团长,政委,战友们,我爹七十多岁了,我不放心让他拖着一条木腿站岗、巡逻。

团长说：我们不会让他站岗巡逻的。

我说：那也不行，我老婆虽然带着我儿子改嫁了，但我爹依然是孩子的爷爷，孩子没了爹，不能再没了爷爷。

团长沉思着，脸上生满青苔，他举起右臂往下一劈，说：同志们，为了抢救这个老人，各尽所能，惊扰活人吧。

团队沉默了一会儿，突然爆发了一阵哭嚷，烈士陵园里，空气急速流动，光线弯曲颤抖，树木低垂头颅，太阳黯淡宛若一个浅蓝色的盘子。

团长又挥了一下手，团队炸裂，战友们跳下树木，折断树枝，撕掉树叶和花朵，拔起被雨水淋腐的花圈，抖散开来，跳上墓场管理处的房顶，摇晃电视机天线，对着烟囱呐喊，用头颅撞门板……整个陵园都活跃起来。

我们非常熟悉的墓场管理员开门走出来，他发现了我爹，立即吹向了警哨，几个工作人员闻声赶来。他们拉起我的爹，骂道：

"老家伙，盗一个战士的墓你能盗到什么？"

我爹的头颅像成熟的谷穗垂在胸前，守墓人搜了他的身，搜出了被雨水泡湿的荣军证、烈属证。

肃然起敬的表情从守墓人脸上表现出来。他们把我爹抬走了。

在少先队员们清脆的歌声里，我们脸上都渗出了泪珠。

半个月后，我爹在一位中年地方干部和一位戴眼镜军人的陪同下，来到我的墓穴旁。四个守墓人拿着铁锹、十字镐在旁边等待着。

眼镜军人仔细察看了我的墓碑，小声跟那位地方干部交谈几句。地方干部对守墓人说：

"开始吧。"

他们撬开了我的墓穴，铲出了穴中的红土，铲断了一束束树根，铲死了很多白脖颈蚯蚓。铁锹刃嚓啦一声响，一阵剧痛传遍我的全身。地方干部紧张地说：

"轻点，到了。"

守墓人戴上橡胶手套,先把我的头颅装进一只黑色塑料口袋,然后按照从上到下的顺序,把我全部装进袋,连一块趾骨也没漏下。

他们把我用一块绿色帆布层层包裹起来。眼镜军人双手捧着,郑重地说:

“大爷,千万要保密啊!”

我爹接过我,抱住,说:

“首长,我以一个老兵的名义向您保证:用钳子拔掉我的牙,这事也不会从我嘴里泄露出去。”

在颠颠簸簸的军用吉普车上,爹紧紧地搂抱着我。我听到了他的喘息感到了他的心跳。路况很糟,爹的身体时时弹跳起来,他的光脑袋碰得帆布顶篷嘭嘭响。军人同情地看我爹一眼,说:

“再有四个月,一级公路就修好了。”

我看到,旧路外侧,一台台杏黄色的筑路机械正在缓慢而沉重地移动着,烧熬沥青的浓烈味道弥漫山林。青山绿树,蓝天白云,木棉花宛若簇簇火焰。吉普车拐了一个弯,被一辆载满粗大圆木的邻邦卡车挡住了去路。一个瘦小身材、凹眼高颧的司机站在车尾后,对着我们高高地举起了双手。我们的司机嘟哝了一句,刹住车。眼镜军人下去,操着叽叽呱呱的语言与那司机交谈。眼镜军人对司机说:

“他说想借我们的千斤顶用一下,有吗?有就借给他用了,他的车不修好,我们也过不去。”

我们的司机慢腾腾地从车后工具箱里把千斤顶取出来。那人连声道谢,几句简单的感谢话倒还说得流畅。

借着这机会,我脱身出来,站在路边一块白石上,回望陵园。我看到战友们齐集在墓地的高坡上,正对我招展手臂。一股力量吸引着,使我不顾一切地蹿回去。

团队整体严肃,如同一块沉重而平整的巨石。

我说:“弟兄们,我不走了,我舍不得离开你们。”

团长走上前来，用冰冷的手按着我的嘴唇，说：

“钱英豪同志，我们也不愿你走。因为走了你一个，我们这块大陆，”他指指团队，沉重地说，“就缺了一个角，而且无法弥补。”

政委说：“但此事已惊动了活人的世界，无力挽回了。你知道的，离开骨架一天一夜，你就会化成一缕青烟。”

已调到宣传处的华中光跑出队列，把一本油印刊物一捆诗稿送给我，他红着眼睛说：

“指导员，送你做个纪念吧。”

汽车的引擎在远处轰鸣起来，我必须走了，我捧着刊物和诗稿，三步一回首，留恋战友们。等我钻进吉普车里时，身后响起了低沉的歌声：

战友战友亲如兄弟
战争把我们联成一体
生前我们并肩战斗
死后墓穴连在一起
……

我们静坐在树冠上，听着那滚滚而来的送别歌声，感到遥远的南方在召唤我们。

十八

夜色深沉，天上的星密得出奇，河面上反射着模模糊糊的星光，不时有成群的流星坠落，照亮了我们铁锈斑斑的面孔。我们沉默不语，好像所有的话都说完了。河水又开始上涨了。黑暗里响着呼隆隆的水声，腥冷的水味蓬勃上升。我感到彻里彻外地凉透了。

河两边的堤岸上，每隔十几米远就有一盏风雨灯在放射着黄色的混沌光芒。在靠近我们的树冠的那盏马灯附近，坐着一个中年人和一个大脑袋细脖颈的男孩子。起初我们并没注意他们，那中年人脱下蓑衣，摘下斗笠之后，我们才发现他是张思国。他抽着烟，红红的火头不时照亮颧骨上那块红色的疤痕。郭金库说：

"我忘记告诉你们了，张思国成家了。女方是个三十多岁的寡妇，那小男孩就是她带过来的。"

我说："成家总比光棍强。"

钱英豪说："其实，我们谁也比不上张思国。"

我问郭金库："你跟他是一个团的，到底是怎么回事？"

郭金库说："我跟他不在一个连。起初听说他牺牲了，后来又说没牺牲。这家伙，太实心眼了。"

钱英豪说："你说详细点，说详细点。"

郭说："我也是听人家说，他在尖刀班里排雷，跟两个战士编成一个小组。排了五颗压发雷后，他们接近了前沿阵地左侧一块小高地，那两个战士触雷牺牲，他也负了伤。他一声不吭，继续开辟道路。后边的人看到他爬到高坡上往下滚去，随后传来地雷爆炸声。他再次负伤，被抢下来送往医院。当时大家认为他用身体滚雷为胜利开辟了道路。战斗一结束，一致为他请功，领导机关也很重视，派人到医院找他谈话，准备整理材料，上报军委，请授他'滚雷英雄'称号。可这家伙，死猫扶不上树，对两位军政治部的干事说：'我没滚雷。那地方没雷，又下着雨，我爬上坡去，受伤的腿不得劲，一滑，滑下坡，压响了两颗雷。我会排雷，干嘛要去滚雷？那不是找死吗？材料说我一个人排了五颗雷，不对，我排了一颗，那四颗是大个子刘和郑红旗排的。他俩死了，大个子刘替我挡了弹片我才没被炸死。你们把功给他俩吧，我活着就占了大便宜，不要功……"郭金库说，"就这样，这傻瓜，把到手的英雄扔了。"

我们把目光齐聚在张思国的脸上,那张脸早已不是守备区后勤班赶马车的小胖子张思国的脸。那时候他赶着马车往农场里运肥,十分得意,说学会赶马车回家有用。我们迷恋着报幕员牛丽芳时,他迷恋着那匹黄骠马。有一次我在马厩附近碰到他,他正在给马梳毛。他说赵金你知道吗好马通人性,骡马赛君子,牛羊日它娘,这匹马救过我的命。他说有一次我打瞌睡掉在车轮下,黄骠马把我叼了出来,要不是黄骠马我就给轧死了。他讲的故事许多车把式都讲过,我半信半疑,他却很认真地问我:赵金,我想复员时用复员费把这匹马买走,你说部队会不会同意?我很瞧不起他,认为他没有雄心大志,便说:这匹马如果是匹骒马就好了。他愣了一会儿,不高兴地说:我跟你说正经话儿,你干嘛讽刺我呢?

他嘴边的烟头一明一暗地闪烁着。白色的飞虫不断地撞着马灯罩子。马灯周围,落了一片飞虫的尸体。那个大脑袋的男孩愣怔怔地说:

“伙计,你给我讲个故事吧。”

他拍了男孩一巴掌,说:

“伙计,你不要叫我伙计。我是你的爹。”

男孩有些不好意思地笑了,龇出了两颗小虎牙,说:

“伙计,爹,我叫不惯你爹,可是俺娘也让我叫你爹。”

他说:“你娘让你叫我爹,我就是你的爹。我可以叫你伙计你不能叫我伙计。伙计你打起点精神,小心着别跑了水。咱要保护你的娘,你的娘就是我的老婆,咱还要保护老百姓的庄稼地。”

“这小子,是马尾捆豆腐提不起来的东西,”郭金库说,“有一阵子,我见面就骂他,别人没有的事还要想着法儿编出来,你小子滚了雷还谦虚,只配修理地球的笨蛋。后来他见了我都躲着走,像个小偷一样。”

“这次农转非,他没去找县民政局吗?”我问,“他受过伤,有可能照顾。”

郭金库说:“大概没去。”

我说:“金库,你应该帮他去问问。”

郭金库说:“我哪里顾得上?再说,他自己都不着急,别人还操什么心。”

钱英豪说:“人各有志,不能勉强,真让他去当工人,他未必舒服。”

我感到无话可说了。郭金库和钱英豪也沉默了。一条银光闪闪的大鱼从树冠旁跃起来,又响亮地跌下去。水花溅到我脸上,我感到河水很温暖。

大头男孩突然惊愕地说:

“伙计,爹,树上好像有人!”

张思国站起来,举起马灯,黄光鲜明地照耀着他的已经布满皱纹的脸。

他放下马灯,拍了那男孩一巴掌,嘴里不知咕噜了一句什么话。

(一九九一年三月初稿——一九九二年五月修改
高密——北京——石家庄)

司令的女人

一

司令在省城犯了死罪的消息传到村里之前,我们一直认为他是我们这茬人里最有福气的一个。

司令是外号,他的乳名叫八月,学名叫孙国栋。我们在村子里念小学时,他的外号就叫响了,连我们那个爱好写诗、开口就合辙押韵的李诗经老师也叫。李老师给我们上语文课,看到黑板不干净,就说:

"司令同学,请你上前;抬起你脸,擦擦黑板;小心灰尘,眯了你眼!"

"唉!"他爽快地答应着走上讲台擦黑板。

受李诗经老师影响,我们也喜欢说四言句。李老师说,天下的诗歌、文章,都是从四言句化出来的,只要四言诗作得好,那就是一鞭一道痕,一掌一掴血,一刀一个窟窿,那就没有什么文体能难住你了。星期天我们约司令去放牛,站在大街上——他家临街——齐声喊叫:

"司令司令,你这懒种;日上三竿,太阳晒腚。东洼放牛,南洼割草;沟里摸鱼,河里洗澡;你去不去?不去拉倒。”

司令的娘孙寡妇从屋子里走出来,将半截身体探出土墙,不高兴地说:

“你们这些孩子,怎么叫俺司令呢?俺有大号的,俺叫孙国栋。”

“大婶大婶,不要翻脸,我们保证,不再乱喊。”我们真诚地向她道着歉,然后大声喊叫:“司令司令,你真能磨,大闺女上轿,没你啰嗦!”

司令攥着一块地瓜从屋子里蹿出来,大声嚷着:

“别急别急,各位伙计,若不等我,不够意思!”

司令娘对司令说:

“往后他们叫你司令不许答应!”

司令在我们那班差不多大小的孩子里是个头蹿得最高的,据说他的爹就是个大个子,大个子爹做出大个子儿,天经地义。他的爹外号叫旅长,爹旅长,儿司令,一代更比一代强。也许他的外号就是从他爹的外号的基础上提拔起来的?谁知道呢!司令的爹六零年生活困难时撑死了——一架飞机掉在我们村头上,司令的爹和几个村民用担架将受伤的飞行员送到机场,机场里抬出一筐馒头慰劳他们,司令的爹贪食,一口气吃了十七个。回家的路上,走着走着,嘭地一声,胃爆炸了,人就死了。有人说个头高矮与吃的孬好有关系,我看关键还是种的问题,司令吃啥了?草一把菜一筐,没饿死就算大命,但他愣是蹿了个一米七十的大个子,还不满十五岁呢!

司令家房子旁边有一个大湾,湾里有水,水很深,水里有很多泥鳅。司令的娘利用这个有利条件,养了几只大鹅。大鹅的蛋比母鸡的蛋大得多,两个鹅蛋就有半斤。每年清明节,村里风俗是家家擀单饼煮鸡蛋。司令家过清明节不煮鸡蛋,煮鹅蛋,司令家的饼擀得特别大。我做梦都想得到一个煮熟了的鹅蛋,就拿了两个鸡蛋去跟司令换,司令说:

“这件事情,很不平常,我得回家,问问俺娘。”

司令的娘见到我大姐,说:

“你们家二皮真有意思,拿着两个鸡蛋换俺司令的鹅蛋,我就让司令送给他一个。这孩子,真有景儿,临墙隔家的,还说什么换?”

我大姐回家就告了我一状。我娘说:

“你这孩子,真是嘴馋,怎么敢白吃人家的鹅蛋呢?吃了人家的鹅蛋,你拿什么去还?你如果还不上,就欠了人家的情,欠了人家的情就得看人家的眼色行事,你这孩子,真是碟子里扎猛——不知道深浅!”

我大姐逼我将鹅蛋送回去,我说早就下了肚子了。她好奇地问我:

“鹅蛋什么味?比鸡蛋好吃吗?”

“好吃好吃,天下第一,捞不到吃,活活馋死!”我故意气她说。

其实鹅蛋很粗很腥,远不如鸡蛋细腻好吃,营养价值肯定也比不上鸡蛋。

我大姐恨恨地说:

“怎么不让鹅蛋把你噎死呢?”

因为一个鹅蛋,我与司令的关系亲密了许多。为了不欠他家的情,我冒着生命危险到邻村的瓜地里摸了一裤子瓜,有茬瓜,有面瓜,有甜瓜,深更半夜的,担着惊受着怕,只能是摸到什么摘什么,顾不上辨品种,也没法子分生熟,摘满了裤子,拖着裤腰往外爬,小心翼翼地,不敢弄出动静。看瓜的小陈是个雀瞽眼,眼色不济,但耳朵特灵,他好使一杆土炮,炮膛里装满黑药和绿豆大的铁砂子,打出来就是一条火胡同。我说冒着生命危险,绝不是夸张。小陈能听声打鸟,这也并不是说他是个了不起的神枪手,主要还是那支土炮射界宽。我将一裤子瓜扛到司令家,虽没明说,那意思他们也就明白了。所以我跟司令的友谊是建立在完全平等的基础上的,并不是我吃了他家一个鹅蛋欠了他家的情要去巴结他,给他当鞍前马后的狗腿子。

司令从小就是个忠厚孩子,在我们村有口皆碑。那时候邻村有十几个孩子在我们村念书,河里发水淹没小桥,司令就把这些孩子一个个地背到对岸去。类似的好事他还做了很多,限于篇幅,不能一一尽述。总而言之,司令是个心地善良的孩子,尽管有的人暗中嘲笑他缺心眼,是个半傻子。不是也有人嘲笑雷锋是个傻子吗?雷锋理直气壮地说:"我愿做革命的傻子!"司令什么也不说。1964年掀起学雷锋运动后,我们学校提出的口号是:"远学雷锋,近学孙国栋。"这个口号用了司令的学名,别扭得很,我们建议改成"远学雷锋,近学司令",学校不同意。

村里孩子上学晚,文化大革命开始时,司令十六岁了,才读小学五年级。我比司令小一岁,也读五年级。那个夏天里的几乎每个晚上,我们都举着铁皮喇叭在大街上喊叫,宣传无产阶级文化大革命的"十六条"和预防大脑炎——"文革"爆发时,正赶上大脑炎流行,死了好多小男孩。"十六条"早就忘了,预防大脑炎的宣传词儿还记得:"一九六六年,真是不平凡,砸烂三家村,流行大脑炎。得了大脑炎,快吃葱和蒜;小子你不吃,立马就完蛋!"我们在前面喊叫,后边还跟着一些小顽童,他们嘻嘻哈哈、打打闹闹,还大胆地改造着我们的广播词儿:"十六条儿,十七条儿,一条一撮鸡巴毛儿;张老汉,李老汉,快吃大葱和大蒜,不吃马上就完蛋!"这些词儿要是出自大人之口,肯定要被打成反革命,但出自小孩子之口,也就没法子追究了。

1968年夏天,我们村子里下来了一批知识青年,七男五女,共总一打。他们的年龄跟我们差不多,但看起来比我们大。城里人知识多,思想复杂,发育早。我们在夏天里还光着屁股上街,就像伊甸园里没受诱惑之前的亚当——我的这点宗教知识是从陆西文的爷爷陆鬼子那些听到的,这老爷子解放前就信了耶稣教。农民们在地里锄草,他站在地头上祈祷:"主哇,不要让我的地里长草!"主当然不听他的使唤。棉花地里闹虫子,农民们都提着瓶子去捉虫,他跪在地头上祈祷:“主哇,不要让棉铃虫吃我的棉桃!”棉铃虫也不听上帝的话——知青都穿着衣服,不但穿着裤子,而且还穿着褂子,不但女的不光膀子,连男的也不光膀子。我们光着屁股去知青点看热闹时,女知青都不敢抬头。村支部书记往外轰我们:“滚,你们这些不知羞耻的东西!”我们被轰出来,低头看看自己,然后看看别人,尤其是看了司令之后,才感到问题严重,不穿褂子可以,不穿裤子是绝对不行了。

知青中有一个男的,名字叫宋河。宋河瘦高个儿,白瓜子脸,高鼻子,长眉毛,一头卷毛,看样子不是纯粹的中国人。谣传他爹是个美国大兵。村里人很快就给他起了一个外号“宋鬼子”。杂种出天才,“宋鬼子”会吹口琴、吹笛子,还会拉手风琴。吹笛子吹口琴没有什么了不起,我们学校的季老师也会吹。手风琴这种乐器样子古怪,我们不但没听过,连见都没见过。司令说手风琴像他家的大风箱,我们一琢磨也觉得像,就给“宋鬼子”的手风琴起了一个外号“风箱”。

知青中有一个女的,名字叫唐丽娟。这个名字很古典,有一点点小家碧玉的意思,显得与那个时代格格不入。男知青数“宋鬼子”好看,女知青中数唐丽娟漂亮。村里人给她起了一个外号:“茶壶盖子”。这是一个高度赞美的外号,意思她是最漂亮的。

我们那地方,地是涝洼地,水是含氟水,不论男女老少,一张嘴就露出两排猪屎牙,难看得要命。年轻人好俊,学着城里人用牙膏刷牙,捣得满嘴血沫子,也没见哪个刷白了。我姐姐她们那帮大闺女,每天早晨对着镜子用剪刀刮牙,刮得满口鲜血,也刮不白。我有一个当医生的姑姑,批评刮牙的大闺女们:“刮什么呀!你们的牙髓都是黑的,刮什么?如果想白,只有一个办法,那就是连根拔,然后镶上一口化学的。”真还有几个青年听了我姑姑的话,去县城里把牙拔了,镶了满口的化学牙。刚镶了牙不好意思让人看见,出门就捂上一个口罩;过了一段时间,又生怕别人看不到,见到人就龇牙咧嘴,恨不得把嘴唇切去。我们学校有个代课老师马红英,镶了一口化学牙,说起话来连腔调都变了,好像嘴里勒着一条马嚼子。

“茶壶盖子”的眼睛鼻子就不必说了,单她那一口牙就够了。人家那牙,白里透出青来,一颗是一颗,像瓷的也像玉的,一张嘴就闪闪发光,好像嘴里含着珍珠。我们第一眼看到她时,就感到眼前一亮,全是她的牙闹的。她的牙齿是她的明媚的笑容的重要构成部分。几十年后,我们村里的人提起她来,首先要说的就是:那闺女生了一口好牙!

“茶壶盖子”除了牙好,别的地方也出色。她的皮肤很白,很薄,仿佛一掐就会冒出白水儿。她的眼睛很大,嘴巴稍大了点——我们那儿审美标准比较古典,喜欢小嘴美人,这都是让评书害的,评书里描述美人,动不动就说“杏眼桃腮,樱桃小口”,实际上地球上从来没出现过这样的女人,如果有,肯定是妖怪——她的身材也好,腰是腰腿是腿,不像我们村里那些大闺女,上下一般粗,个个赛麻袋。现在回忆起来,如果硬要让我找出“茶壶盖子”的不足之处……我实在找不出来。有人说她的嘴巴有点歪,但我就迷她这个歪,一歪百媚。

毫无疑问,我们村的男人们,没有一个不迷她的。老头子迷,青年迷,连我们这帮鸟毛都没扎全的半大小子也迷。村里人不说爱字,嫌这个字牙碜,其实迷就是爱,甚至比爱还要严重。我们村的民兵连长是个出名的大公鸡,连自己的弟媳妇都不放过,知青进了村,他倚仗着连长的身份,有事没事就往知青点钻,美其名曰关心知青,实际上是想浑水摸鱼。村支部书记让妇女主任把他叫来,当着许多人的面一顿臭骂:“狗东西,你想点什么不好?癞蛤蟆想吃天鹅肉?让老董劁了你个狗杂种!”老董是公社兽医站的兽医,劁狗阉猪,一把好手。连长辩解道:“其实我也没想什么,不过就是看看。”书记道:“看什么?看能解决什么问题?”连长说:“看美人养眼呢!”书记说:“日你妈的,反动逻辑!”

我们这帮小青年,对她的迷恋具有浓厚的审美意味,色情的意识很淡。与“茶壶盖子”相好？这样的事我连想都不敢想。我就是喜欢看她，喜欢围绕着她嗅她的身上发出的那股隐隐约约的好味。究竟是什么气味，那我可说不出来。反正她的身上有那么一股隐隐约约的气味，好闻死了。这股好味不光我一个人能闻到，司令也能闻到，吴巴也能闻到。吴巴是我们的同学，也是我们的好友，他的四言诗作得最好，深受我们李老师的赞赏。吴巴写了一首诗赞美“茶壶盖子”发出的气味：

“‘茶壶盖子’，味道真妙；好像馒头，刚刚发酵；好像鲜花，刚开放了；闻到她味，没酒也醉；闻到她味，三天不睡。”

我想其实也不是我们想看她，而是她的牙、她的嘴、她的眼、她的腮、她的鼻子、她的像月光一样的笑容，把我们的眼睛吸了过去，就像河里的大漩涡子不管什么东西都吸过去一样。我想其实也不是我们主动地去嗅她的气味，而是她的气味把我们吸了过去，就像花的香气把蜜蜂吸引过去一样。

知青下来后，我们小学毕业，成了公社的小社员。过了一年后，吴巴又去上了农业联中。我们跟知青们一起劳动，也就是跟“茶壶盖子”一起劳动。我们多么想跟她说说话儿，但是她根本就不理我们。她喜欢跟“宋鬼子”说话，有时候也跟那些大嫂子们说说话，有时候也跟那些老头子们学学农活，但她从来不理我们，连看都不看我们一眼，好像我们不存在一样。我总想找机会讨她一点好，但往往弄巧成拙。

记得有一天下午全队的人都去深翻土地——那天下午刮着很大的西北风，尘土飞扬，七个男知青里有四个戴着风镜，“宋鬼子”是其中之一。“宋鬼子”喜欢往头发上抹发蜡，发蜡喜欢沾土，所以他的头很快就成了黄色的了。他戴着风镜，顶着满头黄土，活像个刚刚跳伞逃生的美国飞行员。大家不敢看他，一看就想笑。以我姐姐为首的那帮大闺女笑得最厉害。队长愤怒地训斥她们：“笑什么？喝了母狗尿了是不是?”农村传说,喝了母狗尿就会狂笑不止。现在想起来我才明白,当我们迷恋“茶壶盖子”时,以我姐姐为首的那帮大闺女正迷恋着“宋鬼子”。“宋鬼子”两颗门牙之间有一条缝儿,按说这是个缺陷,但我姐姐说她最喜欢的就是这条牙缝。问她为什么喜欢一条牙缝,她说别的地方都被人喜欢了多少遍了,只有这条牙缝还没被人喜欢过,所以她喜欢。她还喜欢他猛猛地吸了一口烟,然后把牙关咬紧,让一缕细烟从那道牙缝里滋儿滋儿地钻出来。嗨,世界上什么稀奇古怪事都有!“茶壶盖子”围着一条大围巾,戴着一个大口罩,只露着两只大眼睛。她的眼睫毛真长啊,忽闪忽闪地眨巴着,活像《红灯记》里的李铁梅。那天下午,我非常幸运地紧靠着她翻地——每人翻一米宽——为了讨她的好——也不完全是为讨好她,我是担心累着她——我翻了足有一米半宽,只给她闪下窄窄一条。她连看都不看我,好像没发现我的行动。队长过来检查翻地的质量,用一根木棍插插翻过的地,说:“小唐,深度不够!”她却说:“这不是我翻的。”因为口罩捂着嘴,她的声音瓮声瓮气。队长踢我一脚:“二皮,你想干什么?”众人的目光都转过来看我,其中也有司令的目光。我当然知道他的心情。

记得有一个上午,全队的人都去南大洼割麦子。队长打头,每人两垄,梯次展开。我十分幸运地挨在了她的下家。她穿着一件洗得发了白的蓝色卡其布军便装,纽扣一直扣到了脖子。她穿上男式服装真是飒爽英姿,我看她一眼鼻子就酸溜溜地想哭,当然是激动的,当然不是难过的。她的那股好味儿与成熟的麦子气味混合在一起,与野花野草的气味混合在一起,与天上云雀的歌唱声混合在一起,真是感人至深。在开始割麦前,我遭受了一个沉重打击:司令把她的镰刀抢过去,非常认真地帮她磨了。我相信这是司令一生中磨得最锋利的一把镰刀。他用两个脚后跟压住镰刀把儿,用左手的拇指逼住镰尖、中指挺住镰背,用右手捏着一块青青的、细腻如油脂的磨刀石,嘴里满含着一口水、唇间叼着一根麦管,让一股细水沿着麦管均匀地淋在镰刀刃上,同时他手中的磨刀石噌噌地运动着,磨一会儿这面,就把磨石倒到左手里,用右手挺住镰背,继续磨下去。他磨镰的技术太出色了,连队长都赞不绝口。队长说:“司令,不用你割了,专门磨镰吧!”他把镰刀磨好了,问她:“你能给我一根头发吗?”她吃惊似的瞪着眼问:“干什么?你想干什么?!”她没有继续追问就从头上拔下一根头发——我的心紧紧地撮了起来,好像不是拔了她一根头发,而是拔了我一根神经——递给他,那根头发在上午的阳光里焕发出蓝蓝的光芒,就像乌鸦的翅膀在阳光下发出的光芒一样。司令将镰刀的刃子对着自己的面,将她的头发轻轻地放在刀刃上,然后猛地一吹,头发就断成了两截!好家伙,吹毛寸断,这哪里是镰刀,分明是宝刀。

“谢谢你,”她说,“司令!”

你们能体会到当时我的心中滋味吗?不,你们不可能体会得到。你们没有看到她说话时的样子怎么可能体会到我心里的滋味?你们没看到她穿着一件洗得发白的蓝色军便服的样子怎么可能体会到我心中的滋味?你们没看到她那两只被太阳晒得粉红的耳朵怎么可能体会得到我心中的滋味?

开始割麦了。割麦子是农村最沉重的活儿,麦芒刺人,尘土呛鼻,腰酸背痛,别说是从没干过活儿的知青,就是一辈子与土地打交道的老农,提起割麦子也发憷。但割麦子也是农村中最愉快的劳动,收获总是让人们感到快乐。更重要的是割麦子时全队里的人都不回家吃饭,饭由保管员到各家收集,送到地头上来。“好钢用在刀刃上”,各家都不惜血本做出了最好的饭食,生产队里还免费供应大米稀饭。大米稀饭,不是一般的稀饭。我们生产队比较腐败,每年都拿出半亩地种旱稻,为的就是这几顿大米稀饭。大米稀饭,大米稀饭里还加了一把红糖。有一次保管员喝得醉醺醺的,把“六六六”当成了红糖,我们都喝出了异味,但没有人不喝。不要钱的大米稀饭,有点异味就有点异味吧!连“宋鬼子”和“茶壶盖子”都喝了加了一把“六六六”的大米稀饭。割麦子还是一种劳动竞赛,真正的你追我赶。上了年纪的男人都是蹲着割,将割下的麦子放在大腿窝里夹着,夹够了个子,打个腰儿放下,下家的将自己腿窝里的麦子放进去,然后捆起来。小青年和妇女腰好,都锅着腰割,割下的麦子放在两腿之间夹着,从后边看好像长了一条金色的大尾巴。她在我的前面弯着腰割着,麦子在她的大腿之间夹着,好像一条金色的大尾巴。我穷追不舍地跟着她。起初她仗着镰刀锋利还能对付,但她的镰刀很快就不利了;再加上她是城里长大的孩子,没有长劲儿,一会儿就不行了。她站直了腰,用拳头捶打着腰,一脸让我心疼的表情。我什么也没说,没有什么好说的,忠不忠看行动,我往左一跨步,把她那两垄麦子包割了。我一柄大镰四面挥,精神变物质,浑身有使不完的劲儿。温度不能把石头变成小鸡但是温度能把鸡蛋变成小鸡;爱情不能使木头产生力量但爱情却使我产生了力量。有经验的生产队长都知道这样一个道理:“干劲不足,加上妇女。”一个小伙子推车一个小伙子拉车每上午能运十车粪,一个小伙子推车一个大闺女拉车每上午能运十五车粪,劳动生产率提高百分之五十。我没上几天学脑袋里却积累了许多乌七八糟的东西,甚至还有一部分唯物辩证法,这些东西是从哪里来得?是从天上掉下来的吗?是从地下冒出来的吗?是我头脑里固有的吗?否!这些东西是从三大革命实践中得来的,这些东西只能从三大革命实践中得来,与知识青年朝夕相处是三大革命实践的重要组成部分,他们和她们嘴里不断地漏出来的东西被我的海绵脑袋全部吸收并进行了化学处理,变成了我的知识,指导着我的行动。那天我割疯了,为了她我刀山敢上火海敢闯,为了她我下定决心我不怕牺牲,我宁愿前进一步死,决不后退半步生。苦不苦想想长征两万五累不累想想革命老前辈我生是你的人死是你的鬼生命诚可贵自由价更高为了你"茶壶盖子"我什么都乱抛。从知识青年那里偷来的革命时期的话语与不革命时期的话语在我的脑海里车轮一样地旋转着,我感到我根本不是在割麦而是在大海里游泳,一举手就激起一串浪花;我感到我不是在游泳而是在腾空,一挥臂就割下一片朝霞。我的耳朵里仿佛响起了"风箱"的叫声,美妙无比,好像地瓜干子老烧酒……爱情如酒令人沉醉,队长的大脚就是醒酒汤。队长一脚就把我踢了个狗抢屎,他骂道:"混蛋二皮,你这是割麦吗?否!你是在破坏!"我割过的地方,麦茬儿留得高,糟蹋了生产队的草;麦子落得多,浪费了生产队的粮;我帮"茶壶盖子"割麦,是黄鼠狼子给鸡拜年——没安好心!队长用古怪的眼光看着我说:"你才多大个人儿,就有这么多资产阶级坏思想!"更让我伤心的不是队长的话而是"茶壶盖子"的话,她说:"他非要替我割,我也没办法!"你们听听她说的这是人话吗?否!绝对不是人话,她的一句话就像一大块冷冰冰的黑石头,一下子就把我打倒了。我一头栽到地上,脸贴着像亲娘一样的黑土大地,听到一个声音在高高的空中说:"死了吧死了吧,你这样的可怜虫还活着干什么?!"我恨不得用镰刀把自己的头割下来,让我的满腔热血喷上云霄,化做一道彩虹。

我当然没舍得割下自己的头,虽说"瓦罐不离井沿破",但毕竟"好死不如赖活着"。没有志气,没有自尊,这就是我的悲剧所在。但在爱情的辞典里,是查不到"志气"也查不到"自尊"的。割麦那天,我心里产生了对"茶壶盖子"的不满,甚至是仇恨,但当我一看到她的脸,一看到她的牙,一闻到她的味儿,我的心里就只有对她的爱情了。说句不怕丢人的话,在我迷她迷得最疯狂的时候,曾经趴在地上吻过她的脚印儿。对这个女人的迷在我的一生中产生了巨大的影响,这是后话,暂时不提了。

我那时几乎就是得了传说中的相思病,醒里想的是她,梦里想的也是她。为了引起她的注意,我学我姐姐的样子用剪刀刮牙,还偷我姐姐的“万紫千红”牌油脂往脸上搽，把个脸弄得油光光的，好像屠夫的棉袄。我姐姐发现了就追着我打，追上了一边用笤帚疙瘩擂我的头，一边骂我：

“浪死了你！整个宇宙里没有比你更浪的男孩了！你是癞蛤蟆叼着花骨朵，你是屎壳郎顶着花骨朵，你是猪八戒插着花骨朵！你白日做梦，你痴心妄想，唐丽娟能嫁给圈里的猪也不会嫁给你……”

我姐姐的语言原先很土，现在竟然从她的嘴里冒出了“宇宙”这样的词儿，这都是跟着知青学的。我被她戳中了心事，恼羞成怒，反唇相讥：

“要说浪，你更浪，跟着宋河瞎嚷嚷，宋河要你去吃屎，你一次吃了一大筐！”

我精神恍惚，六神无主，吃饭不香，睡觉不宁，十几岁的小孩子，头发一把把地掉。从一本医书上看到，上述症状是肾虚所致，书上说熟地能补肾，就溜到村卫生所里，偷了一大把，刚要逃跑，被赤脚医生得田抓个正着。他捏着我的胳膊，用屈起的膝盖不断地顶着我的尾巴骨，嘴里骂着：

“小偷，你偷点什么不好，偷药干什么？”

我灵机一动装起糊涂来：

“得田大叔，高级大夫；我三天没吃，一顿饱饭；头晕眼花，天旋地转；求您开恩，放我一马；让我吃了，这些地瓜。”

他奸奸地笑起来，说：

“好吧，二皮，我饶了你，不往大队里汇报，但是你必须把这些地瓜给我吃了！”

我心中暗喜，但嘴里说：

“得田大叔，心眼最好；天上难寻，地下难找。明天中午，帮您割草；割来青草，喂您家羊；您家山羊，能够跳墙。”

他说：

“别耍贫嘴，快吃吧！”

我抓起那些熟地，一边吃，一边做出龇牙咧嘴的样子。没一会儿工夫，就把那一把熟地吃了，趁着他不注意，我又从药橱里抓了一大把。我装出被药毒得晕头转向的样子，摇摇晃晃地离开卫生室。我听到他在我背后哈哈大笑。一离了他的眼我也哈哈大笑。我的青春期过得真是艰难无比。我爹也看出了我不对劲，他不打我也不骂我，只是用一种尖刻的语言讽刺我：

“你应该找个镜子照照自己的尊容！”

我爹的语言原先也很土，现在竟然也冒出了诸如“尊容”之类的字眼，这当然也是知青闹的。我在众人的打击、挖苦之下，我在不正确的生理知识造成的恐怖之下，曾经下决心不再迷恋“茶壶盖子”，但每天晚上，我的腿就把我带到了知青点院子外边的土墙根上，我趴在墙头上，望着屋里射出的灿烂灯光，听着屋里传出的欢声笑语，心里又酸又苦，眼泪一串串地流下来。

在知青们的欢笑声中，我听到了她的笑声。即便在一千个人的笑声里，我也能听出她的笑声。她的笑声不高，低沉沙哑，但非常有感染力，简直就像电流。她的笑声一传出来，我就晕晕乎乎，只有趴在墙上才能免于酥倒。我趴在墙头上，脑海里浮现出她动人的笑姿。“茶壶盖子”爱笑在我们大队里是出了名的。那时候大家在一起劳动，乔老头那个老流氓不断地说一些黄色的笑话，譬如他说一个生殖器特长的人站在河边，看到一个青年妇女在河对面洗衣服，他便从河底伸了过去，在那妇女眼前弄起景来，那女人一把攥住，按在捶布石上，狠狠地砸了一棒槌，嘴里还喊着：“砸个核桃吃！”这一下把“茶壶盖子”笑痴了，笑得前仰后合，最后蹲在地上。她的白脸笑红了，眼泪也流出来了。乔老头低声说：

“猫浪叫，人浪笑，这个小唐，是个浪货，你们这些小青年，还不抓紧了上！”

乔老头的话在我心里激起了很复杂的情感,一方面我感到乔老头污辱了我心中的人,另一方面让我感到了一种危险。“茶壶盖子”,你可千万别浪啊,坏男人们都在盯着你,你可千万不要跟他们好啊!我下定了决心要向她发起进攻了,我要让她知道我对她的一片真情。

老光棍万能教导我们:

“要想讨女人欢心,有四大法宝:‘一是模样二是钱,三是工夫四是缠。’小伙子貌似潘安,女人自然喜欢;相貌长得差,但家财万贯,女人也喜欢;既无财又无貌,那就只有豁上工夫死劲地纠缠,女人怕缠,缠烦了,一横心,也就跟你好了。”

老光棍还教导我们胆子要大,关键时刻要敢出手。你们不出手,难道还想让女的出手?吴巴胆怯地问:

“我们出手,她嚷咋办?告到公社,小命完蛋!小命不完蛋,屁股也打烂。”

老光棍说:

“你们不能一上来就摸,要慢慢地来。回家跟老的要点钱,去供销社里买上点糖块儿,见了自己喜欢的女人就用糖块喂着,我敢担保,用不了一百块糖,就可以动手了!”

不能再犹豫了,必须动手了。我想回家要钱,但这是根本不可能的。我母亲有一元钱,粉红色的,放在炕席底下,我把那张钱藏在身上,在供销社门口转了半天,但最终我还是把它放回了原处。姐姐也许有几元钱,但我找不到她藏钱的地方。

好机会从天而降:生产队会计跟小学老师打赌输了一元钱,让我帮他跑腿去买糖。那时的糖一分钱一块,一元钱能买一百块。但我听人说过,如果不按块数,而是按照糖的价格用秤约,一元钱就不止买一百块糖。我跑到供销社,冲着售货员老王说:

“老王老王,我要买糖;不要数块,用称来量!”

我用一元钱买了一百零七块糖,天经地义地落下了七块,会计赏我三块，我向小学教师哀求，他又赏给我两块，这样，我的衣兜里就有了十二块糖。

我找了一块红纸，把十二块糖包起来。准备找个机会送给她。有好几次我把糖纸揭开，用舌尖舔着甜滋味，真想一口吞下去，但想到小唐那满口白牙，就咬牙切齿地把馋虫儿咽了下去。

机会终于来了。

在知青下乡的初期，他们的革命热情还很高涨，每隔几天就要给贫下中农表演节目。知青没下乡之前我们也表演节目，无非是嘴唇上粘上棉花演老头，翻穿着皮袄演土匪。知青给我们带来了女声独唱和男声独唱，知青让我们懂得了男高音男中音男低音还有女高音女中音，知青让我们听到了手风琴的美妙叫声。看知青的演出我们如同过年，听“茶壶盖子”的女中音独唱我们如同饮酒。她唱《马儿呀你慢些跑》，她唱《老房东查铺》，她还唱《见到你们总觉得格外亲》。“茶壶盖子”唱歌，不但嗓子好听，脸上的表情也很好看。她的嘴时而圆时而方，时而短时而长，更奇怪的是她放声歌唱时，那两条眉毛竟然能够上下跳跃，眼睛里仿佛有一汪水儿在流动。后来我们村子里的姑娘们学她的样子，说起话来挤鼻子弄眼，活像庙里的小鬼。“茶壶盖子”唱起那首《见到你们总觉得格外亲》时，台下的光棍子们摇摇晃晃，就像一群醉鬼。我姐姐说“茶壶盖子”是音乐学院附中的学生，唱歌还不是她的拿手，弹钢琴才是她的拿手。我们从电影钢琴伴奏《红灯记》里见到过弹钢琴的，那个男人的手软得像没有骨头一样，手指头好像鸡啄米一样地啄着琴键，一边弹一边摇头晃脑嘴还乱吧唧，好像嚼着什么东西。我姐姐说弹钢琴的人一下生时手指就做了手术，从小就开始练。怎么个练法呢？把一锅油烧开，将一把小石子儿扔到油锅里，让那孩子从油锅里往外捞石子，这是练快；练完了快就让那孩子用指头戳鸡蛋，戳完了鸡蛋就戳核桃，这是练劲儿。还有许多的练法，总而言之练出个弹钢琴的十分不容易，弹钢琴的都是国家的宝贝。我姐姐说如果不是文化大革命,“茶壶盖子”肯定能练成个钢琴家,其实她已经弹得很好了,在北京的青少年钢琴比赛中她曾经获得过铁奖,我说没有铁奖只有金奖银奖和铜奖,我姐姐说你知道个屁。

说说那次让我终生难忘、至今还被乡亲们说起的演出吧。那天晚上,“茶壶盖子”没有唱歌,因为她一唱歌第二天那些光棍子就没有力气干活,队长不让她唱。她在土台子上放了一条长凳,凳子上摆开一溜碗,碗里盛着水,水有深有浅,碗有大有小,她拿着两根筷子,敲打着碗沿儿,竟然敲出了时代的最强音《东方红》!贫下中农惊喜若狂,都有点不敢相信自己的耳朵。接下来她敲出了《大海航行靠舵手》,那些清脆悦耳的音符千真万确地就是从碗沿上发出来的,不由你不信。人们赞叹不已:天才,真是天才!这样的天才下来修理地球真是可惜了呀!

趁着帮她收拾饭碗的工夫,我把那个包着十二块水果糖的红纸包拍到她手里。她吃了一惊,问:

“什么?”

哪里有勇气回答她?我转身跑掉了。

那个夜晚真是美妙无比,连夜猫子的叫声都温柔可爱。我在大街上疯跑着,一边跑一边高唱革命歌曲。我正处在变声期,嗓子里好像塞着一团牛毛,声嘶力竭地发出的声音好像鬼哭狼嚎。我听到街上的人们在骂:“别吼了,再吼就该闹地震了!”一个幸福的人还在乎别人说什么?他们怎么能体会到我的心情?我恨不得向全世界宣告:地球上最最美丽的姑娘,接受了我十二块糖!她接受了我的糖,就说明她已经喜欢上了我,就说明我们俩的关系已经不同寻常,就说明她有可能与我……我不敢往下想了。我在大街上狂奔,好像一条发了疯的狗,我从街东头跑到街西头,又从街西头跑回街东头,村子里的几条狗追在我的屁股后头,狂叫着,我感到它们不是追着咬我,而是受到了我的情绪感染,跟着我狂欢呢!

当我汗流浃背地走进家门时,一股肃杀之气扑面而来。我不由得打了一个寒颤,浑身的毛孔顿时关闭。我看到,父亲提着一根绳子,母亲攥着一把扫帚,大姐举着一张铁锹,宛如三个严肃的猎人,摆开了打狼的阵势。我一眼就看到了在昏黄的灯光下,在屋子里灶台旁边的风箱上,放着一个红包,包里就是我的糖。天呐,“茶壶盖子”又一次把我出卖了!

父亲嘲讽地说:

“谈恋爱的英雄,回来了?”

母亲说:

“鳖蛋,你竟敢偷钱去讨女人的好!”

大姐道:

“你自己撒泡尿照照!”

父亲说:

“你的声音比猫叫春还要难听!”

母亲说:

“真是四脚蛇豁了鼻子——不要脸了!”

大姐说:

“这样的民族败类还留着他干什么?干脆砸死他,为国除奸,为民除害!”

我知道有口难辩,索性一言不出。

大姐问:

“说吧,钱是从哪里偷的?”

“我没有偷,也没有抢,这些糖块,别人奖赏……”

父亲抡起绳子说:

“还敢贫嘴!”

他手里的绳子,弯弯曲曲升到空中,然后突然伸直,啪的一声落在我屁股上。一绳子抽下来,着鞭处火烧火燎,但并不十分痛楚。

“说!”

“我真的没有偷!”

“没偷也该打!”

“打掉他的花花肠子!”

“买了那么多糖,爹不给吃,娘不给吃,拿去孝敬妖精,冲着这也该打!”

骂声和毒打像雨点般落在了我的身上。我紧咬牙关,一声不吭。我闭上眼睛,心中响起了“风箱”的声音,响起了打碗的声音。我仿佛看到,“茶壶盖子”站在一边,看着我的亲人毒打我,她的脸上挂着笑容。她的笑容像冰一样把我的心冻住了。我绝望地闭上了眼睛。我听到绳子和棍子打在皮肉上发出的扑通声,好像在遥远的地方,有人在拍打一条破棉被。

二

几年之后,村里的知青当兵的当兵,上学的上学,招工的招工,回城的回城,病的病,死的死,昔日热闹非凡的知青点变得冷落如寒窑。到了1975年春天,知青点里就剩下“茶壶盖子”和“宋鬼子”了。村里人可怜他们,私下里商量:干脆,让他们俩结婚得了,这样,他们的心情也许会好一点。司令的娘说:

“还要你们操心?人家都是有文化的人,还要你们操心?”

司令的娘从知青进村那天起,就负责给他们做饭,从十二个人的大锅饭做到两个人的小锅饭。她感叹道:

“嗨,我就像一个老麻雀,眼看着这些小麻雀一个个地飞走了,什么时候这两个也飞走了,我的事也就完了……”

说这话时,她的脸上的表情很是真诚,“茶壶盖子”看着她的老

脸,眼泪都流了出来:

"大娘……谁都能走得了,唯有我走不了……"

司令娘说:

"孩子,不要着急,国家不会忘了你的,当年国家花了那么大的本钱栽培你,还能把你扔在这里一辈子? 你和小宋都不是久屈人下之人,天老爷磨难你们,是为了让你们将来担大事的。"

"茶壶盖子"绝望地说:

"大娘呀,你看看我这手,粗得像老树根一样了,就是给我一架钢琴,我也弹不出声音了……"

司令娘抓过"茶壶盖子"的手放在眼前端详着,说:

"不粗,不粗,比你大娘的手细多了!"

"茶壶盖子"把头伏在司令娘的胸前,说:

"大娘,你就像我的亲娘一样……"

"大娘要是有你这样一个闺女,下辈子变马变牛都行……"司令娘从"茶壶盖子"头上揪下一根白发,说:"闺女,你可要把心放宽点,瞧瞧,都有了白头发了! 愁思使人老呢!"

"茶壶盖子"接过那根白发,眼泪止不住地就流了下来。

这时候,我和司令、吴巴等人都成了大青年,我们的脸上,生满了胡须,布满了皱纹。几年前那场毒打,治好了我的相思病。现在回忆起我对"茶壶盖子"的单相思,自己都感到脸红。如果不是爹娘对我痛下鞭笞,我很可能会因为她而死。为人民利益而死比泰山还重,为一个女人而死比鸿毛还轻。现在,我对"茶壶盖子"的容貌基本上可以作一个比较客观的评价了。首先要指出的是,将近十年的农村生活,严重地损坏了她的容貌,她的皮肤失去了初进村子时的那种珍珠般的光泽,她的眼睛里的光芒也比刚进村时暗淡了许多,她的曾经让我们心醉神迷的牙齿,也因为长期饮用含氟水而发了黄。常年的艰苦劳动,使她的腰身也变得粗壮臃肿;她的嗓音变得更加沙哑,我们好久好久听不到她的歌声了。这时候她已经将近三十岁,这在村里边已经属于老姑娘的年龄了。我姐姐跟她差不多大,但我姐姐已经是三个孩子的母亲了。我因为少年时留下了作风不好的恶名,找媳妇屡遭挫折,但我也终于和王木匠的瘸腿闺女王桂花订了婚,两家老人商量好了,等新麦子收下来时,就给我们成亲。总之,“茶壶盖子”基本上是一朵开败了的鲜花,是一个青春将逝的女人。她跟村里的女人已经没有太大的区别,除了她还保留着每天清早蹲在知青点门前的台阶上刷牙的习惯,除了她还能偶尔收到一封从外地寄来的信,她的确没有什么特别之处了。有一天我们在一起锄地时,我听到她在我身边大放响屁,我的心一下子就沉到了绝望的深渊。农村真是个伟大的地方,无论多么顽固的资产阶级和小资产阶级,放到这里,用不了十年,就改造得跟贫下中农一模一样。贫下中农家的姑娘脸皮薄点儿的,也不会像她这样在男人面前肆无忌惮地放屁啊!

“宋鬼子”也不是当年的“宋鬼子”了,他的“风箱”早就哑巴了。后来听说,他把琴拿到县城卖了,卖琴的钱换成了烟卷和烧酒,喝了,抽了。他的白牙被香烟熏得焦黄,面色如土。“茶壶盖子”每天早晨还蹲在石头上刷牙——想当年十几个知青排成一队蹲在石头台阶上刷牙的情景多么美好,他们的牙刷子来来回回地推拉着,洁白的泡沫从他们的嘴里溢出来,甜丝丝的牙膏味儿在早晨的空气中散发开来,我们趴在墙头上,大人,小孩,男人,女人,几十个人趴在墙头上,看知青刷牙,一边看一边评论,这个嘴大,那个嘴小,这种牙膏味道爽口,那种牙膏有一种水果香气——“宋鬼子”连牙也不刷了,他衣衫不整,蓬头垢面,据司令的娘说他早晨起床后连脸都不洗。司令的娘劝他:“小宋啊,心里再怎么不痛快,也不能不洗脸,人要脸,树要皮。”这个昔日以非凡的风度让我们这些农村孩子自惭形秽的英俊青年却说:“为什么要洗脸?我凭什么洗了脸给你们看?”司令的娘两手一摊,说:“你们听听,这是什么逻辑?”——司令的娘都会说“逻辑”了,这都是让知青给闹的。

知青刚下来时，的确是靠工分吃饭，挣多多吃，挣少少吃，挣不着不吃，但自从一个知青家长给毛主席写了一封诉苦信后，上边下来了指示，说知青不管挣多少工分，每年必须保证分四百斤粮食，生产队里没有粮食，去集上粜也要粜给他们，这一下子知青就跟我们不一样了，我们不劳动就会饿肚子，知青即便天天睡大觉也可以吃饱肚子。有了这样的铁杆庄稼，只有“茶壶盖子”这样的傻瓜还天天下地，跟贫下中农一起死受，像“宋鬼子”这样的滑蛋，立刻就变成了游手好闲的二流子。一年当中起码有半年见不到的他的影子，他去了哪里，没人知道，也没人敢问。他在外边野够了，就在村子里逛大街串胡同。他头上歪戴着一顶破军帽，脚上趿拉着一双懒汉鞋，嘴里叼着烟卷，浑身散发着酒气，彻头彻尾一个爷。村子里传说，他从夏镇公社知青那里学来了一种偷鸡术，说只要他念个咒，鸡就会跟着他走。起初人们还不信，说毛主席的知青怎么会偷贫下中农的鸡呢？但村子里的鸡却在渐渐地减少。有人跟踪了“宋鬼子”，发现他的确在偷鸡，他不是念咒，而是用一种弹簧钩子钓鸡。他在弹簧钩上装上一粒泡涨了的玉米粒，扔到鸡跟前，鸡将玉米粒啄下去，钩子就在嘴里张开，他扑上去一把拧断鸡脖子，揣在怀里就走了。人们找到大队里的书记反映“宋鬼子”偷鸡的事，书记说：“活该，谁让你们养鸡了？”

知青下乡运动的最后几年，搁浅在我们县的那些知青相互串连，组成了实际存在的偷鸡专业队。他们有恃无恐，把一个县吃得遍地鸡毛。人们即便抓住他们，也不敢伤了他们半根汗毛。农民打了知青，那是砍头的罪；知青打了农民，那是活该倒霉。想不到一个神圣庄严的运动，竟以如此荒诞的形式接近了尾声。毛主席想让知青到农村去锻炼成长为无产阶级革命事业的接班人，没想到锻炼出一批偷鸡贼。传说他们还供了自己的神，他们的神是梁山好汉“鼓上蚤”时迁。村子里那些觉悟不高的老人议论说：“游击队拉驴，知青抓鸡，一代不如一代。"支部书记把他们集合到大队部,训他们:"你们要是活够了,就找根绳子吊死算了,怎么敢把黄皮子游击队跟知识青年相比呢?难道你们吃了豹子胆了?"吓得那几个老东西脸色土黄,再也不敢胡说八道。

1975年底,上级又要我们村推荐一名表现好的知青进城当工人,贫下中农们一致推荐"宋鬼子"。大家都说"宋鬼子"好,好好好,他实在是太好了,他的觉悟比我们村里那棵最高的大杨树还要高,他早就不需要我们贫下中农教育了,这几年来反倒是我们贫下中农接受了他的教育,他要走了,我们真还有点舍不得,但舍不得也得让他走,这样好的青年,理应当到更重要的岗位上去工作……县知青办那位负责招工的干部说:"你们村那位唐丽娟怎么样?听说她的表现也不错。"支部书记连连摆手,说:"她不行,她绝对不行,她脑子里还有一些资产阶级思想,我们准备用三个月的时间把她教育好,我们保证用三个月的时间把她教育好!"招工干部用曲起的中指敲着桌面,眼睛望着房梁说:"可我听说小唐锻炼得比小宋要好!"招工干部摸出一个空烟盒,好像找烟没找到的样子,把空烟盒捏扁了扔在脚下。支部书记对大队会计使了个眼色,会计出去,买回一条大前门香烟——那时候一条大前门香烟可是了不得——支部书记将烟塞进招工干部的黑革包里,说:"求求您了,领导,小唐的确也不错,您如果能把他们俩全招走,我们全村人给您老人家磕头,您如果只能招一个,求您了,把小宋招走……"招工干部说:"好吧,就招宋河。"支部书记深深地给招工干部鞠了一躬,说:"我代表我们村的全体社员谢您了!"招工干部笑着说:"你不如说代表着你们村的全体母鸡谢我!"支部书记摸着脖子,不好意思地说:"什么也瞒不了您……"

"宋鬼子"被招到市里新成立的养鸡场工作去了,传说鸡场的鸡听说宋河要来,整整哭了一夜。宋河走后,偌大的个知青点里,只剩下"茶壶盖子"一个人。司令的娘说:"'宋鬼子'临走那天夜里,'茶壶盖子’和他搂在一起放声大哭，‘宋鬼子’也哭得鼻涕一把泪一把的。”“宋鬼子”临走前还对支部书记说：“杨大叔，八年了，太平庄的大爷大娘们、大叔大婶子们、大哥大嫂子们、大兄弟大姊妹们像亲人一样待我，我一辈子也忘不了你们的恩情，我吃了乡亲们七十九只鸡，吃了谁家的我都记着账呢，有朝一日我宋河闯出个人样子来，一定回来加倍地偿还，希望乡亲们不要记恨我……”“宋鬼子”说得很动情，连眼泪都淌出来了。支部书记也动了感情，说：“小宋，你们大城市里的孩子，能在我们这兔子都不拉屎的地方呆八年，是多么的不容易，村里条件有限，没照顾好你们，让你们受苦了……”

“宋鬼子”走了，剩下“茶壶盖子”形只影单。我们看到她在河堤上晃晃荡荡地走着，好像丢了灵魂。只有公社的邮递员骑着自行车出现在桥头上时，她的灵魂才归位。收到信她欣喜若狂，收不到信她立马就蔫了。司令的娘向支部书记汇报：“书记，我端详着小唐那孩子不对劲，一会儿哭一会儿笑的，我怕她万一想不开……”书记的脸吓得干黄，说：“你给我盯紧点她，她要真挂了大肉或是跳了机井，咱太平庄可就不太平了！”

书记拉着村里的贫农主任，到知青点跟“茶壶盖子”谈心，书记说：“小唐同志，我们知道你心里不好过，下次再来招工，无论如何也是你了。说句难听的话，即便他们永远不来招你，咱们村也能养活你。你在咱这里受了八年了，你是咱太平庄的闺女，咱们村每人省一口，就够你吃的了。从今后，你不用下地干活了。老会计年纪大了，明天就让他把村里的账交给你，你就是咱们村的会计。”

三

1976年春天，“茶壶盖子”的肚子大了。

支部书记把司令的娘叫去，严厉地说：

“大婶子,大队里给你开着工分,让你好好看着她,你是怎么看的?”

司令的娘说:

“她是个大活人,又不是个狗儿猫儿的,能看住吗?再说了,这种舒坦事儿,蚊蜢蛆虫都知道干,小唐多大岁数了,干点这事还不应当?”

“你个老糊涂虫,别给我胡缠缠了!”书记忧虑地说,“这可如何是好?”

司令的娘说:

“看把你愁的,这有什么?到时候送到卫生院里去,让王大夫给接下来就是了!这闺女都快三十岁了,该生个孩子了,再不生骨头缝儿就扩不开了,按说现在生也晚了点,好在王大夫技术高,不会有事的。”

书记说:

“我担心的不是这个,她还没结婚就怀了孕,上边要是追查下来,弄不好就是个政治事件!”

司令娘迷惑地说:

“生个孩子怎么能成了政治事件?”

书记说:

“跟你说了你也不明白,我问你,她肚子里的孩子是谁的?”

司令娘说:“还能是谁的?”

书记问:

“是‘宋鬼子’的?”

司令娘说:

“不是他的,难道还能是你的?”

书记吓了一跳,说:

“你胡咧什么你?想把我送到监狱里去?”

司令娘说：

“说得惊死个人，这点事就能把人送到监狱里去？”

书记道：

“算了，你个老糊涂！我告诉你，这些天，你给我好好看着她，别让她跑了！”

书记跑到公社，向领导汇报了情况。公社领导马上开会，最后做出决定：如果确是知青内部通奸造成了怀孕，那就动员她流产；如果是跟村里人通奸怀孕，那就马上立案侦查。书记拍着胸脯向公社领导保证：“她怀的绝对是那个名叫宋河的知青的孩子，我们村里的男人，借给他们仨胆也不敢动她！”

书记急急忙忙地赶回村，在贫农主任的陪同下，到知青点找“茶壶盖子”，“茶壶盖子”不在，问司令的娘，司令的娘说：

“她到县里找宋河去了。”

书记大怒：

“你个老糊涂，我不是让你好好看着她吗！”

司令娘说：

“人家闺女也没犯罪，我能不让她去？”

书记说：

“也好，咱们干脆把事情推给公社，让他们和县里去联系吧。”

书记和贫农主任跑到公社，找到领导，说：“她已经跑到县里找宋河了，这事我们村里管不了了。”

两天之后，“茶壶盖子”满身灰土地回来了。

司令的娘上去拉着她的手，说：

“闺女，你可回来了，把大娘急坏了！”

她木木地一笑，说：

“对不起，大娘。”

司令的娘端过洗脸水，说：

“快洗把脸吧!”

她胡乱地洗了脸。

司令娘端过一碗鸡汤,说:

“快来,喝碗鸡汤,大娘特意给你炖的。”

她说:

“大娘,谢谢您,我不想喝。”

司令娘说:

“怎么能不想喝呢?其实也不是给你喝,是给宝宝喝呢!我一边炖着鸡,一边想,宝宝的爹那么爱吃鸡,是不是个黄鼠狼子转世呢?”

她说:

“大娘,你不要提他了!”

司令的娘说:

“怎么?小两口闹意见了?”

她摇摇头。

司令娘压低了嗓音说:

“闺女,我告诉你,这几天,书记天天往公社跑,公社里让你把孩子拿掉,这不是伤天害理吗?活生生的个孩子,怎么舍得拿掉呢?”

她说:

“大娘,我这就去医院。”

司令娘说:

“闺女,你糊涂了?孩子是你肚子里的肉,是送子菩萨送给你的,你怎么能拿掉呢?”

她眼睛里含着泪说:

“大娘,我已经决定了,您不要再说了!”

司令娘急得团团转,说:

“闺女,这可是件大事,你得跟小宋好好商量商量。”

她说:

“大娘,这孩子,不是他的!”

司令娘说:

“这孩子不是小宋的?闺女,你可别说气话。”

她说:

“大娘,求您不要再说了,您陪我去趟卫生院吧……我心里还是有点怕……”

她起身往外走了,司令娘拐着小脚跟在她的身后。

她们走在大街上,阳光很亮,照在身上暖洋洋的。田野里飘来麦子开花的香味儿,我爹喊牛的声音一波一波地传来,“哈咧咧咧——呜啦啦啦——”我爹喊牛的声音好听极了,“宋鬼子”说过,我爹喊牛的声音可以与川江上船夫的号子媲美。村里人都下地干活去了,大街上只有一条灰狗在垂头丧气地散步,几头老牛拴在饲养室墙后的柱子上回嚼,几只劫后余生的鸡在脏土堆上刨食儿。“茶壶盖子”走得很快,司令娘像个小孩子似的拽着她的衣角,扭秧歌似的在后边紧跟着。她一边走一边哀求着:

“闺女,你再好好想想,一个旺活的性命,不能这样说毁就毁了,天老爷会生气的,送子娘娘会不高兴的,闺女,好闺女,听大娘一句劝,把这个好孩子留下吧……”

司令娘唠叨着,眼泪哗哗地流了下来。“茶壶盖子”停住脚步,说:

“大娘,您别哭了,您一哭我的心就乱了……”

她们翻过河堤,走上小桥。桥下的水蓝汪汪的,镜子似的,照出了她们的倒影。司令的娘望着“茶壶盖子”水中的倒影,说:

“闺女,你自己看看,你不年轻了呀!你不年轻还是年轻,你不趁着年轻生了娃娃,等老了怎么办?你老了谁侍候你?谁给你端屎端尿?你死了谁给你摔瓦盆?谁给你圆坟头?谁给你烧纸钱?你要是国家的人大娘也不劝你,国家的人从生到死国家全包了,可你现在是庄户人,庄户人国家不管,一切都要靠自己……”

一只油亮的小燕子贴着水面掠过来,用它的洁白的肚皮点了一下水,水面上荡开了层层波纹,她们的脸在水中动摇变幻了。泪水更多地从她们脸上流下来,把她们胸前的衣服都打湿了。“茶壶盖子”到河边撩着河水洗了洗脸,走上来说:

“大娘,我知道您是从心眼里疼我,但这个孩子我不要,我不想替一个无情无意的男人怀孩子!”

司令娘吃了一惊,忙问:

“怎么,小宋变心了?”

“茶壶盖子”说:

“大娘,走吧,不要再问了。”

司令娘咬牙切齿地骂道:

“这个小杂种!这个杀千刀的小杂种,他怎么敢这么无情呢?!”

卫生院妇科那间唯一的房子里,一个村妇正在生产,王大夫的高声大嗓从破门板的缝里冲出来:“使劲使劲!早晚脱不了!”好像是产妇的婆婆在求情:“他大姑,让孩子歇歇吧……”“放屁!”王大夫怒骂着,“你想让她死?你如果想让大人孩子一块儿死咱就让她歇歇,你说吧,你说!”产妇的婆婆忙说:“好孩子,别听我的,听你大姑的。”王大夫说:“你自己想想吧,想死,就这么靠着吧,不想死,就努一把力,早晚是你的活,谁也替不了你!”

司令娘不知深浅,上前敲门,门推开了一条缝,探出了王大夫那个白白胖胖的大脸,她烦不胜烦地问:

“干什么?”

司令娘说:

“他大姑,这闺女要……”

王大夫伸出两只血手,说:

“大婶子,你没看到我在忙着吗?”

司令娘说:“小唐是知青,应该优先……”

“见了来流产的我就恨!”王大夫看看小唐的脸,猛地关上门,在屋子里说,“在外边等着,这会儿就是省委书记的娘来流产也得等着。”

“茶壶盖子”有些抱怨地说:

“大娘,您就别张罗了!”

她的脸色苍白,身子摇晃起来。司令的娘问:

“闺女,你哪里不好?”

“茶壶盖子”说:“我有点头晕……”

司令的娘慌忙把她扶到墙根上坐下,说:

“大娘为你着急,惹王大夫生了气,你别在意……”

她说:

“大娘,您别这样说,我在这个世界上,就您这么个亲人了。”

她们并排着坐在墙根上,听着屋子里传出的王大夫的咋呼声和产妇鬼哭狼嚎般的号叫声。司令的娘说:

“嗨,现在的年轻人,一点苦都不能受,我们生孩子那会儿,哪有出声的? 再痛也得咬牙忍着。”

太阳接近正午了,光线又白又亮,刺人眼睛。她们被晒得浑身刺痒,身上好像有小虫在爬。卫生院南墙根上种了一片月季,开了几十朵红红黄黄的花。蜜蜂和苍蝇都围着花朵飞舞,发出嗡嗡嘤嘤的声音,令人听了昏昏欲睡。

屋子里突然响起了婴儿的哭声: 呱,呱,呱,活像蛤蟆叫。王大夫高兴地说:“一个大小子!”产妇的婆婆激动地说:“老天爷开了眼啦! 老天爷开了眼啦! 俺老许家有了接班人啦,老许家绝不了后了……”说着说着,那婆婆就呜呜地哭起来。王大夫说:“你哭什么?”婆婆说:“我是高兴的……”

这时,从卫生院大门外慌慌张张地跑来一个青年,紧跟在青年后边的是个老头,她们明白这是产妇的丈夫和公公来了。产妇的婆婆拉开门蹿出来,手舞足蹈地说:“老头子,老头子,生了,生了,生了个大孙子……”产妇的公公兴奋地搓着手,身体在原地打转转,好像一只被打懵了的鸡。产妇的丈夫望着他娘的脸,只顾傻笑。

王大夫训斥“茶壶盖子”:

“小唐,你是怎么搞的?他们没有文化,造了孽还有情可原,你有文化,怎么也造孽?”

司令娘说:

“他大姑,您就别训她了,这孩子熬得苦着呢!”

“苦也不能不顾后果,”王大夫说,“我这辈子,积德的事全让我干了,缺德的事也全让我干了!”

这时候,产妇的婆婆抱着孙子从产房里出来,一溜小跑地向那辆小推车走去。产妇的丈夫背着产妇,从产房里出来。这小子的脸恣成了一朵花。他背着妻子,给王大夫鞠了一躬,说:

“大姑,赶明儿我来给您送红皮鸡蛋!”

王大夫说:

“看不出你这么个小猢狲竟然能弄出这么个大小子!”

那小子背着妻子歪歪扭扭地走了。从后边看不到他的身体,只能看到他那两条紧着挪动的小短腿和他的妻子肉山般的身体。

王大夫感叹一声,看看“茶壶盖子”长满了褐斑的脸,说:

“进去吧!”

“茶壶盖子”坚定地说:

“王大夫,我不做了!”

司令娘兴奋地说:

“闺女,这就对了,咱就把他生下来,看他们能怎么着?他们还敢给掐死?”

王大夫悄声说:

“大嫂子,您别扯着个叫驴嗓子瞎咧咧好不好?”

司令娘慌忙捂住嘴，低声说：

“我是欢喜疯了！”

王大夫说：

“进屋，我给你做个检查，开个证明，就说你有炎症，不能手术。”

四

尽管出示了王大夫的证明，但县革委知青组的干部们还是要求“茶壶盖子”去做“人流”，他们说已经跟县医院妇科主任说好了，主任答应亲自动手，保证万无一失。任这帮人把嘴唇磨薄，“茶壶盖子”就是一句话：

“我不去，我要把他生下来！”

知青组长说：

“小唐同志，这就是你的不对了！你这样做想没想过后果？”

“茶壶盖子”说：

“我什么都想了，即便你们把我抓进监狱在牢房里我也要把他生下来！”

组长说：

“小唐，我是代表组织跟你谈话，希望你能服从组织决定！”

“茶壶盖子”说：

“你们可以先把我打昏，然后把我抬到手术床上！”

司令的娘在门外听得不耐烦了，用擀饼棍子捅开门，指着组长的鼻子说：

“你这个人怎么这样狠心？当初要是有人逼着你娘去‘人流’，怎么会有你？”

组长怒道：

“你这老太太说话怎么这样难听？”

司令娘说：

“想听好听的？想听好听的进戏园子，跑到我们这里干什么？”

组长严肃地问：

“你家是什么成分？”

司令娘说：

“你管我家是什么成分？”

门外听热闹的人大声说：

“她男人是旅长，他儿子是司令！”

组长问：

“是国民党的还是共产党的？”

哈哈哈哈……众人在门外大笑。

那天我没在门外听热闹的人群里，因为那天正好是我的婚礼。我穿着一身崭新的蓝色制服，坐在院子里，等待着王木匠的瘸腿闺女王桂花的到来。我姐姐在灶间帮我母亲忙碌着，她那三个小孩子，两个在院子里比赛爬树，一个坐在树下和尿泥。上午九点半，院门外响起了鞭炮声，王桂花在她的两个叔伯姊妹的陪同下进了我家院子。她上穿一件大绿绸子袄，下穿一件大红绸子棉裤，让我联想到一根粗大的红萝卜。往常村子里有人结婚，抢喜糖看热闹的能把院门挤破，但今天我家院子里却是冷冷清清。我的心里感到很难过，我爹脸上也很不好看。没人来闹，说明我家人缘不好。村子里只有麻风家结婚才没人去闹啊！

第二天我才知道，原来村子里的人都到知青点看热闹去了。县知青组长，加上公社知青组那几个鸟人，乘着一辆草绿色的北京吉普，一路鸣笛、跌跌撞撞地进了我们村。我们村的人见过很多次新媳妇进村，但谁也没见过草绿吉普车进村。谣言马上就起来了，说是公安局来抓“茶壶盖子”了。我们村的人谁不认识王木匠的瘸腿闺女呀？但我们村的人谁也没见过公安局抓人，更没见过公安局开着吉普车来抓一个知青，女知青，搞破鞋搞大了肚子的女知青，曾经是最美丽的女知青，“茶壶盖子”，这种热闹我与王木匠的闺女的婚礼如何能比！知道了原因，我们一家心里马上就坦然了。当天晚上，请一帮子人来我家喝喜酒，司令也来了。

五

我们六人，围桌而坐，都是从小的伙伴。吴巴、薛刚、范小鬼子、罗铁锁。司令从小就寡言，现在更成了一个闷葫芦。他十五岁时就有一米七高，二十岁时一米八，二十岁一米八一，此后再也没长。他的胡须很重，有点络腮，双目漆黑，头发很硬，坐在那里，像个强盗。吴巴小学毕业后，去念了“联中”，小知识分子，不愿干活，在村里小学，担任教师，既教语文，又教数学，每周三节体育，还有两节音乐；他夏天讲课，喜欢光背，手舞足蹈，唾沫横飞，平日讲话，出口成章，经常写诗，四六成行，投到省报，梦想发表，没有发表，运气不好。薛刚会打铁，尤善打菜刀，他打的菜刀能剁断钢丝，但切菜不快。范小鬼子会做豆腐，卤水点的老豆腐，能用秤钩子挂起来那种。罗铁锁让铡草机切去了一条胳膊，走起路身体斜斜。

大家举盅，一齐祝贺。祝我新婚，幸福快乐。然后仰脖，把酒干了。烈酒入肠，肚子发热，吃点小菜，压压邪火。没啥好吃，各位凑合。一碟虾皮，小葱拌了；一碟花生，用油炸了；一碟萝卜，用醋熘了；一碟黄豆，盐水煮了。一盅一盅，紧着忙活。景芝白干，当时名酒，六十二度，性情猛烈，非大喜事，舍不得喝。三瓶小酒，眼见干了。我们六个，舌头发硬，耳朵发热，酒遮着脸，信口胡说。我们六人，全都成婚，唯有司令，还是光棍。他的条件，其实很好：浓眉大眼，面相不错；虎背狼腰，身板不错；沉默寡言，性格不错；干活卖力，品质不错；

出身贫农，阶级不错；三间草屋，一个大院；四只大鹅，八只母鸡；一个老娘，两头猪崽。院里有树，一枣一柿。枣子熟了，满树红星；柿子熟了，满树灯笼。小康之家，很是红火，可是司令，竟没老婆。我们大家，都很生气，齐骂女人，瞎了眼睛。我的老婆，过来敬酒，一步一瘸，很是幽默。木匠女儿，虽然腿瘸，精神健旺，语言活泼。她给众人，一一倒酒，然后举杯，接近头顶：各位大哥，各位小弟，敬你们三杯，表表心意。女人敬酒，不许不喝，谁要不喝，就是老鳖！说完这话，仰脖灌下，连干三杯，面不改色。众人吃惊，连连喝彩，王家闺女，果然厉害！我妻骄傲，大言不惭：三杯水酒，算个什么？我跟我爹，赶集卖门，天寒地冻，滴水成冰，为驱寒气，怀揣酒瓶，一步一口，半里一瓶。她吹大牛，我心不悦，板起面孔，用话刺她：行了行了，你别吹了，人说你胖，你就大喘，人说你白，就不洗脸！她不服气，反唇相讥：你说我吹？咱就实践，每天三斤，景芝白干，我喝不完，我是屎蛋，你供不起，你是混蛋！看她的表情，决不撒谎，这样酒坛，比较难养。一瓶景芝，一元二角，三瓶景芝，三元六毛。这样消费，谁能承受？这样老婆，真是欠揍。大家都笑，哈哈哈哈，只有司令，眉头紧锁。吴巴开言，问我老婆：我说大嫂，你给说说，司令大哥，如此好人，为啥女人，都不上门？我妻鲁莽，直言回答：司令大哥，你别发火，如果发火，我就不说。司令言道：你说你说，我这等人，哪里有火？我妻开言：你要不火，那我就说，都说您是，一个傻蛋，帮人干活，不吃人饭，只管拉车，不管看路，脑子不好，影响后代，有人说您，得过脑炎，有人说你，不会算数，三八二三，二八十五。有人说您，下边很小，包头包茎，像个蚕蛹。我的老婆，啰嗦没完；新婚媳妇，流氓语言；如此娘们，实在丢脸；被我一脚，踹到外边。信口开河，胡言乱语，望风扑影，没有根据。要说别人，咱不知道，司令大哥，发小朋友，您的那话，谁敢说小？下河洗澡，比赛撒尿，相互之间，经常见到，您的老二，亚洲一号！大家齐声，安慰司令，都说大哥，不必心急，时候不到，长夜难明，姻缘没到，急也不行，姻缘到了，不成也成，必有仙女，在把你等,晚豆最香,晚瓜最甜,晚来女人,决不平凡。大家喝酒,不提这话,话题一转,说起小唐。都说小唐,真是命苦,八年抗战,喝风吃土,白脸变黑,黑脸变黄,一朵鲜花,不成模样。说起宋河,这个鳖蛋,偷鸡摸狗,人事不办,弄大人肚,还不认账。这个小子,不是溜子,是个舅子,下次见他,给他好看,知青不打,打了犯法,把他的头,塞进裤裆,"老头看瓜",不留外伤。整他时先蒙住他的眼,用臭袜子堵住他的嘴,不让他喊,给小唐报仇,替母鸡申冤。说着骂着,又转了话题:二皮二皮,你这东西,当年迷她,几成花痴。我脸飞红,张口反击:伙计们住嘴,你们是老鸹,笑话猪黑。吴巴你好,送给她枣;薛刚忘了,替她背草;范小鬼子偷看她洗澡;罗铁锁跟着她傻跑;司令大哥,帮她磨镰,磨得那镰,吹毛寸断。想起往事,感慨万千,这个女人,真是可怜。这个女人,真不简单,非要养个私孩子,不怕丢人现眼,这件事情,还有大麻烦。公社县里,不会算完。

六

那一天恰好是七月初七,天上的牛郎在会织女。县、社联合调查组进了村庄,弄得天空中布满乌云。既然肚子里的孩子不属宋河,揪出来孩子爹很有必要。社员们对"茶壶盖子"很是同情,但都是敢怒而不敢言。调查组里有两个健壮女人,胳膊上的力气胜过男人。她们把"茶壶盖子"架上吉普,要拉她去县里强行手术。司令娘手持棍子挡在车前,说你们除非从我的身上压过去。村里人都袖着手站在路边,眼睛里有火苗子往外蹿。调查组看情况不敢动蛮,那两个女人说:只要你把让你怀孕的男人说出来,我们就放你一马。"茶壶盖子"抬起她的蓬头垢面,四处张望着,好像在找孩子的爹。我们都下意识地低下头,生怕让她抓了去当了替死鬼。司令的娘也四处张望着,好像在帮着"茶壶盖子"找个替死鬼。后来我们才明白我们是以小人之腹度了司令娘的君子之心。人家老太太是在搜索自己的儿子呢！她大声喊叫着：

“司令呢？司令呢？”

司令从我的身后往前跨了一步，低着头：

“娘，我在这里……”

“好儿子，男人做事，敢做敢当，你认了吧！”

“娘……”

“还娘什么？”

“娘……”

“认啊！”

“这个孩子是我的……”

司令的话有点石破天惊的意思，一时间我们的心都感到很痛、很热、很乱。我们的眼光都定在了司令脸上。

调查组长问：

“你说她肚子里的孩子是你的？”

司令说：

“我说她肚子里的孩子是我的。”

村支部书记说：

“司令，你狗日的疯了？！”

司令抬起头来，定定地看着“茶壶盖子”的脸。

“茶壶盖子”眼睛里流出了泪水。

司令提高了声音，说：

“这个孩子是我的，我认了！”

七

第二天，来了两辆摩托车，开到了司令家门前，车上跳下几个白衣民警,将司令铐走了。

司令的娘镇静地说:

"孩子,你犯的不是死罪,去吧,别跟政府硬抗,我和你媳妇等你回来。"

"茶壶盖子"挺着大肚子在大街上追赶摩托车,怎能追得上?车轮卷起的黄尘就像团团烟雾,把她罩住了。

在车轮后腾起的黄尘还没遮断我们的目光之前,我们看到高大的司令委屈地坐在摩托车的挂斗里,艰难地往后扭过头来,看着在车后踉踉跄跄地奔跑着的"茶壶盖子"。我们感觉到他要说话,按照一般的常理推断他很可能要说话,或许他确实说了什么话,但他的话淹没在响屁一样的摩托声里了,我们只看到他的嘴唇嗫嚅着,好像嘴里嘬着一个看不见的奶头,但我们没听到他嘴里发出任何声音。立刻就黄尘滚滚而起,他的好像抹了石灰的苍白的嘴唇在我们脑子里留下了永不磨灭的印象。

"茶壶盖子"绊倒在黄尘中,等到黄尘落定后,我们看到她伏在厚厚的黄土里,像一个生满了茅草的坟包。

司令娘从后边追上来,她的小脚使她的奔跑就像扭秧歌一样。

我们的心里一时充满了同情,我们起码是暂时地忘了"茶壶盖子"的知青身份,也暂时地忘了我们与她之间的感情纠葛,我们一拥而上,把"茶壶盖子"拉起来,就像拉起一个与我们同甘共苦过的兄弟。我们看到两行清清的泪水从她的脸上流下来,把脸上的黄土冲出了两道小沟。

我们的老婆们也拥了上来,我们退到外圈。"茶壶盖子"扑到司令娘的怀里,响亮地叫了一声:"娘啊……"然后就放声大哭起来。

我们那些刁蛮粗俗的老婆们受了感染,一个个泪流满面。她们搀扶着"茶壶盖子",向司令家走去。我的老婆一瘸一踮地跟在后边,双手捂着脸,哭得昏天黑地,前不久她的娘死了她都没哭得这样痛。

八

司令被抓到县里，我们心里难过、焦急，但我们都是些笨蛋、土鳖，下地打牛、上炕打老婆是我们最大的本事，而且还不敢轻易打。对营救司令这样的大事我们一点办法也没有。我们去找村党支部书记赵大叔，希望他能去县里活动活动，把司令保回来。我们知道进县办事不容易，每家拿了十个鸡蛋，总共凑了一百个鸡蛋，用一个柳条筐盛着。我们希望赵大叔把这些鸡蛋送给县里的领导，让他开开恩，把司令放出来。赵大叔对我们的愚昧嗤之以鼻，他说：

"这么多知青在村子里教育了你们这么多年也没把你们教育得聪明一点？亏你们想得出，拿着一百个鸡蛋就想让我进县城通关节？你们知道县委书记家吃什么？"

是啊，县委书记这样大的干部，家里到底吃什么呢？我们很想从赵大叔嘴里探到这个秘密，但他说他也不知道。他劝我们该干什么就干什么，对司令的事不要瞎操心。国家有法律，操心也没用。他还说，司令去蹲几年班房也不冤枉，等他出来时，媳妇也有了，孩子也有了。捡了这么大个便宜——简直就是天上掉馅饼——不付出一点代价怎么行呢？

想想赵大叔的话，感到很有道理。像"茶壶盖子"这样的女人，如果不是知青下乡，我们这辈子也见不到，更别说天天在一起劳动。能讨到这样的女人做老婆——尽管肚子里怀上了别人的驹——蹲几年班房算什么？这样的女人就像皮薄肉厚的水蜜桃，看着养眼，闻着提神，简直舍不得吃嘛！与这样的女人相比我们的女人就是老枣树上结的干巴枣。为这样的女人蹲几年班房的确是值的。

赵大叔说：

"司令是个有福气的，大智若愚，你们都不行！"

“茶壶盖子”一个人悄悄地进了县城，拦住了一个中央大员的汽车——其时国务院正在我们县召开全国农业机械化会议——她跪在大员的汽车前，字字血声声泪地诉说了自己的凄惨遭遇，说得那大员老泪纵横——一切问题迎刃而解。

第二天，县里专门派了一辆吉普车，把“茶壶盖子”和司令送回了村庄。

我们曾经产生过错误认识，认为搁浅在村子里的“茶壶盖子”已经跟我们没有太大的区别，但她的这次拦车告状让我们认识到，知青再倒霉也是知青，农民再走运也还是农民。无论多么落魄的知青也比我们高贵。

我们参加了“茶壶盖子”与司令的婚礼，公社与县知青办也派人前来参加。他们在婚礼上说了许多祝福的话，说小唐同志真是毛主席的好学生，下来这么多知青，都是些“飞鸽”牌，只有小唐同志是“扎根”牌。

两个月后的一天深夜，“茶壶盖子”在王大夫的产房里生下了一个男婴，哇哇哇叫唤了三声，翻翻白眼，死了。

又过了两个月，司令的娘死了。老太太临终前紧紧地抓着“茶壶盖子”的手，好像要说什么，但她的嘴唇光哆嗦，什么也说不出来了。

“茶壶盖子”眼含着泪水，说：

“娘，您放心吧……”

九

1977 年，恢复高考，吴巴这家伙竟然考上了山东大学。春天时他说要参加高考，我们还嘲笑过他，我们说吴巴你别做梦了，就凭着你那两句顺口溜儿还想考大学？你要能考上大学，生产队里那头老母猪也能考上。吴巴不但考上了，而且考上了山东大学，山东大学啊！吴巴的娘把祖先的牌位都搬了出来，做大菜摆供；吴巴的爹到祖先的坟上去烧纸磕头放鞭炮，惊起一只野兔子，一头撞在树上，昏了，让吴巴爹捡到了，真是好事成双，喜从天降。吴巴将我们请到他家去喝酒，他的老婆忙得团团转，喜气洋洋。我们双手抱拳，对她作揖：

“吴家嫂子，大喜大喜！”

她愣了一下，也将那两只沾满面粉的手抱到胸前，对我们说：

“同喜同喜！”

罗铁锁悄声对我说：

“这个小娘，得意洋洋，只怕好景，不会久长！”

“未必未必，”我说，“娶了老婆，不能忘娘，糟糠之妻，不能下堂，休了前妻，必废后程，不忘故交，前途光明！”

罗铁锁说：

“你若不服，咱俩打赌，他若不休妻，我请你吃烧鸡；他若休了妻，你请我吃烧鸡。”

吴巴上大学的第二年，暑假回来，就把老婆休了。

听说在县里就工的知青们也掀起了复习功课参加高考的热潮，县里还专门请一中的老师给他们辅导。我们自然地就想起了“茶壶盖子”，她难道不想去上大学？难道她就甘心一辈子在我们这个穷村子里当一个大队会计？

我到河里挑水时，正碰上挑水浇园的司令。他挑着一担水，迈着大步爬上河堤，我拦住了他，关切地问：

“司令大哥，你没听说？城里知青，都在复习，准备参加，国家考试。”

他停住脚步看着我，沉默了一会儿，说：

“我已经劝过她几次了。”

“你敢让她，参加高考？不怕她考上，成了小鸟？”

“成了小鸟，有啥不好？只要她好，我算个鸟 ？咱这穷地，兔不拉屎；水里含氟，土里含碱，生个小孩，黑牙黄脸。小唐初来，满口白银；不到十年，满嘴黄金。只要她好，我不计较。”

十

1978年，“茶壶盖子”考上了师范学院艺术系，“宋鬼子”也考中师范学院艺术系。

这个消息是司令告诉我们的。他兴奋得满面通红，逢人便说：

“小唐考上了，小唐考上师范学院艺术系了！”

他的高兴是由衷的。看着他那欣喜欲狂的样子，我们心里真替他难过。司令兄弟，你可真是个老实人！

“茶壶盖子”临行前夜，司令把我们请到他家去喝酒。“茶壶盖子”在灶上忙碌着，看她那样子，更像一个为了庆祝女儿考上大学招待亲朋的母亲。她戴着一副白套袖，在锅前炒鹅蛋。灶膛里的火把她的脸映得红彤彤的。她说：

“二皮，听说你小时候就喜欢吃我们家的鹅蛋？”

我说：

“我吃了你们家一个鹅蛋，但还了你们家一裤子瓜！”

她有些夸张地大笑起来，眼睛里笑出了细小的泪珠。

我总感到她的笑很不自然，好像是从皮里硬挤出来的。

酒至半酣时，她端上来一盘煎青鱼，然后摘下套袖，向我们敬酒，她说：

“二皮、薛刚、罗铁锁、范小鬼子，你们四个，给我听着：今日大嫂，学你们说话，尽量押韵，抑扬顿挫。你们几个，司令好友，狼狈为奸，一丘之貉，坏事干了不少，好事干得更多。我知道你们，心里想么。今天晚上，为我送行，我的心里，十分感动。咱们相处，将近十年，彼此之间，无话不谈。我给你们，吃颗定心丸：我跟宋河，意尽情断,心中怨恨,重如磨盘。尽管跟他,同校同系,但他与我,各学各的。人怕伤心,树怕伤根,宋河那厮,伤了我心。我跟司令,患难夫妻,如果没他,我已成泥。我唐丽娟,不会忘恩;如果将来,我变了心;下到地狱,剥皮抽筋!”

话没说完她的眼泪就涌了出来。我们都深深地受了感动,嘈嘈杂杂地说:

“小唐小唐,大嫂大嫂,你的人品,大大的好。你的思想,十分高尚,你与司令,一对鸳鸯,棒打不散,刀砍不断。祝您学成,国家之宝;双手弹琴,摇头晃脑。好像老酒,喝了半坛;迷迷瞪瞪,赛过半仙。叮叮咚咚,没了没完……”

“我上学期间,还得麻烦各位兄弟帮我照顾一下司令,每逢过节什么的,你们别光顾了自家的老婆孩子热炕头,过来陪着他坐坐,我在这里预先给你们行礼了!”

她模仿着满人妇女,给我们打了一个千儿。气氛立即活泼了,大家说:

“今日大喜,不说闲言;喝酒喝酒,一醉方休!下面我们,行令猜拳。大嫂大嫂,你来把盏。谁敢耍赖,耳刮子打脸;耳刮子不解恨,就用顶门棍。一棍头破,两棍血流,三棍下去,摸不着炕头……”

十一

1983年,“茶壶盖子”竟然把司令的户口迁到了省城!这件事情,轰动了全县。我们对“茶壶盖子”敬佩之极,这样重合约守信誉的女人真是天下少有。我们对司令的福气羡慕不止,这就叫傻人有傻福,泥胎住瓦屋。我们真心里替司令高兴,都套上了自家的马车,送他们两口子到县城去坐火车。他们把家中的东西全都送给了乡亲,我们的大车无甚可拉,但我们还是把车都套上了。这一是要表示我们对他们的感情,二是向“茶壶盖子”炫耀一下,我们的日子比她在村里时,好了许多倍。她在村里时,全村只有一挂马车,而现在,我们每家都有一挂马车了。我们的老婆孩子也都爬上车去,要到县城为这对夫妻送行。我们只听说过男人当了军官,把农村的老婆接到城里去享福的事,但从来没听说过女人大学毕业分配工作后,把农村的男人接到城里去享福,而且还是去省城!

临走之前,“茶壶盖子”和司令都穿了重孝,到村西桃园里去给司令娘上坟。村里的人凡是长腿的都跟着去了。“茶壶盖子”按照农村的风俗在老人的坟前摆上了四个菜,五个馒头,一碗水酒,然后就烧纸、磕头,大哭。“茶壶盖子”的哭声把全村人的眼泪都引出来。吴巴的前妻哭着哭着就晕在了地上。众人心中,马上就把“茶壶盖子”和吴巴进行了比较,都觉得“茶壶盖子”高尚无比而吴巴不是个东西。祭罢了婆婆,“茶壶盖子”回过头,对着全村的老老小小下了跪,说:

“大爷大娘们,没有你们的帮助就没有我唐丽娟的今天,我这辈子也忘不了你们……”

我们的老婆们上前把她扶起来,都抹着眼泪说:

“小唐小唐,快别这样。”

“茶壶盖子”又说:

“我和司令走了,俺娘的坟墓,就拜托你们帮着照看了……”

我们齐说:

“放心放心!”

我们一路上鸣着响鞭,把大骡子大马赶得一路小跑,蹄声嗒嗒,卷起一路烟尘。我们的老婆和孩子坐在车上,一个个挺胸昂头,都很骄傲的样子。我的老婆在车上还一个劲儿地念诗:

“今日进城,去送小唐;人欢马叫,鞭子高扬。司令大哥,运气真强,从此之后,进了天堂……”

我们说诗是跟着爱好诗歌的李老师学的,我老婆说诗却是闹知青时落下的毛病。1970年夏天,知青黄外香为了抢救生产队的小猪牺牲在司令家旁边的大湾子里,在知青的带动下,我们村掀起了一个歌唱英雄的运动,全村人只要不是哑巴不是四类分子就要编词儿,编出词儿来就让宋河和唐丽娟谱曲,然后在全公社范围内登台演唱。我老婆就是在那次运动中涌现出来的天才。这事儿当时轰动了全县,省里也派记者下来采访过,但最终没闹出大动静,否则就没有后来的小靳庄了。这件事没闹出个全国性的影响主要是黄外香的事迹不太过硬。这个闺女,有尿床的毛病,小伙子尿床,不算毛病;大闺女尿床,比较埋汰。生产队里的小猪很可能是在大湾子里洗澡,而黄外香很可能是投湾自杀。尽管没把我们太平村闹成小靳庄,但我们还是把黄外香闹成了革命烈士。她的墓现在还在大湾旁边。

我老婆那时还是王木匠的女儿,她一瘸一拐地走上高高的土台子,对前来参观的人们朗诵她的诗词:

"黄氏外香,浓眉大眼,早晨起来,学习"毛选",顾不上梳头,也顾不上洗脸。手捧"毛选",心明眼亮,突然发现,紧急情况。队里小猪,落进大湾,吱吱哇哇,叫苦连天。人民利益,重于泰山,个人小命,抛到一边。奋不顾身,跳进池塘,抓住小猪,顶在头上……"

我们赶着十几辆马车来到了火车站广场,开车时间还不到,我们就支起笸箩喂上了牲口。骡马咯嘣咯嘣地嚼着谷草,我们的肚子也很饿了。小唐要去买饭给我们吃,我们怎么能让她花钱?但她跟我们翻了脸。只好让她去买,她和司令,买回了十斤油条,还有二十个烧饼,我们的老婆孩子吃得满脸是油,欢天喜地好像过年。我们几个,商量了一下,凑了点钱,让我代表,交给小唐,表表心意。小唐不收,说她在城里,挣钱容易,要我们的钱,好不过意。我们一齐,与她争辩,说钱虽不多,乡亲们心意,你若不收,就是瞧不起我们。她含着泪收下了我们的钱，说：

“乡亲们哪乡亲们……”

她的泪哗哗地流了出来。进城之后，她的脸变白了，变嫩了，她的牙也变白了，但与她刚进我们村时那一口玉牙相比，缺少了光泽。我们太平村的含氟水实在是太厉害了。

一年之后，司令回来了一次。他身上穿着一件红色的羽绒服，戴着一副黑色的皮手套，身上有了许多城里人的意思，似乎连说话的口音也发生了一点变化。他说小唐给他找了个烧锅炉的工作，工作不累，但挣钱不少。他说吴巴经常去他家蹭饭，还说宋河也常去他家做客。我们提醒他防着宋河点儿，他笑着说：

“人家宋河的媳妇是歌舞团里的舞蹈演员，腰子细得像麻秆似的，奶子发得像馒头似的，脸蛋子嫩得像蛋清儿似的，你们还担心什么呢？”

我们哈哈大笑，轮番请司令到家喝酒。

三年之后，司令又回了一次村，把他家那几间房子和小院子卖了，然后就生不见人死不见尸了。

十二

司令犯了死罪的消息是吴巴带回来的。吴巴现在是省报的记者，好像是又离了两次婚。他刚与家里的老婆离婚时让我们骂得不敢回来，这几年人家当了大记者，我们也就不好骂人家了。何况，人家的前妻一直在家侍候着吴巴的爹娘，据说吴巴来家，俩人还是在一炕上睡，既然如此，我们再骂人家就是多管闲事了。吴巴也说过：你们骂我，就说明你们自以为比我高明，但既然你们比我高明，为什么我在城里当记者，你们在家锄地？他一句话就把我们给憋住了。是啊，几个锄地的，竟然骂写字的，简直是颠三倒四，混蛋逻辑。

吴巴这次回来是给他娘奔丧的。他的娘死了,我们这些人自然都去帮忙,寒冬腊月,地冻三尺,我们几个人冒着大雪到村西桃园里公墓地上,给吴巴的娘挖坟坑。吴巴娘的坟坑旁边就是司令娘的墓,墓上生满了野草,野草上挂着蛇皮,已经很久没人到这里了。看着司令娘的坟墓,自然就想起了司令。屈指一算,司令已经八年没有回来了。范小鬼子说:

"司令大哥,不够意思,进城之后,忘了兄弟。"

薛刚说:

"城里那地儿,人情如纸,人在其中,怎不变质?"

我说:

"还是吴巴,比较爱乡,经常回来,逛荡逛荡。"

范小鬼子说:

"吴巴回来,家有爹娘,爹娘死后,没了念想,要他回来,除非去绑。我说这话,你们不信,擦亮眼睛,等着观望。"

吴巴到墓地来看工程,我们向他打听起司令,他打了个愣怔,想了一会儿,面色沉重地说:

"他的情况,十分糟糕;因为杀人,进了大牢。罪行严重,判了死刑;用不多久,就要执行。"

吴巴的话,一阵寒风,吓得我们,心子嘭嘭,小脸发青,舌头打卷,说话不清。都说吴巴,你在造谣,司令大哥,心地善良,说他杀人,肯定诽谤。

吴巴说:

"初听这话,我也犯晕,但事实俱在,不由你不信。"

我们要他,细说根由,他说过程复杂,情节很多,等到晚上,咱们细说。

傍晚时分,大雪飘飘,送葬队伍,终于来到。棺材在前,孝子在后。喇叭悲鸣,锣声破裂。吴巴这兄,披麻戴孝,手持柳棍,大声哭号。看那样子,的确难过,不知他心里,想的什么。他的前妻,披头散发,鼻涕眼泪,一把一把,胸前孝衣,湿一大片。送葬队伍,拖泥带雪,观葬乡亲,交头接耳,听不清楚,说些什么。棺材入土,堆起坟包。吴巴前妻,跪地哭叫。白色孝衣,滚满黄泥,两只老手,拍打雪地。几个娘们,上前拉她,刚刚拉起,她又趴下。弄得吴巴,很是心烦,走上前去,冷冷开言:行了行了,差不多了,演出结束,该谢幕了!他的话儿,很是管用,女人爬起,擦擦眼睛。大雪不止,真好冷天,空中乌鸦,乱叫乱窜,还有黑狗,变成白狗,还有黑树,变成白树。狗追野兔,连滚带爬;人走雪上,吱吱嘎嘎。

吴巴请我们,去他家喝酒;我们推辞,说改日改日。吴巴却说:今晚不见,再见也难;湿手摸电,灯泡捣蒜,我的前途,一片黑暗。我们去了他家,脱鞋上炕。他的前妻,端上炒菜,有鱼有肉,很是不赖。接着捧上,一壶热酒,这样的贤妻,天下少有。我们客气,说不喝酒,大婶刚老,喝酒不好。吴巴却说,我娘九十,无疾而终,这是喜丧,不必戒酒。人生一世,草木一秋;绝代佳人,也是骷髅。大碗喝酒,大块吃肉,醉生梦死,及时享受。该死就死,该活就活,功名利禄,想它干么?来,干杯!

三杯之后,又是三杯。二三得六,三三见九,九杯之后,酒都上头。有的脸黄,有的脸白,唯有吴巴,面如蓝靛。我们眼前,灯影晃动,想起当年,那些知青。话题一转,说起司令。

吴巴开言,一声长叹,说司令大哥,不该进城。"福兮祸所伏,祸兮福所倚",当初进城,大好事情,谁知为此,送了性命。他刚进城,缩手缩脚。家里来人,躲着不见,生怕丢了,小唐的脸。烧上了锅炉,有些好转;锅炉房里,一尘不染。他的工作,人人说好;群众拥护,领导喜欢。好景不长在,好花不长开。前年冬天,集中供暖,所有锅炉,不准冒烟;司令大哥,遭遇下岗,他的心情,糟到极点。他到报社,去找过我,让我帮他,找个工作。他说男人,必须挣钱,靠女人养活,挺不起腰杆。我在省城,无职无权,有心帮忙,力量有限。后来他又去找过我,我请他在小饭馆喝了一次酒,那天他喝得酩酊大醉,醉后他才,吐露真言,这个兄弟,活得艰难。小唐与宋河,并没割断,他们的关系,藕断丝连。司令大哥,忍气吞声,他们说话,大哥装聋,他们亲热,大哥闭眼。下岗之后,手里没钱,小唐让他,戒酒戒烟。他说自己,很想戒饭。来来来,喝酒!

他说事发那天,雷鸣电闪,宋河小唐,来把牌摊。宋河那厮,成了大款,银行里边,存了百万。他说司令,最好让贤,要屋给屋,要钱给钱;给你十万,拿着回乡,找个媳妇,并不困难。司令大哥,低头抽烟,烟雾腾腾,笼罩他脸,怒火满腔,烧红他眼。他摸起菜刀,把宋河来砍,宋河机警,跳窗逃窜。司令双眼喷吐着火焰,手持着菜刀,一步步对着小唐逼过去。小唐面如石灰,一步步向后退着。她转身想跑,被司令一把揪住了头发。她没有喊叫,也没有挣扎,仰着脸,像个羔羊。司令大喊:

"我杀了你!"

小唐说:

"求你了,成全我们吧……"

司令说:

"你不求我,我也许放了你,你求我,我非杀你不行了。"

这时,宋河带着警察赶来了,司令一刀就把小唐的脑袋劈开了。

警察冲进房子时,司令跪在地上,菜刀扔在一边。警察抓他时,他一点点都没反抗。

吴巴讲完,大家无言。酒冷菜凉,灯火昏暗。吴巴前妻,泪流满面;倚在门边,长吁短叹。我们几个,感慨万千;往事历历,如在眼前。范小鬼子问:

"我说吴巴,你这混蛋;杀人过程,活灵活现;好像是你,亲眼所见。司令大哥,心地良善;杀只小鸡,浑身打战。他爱小唐,胜过亲娘;患难夫妻,恩重如山。即便小唐,把他背叛;他也不会,劈头两半。

我看是你，胡造瞎编；你的用心，十分阴险。是不是你，杀了小唐？嫁祸司令，老实绵羊？”

吴巴跳起来，满脸通红，大声喊叫：

“你胡说！”

范小鬼子说：

“看看看看，吓成啥样？心中无事，为啥脸黄？坦白从宽，抗拒从严，拒不交待，依法严办！”

窗外，风卷雪片，打得窗纸索索地响，夜已很深，院子里的狗，疯狂地叫了起来。吴巴的前妻走到灶间里大声地问讯着：

“是谁？”

“我。”一个沙哑的、十分耳熟的女声在窗外响起。

灯火映照之下，窗纸上投射出一个模糊的身影，她与我们，只隔着一层纸。

我们的身体紧缩成一团，恨不得钻到墙缝里去躲避。站在炕下的吴巴，脸色黄得好像蜂蜡，汗水从他的头发根子里冒出来，手里的酒杯也掉在了地上。他的嘴唇哆嗦着，语不成句地叨叨着：

“饶了我吧……饶了我吧……”

我们看到他的身体越来越矮，越来越矮，突然看不见了，宛如野兽落入了陷阱。

（一九九九年）

图书在版编目(CIP)数据

战友重逢/莫言著.—杭州：浙江文艺出版社，2017.10（2018.3 重印）

（莫言作品全编）

ISBN 978－7－5339－4915－0

Ⅰ.①战…　Ⅱ.①莫…　Ⅲ.①中篇小说—小说集—中国—当代　Ⅳ.①I247.5

中国版本图书馆 CIP 数据核字(2017)第 140248 号

策划统筹　曹元勇
责任编辑　曹元勇　王　青　王　艳
封面设计　一千遍工作室
插页设计　何　洁　周伟伟
责任印制　吴春娟

战友重逢

莫言　著

出版　浙江出版联合集团
　　　浙江文艺出版社
地址　杭州市体育场路 347 号　　邮编　310006
网址　www.zjwycbs.cn
经销　浙江省新华书店集团有限公司
印刷　浙江新华数码印务有限公司
开本　650 毫米×970 毫米　1/16
字数　260 千字
印张　21
插页　5
版次　2017 年 10 月第 1 版　2018 年 3 月第 2 次印刷
书号　ISBN 978－7－5339－4915－0
定价　39.00 元